COZY MYSTERY

I0885608

BLANCA NAVIDAD Y CAFÉ NEGRO

ALMA

Título original: *Holiday Grind*

© 2009, Penguin Group (USA) Inc.
Publicado de acuerdo con Berkley, un sello de Penguin Publishing Group, división de Penguin Random House LLC.

© de esta edición:
Editorial Alma
Anders Producciones S.L., 2024
www.editorialalma.com

@almaeditorial

© de la traducción: Teresa Lanero Ladrón de Guevara, 2024

© Ilustración de cubierta y contra: Joy Laforme

Diseño de la colección: lookatcia.com
Diseño de cubierta: lookatcia.com
Maquetación y revisión: LocTeam, S.L.

ISBN: 978-84-10206-18-2
Depósito legal: B-11942-2024

Impreso en España
Printed in Spain

El papel de este libro proviene de bosques gestionados de manera sostenible.

El papel Munken Print Cream utilizado en el interior de esta publicación está certificado Cradle to Cradle™ en el nivel bronce.

Todos los derechos reservados. No se permite la reproducción total o parcial del libro, ni su incorporación a un sistema informático, ni su trasmisión en cualquier forma o por cualquier medio, sea este electrónico, mecánico, por fotocopia, por grabación u otros métodos, sin el permiso previo por escrito de la editorial.

COZY MYSTERY

CLEO COYLE

BLANCA NAVIDAD Y CAFÉ NEGRO

Una novela de misterio para los muy cafeteros

ALMA

PRÓLOGO

Papá Noel había sido travieso...

Y seguía una rutina que la persona que ahora empuñaba el arma conocía bien.

Como siempre, salió a mediodía y tomó el autobús hasta el centro. A la una, el nómada de barba blanca fichó en la sede cercana a Union Square, recogió el trineo verde de plástico y comenzó su turno de seis horas.

Poco a poco, Papá Noel bajó por la Sexta Avenida mientras hacía sonar sus molestos cascabeles al tiempo que recogía la apreciada calderilla. Cerca de las tres, giró hacia el oeste. Una vez en Hudson, aparcó el carrito y desapareció en la cafetería esa..., el Village Blend. Un interminable café con leche más tarde, el aspirante a santo volvió a la calle con el jou, jou, jou de su gordo corazón.

Agonizante, quien ahora pretendía disparar el arma vigilaba todos sus pasos desde los portales, junto a los edificios sucios, siempre a una fría distancia de la humanidad. Cuando llegó el crepúsculo, empezó a nevar y, con el descenso de temperatura, el acecho se volvió aún más arduo.

Al menos el voluminoso abrigo es grueso y cálido, *pensó con el arma en la mano. Y también andrajoso, porque provenía de una tienda de segunda mano, aunque pronto acabaría en la basura junto con el sombrero, la bufanda, las gafas y los demás elementos del disfraz.*

En breve, todas aquellas horas perdidas darían por fin su fruto. Los caprichosos desplazamientos de Papá Noel ahora lo condujeron por un tramo de adoquines desiertos. La calle era tranquila, apartada y estaba cubierta de nieve. Todo parecía listo, excepto los guantes.

Gruesos y aislantes, le habían proporcionado calor de sobra durante la larga y fría caminata, pero ahora eran un estorbo. Cualquier obstáculo entre el gatillo y el guardamonte le harían la vida —o, en este caso, la muerte— más difícil.

Por eso se quitó el guante derecho. Un ligero sudor nervioso en los dedos humedeció la superficie del arma en el bolsillo, pero el clima del momento enseguida solventó ese fallo técnico.

Metal helado. Mi nuevo mejor amigo...

Ya impaciente, avanzó para acabar el trabajo. Después podría deshacerse de su ridículo atuendo y sustituirlo por la ropa de abrigo que llevaba dentro de la bolsa de deporte recién comprada, que también tiraría.

A continuación, limpiaría el arma y la colocaría con cuidado en el sitio previsto. Por último, montaría la coartada, una aparición en un lugar público frecuentado con anterioridad. Un recibo de caja certificaría la fecha y la hora.

Y hablando de tiempo...

Sus grandes botas crujieron con firmeza sobre la nieve de la acera. El aire era frío, pero la sangre se le heló aún más cuando los dedos rígidos apretaron el gélido metal.

Es hora de acabar con este problema, *pensó.* Es hora de silenciar para siempre las noches de Papá Noel...

CAPÍTULO UNO

—¿A qué sabe la Navidad?

Esa fue la pregunta que les hice a mis mejores baristas la noche que descubrí el cuerpo de Alf Glockner. Sin embargo, hasta que me topé con su cadáver, no pensé en asesinatos, cadáveres ni pruebas en el escenario del crimen. Mi ánimo aún no se había desplomado, mis preocupaciones aún no habían comenzado y mi espíritu navideño aún no había caído en picado.

Yo, Clare Cosi —madre soltera de una hija adulta y gerente del emblemático Village Blend—, aún creía que la Navidad era una época de celebración. Y, por esa razón, aquella noche de diciembre mi mente aún no estaba concentrada en pistas, en sospechosos o en el riesgo de desafiar a un arrogante sargento de la policía de Nueva York, sino en un problema mucho más sencillo: la cuenta de resultados de mi negocio. De ahí la pregunta que les planteé a mis empleados: ¿a qué sabe la Navidad?

—Bueno, la nuez moscada es un clásico —contestó Tucker.

Actor y dramaturgo itinerante y mi empleado más fiable, Tucker Burton era larguirucho como una lámpara de pie y su figura esbelta estaba coronada por una peculiar mata de pelo castaño, lacio y alborotado. Sentado frente a mí en la cafetería vacía, se retiró del rostro su característica cabellera y añadió:

—Y el clavo. Y la canela. Eso segurísimo: la canela.

—Todas son especias navideñas —reconocí—. Pero ya las tenemos cubiertas... —Me di la vuelta en la silla y señalé con el bolígrafo la pizarra de detrás del mostrador—. El *latte* de ponche de huevo lleva nuez moscada; el de tarta de manzana con caramelo va cargado de canela; el de calabaza picante incluye las tres...

Y ese era el problema.

Esas bebidas ya llevaban varios años en la carta de temporada del Blend y empezaban a resultar monótonas. Con el estancamiento de la economía, que hacía mella en las carteras de todos (incluida la mía), necesitaba aumentar el ritmo de nuestra caja registradora antes de celebrar el Año Nuevo. Y, en efecto, tenía una estrategia.

Esa misma noche, más tarde, pensaba celebrar una fiesta privada de degustación de cafés con leche. Y lo primero que tenía previsto hacer a la mañana siguiente era colocar una nueva carta de tentadores cafés navideños en una pizarra sobre la acera, delante de la cafetería. Tenía hasta una hoja de Excel. Llegado enero, cuando las fachadas ya no estuvieran engalanadas y Papá Noel hubiera enviado su traje de terciopelo rojo a la tintorería, empezaría a analizar los resultados de las ventas para elegir bien los sabores estrella del año siguiente.

—¿Qué más sabe a Navidad? —repetí—. ¡Vamos, gente, recordad vuestra infancia!

Mis recuerdos gastronómicos eran tan entrañables como la manida referencia a la magdalena de Proust: desde las galletas italianas con sabor a anís de mi abuela hasta la cáscara de naranja confitada de su panetone. Y, por supuesto, los tradicionales *struffoli*: todavía veía las fuentes alineadas en la tiendecita de comestibles de Nonna en Pensilvania, envueltas en celofán y repletas de bolas doradas de masa empapada en miel y en forma de arbolitos de Navidad (que contribuyeron a convertirme en el monito gordinflón que fui hasta la adolescencia).

Por desgracia para mí, el *latte* de masa frita no parecía una opción ganadora.

—Yo lo que recuerdo son los pralinés —dijo Tucker.

—¿Pralinés de pecanas? —deduje, ya que Tucker había crecido en Luisiana.

—Claro. Todos los años, la vecina de al lado los preparaba y nos regalaba unos cuantos. Otra mujer que vivía en nuestra calle era alemana y preparaba unas deliciosas galletas de jengibre glaseadas...

—¿Las *pfeffernüsse*? —pregunté—. ¿Las *lebkuchen*?

—*Gesundheit* —contestó Tucker—. Mi madre, que fue extra en películas de Hollywood, estaba obsesionada con Bing Crosby y *Blanca Navidad,* así que teníamos todas las cosas típicas de la pascua norteña: tarta de frutas, bastones de caramelo, galletas de azúcar. Y, por supuesto, *bourbon.*

Sonreí.

—Para mi padre eran tragos de Sambuca.

Los servía como si fueran agua para el escuadrón de trabajadores que se dejaban caer por allí para apostar durante las Navidades. (Entre otras actividades, mi padre tenía una casa de apuestas deportivas en la trastienda del negocio de su madre. Estoy casi segura de que las «otras actividades» tampoco eran legales).

—En mi casa se bebía ron —dijo Gardner.

Con una voz tan suave como sus listas de reproducción de *jazz,* Gardner Evans ostentaba la actitud apacible que todo gerente de negocio neoyorkino hubiera deseado... y que yo tanto apreciaba. No había cliente que se resistiera a este joven músico de *jazz* afroamericano, que parecía capaz de calmar a los más ansiosos (sobre todo a las mujeres) con poco más que un guiño.

—¿Ron? —preguntó Tucker.

Gardner asintió.

—Ay, sí. Si hablamos del «sabor de la Navidad», hay que tomar ron.

Esther Best, estudiante de posgrado curvilínea, poeta local y extraordinaria artista del café con leche, miró a Gardner a través de su montura rectangular negra.

—¿Ron? ¿Como lo que beben los piratas?

—Como el ron con mantequilla caliente tan típico de la Navidad —explicó Gardner mientras se acariciaba la perilla bien recortada—. Como el ron de la sidra caliente y el ponche de huevo con especias. Como el ron jamaicano en el budín de pan de mi tía y el pastel negro. ¿Has probado alguna vez el pastel negro caribeño, pequeña Best?

—No he tenido el gusto.

—Pues se parece mucho a ti.

—¿A mí?

—Sí. —La blanca sonrisa de Gardner resplandeció en contraste con su piel moca—. Es oscuro y espeso, pero con *flooow.*

Con su perpetua mirada crítica de ojos entornados, Esther replicó:

—Yo no soy espesa.

—Pero sí oscura —puntualizó Tucker—. Además, este chico ha dicho espeso, pero con *flow.* ¿O estás demasiado espesa para captar el tonillo rapero de Gardner?

—Vete a freír espárragos, niño Broadway. Mi novio es el mejor rapero ruso de Brighton Beach. Soy capaz de reconocer la burla de la jerga urbana cuando la oigo. —Esther levantó la mano hacia Gardner—. Y no me vengas con otro sermón sobre musicología. Ya sé que le tienes una tirria espantosa al *gangsta* rap.

Gardner cruzó los brazos, se reclinó en la silla y encogió los hombros.

—Lo que tú digas.

—En cualquier caso —Esther se volvió para mirarme—, no podemos ponerle ron al *latte,* ¿verdad, jefa? El ron es una bebida alcohólica y, si no me falla la memoria, no tenemos permiso para vender alcohol, ¿cierto?

—¡Obvio! —dijo Tucker—. Pero podemos usar sirope de ron. ¿Por qué crees que le pongo sirope de menta a mi capuchino Bastón de Caramelo? ¡Si fuera legal le pondría licor de menta!

—Ahora que lo mencionas —dijo Esther—, creo que tendríamos que finiquitar el capu navideño de Tucker. —Levantó uno de los muchos vasos de papel que contenían la primera ronda de la degustación—. Este capuchino Bastón de Caramelo es demasiado dulzón. Si lo metemos en la carta navideña, os garantizo que dos de cada tres clientes se quejarán y pedirán que se lo cambiemos o lo escupirán sin más.

—Una entrañable imagen navideña. — Dante Silva alzó la voz desde detrás del mostrador.

Remangado para mostrar sus tatuajes, el pintor de bellas artes con la cabeza rapada acababa de empezar a espumar una jarra de leche fresca.

—¿Lo dices en serio —gritó Esther desde nuestra mesa— o es que el espumador de leche te acentúa el sarcasmo?

—Es que lo estoy viendo —replicó Dante con cara seria—: una calle adoquinada en el barrio histórico del West Village, la nieve que cae con suavidad sobre los tejados, el centelleo de los colores primarios alrededor de los troncos de los olmos desnudos y nuestros clientes vomitando el capuchino Bastón de Caramelo de Tucker encima de sus botas Ugg.

Tucker sonrió con satisfacción.

—Solo haría falta que Dante nos pintara la escena. ¡Oye, Dante! ¿Por qué no nos haces una plantilla de estarcido con los condimentos del café? O mejor, ¿por qué no te los tatúas en esa cabeza de billar que tienes?

La respuesta de Dante fue un gesto con la mano.

Suspiré mientras me preguntaba dónde diantres se había metido nuestro espíritu navideño. Una hora antes, mientras decorábamos el local, las cosas habían ido tan bien que me había imaginado dentro de una estampa de Currier & Ives.

Después de cerrar antes de lo habitual, mis empleados me habían ayudado a recoger el abeto blanco que le había comprado al vendedor ambulante de Jane Street. Mientras Tucker canturreaba con voz grave *O Tannenbaum*, Dante y Gardner habían transportando el árbol sobre los hombros. Tras ayudarles a colocarlo en un rincón, habíamos cortado los alambres y las flexibles ramas, al desplegarse, habían impregnando toda la primera planta de la cafetería con el aroma fresco y penetrante de un bosque perenne.

Esther, alegre para variar, había colocado cintas rojas en las ramas de color verde oscuro mientras yo sacaba varias cajas perfectamente precintadas de tacitas y botes de hojalata antiguos que Madame —la anciana propietaria del Village Blend— había coleccionado a lo largo de los años. A continuación, Tucker había sustituido el timbre del local por unos cascabeles y Dante había extendido el gran felpudo de bienvenida rojo y verde que yo había comprado la semana anterior y que decía «Feliz Navidad» en una decena de idiomas, además de «¡Felices fiestas!», «¡Feliz Janucá!» y «¡Feliz Kwanzaa!».

(Vivir en una ciudad como Nueva York, con tantas diferencias culturales y religiosas, implicaba la posibilidad de violar el sistema de creencias de los demás con tan solo respirar. A menudo se esgrimían palabras tan grandilocuentes como «diversidad» y «comprensión» con la esperanza de fomentar una mentalidad abierta, pero, después de vivir en esa mini-ONU durante dos décadas, estaba convencida de que el camino hacia la armonía universal descansaba en una filosofía más práctica. Una diversidad de culturas implica una diversidad de alimentos. Como yo digo, «comer con tolerancia»).

Pasamos una hora decorando la cafetería: colgamos luces blancas alrededor de los ventanales de cristal y guirnaldas de abetos frescos en las ventanas abatibles. Por último, colocamos unos calcetines acolchados sobre la repisa de piedra de la chimenea, donde una de las menorás de plata de Madame ya aguardaba la llegada de la Fiesta de las Luces.

Lo cierto era que habíamos creado la paz en la tierra... hasta que comenzamos a juzgar las creaciones cafeteras de los demás.

Miré el reloj y me puse tensa. Nuestros invitados pronto llegarían para probar los nuevos cafés navideños y aún no estábamos preparados, ni mucho menos.

—¡Bueno, ya está bien! —anuncié en un tono que no usaba desde que mi hija estaba en primaria—. ¡Basta de discusiones! Todo el mundo detrás del mostrador. Quiero la Navidad en una taza, ¡y la quiero ya!

Cuarenta y cinco minutos más tarde, había una veintena de botes de sirope alineados sobre la barra de mármol azul y un montón de jarras de acero con leche espumada en el mostrador de trabajo, y yo revisaba el menú degustación que acababa de garabatear a toda prisa.

Las propuestas de Tucker incluían praliné de mantequilla y pecanas, bastón de caramelo (con poco sirope), galleta de jengibre helada y galleta de azúcar a la antigua. Los sabores de Dante eran tarta de queso con ponche de huevo, tarta de frutas con especias, tiramisú de chocolate blanco y copo de nieve de malvavisco tostado. Los recuerdos navideños de Gardner nos trajeron pasas al ron, macarrones de moca y coco, y pastel negro caribeño. Y de las Navidades de mi querida Nonna había panetone de naranja confitada, pan de jengibre con un toque de arce y castañas asadas glaseadas.

Esther también hizo sus aportaciones de *rugelach* de albaricoque y canela, y rosquilla con mermelada de frambuesa, porque, como ella bien dijo, «Janucá tiene sabores propios». Para Esther, eso también incluía la tarta de lima de los Cayos porque, según dijo: «Todos los meses de diciembre mi familia huía a Florida».

Los invitados a la cata de cafés con leche estaban ya junto a la leña crepitante de la chimenea a la espera de las degustaciones.

Tucker charlaba con su novio actual, un bailarín hispano de Broadway que se hacía llamar Punch. Gardner había recibido a Theo, Ronny y Chick, los otros tres miembros de su banda de *jazz,* Cuatro en la Pista. Y Dante había invitado a sus dos compañeras de piso aspirantes a artistas: una rubia platino de pelo corto y *piercings* llamada Kiki y una chica de pelo negro azabache y ascendencia india llamada Banhi.

Miré el reloj y decidí darles diez minutos más a los rezagados. El novio de Esther —Boris, ayudante de panadero y rapero ruso— no podía acudir porque actuaba esa noche en un club de Brooklyn. En su lugar, Esther había invitado a otra persona, una amiga suya llamada Vicki Glockner.

A principios de año, Vicki había trabajado como camarera para mí. Como disfrutó mucho experimentando con nuestros siropes italianos, estaba segura de que esa noche sería una buena catadora, pero mi reencuentro con ella me provocaba sentimientos encontrados, ya que nuestra relación no había terminado del todo bien.

Mi amigo tampoco había llegado, aunque había llamado un poco antes para disculparse y avisarme de su retraso. No podía reprocharle nada. Desde que empecé a frecuentar a Mike Quinn, tuve que aceptar que el trabajo como detective en el Departamento de Policía de Nueva York nunca tenía fin.

En ese momento, mi otro conejillo de Indias para la fiesta de degustación golpeó con los nudillos el cristal biselado de la puerta principal del Blend. Fui a abrir y me di cuenta de que la noche se había vuelto más fría y la capa de nieve, más alta. Desde hacía una hora no había dejado de nevar en copos gruesos y la calle ya estaba cubierta con varios centímetros de escarcha cristalina. Cuando tiré de la puerta, los cascabeles recién instalados sonaron por encima de mí y una ráfaga de viento helado arrastró una avalancha de diamantes de hielo hasta mi pelo castaño oscuro.

—¿Al final has conseguido venir? —pregunté con un escalofrío mientras Matteo Allegro entraba.

CAPÍTULO DOS

Con la piel aún ligeramente bronceada por el sol centroamericano, Matteo se sacudió la nieve húmeda de las botas, que (por suerte) no cayó sobre el parqué restaurado del local gracias a mi brillante idea directiva de comprar el felpudo de bienvenida multicultural.

—Pareces sorprendida de verme —dijo mi exmarido mientras se bajaba la cremallera de su chaqueta italiana de cuero.

—Pues sí. Pensé que no vendrías. —Cerré la puerta a la noche nevada—. Has vuelto de Guatemala, ¿hace cuánto? ¿Seis horas?

—Cinco.

—Y sé lo que opinas de los cafés con leche fun fun fun.

Sonreí al decirlo, aunque el término no era de mi invención, sino que lo había acuñado Alfred Glockner, nuestro Papá Noel benéfico local. En realidad, toda esa idea del «sabor de la Navidad» había sido suya.

Matt se encogió de hombros.

—Qué quieres que te diga. En lo referente al café, soy un purista.

Al ser corredor internacional de café y el comprador de café para nuestro negocio, Matt era un esnob en la materia, pero era lógico que lo fuera. Aunque los *lattes* y los capuchinos eran un gran atractivo para la clientela del Blend y contribuían a nuestra cuenta de resultados, esa parte del negocio no era la suya, sino la mía... y la de mi equipo de baristas, encargado de su elaboración.

Mientras yo tostaba y servía el grano, Matt se ocupaba de conseguirlo. Y como la calidad de la cosecha podía cambiar de una estación a otra, él era una especie de Magallanes cafecéntrico que exploraba con regularidad el cinturón cafetero del mundo, la franja de laderas montañosas que rodea el planeta entre los trópicos de Capricornio y Cáncer, donde las condiciones de sol, ausencia de heladas y humedad moderada permiten el cultivo de los mejores granos de arábica.

—Menos mal que tu mezcla navideña de este año ha sido todo un éxito —le dije a sabiendas de que nuestros cafés de origen único, nuestras mezclas de temporada y nuestros expresos sencillos eran lo que más le gustaba a Matt. (Sin aceites artificiales ni siropes azucarados, solo los granos de primera calidad con notas naturales de especias exóticas, tostados con regularidad en lotes pequeños en el sótano del local).

—¿Y dónde está Breanne? —le pregunté mientras miraba por el cristal de la puerta principal.

La nieve caía bajo la luz de las farolas, pero la acera estaba vacía. No había limusina. Ni coche de alquiler. Ni taxi amarillo por cuya puerta abierta asomara una interminable pierna vestida de diseño.

—Se supone que he quedado aquí con ella. —Matt examinó el grupo de catadores reunido alrededor del fuego—. ¿Todavía no ha llegado?

—No. ¿Otra vez trabaja hasta tarde?

La respuesta de Matt fue un «¿Y cuándo no?» musitado entre dientes.

—Seguro que se retrasa por culpa de la nieve —dije—. Ya sabes lo que cuesta pillar un taxi con este tiempo.

Matt no asintió, sino que se limitó a quitarse el gorro negro de punto, se pasó la mano por el cabello corto y oscuro estilo César y apartó la mirada.

Él y Breanne se habían casado en primavera, habían hecho un viaje frenético por España durante varias semanas y luego habían pasado gran parte del verano en una dulce nube algodonosa que competía con el capuchino Bastón de Caramelo de Tucker. Sin embargo, a principios de otoño, el azúcar había empezado a derretirse y sus continuas discusiones no dejaban de perforar el antiguo merengue de arrumacos.

Yo no veía que eso implicara un declive matrimonial. Tarde o temprano, todas las parejas de recién casados tienen que enfrentarse a las dificultades y la monotonía de la vida cotidiana. Tanto si aterrizaban como si se estrellaban contra el suelo, todos los recién casados llevaban siglos siguiendo esa misma trayectoria.

—¿Y si la llamas? —sugerí.

—Da igual —dijo, y luego cambió de tema—. ¿Sabes, Clare? Nuestra mezcla navideña ha triunfado este año gracias a ti. Tú creaste esa mezcla y perfeccionaste el tueste.

—Pero tú encontraste el grano, Matt. Ese café es increíble.
—No me importaba atribuirle el mérito de la mezcla de ese año, tan especiada y exótica. Por lo general, Matt era tan engreído que no hacía falta halagarle, pero, como se mostró humilde, le dije algo obvio—: Ese microlote de Sumatra que conseguiste en el último viaje a Indonesia era magnífico. Me has facilitado mucho el trabajo.

La expresión cansada de Matt se aligeró un poco y me alegró verlo sonreír, hasta que su mirada se desvió hacia mí. En previsión de la celebración de esa noche, me había colocado una elegante gargantilla de terciopelo verde. Sin embargo, como albergaba la esperanza de ver a Quinn, también me había puesto unos pantalones nuevos ajustados que distaban mucho de ser remilgados, y mi jersey de cachemira de color baya de acebo tampoco era precisamente ancho. Además, lucía un escote de lo más atrevido. (¿Qué podía decir? Me gustaba que Quinn se fijara en mí). Por desgracia, en ese momento no era Mike Quinn quien me miraba.

—Bonito jersey —dijo Matt arqueando una ceja y, antes de que pudiera detenerlo, alargó la mano para quitarme unos copos de nieve del pelo—. ¿Lo había visto antes?

—Es nuevo —le informé mientras me apartaba con cuidado.

Casado o no, a Matteo Allegro le gustaban las mujeres. Y como yo era una, no había forma de evitar sus coqueteos ocasionales. Sin embargo, sí podía eludir sus tocamientos, y había descubierto que una sutil evasiva funcionaba mucho mejor que un rapapolvo; además, resultaba mucho menos embarazoso en público.

Por supuesto, Matt y yo teníamos un pasado: el de dos personas que viven diez años juntas como marido y mujer. Por diversas razones —la mayoría relacionadas con su adicción a la cocaína y a las mujeres, no necesariamente en ese orden—, una década de matrimonio había sido más que suficiente para mí. Sin embargo, seguíamos compartiendo una hija adulta y otro tipo de compromiso: la anciana madre de Matt era la propietaria de esa cafetería centenaria y nos había legado su futuro a ambos. Una vez más, Matt era mi socio. Intentaba tener eso presente siempre que la inclinación de Matt a pasarse de la raya se hacía patente.

Matt miró a su alrededor.

—¿Y dónde está tu perro guardián?

—Si te refieres a Mike, tiene asuntos policiales que resolver en la periferia. Puede que no llegue a tiempo.

Matt levantó las cejas oscuras.

—Qué pena —dijo, aunque su tono no era de decepción—. Vamos, me vendrá bien entrar en calor. Qué bonito está esto.

Noté que su brazo serpenteaba alrededor de la cinturilla de mis vaqueros ajustados y me escurrí hacia un lado.

—Gracias —contesté—. Ve y cuelga ese abrigo mojado en la trastienda. Tengo que volver a cerrar.

—Te guardo un sitio —dijo mientras me guiñaba un ojo, y se dirigió a la parte de atrás.

Cuando me di la vuelta para echar el pestillo, la puerta se abrió de golpe. Una mujer tan alta como una modelo de pasarela me arrolló a mí y a los nuevos cascabeles de nuestra tienda sin ni siquiera disculparse.

—Lo siento —le dije—. Hemos cerrado.

Aunque llevaba la mitad de la cara envuelta en una bufanda del color de la espuma del café con leche, me di cuenta de que la pelirroja era un pibón. A sus treinta y tantos años, tenía un tipazo escultural. Por encima de la costosa pashmina, asomaban una nariz y unos pómulos que parecían cincelados y unos ojos grandes y encantadores de un color azul intenso. Sin embargo, cuando le hablé, sus enormes ojos de muñeca se convirtieron en rendijas y me miró como si acabara de ver un insecto bajo su bota.

—¡Y una mierda habéis cerrado!

Vale, el tono de la mujer era algo más desagradable que el rostro angelical que le mostraba al mundo, pero forcé una sonrisa. Para empezar, era una nueva clienta habitual. La había visto por allí un par de veces durante el fin de semana de Acción de Gracias, con el mismo chaquetón blanco rematado en piel y las mismas botas altas de piel de oveja, ambos con pinta de marca cara. Su pelo también era fácil de recordar. Bajo el suave gorro de punto, le caían sobre los hombros unos rizos lustrosos que formaban una cascada de seda de un llamativo color escarlata en contraste con su abrigo marfil.

—De verdad que lo siento, señora —dije con voz firme y educada—, pero sí que estamos ce...

—No, de eso nada —dijo mientras estampaba su gigantesca bota Ugg en mi internacional y festivo felpudo—. ¡Si hay como una docena de personas dentro!

Cualquiera que haya pasado cinco minutos en Manhattan se habrá percatado de que una parte de su adinerada población se pavoneaba por la isla con tanta altanería que si hubiera llevado escrita en la frente la palabra «privilegio» habría resultado redundante. En presencia de sus «iguales», estas personas podían ser realmente encantadoras. Pero cuando no trataban con alguien «importante» —por ejemplo, la humilde encargada de una cafetería—, su conducta era menos que afable. Tal y como iba el comercio neoyorquino, el mal comportamiento de los clientes no era nada fuera de lo común, así que me limité a enderezarme.

—Ya veo que está nevando con ganas, pero no le estoy engañando. Es una fiesta privada y estamos cerrados, como puede ver en el cartel de la puerta...

—¿Disculpe? ¡¿Quién en su sano juicio se va a fijar en un estúpido cartel en una noche como esta?!

A esas alturas, el murmullo de las conversaciones junto a la chimenea había cesado. Todas las miradas se habían vuelto hacia nosotras y no era de extrañar. En la Gran Manzana, a todo el mundo le encantaban las escenas. Aunque un objetivo primordial en la ciudad era que cada uno se ocupara de sus asuntos, había una puntualización: que los neoyorquinos no quisieran involucrarse en un suceso no significaba que no les interesara contemplarlo.

—Hagamos una cosa —propuse—. Si no le importa conocer y mezclarse con gente nueva, puede unirse a nuestra...

—¡Déjelo! —interrumpió—. ¡Están cerrados! —Con una pirueta propia de una niña que nunca hubiera faltado a un recital de *ballet,* doña Pelirroja tiró de la puerta y plantó sus grandes botas de piel en la noche nevada.

Cerré y, al darme la vuelta, vi que todos seguían mirándome.

—Lo siento.

—¡¿Por qué te disculpas?! —gritó Esther—. ¡Esa tía era una auténtica zorra!

Aunque estaba de acuerdo con Esther, no me hacía gracia expulsar a alguien en medio de una tormenta de nieve.

—He intentado invitarla a la fiesta.

—A lo mejor, si no te hubiera interrumpido y no se hubiera enfadado —dijo Tucker—, habría oído la invitación. ¡Menuda maleducada!

—El nivel de nerviosismo de esa mujer no era normal —añadió Gardner—. Me ha dado la impresión de que necesita que le ajusten la medicación.

—Valium de paz, Valium de amor... —cantó Tucker.

—Ese numerito no ha sido nada —dijo Dante, sacudiendo un brazo tatuado—. De las últimas cinco noches que he cerrado, en tres he tenido que expulsar físicamente a algún gilipollas. Es como si las Navidades pusieran de mala leche al personal.

—Bueno, a mí me pasa —confesó Gardner.

—¿A ti? —No me creía que mi barista más apacible hubiera perdido el espíritu navideño—. ¿Por qué?

—Por culpa de esas mediocres melodías navideñas en bucle —dijo, señalando el sistema de altavoces de nuestro local—. Hay al menos tres emisoras de radio que repiten las mismas listas de reproducción pésimas durante las veinticuatro horas del día desde hace semanas y en casi todos los negocios retransmiten alguna de ellas...

—Es como un horrible papel de pared sónico —dijo Esther.

—Llámalo como quieras, pero a mí me está volviendo loco. —Gardner sacudió la cabeza—. Faltan tres semanas para el veinticinco de diciembre y ya estoy harto de villancicos.

—Yo también —dijo Dante—. La CIA debería abandonar el *gangsta* rap como técnica de tortura y probar con el *Jingle Bell Rock* varios centenares de veces seguidas.

—Jo, tío. Para mí con una vez es suficiente —dijo Theo, uno de los músicos amigos de Gardner.

—¡Espera! —Dante se quedó quieto y señaló los altavoces—. Ahí está otra vez.

Jingle bell, jingle bell, jingle bell rock...

—¿Podríamos apagar eso? —rogó Theo.

Gardner asintió con la cabeza y se movió para quitar la emisora que ponía villancicos las veinticuatro horas del día.

—Pero esto es una fiesta —protesté—. Necesitamos música.

(En realidad a mí me gustaban *Jingle Bell Rock, Winter Wonderland* y *I'll Be Home for Christmas,* aunque los pusieran doce veces en veinticuatro horas).

—Pon mi música ambiental —le pidió Dante a Gardner, y luego se volvió hacia mí—. Una música agradable, suave, con sabor a café con leche, ¿no te parece mejor?

—Pero no es navideña —señalé.

—A mí no me importa —dijo Banhi, la compañera de piso de pelo negro de Dante.

—Sí. A mí tampoco —añadió Kiki, la chica de pelo corto platino con *piercing.*

No me lo podía creer.

—¿Dónde está vuestro espíritu navideño?

Se miraron unos a otros. Por fin, Dante dijo:

—Asúmelo, jefa. No hay alegría navideña porque las fiestas se han convertido en una pesadez. Todo el mundo está ya harto de tiendas con espumillón donde promocionan horteradas comerciales.

—Sí, ¿qué tiene de bueno la temporada de atascos? —preguntó Kiki—. ¿Turistas de fuera de la ciudad y cazadores de gangas del extrarradio blandiendo las bolsas de las tiendas como mazas medievales? Hoy casi me atropella una manada de gente cuando cruzaba la calle Treinta y Cuatro.

—Sin olvidar los ejecutivos roñosos, igualitos que Scrooge, que hay por todo el centro —añadió Banhi—. Trabajo en una oficina donde lo único que hacen es quejarse de que tienen que gastarse la mitad de la paga extra en comprar regalos para su familia.

—Mira, a mí no me hables de «alegría navideña» —dijo Esther entrecomillando la frase con un movimiento de dedos—. Todavía tengo atragantado el boletín anual de fin de año de mi hermana mayor, tan perfecta y casada ella, sobre su impecable vida en un barrio residencial de las afueras.

—Pues yo debería ir adoptando ya ese espíritu navideño —admitió Tucker—, dado el último bolo que me ha salido.

—¿Qué bolo es ese? —preguntó uno de los chicos del grupo de Gardner.

—Resulta que a Dickie Celebratorio le encantó el cabaret de duración limitada que monté el verano pasado, así que me ha contratado para el *casting,* la dirección y la coreografía de su gran fiesta navideña en la Biblioteca Pública de Nueva York. Ya llevamos dos semanas ensayando.

—Celebratorio es el famoso organizador de fiestas, ¿no? —pregunté.

El novio de Tucker, Punch, asintió.

—A la prensa le han vendido la fiesta como una recaudación de fondos para las bibliotecas públicas de Nueva York, pero en realidad es un acto para promocionar el libro infantil superventas ese que acaban de convertir en película...

—*¿Pasaje al Polo Norte?* —preguntó Esther—. ¿La que se desarrolla en el taller de Papá Noel o algo por el estilo?

Tucker asintió.

—O sea, que básicamente has contratado a un grupo de actores para que hagan de elfos de Papá Noel, ¿no? —recalcó Esther.

Tucker suspiró.

—Pagan muy bien, pero a la hora de la verdad mi trabajo consiste sobre todo en...

—Ser el elfo jefe —terminó Esther con una sonrisa burlona.

Tucker se encogió de hombros.

—Como os decía, debería tener espíritu navideño, pero es todo tan cursi...

Ya está bien —pensé—. *No aguanto más.*

—¡Papá Noel no es cursi! —grité. Se hizo un silencio sepulcral—. ¡Os estáis olvidando de qué va realmente la Navidad!

Todos se quedaron mirándome. Acababa de convertirme en Linus cuando explica el significado de la Navidad en *La Navidad de Charlie Brown.*

—¿Y? —dijo por fin Esther—. ¿De qué va entonces, jefa?

Levanté las manos.

—¡De dar! ¡De dar sin esperar nada a cambio! Eso es lo que celebramos. ¡El nacimiento del niño Jesús es un regalo de amor en un mundo hastiado! Todos estos símbolos, el árbol, las luces, los villancicos, ¡todos hacen referencia al amor!

Nadie se movió mientras mis palabras reverberaban en el techo revestido de hojalata restaurado y resonaban por todo el local recién decorado. Durante un minuto, fue una verdadera *noche de paz.*

No deberían haberme sorprendido las caras atónitas que poblaron la sala. Al fin y al cabo, estábamos en la época de la ironía, en la que el cinismo era la norma general, y una retahíla de maldiciones blasfemas habría pasado desapercibida. Lo radical en esos tiempos era la sinceridad. En consecuencia, nuestra noche de paz duró un momento, hasta que una voz tronó:

—¡De acuerdo, Breanne! Te he oído. ¡Pues no vengas!

Matt acababa de volver de la trastienda. De repente se detuvo.

Sí, Matt, toda la fiesta de degustación se acaba de enterar del desastroso final de tu conversación telefónica.

Sus mejillas, que ya no estaban sonrosadas por el frío exterior, empezaron a enrojecer de nuevo, aunque por un motivo distinto. Entonces cruzó su mirada suplicante con la mía —en busca de rescate— e inmediatamente di una palmada.

—¡Atención todo el mundo! —grité con una alegría forzada—. ¿Sabéis lo que necesita esta fiesta del «sabor de la Navidad»?

Todos los ojos abandonaron a Matt y se posaron en mí.

—¿Qué, Clare? —preguntó Tucker—. ¿Qué necesita?

—¡A Papá Noel!

CAPÍTULO TRES

Por desgracia, Papá Noel aún no había llegado.

Ese mismo día lo había invitado a que se pasara por nuestra fiesta de degustación de cafés con leche fun fun fun, pero todavía no había aparecido.

—No me creo que Papá Noel te haya dejado plantada —dijo Esther—. Y a sabiendas de que su hija venía.

La hija de Papá Noel era mi excamarera Vicki Glockner. Y Papá Noel era en realidad Alfred Glockner, nuestro Papá Noel del barrio, también conocido como...

—¿Alf? —preguntó Matt—. ¿Estáis hablando de Alf?

Asentí con la cabeza.

Todo el vecindario conocía —y quería— a Alfred Glockner. Incluso sin su larga barba blanca y su traje de Papá Noel Itinerante, Alf era un tipo adorable. Con la panza algo abultada, llevaba el pelo canoso recogido en una coleta retro estilo años sesenta y el bigote como David Crosby. Su cara rubicunda era casi tan redonda como una calabaza, iluminada por unos vivarachos ojos verdosos. Desde hacía un mes utilizaba el Blend para ir al baño o para entrar un rato en calor.

Como su hija había trabajado en la cafetería, era comprensible que se sintiera como en casa. Por otra parte, recolectaba dinero para asociaciones que ayudaban a los sintecho de la ciudad, por lo que me encantaba suministrarle todos los cafés con leche gratis que quisiera.

Pero era un intercambio justo. Cada vez que Alf entraba en el Blend, animaba a los clientes y hacía reír incluso a los habituales más insensibles, que luego se rascaban el bolsillo para donarle alguna moneda. (Y, créeme, conseguir que un adicto al café se ría antes de tomar su dosis de cafeína no es moco de pavo).

Una de mis actuaciones favoritas era cuando interpretaba al Papá Noel rapero. Cantaba «jou, jou, jou» al ritmo de un *hip-hop* pregrabado y luego se ponía a bailar *breakdance* a la vieja usanza con su disfraz abultado. Sus movimientos retro incluían el del robot, rematado por un *moonwalk* a lo Michael Jackson. En alguna ocasión lo había visto animar al más frío de los públicos en las avenidas Sexta y Séptima, donde la multitud reía y aplaudía antes de sacar algo de suelto de la cartera.

—Alf es un artista —dijo Dante—. ¿Has oído su chiste de esta mañana?

—¿Otro chiste de vagabundos? —preguntó Esther.

—Un vagabundo está acampado delante de un *spa* de Manhattan —recitó Dante—. «Señora», le dice el tipo a una pija que sale del *spa,* «llevo dos días sin probar bocado». «Vaya», dice la pija. «Ojalá yo tuviera tu fuerza de voluntad».

Todos se rieron, igual que los clientes de esa mañana. Era un chiste negro, pero gracioso. Y según Alf, cada vez que contaba esos chistes en los albergues de la ciudad, los vagabundos eran los primeros que se partían de risa.

Uno de los muchos días que me senté con Alf durante un descanso para tomar un café con leche, me dijo que el trabajo de Papá Noel Itinerante le venía como anillo al dedo, ya que su actuación como Papá Noel no solo le suministraba un sueldo fijo, sino que le servía para perfeccionar sus monólogos, pues también trabajaba como comediante.

Dos veces por semana, sacaba tiempo para llevar su actuación de Papá Noel a los comedores sociales y los refugios para personas sin hogar.

—En esos lugares les dan cama o una comida caliente —me había dicho—, pero lo que más necesitan es reírse. La risa levanta la fuerza vital, ¿sabes?

Él sí que encarnaba el espíritu de la Navidad.

Matt se acercó a mí y me llevó a un lado.

—He visto a tu Papá Noel cuando venía hacia aquí.

—¿Dónde? —le pregunté—. ¿Cerca?

Matt asintió.

—Empujaba su trineo por Hudson.

A diferencia del Ejército de Salvación, cuyos campanilleros se emplazaban en lugares fijos de la ciudad, los Papás Noel Itinerantes hacían honor a su nombre recorriendo las concurridas calles. Empujaban unos pequeños trineos con ruedas mientras engatusaban con alegría a los peatones para que les echaran dinero en su «saca de Papá Noel». Como decía el propio Alf, aquel trabajo estaba hecho para él.

—¿Entonces venía hacia el Blend? —supuse.

—Tal vez. Pero a mí me ha dado la impresión de que iba a pararse en el White Horse.

—Se habrá olvidado de mi invitación —dije—. Voy a buscarlo.

Matt me cogió del brazo.

—Voy yo, Clare. Hace un tiempo espantoso...

Justo entonces sonó el móvil de Matt. Lo miró y frunció el ceño.

—¿Breanne? —adiviné.

Asintió.

—Un segundo.

Me encogí de hombros y me dirigí a la trastienda para coger mi abrigo. *Tómate todo el tiempo que necesites,* pensé. El West Village era un barrio pequeño. Alf y sus animados jou, jou, jou serían fáciles de localizar.

Mientras Matt se dirigía a toda prisa hacia un rincón para seguir discutiendo con Breanne, me subí la cremallera del anorak. *Alf iluminará a estos baristas quejicas* —pensé— *y pondrá las cosas en perspectiva.*

Cuando me dirigía a la puerta, vi que Tucker la estaba abriendo y de nuevo sonaron nuestros flamantes cascabeles navideños.

—No está cerrado, ¿verdad, Tuck? —Tronó una imponente voz masculina al otro lado del umbral.

Me acerqué y comprobé que se trataba de un hombre atractivo que ya había visto varias veces en el Blend, por lo general en compañía de Tucker. Su pelo y tez claros contrastaban con su abrigo y bufanda negros. Su aspecto juvenil era como el que solía ver en las revistas para adolescentes de mi hija Joy: hoyuelos bonitos, melena dorada, una moderna barbita incipiente... Pero este tipo era mucho mayor que los chicos de las revistas. Supuse que tendría treinta y cinco años, puede que más.

—Es una fiesta privada —le informó Tuck—. Pero puedes unirte a nosotros.

—¡Genial porque se me está congelando el culo aquí fuera!

—Un culo muy bonito, por cierto —bromeó Tucker.

—¿Quién es? —pregunté al acercarme.

Tucker nos presentó.

—Shane Holliway, Clare Cosi.

—Encantada.

Shane me guiñó un ojo.

—Shane estuvo en mi cabaret el verano pasado —explicó Tucker—. Nos conocimos cuando yo participaba en esa serie de televisión matutina, ¡antes de que los guionistas se cargaran a mi personaje! Shane hacía el papel de un astuto detective privado aficionado a las mujeres.

Shane sacudió la cabeza.

—Qué tiempos aquellos, ¿eh, Tuck? Diálogos fáciles. Buenos sueldos. Mujeres guapísimas en nuestro camerino... Claro que eso me beneficiaba a mí más que a ti.

Levanté una ceja. *Así que Shane es hetero* —pensé— *y actor de teleseries. Por eso es tan guapo.*

Tucker chascó los dedos.

—Ya te digo.

—Oye, ¿qué es eso que he oído sobre un espectáculo que estás montando para Dickie? —preguntó Shane.

—¿Te refieres al espectáculo de los elfos? —Tucker sonrió satisfecho—. Entra y cotilleamos.

—Siempre que haya un papel para mí —dijo Shane.

Tucker se echó a reír.

—¿Quieres interpretar a un elfo bailarín?

Shane se encogió de hombros.

—Me vendría bien el trabajo. Dickie mencionó que necesitabas otro bailarín y...

—Bueno, encantada de conocerte —le dije a Shane, aprovechando que la puerta estaba abierta para salir mientras sus grandes botas entraban. Entonces me dirigí a Tucker—. Volveré en un momento... —prometí mientras me subía la capucha— acompañada de nuestro espíritu navideño.

Fuera, la copiosa nevada se había reducido a una ligera nevisca. De vez en cuando, los copos helados salpicaban la capucha de mi anorak blanco y caían al suelo para unirse a sus congéneres, pero la tormenta parecía haber amainado. Sin embargo, el manto brillante que había dejado tras de sí cubría cada centímetro del barrio histórico: las calles adoquinadas y las aceras estrechas, los coches aparcados y los tejados de las casas.

No había nada como pasear por el Village durante una noche nevada de invierno. Los pocos vehículos que circulaban por la calzada resbaladiza no avanzaban más rápido que un coche de caballos. Todas las superficies estaban cubiertas de blanco, el penetrante olor de las viejas chimeneas flotaba en el aire y las parejas se apresuraban a pasar por delante de los escaparates oscuros, ansiosas por volver a su cálido apartamento o al interior de algún pub acogedor para tomar un vino caliente o un café irlandés.

Al pasar junto al cementerio de St. Luke, el mundo entero pareció enmudecer, salvo las breves ráfagas heladas que aún picoteaban mi anorak y el cras, cras, cras de mis botas invernales. En un cruce donde me quedé sola, observé un semáforo que se ponía en rojo sin tráfico. Con las manos en los bolsillos, me hizo gracia esperar hasta que se puso en verde en su exhibición navideña involuntaria ejecutada solo para mí.

De repente volví a ser una niña, allá en Pensilvania, recién fugada de casa de mi abuela con mi pequeño trineo rojo de plástico. Los demás niños ya se habían acostado, pero la nevada era reciente, no había ni una marca, y la gran pendiente vacía al final de la calle era toda mía.

Ese tipo de intimidad tan estimulante era poco habitual en Manhattan. La nieve casi siempre se convertía en lluvia al entrar en contacto con el calor y con la intensidad de esta isla abarrotada. Pero esa noche —al menos durante un rato— el mundo volvía a ser mío, un lienzo en blanco, fresco y limpio para que yo lo marcara a mi antojo. Y manzana tras manzana, fui dejando mis huellas mientras atravesaba la corteza helada con cada pisada sobre el polvo blando.

Cuando por fin llegué a la esquina de Bank con Hudson, suspiré, me sacudí la nieve de las botas y, de mala gana, me volví a incorporar a la civilización. La taberna White Horse estaba abarrotada, a pesar del mal tiempo, y Alf paraba allí a menudo para tomar una hamburguesa o una Coca-Cola (era exalcohólico y, según me dijo, aunque ya no bebiera alcohol, le seguía gustando el ambiente de los pubs). Por desgracia, no lo vi dentro.

Charlé con el camarero, que me contó que un rato antes le había servido a Papá Noel un zumo de arándanos.

—Vino a calentarse, a esperar a que amainara la nieve. Y estábamos tan tranquilos, charlando, cuando de repente se levantó y se fue a toda prisa.

—¿Hacia dónde se fue? —le pregunté.

—Hacia el oeste —dijo el hombre mientras señalaba—. Hacia el río.

No parecía muy buena idea ir hacia el río en una noche como esa, pero no dije nada. Me limité a darle las gracias y salí de la taberna. Dejé atrás la luminosa calle principal y me dirigí con decisión hacia una de las calles laterales. Pero, al cabo de dos manzanas, mi determinación flaqueó.

El encanto pintoresco del distrito histórico oficial había desaparecido. Tan cerca del río, ya no quedaban casas protegidas de estilo italiano y federal. Los edificios eran, en su mayoría, vestigios de la industria del siglo XIX que en su día sustentaba el puerto.

Protegidos o no, la ubicación de aquellas antiguas fábricas, garajes y almacenes resultaba muy atractiva en una época de prosperidad inmobiliaria. Con los alquileres del West Village entre los más altos de Nueva York, los promotores inmobiliarios llevaban años aprovechando esos viejos mastodontes para convertirlos en residencias para los nuevos ricos.

Para colmo, la nevisca volvió a convertirse en una nevada en toda regla. Las nubes habían vuelto a espesarse y los copos eran cada vez más pesados y copiosos. Incluso las farolas halógenas tenían que esforzarse para atravesar con su luz la tormenta de nieve.

Con un escalofrío, me cubrí con la capucha del anorak. Pero mi estado de ánimo no mejoró. En ese tramo de calle no había tráfico alguno y los pocos comercios por los que pasaba estaban cerrados. Incómoda ante tanta desolación, estaba a punto de tirar la toalla y abandonar la búsqueda cuando vi algo familiar un poco más arriba: ¡el trineo verde de Papá Noel Itinerante de Alf!

Por un momento, me pudo el entusiasmo, pero luego vi que el trineo estaba abandonado en la acera, con las ruedas rojas apoyadas en el bordillo y un montón de polvo blanco acumulado en su superficie.

Vale, esto no tiene sentido.

Bajo la débil luz de una farola, vi que la caja de recaudación seguía en el carro. La caja era en realidad un recipiente redondo de plástico del tamaño de una olla grande, cuya parte superior simulaba una pila de regalos que se ensanchaba hacia una carcasa más grande que constituía la gran saca roja de Papá Noel. Los peatones introducían sus donativos a través de una pequeña rendija situada en la parte superior. La caja de recaudación se podía sacar del trineo tirando de un asa oculta y Alf siempre la traía consigo cuando venía al Blend, nunca la perdía de vista. Por eso era imposible que la hubiera dejado así, sin vigilancia, en plena calle.

Alarmada, me acerqué al trineo por la acera resbaladiza. Los edificios de la calle eran en su mayoría de ladrillo y las ventanas de la planta baja, con cortinas o cerradas, apenas desprendían luz. El trineo estaba en la boca de un estrecho callejón, entre dos edificios de apartamentos de siete plantas, dos de esos almacenes centenarios remodelados para convertirlos en *lofts* de lujo.

Al llegar al trineo, por fin vi que la caja de recaudación estaba rota y que solo quedaba algo de calderilla en su interior. En el suelo había más monedas que formaban unos agujeritos redondos en la nieve. También había pisadas, dos pares de huellas que se alejaban del trineo y se adentraban en el callejón. Solo un juego de huellas volvía a salir y continuaba por la acera en dirección al río.

Esas pisadas no pueden ser de Alf —decidí—. *¿Por qué iba a dirigirse hacia el río sin su trineo?*

Decidí seguir las huellas que conducían al callejón oscuro. Tenía que asegurarme de que Alf no se encontrara al final de ese rastro, herido, sangrando o, peor aún, inconsciente.

Al acercarme entre los dos edificios no vi gran cosa, solo un contenedor de basura gris plomo. Pero cuando me adentré en él, me di cuenta de que se abría a un patio cubierto de nieve.

—¿Alf? —grité.

Una ráfaga de viento aulló de repente y se tragó mi voz. Volví a llamarlo, esta vez con más fuerza, pero no hubo respuesta o movimiento alguno.

Busqué en mi bolsillo y saqué la linterna del llavero. La luz era débil, pero resultaba mejor que aquella profunda oscuridad. Avancé en paralelo a los dos pares de huellas de nieve que entraban en el callejón, más grandes que mis pequeñas botas, con cuidado de no pisarlas.

Mientras la luz de mi linterna recorría la superficie blanca, un destello color rojo vivo me detuvo en seco. Aparté la luz y vi un gorro de Papá Noel en el suelo.

—¡Hola! —voceé, con más urgencia que antes—. ¡Alf! ¿Estás ahí?

De nuevo, nadie respondió.

Me agaché para recoger el gorro y fue entonces cuando vi unas botas negras y lustrosas que asomaban por detrás del contenedor gris.

Por un momento, me quedé como una estatua mirando las botas de Alf, no del todo consciente de que, en ese momento, las campanas de St. Luke daban la hora. La iglesia no estaba lejos —en cuanto a distancia física—, pero en aquel lapso gélido aquellos tañidos, claros, inocentes y hermosos, parecían provenir de otro mundo.

Un segundo más tarde estaba arrodillada en el suelo junto a mi amigo vestido de rojo y tendido en la nieve.

—Alf, ¿me oyes? ¡Alf!

No me oía. Mientras reprimía un grito, me di cuenta de que Alfred Glockner estaba muerto.

CAPÍTULO CUATRO

En el aire helado, mi aliento seguía condensando pequeñas nubes de color perla. De los labios y de la nariz de Alf no salía hálito alguno porque no había sobrevivido al enorme agujero de bala que tenía en el pecho ni a la cantidad de sangre perdida que ahora se acumulaba alrededor de su cuerpo.

Pese a lo evidente, la inercia me obligó a comprobar si aún había forma de ayudarle. Pasé la linterna por sus ojos grandes y desvaídos en busca de alguna reacción. No hubo ninguna. Carecía de pulso en la muñeca y en el cuello.

Saqué el móvil y llamé a emergencias. Una operadora atendió mi llamada de inmediato y tomó nota de toda la información. Me dijo que me quedara donde estaba para hablar con los agentes encargados de la investigación cuando llegaran. Por último, la mujer me preguntó si quería permanecer al teléfono con ella hasta que acudieran los policías.

—No —contesté—. Necesito usar el teléfono para hacer una llamada.

Aún de rodillas, la nieve fría y húmeda me estaba empapando las perneras de los vaqueros, pero me dio igual. Pulsé la marcación rápida del móvil. Cuando oí la voz tranquilizadora y grave del detective Mike Quinn, me lancé a hablar a toda prisa, hasta que me di cuenta de que se trataba del buzón de voz, que pedía que dejara mi nombre y mi número de teléfono. Tras el pitido, tomé aire.

—Soy Clare. Llámame en cuanto puedas...

Estuve a punto de darle más información, pero sabía que Mike estaba trabajando. Si no había cogido el teléfono, sería por una buena razón. Tal vez se encontraba en otro escenario del crimen.

Tras recibir una mención de honor durante la primavera anterior por haber atrapado a un importante traficante de medicamentos del West Side —un caso que yo le ayudé a resolver—, sus superiores le pidieron que siguiera al mando de la Brigada Sobredosis, apodo con el que se conocía al cuerpo especial de la comisaría número seis encargado de determinar si había delito en casos de intoxicación con estupefacientes.

Esa noche se encontraba supervisando una operación en Queens, lo que significaba que, aunque me hubiera cogido el teléfono, estaba a una hora de distancia en coche.

Pero no era a mí a quien habían disparado, me encontraba perfectamente bien y la policía estaba en camino. Un mensaje histérico por mi parte no nos habría hecho ningún bien ni a él ni a mí. Así que colgué, cerré los ojos para recuperar algo de objetividad y moví la linterna para iluminar la herida de Alf.

A juzgar por las quemaduras en el traje de terciopelo, le habían disparado a bocajarro. El bolsillo de la pechera estaba del revés, sin duda porque el asaltante había rebuscado en sus bolsillos. El asesino le había abierto también el traje, con tanta fuerza que le había arrancado uno de los grandes botones blancos de la chaqueta de Papá Noel.

Busqué con la linterna sobre la nieve circundante, pero no vi el botón, aunque sí la sangre. Había tanta que era imposible obviarla. Con su calor había derretido la nieve de alrededor formando un grotesco charco de aguanieve rosácea.

Me quedé paralizada al percatarme de algo que hasta entonces me había pasado desapercibido: la sangre de Alf aún no se había congelado. Con esa temperatura, solo podía significar una cosa: hacía muy poco que le habían disparado.

Me di cuenta de que me temblaban las manos. Estaba preocupada por Alf, por supuesto, y empezaba a tener mucho frío, pero mi temblor se debía a otra causa.

Me dije a mí misma que el autor de aquel crimen horrible se había ido. Con la cantidad de veces que había llamado a gritos a Alf, si hubiera habido alguien acechando entre las sombras, se habría asustado y dado a la fuga. Y el único rastro de pisadas que salía del callejón se alejaba hacia el río. *Tienen que ser las huellas del asesino,* pensé. *Pero ¿y si no lo son?*

Cabía la remota posibilidad de que el asesino de Alf estuviera tan loco como para quedarse merodeando por el escenario del crimen. Podría haber permanecido escondido entre las sombras y tal vez me estuviera observando en ese momento. Tragué saliva y pulsé otro botón de mi teléfono.

Matt contestó al primer toque.

—¡Clare! ¿Dónde estás? Te has ido sin mí...

—Se trata de Alf. Lo he encontrado tirado en la nieve. Alguien le ha disparado y está muerto.

A Matt se le cortó la respiración.

—No estoy herida —añadí enseguida—, pero estoy esperando a la policía.

—¿Dónde? ¿En qué calle, Clare?

Se lo expliqué.

—¡Voy para allá!

Colgué y volví a bajar la vista hacia el cuerpo de Alf. Seguía agachada y me desplomé sobre las pantorrillas. Entonces se me saltaron las lágrimas. El hecho de haber oído mi propia voz contándole a Matt lo ocurrido había hecho que todo volviera a ser personal. Mi nuevo amigo había muerto.

¡Alguien ha atracado y asesinado a Papá Noel!

Por un breve instante, un recuerdo mucho menos serio pero igual de desagradable acudió a mi memoria... Después de que Matt y yo nos divorciáramos, crie a mi hija en una modesta casa de las afueras de Jersey. La madre de Matt siempre venía a cenar con nosotras la primera y la última noche de Janucá, así como en Nochebuena, y Matt también. Sin embargo, durante la mayor parte de las Navidades, Joy y yo estábamos solas y nos dedicábamos a cocinar, decorar y escribir tarjetas navideñas.

Cuando Joy tenía doce años, ya teníamos nuestras propias tradiciones del club de chicas, como comprar el árbol la primera semana de diciembre y colocar las luces y los adornos del jardín. Uno de mis adornos favoritos era un Papá Noel de plástico que medía metro y medio con una gran luz roja por nariz. Aunque desconchado y descolorido, le tenía un cariño especial porque era uno de los objetos sentimentales del jardín de mi infancia, no solo del jardín de mi difunta abuela. Aquel Papá Noel de metro y medio con la nariz luminosa empezó su vida en el jardín de mi familia cuando aún éramos una familia, antes de que mi madre nos abandonara a mi padre y a mí para huir a Florida con un vendedor ambulante (esa fue toda la explicación que recibí).

Joy también se había encariñado con aquel divertido Papá Noel. Le encantaba el resplandor rojo de su nariz, que era lo bastante fuerte como para proyectar algo de luz festiva a través de la ventana de su habitación durante las oscuras noches de diciembre.

Por desgracia, una de esas noches, la más larga del año, cuatro gamberros locales lo bastante mezquinos y borrachos como para querer acabar con la Navidad se dedicaron a destrozar decoraciones navideñas por toda la ciudad. Una de sus víctimas fue nuestro adorado Papá Noel. Todavía recuerdo la mañana que tuve que consolar a mi hija, que no paraba de llorar, mientras trataba de explicarle lo inexplicable.

Una década más tarde, arrodillada en la nieve, era yo quien se sentía como una niña pequeña, quien necesitaba que le explicaran lo inexplicable. Recé por Alf, pero no obtuve respuesta. De hecho, hablar con Dios solo sirvió para convertir mi dolor y mi conmoción en una avalancha de emociones dispares.

¿Por qué le ha pasado esto a un hombre bueno como Alf? ¿Me oyes, Dios? ¡¿Y ahora qué vas a hacer al respecto?!

Mis lágrimas se desbordaron. Las enjugué y, cuando se me aclaró la vista, reparé en algo que no había visto antes. Justo delante de mí había más huellas.

Me fijé en el tamaño y la forma de esas huellas y apunté con la linterna hacia la suela de las botas ligeramente puntiagudas de Alf. Las huellas eran idénticas. Me levanté e iluminé ese nuevo rastro. Aunque resultara extraño, las huellas provenían del patio.

¿Qué diantres...?

Las otras huellas, más redondeadas —las del asesino—, se detenían en la nieve junto al cuerpo de Alf y retrocedían de nuevo hasta la calle. Eso significaba que Alf estaba saliendo del patio de ese edificio cuando el asesino le atracó y le disparó.

Pero eso no cuadraba con un atraco callejero. Un atracador se habría enfrentado a Alf en la acera, habría cogido la caja de donativos y (Dios mío, qué horror) habría obligado a Papá Noel a entrar en el callejón a punta de pistola para evitar que más tarde lo identificara en una rueda de reconocimiento. Pero esa no era la historia que contaban las marcas dejadas en la nieve. Según las huellas de las botas, Alf entró solo en el callejón, fue al patio por alguna razón y se encontró con su asesino al salir.

¿Por qué habría entrado Alf en ese patio oscuro? ¿Qué hacía en esa calle solitaria en plena tormenta de nieve?

Supe de inmediato que los detectives asignados al caso tenían que ver esas huellas. Pero ¡¿dónde demonios estaban los agentes?!

Miré hacia el cielo. Los gruesos copos blancos caían con más fuerza. Si la policía no llegaba pronto, esas pruebas quedarían cubiertas de nieve. Presté atención por si me llegaba el sonido de alguna sirena, pero no oí nada. Como me preocupaba que se borraran las huellas, me adentré en el callejón para rastrearlas yo misma.

Al cabo de un minuto ya había seguido el rastro de Alf a través de las sombras del callejón hasta el patio cubierto de nieve. Las huellas parecían detenerse en el centro del pequeño patio donde, según parecía, Alf había permanecido un rato, moviéndose de izquierda a derecha, como para examinar algo.

Pero ¿qué examinabas, Alf?

Las huellas se desplazaban desde ese punto hasta el muro trasero del edificio, donde había otro contenedor de metal gris con tres cubos de reciclaje de plástico azul alineados a un lado. Vi que cerca de ellos había una puerta de servicio metálica, pero estaba claro que Alf no había intentado entrar al edificio a través de aquella puerta de servicio porque las huellas pasaban de largo y continuaban hacia el otro lado de los contenedores azules.

Moví la luz de la linterna por el suelo nevado y vi que las huellas se detenían junto a un cajón de madera vacío que había al lado de los contenedores azules. La nieve estaba arañada en esa zona y, al seguir esas marcas, me quedó claro que alguien había arrastrado el cajón desde una pila de cajas de madera que se encontraba a varios metros de distancia.

Pero ¿por qué iba a hacer eso Alf?

Retrocedí un momento para considerar la cuestión y me di cuenta de que la escalera de incendios del edificio, a varios metros del suelo, resultaba accesible si alguien se subía en los contenedores de reciclaje.

Alf debió de detenerse en medio del patio para pensar cómo llegar hasta esa escalera. Arrastró la caja para usarla como escalón, se subió a los contenedores de reciclaje y es muy probable que alcanzara la escalera.

Miré la maraña metálica que se cernía sobre mí y me pregunté por qué Alf Glockner habría subido por unas escaleras heladas en medio de una tormenta de nieve. En mi opinión, Alf estaba demasiado regordete para ser un ladrón de apartamentos en sus ratos libres, y distaba mucho de ser el prototipo del mirón.

Justo entonces, percibí un sonido agudo en la distancia. *¡Una sirena! ¡Por fin!* Un coche de policía se acercaba. Miré el reloj y me di cuenta, con un sobresalto, de que habían pasado menos de seis minutos desde mi llamada a urgencias. En el estado en que me encontraba, me habían parecido horas. Aun así, me alegré de haber tenido tiempo de investigar. Estaba más que preparada para declarar ante los detectives y mostrarles mis hallazgos.

Entonces oí unas voces.

—¡Policía!

—¡Alto ahí!

Unos hombres gritaban desde otro pasaje distinto, entre dos edificios, al otro lado del patio.

—¡Policía de Nueva York!

—¡Alto, policía!

La nieve endurecida crujió por detrás de mí. Cuando me volví para ver quién venía, una figura encapuchada atravesó el patio oscuro. Intenté distinguir su rostro, pero no tardó más de un nanosegundo en chocarse conmigo.

El golpe me derribó. Volé por los aires y, dos segundos más tarde, supe lo que siente un *quarterback* cuando se estrella contra el césped artificial durante un partido.

CAPÍTULO CINCO

—¿Señora Cosi? ¿Está usted bien, señora Cosi?

La voz sonaba seria, joven y familiar. Parpadeé bajo el resplandor de una linterna y se formó una silueta en mi visión borrosa. Unos hombros estrechos bloqueaban la caída de la nieve. El joven estaba inclinado sobre mí y me fijé en la placa plateada que llevaba prendida en el uniforme azul oscuro.

—¿Agente Langley? —susurré. Él y su compañero Demetrios eran clientes habituales del Blend (Langley era más de café con leche; Demetrios, de expreso doble).

—Menudo porrazo se ha dado —dijo Langley.

Todavía tumbada bocarriba, sentí que me invadía un frío húmedo. El aguanieve se estaba calando por la espalda de mi anorak e intenté incorporarme. El agente Langley me sujetó con suavidad.

—No se mueva, señora Cosi, la ambulancia ya está en camino.

—Estás de broma, ¿no? ¡Me estoy congelando! —Me senté y me agarré las costillas—. Ay —gemí.

—No debería moverse hasta que los médicos la examinen —dijo Langley.

Pero me negué a permanecer más tiempo en el suelo helado y el joven policía dejó de retenerme.

Con un suspiro de derrota, Langley me ayudó a levantarme. Me caían sobre la cara algunos mechones de mi melena larga hasta los hombros. Mientras me apartaba el pelo, una ráfaga de viento atravesó el patio. Gemí de frío y noté que Langley temblaba mientras hablaba por la radio. Bajo la gorra de policía, su tez clara estaba tan pálida como la de un albino en una cámara frigorífica. Supuse que, después de tanto tiempo a la intemperie, mi piel aceitunada estaría igual de lívida.

Con los dientes casi castañeando, me puse la capucha del anorak y pregunté:

—¿Qué ha pasado?

—Estábamos persiguiendo a un sospechoso, señora Cosi, y usted se interpuso en su camino.

—¡Dios mío! —grité, y de repente me olvidé del frío—. ¿Habéis visto al asesino? ¿Lo habéis atrapado? ¿Sabéis por qué disparó al pobre Alf?

Confundido, el agente me miró de reojo.

—No hay ningún asesino, señora Cosi. Era un atracador. Perseguíamos a un ladrón de bolsos, eso es todo, y...

—¡Langley!

El grito fuerte y áspero provenía del pasaje donde había encontrado el cuerpo de Alf.

—¿Dónde narices se ha metido? ¡Langley!

Cruzamos el patio y llegamos a la entrada del callejón. Abrí los ojos de par en par al ver el pequeño ejército de policías y agentes de criminalística reunidos en torno al cadáver. Dos hombres uniformados comenzaron a acordonar la zona con un rollo de cinta policial amarilla alrededor del contenedor metálico.

—¡Eh! Langley —volvió a llamar el hombre.

—¡Por aquí, detective! —Langley sacudió la mano.

Una figura masculina se separó del grupo y avanzó hacia nosotros por el callejón.

—Ponme al corriente —exigió desde las sombras.

—Demetrios y yo oímos un grito en Perry Street —explicó Langley—. Estaban robando a una mujer. Perseguimos al ladrón por aquel pasaje de allí. —Señaló hacia el otro lado del patio—. El delincuente huyó por este patio y derribó a la señora Cosi. Me detuve para ayudarla mientras Demetrios continuaba la persecución con los agentes Wu y Gomez, también de la comisaría seis...

—Van detrás de alguien armado, Langley —dijo el detective, aún oculto por la oscuridad—. Tenemos un cadáver junto a aquel contenedor.

Langley se tensó y cruzó la mirada conmigo.

Fue entonces cuando el detective salió por fin de entre las sombras. Hasta entonces, la mayoría de los detectives que había conocido llevaban traje, corbata y abrigo, pero ese tipo llevaba botas de vaquero, una chaqueta de los Yankees y la cabeza cubierta con un pañuelo rojo, blanco y azul, una prenda de moda urbana que mi camarero Dante, con la cabeza rapada, me dijo una vez que se llamaba *durag*.

—Una mujer llamó para dar aviso del muerto y se largó —dijo el detective.

—Disculpe —interrumpí—, pero esa mujer soy yo.

El detective me miró con unos ojos fríos y grises como la nieve en la penumbra. Le devolví la cortesía.

Era de estatura media, es decir, por lo menos veinte centímetros más alto que yo, que apenas mido un metro sesenta, y tenía unos treinta y pocos años, quizá algo más. Tenía la piel morena y sus rasgos delataban una mezcla de herencia hispana, italiana y posiblemente rusa; en otras palabras, el típico neoyorquino. Con una mano sin guante, se rascó la incipiente barba castaña del mentón.

—¿Conoces a esta mujer, Langley? —dijo mientras se metía un chicle de nicotina entre los labios.

Langley asintió.

—Es la gerente del Village Blend, en Hudson.

—Así que usted es la señora del café de quien tanto he oído hablar —dijo el detective a la vez que mascaba—. Nunca he estado en su negocio. Yo bebo Red Bull.

—Me llamo Clare Cosi —respondí.

—¿Y es usted quien ha encontrado aquí al alegre fiambre?

—Se llama Glockner, Alfred Glockner.

El detective se detuvo un momento y volvió a examinarme.

—¿Conocía a la víctima?

Asentí.

—Lo siento. —Apartó la mirada y volvió dirigirse a mí—. No sabía que lo conocía. Lo siento mucho. —Su tono era sincero, o al menos había atenuado la modulación callejera lo suficiente como para que lo pareciera—. ¿Ha visto algo sospechoso, señorita Cosi? ¿Oyó algún disparo? ¿Vio al hombre que atracó a su amigo...?

—Es señora Cosi, detective. ¿Cuál es su nombre?

—Franco. Sargento Emmanuel Franco.

—Bueno, no estoy tan segura de que lo hayan atracado, sargento Franco. Y si lo atracaron, podría haber algo más.

—¿Disculpe?

—Me gustaría que viera las huellas que he encontrado en la nieve...

—¿Por qué no permaneció junto a la víctima como le indicó la operadora de urgencias? —Franco continuó como si yo no hubiera hablado.

—Intento explicárselo. Después de encontrar el cadáver, seguí las huellas de Alf Glockner y, en mi opinión, no concuerdan con un atraco.

El sargento Franco echó un vistazo a la nieve.

—¿De qué huellas está hablando?

—Sígame. Están por aquí...

Aunque seguía nevando, había vuelto a amainar un poco. Al llegar al centro del patio, me eché hacia atrás la capucha del anorak blanco para ver mejor, pero no sirvió de nada.

—¿Dónde están? —preguntó el detective.

—Estaban aquí mismo.

El oficial Langley examinó el suelo con la linterna, pero el rastro nítido de huellas que yo había seguido un rato antes había desaparecido. El atracador, los policías que lo perseguían e incluso Langley, al detenerse para ayudarme, las habían borrado.

—¿Ve algún rastro de las huellas de la víctima, agente Langley? —preguntó Franco con total serenidad.

—No, sargento —respondió Langley—. Lo siento, señora Cosi.

Franco dirigió su atención hacia mí.

—¿Qué es lo que cree haber visto, señora Café?

—No creo haber visto nada. Había huellas, las huellas de Alf. Las vi. Me dio la impresión de que había arrastrado ese cajón de madera hasta los contenedores de basura —señalé—. Deduzco que, por alguna razón, se subió a ellos para alcanzar la escalera de incendios.

Franco cruzó la mirada con Langley.

—Así que nuestro Papá Noel era un chorizo, ¿no? —dijo. Su expresión era neutra, pero su tono era marcadamente irrespetuoso.

—Compruébelo usted mismo —dije con firmeza.

Franco me sostuvo la mirada un momento, notó que lo miraba muy seria y, con un suspiro de evidente fastidio masculino, encendió la linterna. Se acercó al cajón y lo examinó. Echó un largo vistazo a los contenedores y, por último, a la escalera de incendios que había sobre ellos. Mientras volvía hacia donde estábamos Langley y yo, una voz electrónica y confusa lo interrumpió. Franco se llevó la radio a la oreja, escuchó un momento y maldijo en arameo. Por fin, se volvió hacia Langley.

—¡Erais cuatro para perseguir a ese delincuente y lo habéis perdido!

Langley se encogió de hombros avergonzado.

—Bien. Tú y tu compañero trabajaréis horas extras. —Sacudió la cabeza—. Charlie y yo no vamos a ser los únicos que busquen a un indigente «armado y peligroso» tan estúpido como para apretar el gatillo...

—Perdone, sargento, pero ¿qué le hace pensar que el atracador al que perseguían estos hombres es la misma persona que mató a Alf? Encontré el cuerpo de Alf antes de que el atracador pasara por aquí.

Franco, delante de mí con las piernas firmes sobre la nieve, me miró.

—Señora Cosi, algunos de esos cabrones trabajan en equipo. Van de calle en calle por una misma zona en busca de víctimas. Nuestro delincuente escondió muy bien el cuerpo de Papá Noel para que no lo viera nadie desde la calle. Está claro que no esperaba que encontraran tan pronto el cadáver y creyó tener vía libre para seguir buscando víctimas en las inmediaciones. En cuanto a su amigo, tiene los bolsillos vueltos, le falta la cartera y han saqueado la caja de recaudación que llevaba en el carrito verde. Dos y dos son cuatro. Es obvio que el móvil era el robo...

—A menos que fuera un montaje para hacerles creer que fue un atraco al azar. ¿Y si no lo fue? ¿Y si había alguna otra razón...?

—¡Basta! —El atormentado detective escupió el chicle en un envoltorio y se lo guardó en el bolsillo de la chaqueta de los Yankees—. Escúcheme, señora Café. Usted tiene frío, está cansada y es probable que en estado de *shock,* porque en caso contrario no sería humana. Pero yo no veo nada fuera de lo normal en este patio, aparte de las huellas de la persecución policial. No hay señales de sangre bajo la escalera de incendios ni nada sospechoso. El delito que estamos investigando tuvo lugar en el callejón y en la acera, donde está aparcado el carrito de la víctima. Sigamos a partir de ahí, ¿de acuerdo?

—Es lo que intento, pero tengo una hipótesis del caso...

—¿Una hipótesis del caso? Dios... —Franco lanzó una risotada corta y aguda, y luego miró a Langley—. Es una monada, ¿verdad?

—¡Sargento! —grité—. Estoy hablando en serio.

Franco se encaró conmigo.

—Bonita, si usted y yo estuviéramos ahora mismo en un bar agradable y calentito, dejaría que me hablara de su hipótesis del caso durante toda la noche. Pero no tengo tiempo para juegos. Es obvio que ha sido un crimen callejero. El atracador llevó a ese pobre hijo de puta al callejón a punta de pistola y... —formó una pistola con el pulgar y el índice— ¡pum!, ¡pum! Papá Noel ha muerto.

—Salvo que su suposición es errónea, sargento. A Alf no lo obligaron a entrar en ese callejón. Las huellas que vi mostraban con claridad que salía de este patio cuando le dispararon.

Franco se encogió de hombros.

—¿Y?

—Averigüe por qué estaba Alf en este patio y tal vez entonces sepamos por qué lo mataron.

—¿No se le ha ocurrido que a lo mejor Papá Noel necesitaba vaciar la vejiga?

—¿Cómo?

—Este es un patio privado —dijo Franco señalándolo—. Un viejales como ese tendría la próstata del tamaño de un melón. Es probable que Papá Noel necesitara orinar.

El agente Langley se movió con incomodidad mientras Franco cruzaba la mirada con él.

—Tal vez deberíamos registrar el escenario del crimen en busca de nieve amarilla, ¿eh, Langley?

Langley se tapó la sonrisa con la mano y luego me tocó el hombro.

—Voy a buscar a un médico para que la examine, señora Cosi.

En cuanto Langley se fue, me acerqué a Franco.

—Escuche, sargento, Alf solo tenía cincuenta y dos años, no era ningún viejales. Estoy informándole de lo que vi. Creo que es pertinente para el caso.

—Bien —respondió Franco—. La policía acepta su pertinente declaración. ¿De acuerdo? ¿Se siente mejor?

—No me trate como si fuera tonta.

La mandíbula del hombre se contrajo tanto que me dio la impresión de que buscaba qué decir en la cavidad de su molar izquierdo.

—Digamos que yo veo los acontecimientos de un modo distinto al suyo: un simple robo que salió fatal, ¿de acuerdo?

Suspiré. Franco miró hacia la boca del callejón como para asegurarse de que Langley no podía oírle.

—Oiga —se acercó más a mí, mucho más—, ¿qué tal si usted y yo hacemos las paces?

—¿A qué se refiere?

Los ojos oscuros de Franco me estudiaron un poco más.

—Quiero decir que usted y yo deberíamos quedar. Acabo de empezar el turno nocturno, pero estaré fuera de servicio por la mañana.

—Ehh, yo...

Bajó y suavizó la voz.

—¿Tiene rosquillas con mermelada en su cafetería?

Me crucé de brazos.

—Tenemos un *latte* de rosquillas con mermelada, lo acabamos de añadir al menú de Janucá.

—¿Solo el café, sin la rosquilla?

—Mi cafetería no es de esas.

—Dios...

—¡Clare! ¡Clare Cosi! ¿Estás ahí? ¡Clare!

El grito de Matt se coló entre el murmullo de voces que rodeaba el escenario del crimen y resonó hasta el patio solitario. Crucé por la nieve y doblé la esquina del edificio para reunirme al otro lado del callejón con mi exmarido, que en ese momento gritaba como un loco desde la cinta amarilla.

Franco vino detrás de mí y ladeó la cabeza en dirección a Matt.

—¿Conoce a ese tipo?

—Es mi... socio en la cafetería.

—¡Clare! —Matt gritó al verme—. ¡Aquí!

—Vale, pues dígale que se calle —me ordenó Franco. Sus dulces insinuaciones se agriaron en cuanto se fijó en Matt—. No queremos molestar más de lo necesario a los vecinos de estos edificios tan bonitos y lujosos, ¿verdad?

Sin responder, continué por el callejón, ahora teñido de rojo rubí por las parpadeantes luces de emergencia. Cuando uno de los policías uniformados levantó la cinta amarilla para dejarme pasar, miré por última vez la figura inmóvil que yacía junto al contenedor. El cadáver de Alf estaba rodeado de agentes de criminalística que lo examinaban, tomaban notas y hacían fotos.

Mientras me secaba nuevas lágrimas, me agaché bajo la cinta y se me escapó un gemido: la flexión me agravaba el dolor del torso. En ese momento, el agente Langley apareció a mi lado.

—Los médicos están aquí, señora Cosi. —Señaló una ambulancia aparcada detrás de la media docena de vehículos policiales—. Pueden examinarla ahora mismo. Si me acompaña...

—Gracias, agente Langley, pero no necesito que nadie...

—¿Estás herida? —Matt lo interrumpió y corrió a mi lado—. ¡Me dijiste por teléfono que estabas bien!

Me encogí de hombros.

—Recibí un golpe después de hablar contigo, eso es todo. —Le expliqué que había seguido el rastro de las botas de Alf hasta el patio y que me habían derribado al suelo durante una persecución policial—. Me duele bastante el costado, pero estoy bien...

—¡Eso no lo sabes! —Matt insistió—. ¡Podrías tener una costilla rota!

Antes de que pudiera impedírselo, mi ex se quitó los guantes, me bajó la cremallera del anorak y empezó a toquetearme el cuerpo magullado.

—¡¿Qué haces?! —grité tan fuerte que varios policías nos miraron.

Matt los ignoró.

—¿Recuerdas hace unos años, cuando estaba en Ruanda y Timo volcó el Land Rover? —preguntó, con los dedos aún ocupados en palparme el pecho—. Se rompió una costilla y tuve que vendarle el torso para evitar que se le perforaran los pulmones. Nos quedamos tirados un día y una noche. El pobre Timo podría haber muerto.

—¡¿Y qué?!

—Pues que sé cómo va esto —dijo Matt. Me palpó durante unos segundos más—. Estás bien, Clare. No te has roto nada.

—Bien —dije. Estaba claro que el examen había concluido, pero Matt no apartaba las manos de mis caderas—. Hemos terminado, ¿no?

Sus ojos se clavaron en los míos.

—¿Hemos terminado?

—¡Sí! —le aseguré apartándole las manos.

Mientras volvía a subirme la cremallera del anorak, el sargento Franco se me acercó de nuevo, esta vez acompañado de otro hombre que aparentaba varios años menos que él y parecía de ascendencia china. También vestía de un modo más convencional: su atlética figura iba enfundada en un traje con corbata y abrigo de pelo de camello.

—Chan le tomará declaración, señora Café —dijo Franco—. Cuéntele a mi compañero todo lo que recuerde. Cuando acabe, usted y su socio podrán irse a casa y continuar con el magreo en privado.

—Matt no me estaba magreando —aclaré—. Era una simple comprobación médica para...

Pero Franco ya se estaba alejando. Su compañero negó con la cabeza mientras lo veía marcharse. Después, se volvió hacia mí y pasó una página de su cuaderno.

—¿Su nombre es Café? —preguntó.

—No, Cosi —corregí—. ¿Y usted es el detective Chan?

—Mi nombre es Charlie, Charlie Hong —aclaró.

—¿No se llama Chan?

Hong sonrió con ironía.

—Tendrá que disculpar el sentido del humor del sargento Franco.

Matt se quedó rondando cerca mientras yo prestaba declaración. El trámite no duró más de diez minutos, pero durante ese tiempo mi malestar fue en aumento. La nevisca había cesado por completo, pero mi anorak estaba empapado, me seguía palpitando el costado, me goteaba la nariz y tenía la voz ronca por el frío.

Por fin, el detective me dio las gracias y cerró la libreta. Me pasó su tarjeta y me pidió que lo llamara si recordaba algo más.

—¿Y las huellas de las que le he hablado, detective Hong? ¿Qué opina de eso?

Hong se encogió de hombros.

—Creo que estoy de acuerdo con mi compañero. Lo que la víctima estuviera haciendo en el patio es irrelevante. Lo asaltaron, le robaron a punta de pistola y lo asesinaron en el callejón. Y es muy probable que el culpable de todo sea el hombre a quien la policía persiguió por Perry Street.

Me tendió la mano y se la estreché.

—Gracias por su ayuda, señora Cosi.

En cuanto Hong se marchó, Matt se abalanzó de nuevo sobre mí.

—Deberías hacerte una radiografía del pecho —dijo, extendiendo de nuevo la mano hacia mí.

—Olvídate del hospital —dije, dando un paso atrás—. Y de mi pecho. Lo único que quiero es acostarme.

—Buena idea.

—Sola.

CAPÍTULO SEIS

Había llegado la mañana, fría y soleada, y estaba de nuevo en la calle, pero la nieve que me rodeaba era mucho más espesa que la de la ciudad. Me encontraba en un campo llano y extenso, como la vista aérea de unas nubes interminables.

Tilín, tilín, tilín...

Me sorprendió el sonido de los cascabeles. El alegre tintineo se arremolinó con el viento. Entonces una voz me llamó por mi nombre, una voz imposible...

—¡Clare!

—¿Alf? ¿Alfred? —Cargada de esperanza, me di la vuelta. La luz del sol me quemaba en los ojos. El resplandor de la nieve era cegador.

—¿Dónde estás, Alf? No te veo.

—¡Mira hacia arriba!

Levanté el brazo para protegerme de la luz y por fin lo vi. Alf estaba vivo y me saludaba desde la cima de una enorme montaña blanca. Allí arriba parecía pequeño, como un adorno navideño diminuto, pero todos los detalles de su ser me resultaban extrañamente nítidos: el traje de terciopelo rojo, las botas negras y lustrosas, los grandes botones blancos en la parte delantera... Todos menos uno. Faltaba un botón.

—¡Alf! —grité—. ¡Te estaba buscando!

—¡Lo siento, Clare! ¡Tengo que irme!

—¡No! ¡Espera! ¡Voy a traerte de vuelta!

Caminé a través de la nieve, pero en cuanto mis botas golpearon la base de la montaña, mi ritmo se ralentizó. Con cada paso, la nieve se volvía más profunda y la subida, más difícil.

Tilín, tilín, tilín...

Los cascabeles de Alf no paraban de sonar. Aquel sonsonete interminable adquirió un tono metálico y hueco, hasta que empezó a parecerse al ruido de las cajas registradoras en funcionamiento.

Clin, clin, clin...

Me tapé las orejas con las manos y seguí avanzando mientras todos mis músculos se extenuaban con mi empeño sudoroso y colérico. Pero por cada paso que me acercaba, Alf parecía elevarse un metro más. Me sentía tan frustrada que me dieron ganas de llorar. Entonces tropecé, me di un fuerte golpe y eché a rodar por la pendiente en una caída interminable...

—¡Ahhhhhh!

Abrí los ojos.

Tenía el cuerpo dolorido y el corazón aún me palpitaba con fuerza, pero ya no estaba a la intemperie, sino resguardada bajo un cálido edredón, sobre una cama mullida, en una habitación oscura. *Mi habitación...* Y no estaba sola. Entre los dos postes de caoba, a los pies de la cama, vislumbré una figura misteriosa que se movía de una forma sospechosa. Me di cuenta de que el intruso era un hombre. Se levantó y se volvió a agachar.

¿Qué hace? ¿Está buscando algo?

Todavía aturdida y desorientada, tragué saliva y saqué una mano de entre las sábanas para buscar a tientas algo que me sirviera de arma. Palpé el pie de una lámpara Tiffany, una de las reliquias de Madame. No quería romperla, pero tampoco tenía elección.

La arrastré un poco por la mesilla para agarrarla mejor, pero el leve chirrido me delató. El intruso se dio la vuelta con rapidez y yo me incorporé con mi preciada arma en ristre.

—¿Clare?

Me quedé petrificada al ver que un resplandor rojo anaranjado aparecía de repente por detrás de la silueta del hombre. Fue entonces cuando me di cuenta de dos cosas: Ese «intruso» era mi novio, Mike Quinn, y sus movimientos «sospechosos» tenían como objetivo encender el fuego de la chimenea de mi dormitorio.

Quinn me miró: estaba sentada en la cama, con la lámpara en la mano y el brazo dispuesto para golpearle en la cabeza.

—¿Sabes qué? —me dijo, más divertido que alarmado—. Si te cuesta encender ese trasto, quizá deberías probar con el interruptor.

Parpadeé.

—Pensé que eras un ladrón. —Quinn llevaba la camisa arremangada y la corbata suelta. Me fijé en que la chaqueta de su traje estaba sobre una silla.

Se cruzó de brazos.

—¿Has olvidado que me diste una llave?

—No, claro que no.

¿Cómo iba a olvidarme? Era la misma llave que Matteo me devolvió el día que se casó con Breanne. Había sido un gran gesto por su parte, teniendo en cuenta que su madre nos había dado permiso a los dos para vivir gratis en el dúplex de encima del Blend (uno de los muchos intentos fallidos de Madame para que volviéramos a estar juntos). Sin embargo, Matt acabó aceptando mis sentimientos (que nunca volvería a casarme con él) y mi problema (la falta de un techo). Teniendo en cuenta que los alquileres en el barrio histórico de West Village se encontraban entre los más altos de la ciudad, no podía permitirme vivir cerca del Blend. Por otro lado, tener que desplazarme desde las afueras hasta la cafetería a diario habría sido muy duro, dada la cantidad de horas que dedicaba a regentarla. De modo que, después de casarse con Breanne, Matt renunció a su llave.

—Perdona, Mike. —Dejé la lámpara en su sitio—. He tenido una pesadilla.

Sin mediar palabra, se acercó a la cama y su cuerpo macizo hundió el borde del colchón. Lo rodeé con los brazos y él tiró de mí.

Fue un abrazo poco glamuroso. Como no lo esperaba esa noche, mi ropa de dormir no era elegante ni seductora: tan solo mi habitual camiseta ancha de los Steelers y unas bragas de algodón. Aún llevaba la pistolera de cuero amarrada a los hombros y me clavó levemente la culata del arma reglamentaria, lo cual avivó el dolor de mis costillas, pero no me importó. Hacía una semana que no dormíamos juntos y echaba de menos aquella sensación: el cariño de sus caricias, la fuerza de sus músculos, incluso el olor de su piel, cálido, masculino y con el toque cítrico de su loción de afeitar. En pocas palabras, Mike Quinn me hacía sentir bien y me gustaba aferrarme a ese bienestar.

Al cabo de un minuto, se apartó de mí y lo examiné. Su pálida tez irlandesa había adquirido un tono rojizo, sin duda por la tarea de encender el fuego en la chimenea. Llevaba el pelo rubio oscuro corto y peinado con sencillez, como de costumbre.

Su cuadrada mandíbula y su fuerte mentón inspiraban seguridad. Como la mayoría de los hombres de cuarenta años, tenía patas de gallo y arrugas en la cara, marcas de haber sobrevivido a las tragedias de la vida y de haber luchado muchas batallas. Sus ojos azules seguían siendo afilados y más claros que un lago glacial.

En la calle, los ojos de Quinn eran los de un poli frío como el hielo y poco dispuesto a revelar sus intenciones. Durante mucho tiempo, sus sentimientos fueron como un juego de adivinanzas para mí, una tarea a veces frustrante. (*¿Está un poco enfadado?* —me preguntaba—. *¿O tan cabreado como para empezar a disparar por la habitación? ¿Le excitan mis referencias subidas de tono a sus esposas? ¿O estoy haciendo el ridículo?*).

Ese desconcierto ya había quedado prácticamente atrás. Cuando estábamos a solas, su frío velo de policía se hacía a un lado y, fuera lo que fuera, solía demostrarme lo que pensaba o sentía (aunque no siempre, porque, después de todo, Quinn seguía siendo un hombre).

—Deberías haberme contado lo de Alf, Clare.

—¿Te has enterado de lo que pasó?

—No me enteré hasta que acabé el turno. —Me apartó con suavidad unos mechones de pelo de la mejilla—. Sully y yo oímos por radio que habían disparado a un Papá Noel cerca de la Sexta y pregunté por el fallecido. Langley me contó que fuiste tú quien lo encontró.

Asentí con la cabeza.

—Le dispararon a bocajarro. Lo encontré en un callejón.

Mike sacudió la cabeza.

—Oí tu mensaje en el buzón de voz, pero no me dijiste nada, Clare. Ni una palabra de la razón de tu llamada. —Su voz contenía algo de enfado, pero sus ojos no mostraban un ápice de reproche, sino más bien cierta preocupación acentuada con sus cejas fruncidas.

—Estabas de servicio y no quería preocuparte...

—Bueno, pues ojalá lo hubieras hecho. Te llamé en cuanto oí el mensaje. ¿Por qué no contestaste?

—Debería haberlo hecho, pero es que estaba tan agotada... No me veía capaz de contarlo otra vez y menos por teléfono. Para entonces ya había hablado con mucha gente: con Langley, con los dos detectives, con Matt...

—¿Matt? —Quinn se puso tenso—. ¿Allegro estaba allí?

Asentí con la cabeza.

—Se presentó en el Blend para la fiesta de degustación. Sabía que estaba cerca y, cuando lo llamé, cogió el teléfono enseguida.

A Quinn se le desencajó la mandíbula.

—Siento no haber respondido.

—Deja de disculparte. Estabas de servicio. Sabía que si no contestabas sería porque te encontrabas en algún otro escenario del crimen...

—Así fue.

Por su tono, me di cuenta de que algo no había ido bien.

—¿Qué pasó?

—Nuestro sospechoso estaba drogado cuando mis chicos llegaron con la orden de registro. Se atrincheró en su dormitorio con su novia adolescente como rehén y nos dijo que la tenía a punta de pistola.

—Uf, no me digas...

—Tu llamada sonó justo cuando me di cuenta de que la situación era bastante jodida.

—¿Y qué pasó?

—Teníamos un francotirador apostado en el tejado de enfrente. Tenía a tiro al sospechoso a través de la ventana de la habitación, porque las persianas estaban abiertas, aunque yo no creía que fuera a hacerle daño a la chica.

—¿Por qué no? Si le apuntaba con un arma...

—No. Tenía la pistola en la habitación, pero en realidad no le estaba apuntando. Siguió hablando conmigo y traté de convencerle de que queríamos información, que retiraríamos los cargos si nos entregaba a los demás miembros de la red.

—¿Era el empleado del hospital del que me hablaste?

Quinn asintió.

—Le ha estado suministrando OxyContin a los traficantes de Queens College, Hunter College y la Universidad de Nueva York.

—Entonces, ¿no tuvisteis que dispararle?

—De habernos visto obligados, lo habríamos hecho. Pero, como te decía, no estaba apuntando con el arma a la chica y siguió hablando conmigo hasta que lo convencí para que se rindiera. Luego tomamos del apartamento todas las pruebas necesarias y llevamos a la chica, sana y salva, a casa de su madre.

Sonreí un segundo, orgullosísima, y le pellizqué el pecho.

—¿Ves? Ahora me alegro de no haberte dejado un mensaje histérico. Aunque estuve a punto...

—¿Ah, sí?

—Empecé a parlotear en cuanto oí tu voz, pero luego me di cuenta de que era tu contestador y me contuve.

—¿Y estabas histérica? —La expresión sombría de Quinn se iluminó por un momento.

—Escucha, teniente, no soy una profesional. Lo reconozco, ¿vale? Aunque ya he visto un par de cadáveres en mi vida, como bien sabes.

Los ojos de Quinn se arrugaron cuando sonrió, sin duda al recordar uno de los casos que yo había ayudado a resolver a la policía de Nueva York. Sin embargo, nadie con una placa y un arma me reconocía como algo más que una «testigo útil», excepto, por supuesto, el policía que estaba sentado en mi cama.

—¿Qué les dijiste a los detectives? —me preguntó.

—Da igual. No consideraron que mi testimonio fuera importante para el caso.

—¿Quién te dijo eso? ¿Quién es el detective jefe?

—Un sargento llamado Franco. Emmanuel Franco.

—El General.

—¿Cómo?

—No me preguntes por qué le pusieron ese apodo. Es nuevo en la comisaría, aunque no en el departamento de policía. Tuvo mucho éxito dirigiendo distintos cuerpos especiales de delincuencia callejera en los distritos. Ya habrás oído que la delincuencia callejera va de mal en peor desde que se hundió la economía.

—Sí, alguien me lo ha comentado un par de veces.

—Entonces, ¿qué opina, detective Cosi? —preguntó Quinn—. ¿Cree que la muerte de Alf fue algo más que un atraco?

—Opino que hay muchas preguntas sin responder: por qué estaba en esa calle durante una tormenta de nieve y qué hacía exactamente en el patio trasero de esos edificios.

Quinn me observó un momento o, mejor dicho, me analizó.

—Así que Franco y tú chocasteis.

—Durante un instante, sí —admití—. Se puso condescendiente y yo estaba enfadada. Al final, mostró interés por mi teoría, pero solo si aceptaba discutirla con él fuera de servicio, tomando café y rosquillas. Estoy segura de que me estaba tirando los tejos.

—¿Ah, sí? —Quinn arqueó una ceja—. ¿Y?

—¿Y qué?

—¿No le dijiste que eres mi chica?

Me eché a reír.

—No fue para tanto. Empezó a sugerir que «hiciéramos las paces» cuando apareció Matt. Diez segundos después, Matt se puso a palparme el pecho delante de todos, así que Franco llegó a la conclusión de que Matt y yo...

—¡Eh, espera! ¿Qué Allegro hizo qué?

Oh, Dios.

—No es lo que piensas. Verás, hubo una persecución policial y me pilló en medio. El delincuente me arrolló y a Matt le preocupaba que me hubiera roto una costilla. No me la había roto, pero quiso examinarme. Quiero decir, examinarme el pecho. Es decir, las costillas. Y Franco, que lo vio todo, se llevó una impresión equivocada...

—Yo también me estoy llevando una impresión equivocada. Y me he perdido. Empieza otra vez.

Lo hice. Le narré la noche completa, le hablé del escenario del crimen y de las huellas en la nieve.

—El sargento Franco dijo que dos y dos son cuatro, pero se ve que las matemáticas no son su fuerte, porque en esta historia seguro que hay algo más. Alf acudió a esa calle solitaria por alguna razón y yo creo que trepó hasta la escalera de incendios del patio también por alguna razón.

—¿Y crees que esas razones servirían para aclarar por qué lo mataron?

—Soy consciente de que hay muchas pruebas que apoyan la versión de Franco, pero creo que faltan detalles que investigar.

Quinn guardó silencio un momento.

—¿Sabes qué? Estaré pendiente del caso. ¿Quién es el compañero de Franco?

Se lo dije.

—Bien. Conozco a Charlie Hong. Es un tío de trato fácil, metódico, ecuánime...

—O sea, todo lo contrario de Franco, ¿no?

Quinn evitó una respuesta directa.

—Hablaré con Charlie —se limitó a añadir—. Me enteraré de si han capturado y acusado al atracador que salió huyendo.

—Gracias, Mike. Parece que de nuevo voy a deberte una.

Arqueó la ceja sugerentemente.

—Espero que recuerdes tus palabras.

Me reí. Pero él no. Estaba demasiado ocupado recorriéndome con la mirada y deslizando la ruda mano por mi muslo desnudo.

Me estremecí..., pero de alegría. Por primera vez esa noche, mi temblor no tenía nada que ver con el frío glacial ni con el miedo, ni era el efecto de un escenario sangriento. Sin embargo, le sujeté la mano.

—¿Quieres comer algo antes? —susurré, a sabiendas de que acababa de salir de trabajar tras una larga jornada—. ¿Un café recién hecho?

Me levanté de la cama, pero él me detuvo.

—No te muevas, Cosi. Por una vez, te he preparado algo.

—Estás de broma.

Quinn se levantó de la cama y cruzó la habitación hasta una mesa que estaba cerca de la chimenea. Al seguirlo con la mirada, me fijé en los adornos que yo misma había colocado por la mañana: la corona de hojas perennes que colgaba sobre la repisa de mármol marfil de la chimenea, las lucecitas blancas que rodeaban la puerta de cristal, el espumillón dorado que cubría la parte superior del antiguo espejo de pan de oro.

El fuego crepitante había iluminado la habitación y, a pesar de los escalofriantes acontecimientos de la noche, sentí que me animaba de nuevo. Mike Quinn había encendido algo más que un fuego en esa habitación: me había devuelto la calidez de la temporada navideña, junto con una bolsa marrón perfectamente doblada.

—Siento haberme perdido tu fiesta de degustación —se excusó, sentándose de nuevo en la cama—. Pero cumplí con mi parte.

—¿Qué parte?

Levantó la bolsa marrón.

—¿No le pediste a tus empleados que averiguaran a qué sabe la Navidad?

—Sí, pero no esperaba que...

—Cierra los ojos.

—Estás de broma.

—Ciérralos, Cosi.

Los cerré. A continuación oí que manipulaba la bolsa marrón y abría un recipiente de plástico. El olor terroso del cacao me llegó de inmediato. Al momento, sentí que los dedos de Mike deslizaban algo fresco y suave entre mis labios. El bocado era redondo y bastante duro. Lo mordí y noté un suave crujido. La cubierta de chocolate intenso se abrió en mi boca liberando un aterciopelado sabor a fruta azucarada mezclado con la viveza áspera del alcohol.

—¡Un bombón de cereza!

—¿Te gusta?

Abrí los ojos. El recipiente de plástico que sostenía Quinn contenía una docena de bombones. Los dulces distaban mucho de ser perfectos. Algunos estaban torcidos, otros llevaban demasiado chocolate o demasiado poco. Pero el simple intento me había dejado boquiabierta.

—¿Los has hecho tú?

No me lo creía. La primera vez que preparé pan de maíz en su nuevo apartamento y oyó el temporizador del horno reaccionó como si hubiera oído una sirena antiaérea. Quinn tenía muchas habilidades, pero la cocina no era una de ellas.

Sonrió.

—Mi madre preparaba bombones de cereza todas las Navidades. Me dio la receta la semana pasada. Iba a pasártela, pero... —se encogió de hombros—. Las instrucciones eran tan sencillas... —se metió un bombón casero en la boca y volvió a sonreír— que pensé en darte una sorpresa.

Probé otro.

—Hummm —dije—. Una sorpresa muy sabrosa.

Entonces Quinn se inclinó y me dio otro tipo de sorpresa.

Sus labios, cálidos y cariñosos, rozaron los míos. Tenía la boca dulce por el chocolate y la lengua agria por el alcohol, pero al cabo de un momento toda esa suavidad se esfumó. Sus besos se volvieron más profundos y su boca, hambrienta. Encantada de seguirle el ritmo, le rodeé el cuello con los brazos y me acurruqué en su regazo. Estuvimos así, a la luz de la chimenea, durante un extraordinario minuto, hasta que le sonó el móvil.

Con un gemido de frustración, se apartó. Mientras comprobaba quién llamaba, fingí que no me faltaba el aliento.

—¿Asuntos policiales? —susurré por fin, incapaz de interpretar su mirada.

—Será solo un minuto.

Sus ojos azules habían recuperado su frialdad.

—¿Qué pasa? —le preguntó a la persona que llamaba mientras se dirigía hacia la ventana con sus largas piernas. La sequedad de su voz apenas era perceptible, pero a mí me resultó bastante evidente. Quinn no solo estaba irritado por la interrupción, sino que la consideraba del todo innecesaria.

A continuación hubo una pausa prologada. Mientras escuchaba a su interlocutor, Quinn descorrió distraídamente las cortinas de la ventana y miró hacia la calle. *Policía hasta la sepultura,* pensé.

—¿Ah, sí? —dijo por fin—. Bueno, yo no. —Ahora su tono era claramente cortante—. No, no me parece bien —añadió. Y por último, justo antes de colgar—: Basta. No es el momento.

Era evidente que algo iba mal.

Quinn casi siempre controlaba su carácter, pero esa llamada inesperada lo había sacado de sus casillas. Aunque estuviera al otro lado de la habitación, percibí el nivel de ira de sus movimientos. Se quitó la funda del hombro y la colgó con brusquedad en una silla. Luego soltó la placa, las esposas y la cartera sobre la cómoda. Por último, se acercó a mí y se desabrochó toscamente la camisa.

—Déjame a mí —susurré.

Mientras le quitaba la camisa con suavidad, mi mente recorrió a toda prisa las distintas posibilidades de quién habría llamado y para qué. Le pregunté si quería contármelo, pero hizo un gesto negativo con la mano.

—No tiene importancia —dijo—. Prefiero volver a lo que de verdad importa.

Impaciente, se quitó el resto de la ropa y centró su atención en desvestirme. Primero, me quitó la camiseta deportiva desgastada y luego deslizó las manos por mis caderas para quitarme lo poco que aún me cubría. En cuanto estuve desnuda, me acercó hacia él.

No entendía por qué de repente se había vuelto tan fuerte su deseo, pero no estaba dispuesta a frenarlo. Más que nunca, quería olvidarme de todo y eso fue justo lo que me dio.

Las sombras parpadeantes del fuego volvieron invisibles mis moratones mientras el calor de sus besos derretía mis miedos más amargos. Y cuando cubrió mi cuerpo con el suyo, desapareció de mi cabeza hasta el último pensamiento.

CAPÍTULO SIETE

Volvió a amanecer un día frío y soleado, aunque esta vez no estaba soñando. El ruido rítmico de una pala de nieve me despertó y enseguida supe que se trataba de Tucker, que estaba despejando la acera antes de abrir la cafetería.

Con el fuego de la noche anterior ya consumido del todo, la habitación tenía un ligero olor acre y estaba bastante fría. Me di la vuelta bajo el edredón y vi que Mike dormía profundamente. Como cualquier mujer en su sano juicio, le besé el hombro desnudo y me acurruqué contra su cuerpo grande y cálido. Por desgracia para mí, el país de los sueños se acabó con un sonido: *¡Miauuuuu!*

Sentí un ligero roce de patas y abrí los ojos para encontrarme con unos bigotes blancos y una nariz rosa. Una bola de pelo del color de un grano de arábica tostado se instaló en mi pecho y empezó a ronronear con fuerza. Me planteé la posibilidad de apartar a la pequeña gata atigrada y darle la espalda, pero no fui capaz.

—De acuerdo, Cafelito, tú ganas —susurré entre bostezos—. Vamos a ponerte el desayuno.

Me levanté de la cama y reprimí un gemido. Había sido fácil olvidarse de los moratones del costado mientras Mike me hacía el amor, pero a la luz del día el dolor no era tan fácil de ignorar. La ducha caliente me ayudó y también el ibuprofeno acompañado de un expreso. A la media hora de haberme despertado, me sentía mucho mejor... y también mucho peor.

Mi gatita, felizmente saciada, observaba desde la ventana trasera unas palomas posadas en un cable y mi hombre dormía a pierna suelta en el dormitorio de arriba, pero yo no estaba ni mucho menos serena. En la tranquila quietud de la cocina del apartamento, mientras tomaba el segundo expreso de la mañana, no pude evitar que mi mente regresara a aquel lúgubre callejón.

¿Cómo sucedió todo? —me pregunté—. *Ese indeseable, ¿le pediría el dinero a Alf o le dispararía sin más? ¿Cuánto tardó mi amigo en morir allí, sobre la nieve? ¿Fue aquel feo contenedor gris lo último que vieron sus ojos?*

Noté que empezaba a tiritar de nuevo, pero no de miedo, ni de frío, ni por las caricias de Mike. Esta vez lo que me sacudía era la ira. Quería hacer algo por Alf, no podía quedarme allí sentada pensando en lo que le había hecho el asesino.

De repente, me levanté de la mesa de la cocina. *Necesito estar ocupada.*

Tucker estaba abajo, en la cafetería. Uno de nuestros nuevos aprendices le iba a ayudar a abrir y se suponía que yo tenía la mañana libre. Consideré la posibilidad de vestirme y bajar de todos modos, pero no quería abandonar a Mike, que todavía dormía.

Ya sé.

—¡Voy a hornear algo!

Las orejas de Cafelito apenas se movieron al oír mi anuncio, que le pareció mucho menos trascendente que acechar palomas.

Y, dada la sucesión de pensamientos que habían cruzado por mi cabeza un momento antes, supuse que mi gata tenía razón.

La repostería era una triste alternativa a emprender una investigación policial activa para atrapar al asesino de Alf, pero evitaría que me subiera por las paredes; y también era una actividad bastante práctica, porque si inventaba una nueva galleta, tarta o magdalena, podría pedirle al repostero que la elaborara para después venderla en la cafetería, con el consiguiente beneficio económico.

¡Clin, clin!

Me estremecí al recordar de repente mi sueño: el ruido de los cascabeles de Papá Noel de Alf que se transformaba en el sonido de unas cajas registradoras en funcionamiento. Luego pensé en la decoración navideña del día anterior, en los cascabeles con los que sustituimos el timbre de la puerta principal.

¿Por eso soñé esas cosas? Cada tintineo de los cascabeles de la puerta es la señal de un nuevo cliente del Blend, ¿no? Y cada cliente es una nueva oportunidad para que suene mi caja registradora...

Cerré los ojos. *¿Y cómo voy a usar la idea del café con leche fun fun fun de Alf ahora que lo han asesinado? Me sentiré como una mercenaria sin corazón. ¡Ya está bien, Clare! Deja de pensar. ¡Limítate a hornear!*

Empecé a sacar la harina, el azúcar, la mantequilla y la vieja tabla de madera que mi Nonna se trajo de Italia. Una hora más tarde, volví al dormitorio con una bandeja del desayuno. En ella había una cafetera de prensa francesa con parte de la remesa anual de Jamaica Blue Mountain de Matt y mi versión moderna de las galletas italianas de mi abuela.

Había sustituido el tradicional anís por vainilla y había utilizado pistachos tostados para darle a la galleta un delicado sabor a frutos secos, así como un toque verde muy propio de la

Navidad. Los arándanos deshidratados le añadían un alegre tono rojo y la abundante lluvia de chocolate blanco evocaba la nieve helada del invierno. Sin embargo, mi ingrediente secreto era la canela molida. Esa especia intensa y agridulce que los romanos ricos utilizaban en las pociones amorosas tal vez fuera un aderezo poco convencional en ese tipo de galletas, pero armonizaba de manera sorprendente con los demás ingredientes a la vez que impregnaba el ambiente de un evocador aroma navideño.

Cuando volví a entrar en el dormitorio, aún frío, mi ánimo se infló como un panetone con levadura. Que Mike estuviera allí por mí era como un regalo de Navidad anticipado. Como mínimo, era un deseo cumplido. No hacía mucho tiempo había soñado una escena como esa, en la que yo le servía al detective de pelo rubio su café matutino en la preciosa cama de caoba de cuatro postes.

Hubo momentos en los que pensé que eso jamás ocurriría, y no porque él no se sintiera desgraciado en su matrimonio. Entre las mentiras, los engaños y los cambios de humor de su esposa, el pobre Mike había vivido algo parecido a una guerra emocional. Sin embargo, por el bien de sus dos hijos, había hecho todo lo posible por seguir con ella. Al final había sido su mujer quien había puesto fin a la relación.

Yo no conocía a Leila Quinn y a menudo me preguntaba cómo sería cuando se casaron. Había oído hablar del final de su matrimonio, por supuesto, pero tenía curiosidad por saber cómo se conocieron y qué le hizo a Mike enamorarse y casarse con ella.

Mike no me lo había contado. No le gustaba hablar de su ex ni de su pasado juntos. Y cada vez que salía el tema, cambiaba de conversación. Por el momento, yo no había insistido. Cuando lo conocí, se había convertido en una especie de zombi insensible en todo lo concerniente a las relaciones. Lo último que quería en esa fase incipiente de nuestra unión era abrir heridas recién cicatrizadas.

—¡Arriba, grandullón! —le canturreé al oído.

Sin abrir los ojos, Mike sonrió. Dejé la bandeja en la mesilla de noche.

—Aquí tienes el café y si quieres puedes probar mi nueva receta: *biscotti* navideños rojos y verdes.

Mike seguía con los ojos cerrados, pero sus fosas nasales aletearon.

—Mmmm, la casa huele a gloria —murmuró—, como cuando era pequeño y mi madre horneaba en Navidad. No estarías cocinando tan temprano, ¿verdad?

—¿No conoces el tercer principio del credo del ama de casa?

—Nunca lo he oído.

—Horneo, luego existo.

Mike se echó a reír.

—¿Y cuáles son los dos primeros?

—Limpio, luego existo; hago la compra, luego existo. Y hay por lo menos siete más. —(Cuando vivía en Jersey y colaboraba escribiendo para publicaciones para llegar a fin de mes, enumeré todos esos principios en una de mis viejas columnas de «En la cocina con Clare»)—. Pero mi favorita sigue siendo la repostería.

—Qué suerte la mía —me dijo mientras me agarraba la muñeca—, porque da la casualidad de que me muero de hambre otra vez.

Entonces Mike tiró de mí para que volviera bajo las sábanas y me di cuenta de dos cosas: que había sido una buenísima idea poner el Blue Mountain en un termo (porque no lo tomaríamos hasta al menos media hora después) y que los romanos ricos tenían razón en lo de la canela.

Un rato después, Quinn volvió al trabajo, al igual que yo. Después de atarme el delantal del Village Blend, ayudé a Tucker a recargar la deficiencia cafeínica de nuestros clientes habituales del mediodía y luego lo relevé a él y a nuestro aprendiz.

Dante y Gardner tenían turno de tarde y en ese momento estábamos faltos de personal, lo que significaba que el Blend sería todo mío durante las tres horas siguientes.

Solo había unas pocas mesas ocupadas y, después de preparar una decena de pedidos para llevar, ya no quedaban clientes en la cola. Por lo general, ese era mi momento favorito del día: la tranquilidad de la tarde entre la comida y la cena, la calma antes de que la clientela recién salida del trabajo asaltara el local. Pero no me gustaba tanta quietud. No ese día. Ni siquiera un poco. Mi cafetería vacía parecía de repente la cocina deshabitada de una viuda, antes bulliciosa por las risas familiares y ahora tan silenciosa como la sala de velatorios de una funeraria.

A eso de las dos de la tarde, varios turistas charlatanes y algunos compradores navideños con frío pasaron por delante del negocio sin ni siquiera mirarlo. Torcí el gesto y me planteé la posibilidad de escribir en la pizarra de la acera nuestra nueva carta de cafés con leche fun fun fun, pero de nuevo pensé en Alf —pues la idea del «sabor de la Navidad» había sido toda suya— y se me quitaron las ganas. Así que me puse a barrer y a limpiar las mesas.

Justo antes de las tres, noté que me ponía tensa. Alf casi siempre se pasaba a esa hora para «calentarse las manoplas», como él decía, y yo aprovechaba para tomarme un café con leche con él junto al fuego. Un minuto antes de que diera la hora, sonaron los cascabeles. Levanté la vista, casi con la esperanza de ver a mi Papá Noel, pero en su lugar me encontré con Matt.

Sonreí.

Me devolvió la sonrisa, pisoteó el suelo de madera con las botas de montaña llenas de nieve y se apoyó en la barra. Me sorprendió un poco verlo vestido como en los viejos tiempos (antes de la influencia de Breanne en su indumentaria), con unos vaqueros manchados de pintura y una parka vieja y gastada. Mientras se quitaba el abrigo y se acomodaba en el taburete, me tomé un momento para darle las gracias por la ayuda que me había prestado la noche anterior (y no solo por acudir al escenario del crimen).

Me angustié tanto después de encontrar a Alf que no me consideré capaz de contarles a mis empleados lo del asesinato sin derrumbarme. Matt lo entendió a la perfección y, mientras yo subía por las escaleras de atrás y me desplomaba en la cama, él volvió a la fiesta de degustación para dar la noticia a los camareros y encargarse de cerrar.

—Tucker no ha dicho gran cosa sobre la muerte de Alf esta mañana —le dije a Matt—. Solo que era algo tristísimo. ¿Cómo se lo tomaron los demás?

—Se llevaron un disgusto, por supuesto —dijo—. Pero no se lo dije enseguida. Dejé que la cata continuara como estaba previsto...

—¿Qué? —Aquella decisión me dejó atónita.

—Les di la noticia casi al final de la fiesta. Necesitabas información sobre la degustación, ¿no? Ah, eso me recuerda...

Se movió en el taburete y se sacó del bolsillo trasero un papel doblado.

—Aquí están apuntadas las reacciones a los distintos sabores de los cafés con leche. En general fue bastante bien. Solo hubo algunos fallos y un par de sugerencias para modificar varias recetas.

Ignoré el papel doblado.

—¡No puedo creerme que dejaras que siguiera adelante la fiesta de degustación! ¿En qué estabas pensando? ¿Y qué pasó con Vicki...?

—Vicki Glockner no apareció, Clare. Si lo hubiera hecho, le habría contado lo de su padre de inmediato. Confía un poco en mí.

—Ah. —Fruncí el ceño, mientras procesaba eso último—. ¿Por qué no apareció Vicki? ¿Crees que la policía contactó antes con ella? ¿La llamarían para darle la noticia?

—No lo sé.

—¿Y Esther no intentó localizarla? ¿La llamó al móvil?

—Sí, claro, pero saltó el buzón de voz y... —Matt se encogió de hombros—. Esther no quiso informar a su amiga de que habían asesinado a su padre con un mensaje.

Cerré los ojos.

—Claro. —Me compadecí de Vicki, sobre todo después de haber visto los periódicos de la mañana. La muerte de su padre no era solo una noticia. Se había convertido en un negocio mediático.

«Jou-Jou-Joumicidio», gritaba una portada en letras rojas y verdes. «El último paseo en trineo de Papá Noel», declaraba su rival. El panfleto sensacionalista de Randy Knox tampoco quiso perderse la diversión. «El *grinch* que se cargó a Papá Noel» fue la cabecera del *New York Journal*, acompañada de la imagen retocada con Photoshop de una cabeza del famoso Grinch de Dr. Seuss con el cuerpo de un delincuente callejero armado.

A lo largo de los cinco distritos, los padres se habrían encontrado en el aprieto de tener que explicar la noticia a sus angustiados hijos, que habrían visto en la televisión que el alegre Papá Noel no montaría en su trineo nunca más (ni lo empujaría, en el caso de Alf).

—¿Clare?

Abrí los ojos.

—¿Estás bien? —me preguntó Matt.

Asentí.

—Ponme entonces un expreso… —dijo— si no te importa.

—Claro.

Me sentí aliviada al tener que concentrarme de nuevo en algo conocido, por no decir fundamental: el expreso era la base de la mayoría de las bebidas italianas de café. Después de moler el grano, dosificar la cantidad adecuada de café molido en el portafiltro y prensarlo para conseguir una distribución perfecta, fijé el asa e hice pasar una pequeña cantidad de agua caliente a alta presión a través de la pastilla. En menos de treinta segundos, el agua extrajo el sabor del grano recién tostado para obtener el jugo aromático y con cuerpo coronado de crema, la espuma dorada oscura que define el expreso bien hecho.

Cuando terminé, coloqué la taza de porcelana blanca sobre el platillo y deslicé el café de Matt por el mostrador de mármol azul arándano.

En ocasiones, los clientes me preguntan si alguna vez me canso del olor del café. Jamás. A diferencia del perfume o el incienso, el aroma acaramelado de un expreso perfecto no es ni cargante ni monótono. Para mí, es un aroma vivo que asciende y desciende con la vida de la taza. Embriagador y vigorizante a la vez, se parece a una canción que nunca me canso de oír, a la imagen de un viejo amigo que cruza una y otra vez el umbral de mi casa…

—Volviendo a lo de anoche —dijo Matt mientras se llevaba la demitaza a los labios—. ¿Te devolvió la llamada tu perro guardián? ¿O estás cabreada con él por haberte ignorado?

—Mike se pasó por casa después de trabajar. Y no estoy cabreada con él, tenía una muy buena razón para no haber acudido al escenario del crimen.

—¿Otra mujer?

Venga ya.

—No. Si no recuerdo mal, esa era la típica razón por la que tú no me devolvías las llamadas. Pero solo pasaba cuando estábamos casados.

Matt gruñó. Habíamos transitado tantas veces ese camino que nuestras pisadas llegaban ya hasta el manto terrestre.

—¿Y cómo está Breanne? —pregunté tras un largo e incómodo silencio.

—Breanne está... —Matt miró la taza que se enfriaba, cuya exquisita crema empezaba a desaparecer—. Pues igual que siempre.

—¿Qué significa eso?

Se encogió de hombros.

—Ya sabes cómo se pone.

—¿Por qué os habéis peleado exactamente?

—¿Esta vez? —Matt se movió en el taburete—. Está obsesionada con organizar al milímetro la fiesta de su revista: todos los detalles, la comida, la música, la lista de invitados...

—¿Lista de invitados? Creía que una fiesta de empresa era solo para los empleados. Ya sabes, para darles una palmadita en la espalda por el buen trabajo realizado durante el año.

—Bueno, eso es lo que tú te crees. Breanne lo ve como una oportunidad de establecer contactos para *Trend.* Ha invitado a diseñadores conocidos, a gente de la prensa, a famosos... Tiene a sus empleados trabajando después del cierre para acabar un número navideño «exclusivo» para los asistentes. Habrá fotógrafos que capturarán todos los detalles en tecnicolor. Está empeñada en alcanzar repercusión nacional.

—Ya veo... ¿Y tú cómo encajas en todo eso?

—Es que no encajo. Y, la verdad, Clare, estoy harto de que mi mujer me ignore. O sea, vuelvo a casa después de una gira de dos semanas por los cafetales de Centroamérica ¿y qué me encuentro? Un interés nulo. Viene a la cama cuando ya estoy dormido y se levanta antes de que me despierte... —*En otras palabras, cero sexo.* Levanté una ceja. Para Matt, eso era el equivalente a no tener comida ni agua—. Voy a quitarme de en medio hasta que pase esta mierda de las Navidades. Pero me revienta, la verdad. Despejé mi agenda de viajes para diciembre. Pensé que celebraríamos juntos unas fiestas bonitas y románticas. Y resulta que no veo la hora de que llegue el dos de enero.

Genial —pensé—, *otra cantinela anti-Navidad.*

Bueno, no deberías tener tantas ganas de que pasen las fiestas. Nuestra hija va a coger un avión desde París para pasar estos días con nosotros.

—¿Joy viene?

Asentí.

—Llamó ayer por la mañana, bueno, aquí era por la mañana, pero en París eran seis horas más. Ha pedido dos semanas de permiso para celebrar las fiestas con nosotros. Dice que seguro que el restaurante estará hasta arriba, pero le deben muchos días libres y sus jefes se han mostrado dispuestos a dárselos.

La expresión de Matt se suavizó.

—Es la mejor noticia de toda la semana. Sabes, tienes razón, Clare, debería centrarme en nuestra hija... —Me agarró la mano—. ¿Quieres compañía esta noche? Me refiero a que es probable que aún estés disgustada por lo de Alf y todo eso.

—Estoy bien. No necesito compañía. —Retiré la mano con suavidad—. Oye, ¿puedo darte un consejo? —Matt suspiró. En voz alta—. Ahora mismo Breanne está estresada. Una actitud combativa por tu parte no va a ayudar a mejorar la situación. Intenta tener paciencia con ella. Y mientras esperas a que disminuya su carga de trabajo, no busques el amor en otro sitio.

Matt apartó la mirada.

—Claro, cómo no.

Fue entonces cuando me fijé en su expreso olvidado. La espuma espesa y dorada se había encogido y se hundía formando unas manchas feas que revelaban el charco negro de debajo.

—Se te ha enfriado el café —le dije.

Matt lo sabía bien. El expreso era un producto delicado. En cuanto se perdía la armonía de la crema, la experiencia podía volverse amarga.

—Entonces me tomaré otro —anunció—. *Doppio,* por favor.

Después se instaló cerca de la chimenea con su expreso doble, el móvil, varios acuerdos comerciales y la PDA. De vez en cuando, me miraba y me guiñaba un ojo. Pero así era Matt, siempre constante en su inconstancia.

A medida que el día fue avanzando, el negocio aumentó y me alegré de ver a Dante llegar a su hora. Se ató el delantal y se vino conmigo detrás del mostrador para ocuparse de la clientela incesante recién salida de trabajar. Hacia las seis y media —demasiado pronto para mi cuenta de resultados— la afluencia empezó a disminuir de nuevo. Fue entonces cuando Dante divisó a mi relevo, que entraba por la puerta principal.

—¡Ha llegado Gardner! —gritó desde la caja registradora—. Y mira quién más ha decidido pasarse por aquí en su noche libre...

Levanté la vista de la máquina de café para ver quién venía detrás. Esther Best. Y no estaba sola. Tras ella, con una ráfaga de aire helado, apareció la última persona que esperaba ver esa noche: Vicki Glockner, la hija de mi Papá Noel asesinado.

CAPÍTULO OCHO

—Vicki, siento muchísimo lo de tu padre. —Salí de detrás del mostrador para darle un abrazo a mi antigua barista.

Asintió con la cabeza, haciendo sonar los pequeños cascabeles que llevaba como pendientes.

—Gracias, señora Cosi. Muy amable.

Su bello rostro estaba colorado; los ojos, del mismo verde avellana intenso de su padre, estaban hinchados por el llanto y ojerosos por la falta de sueño. Bajo la boina amarilla y mullida, una masa de rizos con mechas color caramelo, normalmente sedosos y suaves, estaba encrespada y despeinada por el viento. Se retiró un mechón hacia atrás y se sorbió la nariz.

Señalé hacia una mesa vacía.

—Sentaos, chicas; ahora mismo llevo tres cafés.

Poco después, llevé una bandeja con tres mocachinos.

Vicki volvió a sorberse la nariz y Esther y yo la ayudamos a quitarse el abrigo largo y de color beis con cinturón. Se quitó el gorro amarillo a juego con la bufanda y se secó los ojos con un pañuelo de papel. Esther y yo nos sentamos cada una a un lado.

Mientras nos tomábamos el café en silencio, no pude evitar acordarme de las últimas palabras que le había dicho a Vicki, casi ocho meses antes...

Nada de turnos de apertura ni de cierre. Lo siento, Vicki, pero ya no me fío de que tengas las llaves de la cafetería.

Dos semanas después de oír esas palabras, Vicki dejó el trabajo... mediante un mensaje de móvil. Quería trabajar más horas para ganar más dinero y yo no estaba dispuesta a concedérselas.

Las habilidades de Vicki no habían sido el problema. Venía de un restaurante de Staten Island que acababa de cerrar y tenía experiencia manejando una cafetera expreso profesional. Al principio se mostró encantada con el trabajo en el Blend, experimentaba con los siropes del bar y aprendió enseguida a preparar nuestra carta de cafés. Su trato con los clientes también era estupendo (algo crucial para un auténtico barista italiano), pero un servicio de comidas y bebidas no consiste solo en ser hábil y afable.

Vicki empezó a llegar cada vez más tarde a sus turnos, lo cual obligaba a sus compañeros a quedarse más tiempo, y su comportamiento en el trabajo no merecía mucha confianza. Una tarde me encontré a Gardner solo atendiendo a una multitud de clientes. Vicki había bajado al almacén a buscar provisiones y llevaba media hora desaparecida.

La pillé abajo enrollándose con un cliente muy mono detrás de la tostadora de café. Él había flirteado con ella, así que ella lo había invitado al sótano a una sesión de achuchones... por no decir otra cosa. Cuando los interrumpí, los achuchones ya pasaban de castaño oscuro.

Vicki me caía bien; era difícil lo contrario. Era una chica con curvas con una personalidad explosiva (como su difunto padre); tenía una sonrisa kilométrica y unos hoyuelos adorables. Se reía con facilidad y, con solo veintiún años, bromeaba con los clientes con una soltura propia de alguien mucho mayor.

Como Esther y Vicki se hicieron muy amigas durante el tiempo que trabajaron juntas, le pedí a Esther que me ayudara a enderezarla. Me contó que los padres de Vicki se acababan de separar y supuse que el comportamiento errático de la chica era similar al de Joy después de que su padre y yo nos separáramos. Era comprensible que reaccionara así. Alf y yo incluso hablamos del tema una tarde mientras tomábamos unos *lattes*...

—Vicki siempre fue una buena chica —me dijo Alf aquel día—. Sé que metió la pata a veces cuando trabajaba para ti. Pero no la culpo. La infancia ya es una experiencia lo bastante inestable como para que lleguen tus padres y te jodan la vida, ¿no crees?

No le contradije. Aunque «infancia» era un término discutible para referirse a una chica de veintiún años, sabía hasta qué punto valoraban los jóvenes, desde un punto de vista psicológico, que su mundo infantil siguiera estando disponible para ellos, tanto si volvían a él como si no.

Se me encogió el corazón por Vicki, porque supuse que sus temores serían los mismos que yo sentía a su edad, los cuales, para ser sincera, fueron determinantes a la hora de decidir casarme con Matt. A los diecinueve años, mis estudios de Bellas Artes iban bien, pero mi abuela había muerto hacía poco y mi padre acababa de vender la tienda de comestibles familiar. Sí, es cierto que Matt me dejó embarazada y que yo quise legalizar el nacimiento de Joy, pero una gran parte de mí se sentía a la deriva en aquel momento. Mi pasado se había ido, mi futuro era incierto. Quería volver a tener vínculos, estabilidad, alguien a quien querer y en quien apoyarme, una familia a la que pertenecer.

Por desgracia, la empatía que sentía hacia Vicki no sirvió para cambiarla. Ni siquiera Esther pudo enderezarla.

—Esta chica va por libre —me dijo Esther un día.

Vicki siempre se disculpaba de corazón cuando la pillaba metiendo la pata. Su comportamiento mejoraba durante una semana, pero luego volvía a las andadas. Entonces empezó a traer a chicos de clubes de baile, de bares, a saber de dónde los sacaba. Un día había un estudiante blanco y pijo del Upper East Side esperando a que acabara su turno, al día siguiente un chico negro de Greenpoint en chándal de baloncesto y una semana más tarde un italiano macarra de Ozone Park.

Y, finalmente, una noche que se quedó encargada del cierre, «se le olvidó» poner la alarma de seguridad y echar el cerrojo a la puerta trasera. Muchos jefes la habrían despedido por eso, pero yo no fui capaz de hacerlo. Le leí la cartilla, le limité el horario y la aparté de los turnos más complicados. Ella misma se despidió y dejó el Blend por un trabajo de camarera en un restaurante del Upper West Side.

Desde entonces no la había vuelto a ver... hasta esa noche.

—Me caía muy bien tu padre, Vicki —le aseguré mientras ella le daba un sorbo al mocachino—. Si hay algo que pueda hacer para ayudarte...

—Sí, algo hay.

Parpadeé con cierta sorpresa debido a la velocidad y el ímpetu de su respuesta.

—De acuerdo. Pues dime.

—Es sobre eso que hace usted... —dijo.

—¿Eso que hago? —Hice una pausa—. ¿Quieres que prepare expresos para el velatorio?

—No, no es eso. Me refiero a lo otro.

Miré a Esther, que de pronto parecía incómoda.

—¿Perdona? —dije.

Vicki se inclinó hacia mí y bajó la voz.

—Me refiero a lo que hizo usted por Joy. Necesito que lo haga otra vez.

—No estoy segura de entenderte...

—Lo sé todo, señora Cosi. La verdadera razón de que su hija se marchara a trabajar a París; Esther me lo contó. Me dijo que gracias a usted le retiraron los cargos por doble asesinato, ya que la policía había recopilado pruebas en contra de su hija, pero usted encontró al verdadero asesino.

Mientras Vicki se sonaba la nariz, me moví con incomodidad. Aunque estaba orgullosa de haber llevado ante la justicia al asesino de Tommy Keitel, no me gustaba que se conociera la implicación de mi hija en aquel asunto tan sórdido. Fruncí el ceño lo suficiente como para que Esther lo entendiera. Ella me respondió con su típico encogimiento de hombros, entre avergonzada y a la defensiva. Casi podía oírla: *Vale, jefa, siento haber chismorreado, pero ¿qué esperabas? ¡Si salió hasta en los periódicos!*

—Sé que apreciaba a mi padre —continuó Vicki—. Y él a usted también. Me dijo lo mucho que le gustaba tomar café con usted en el Blend. Supongo que querrá ver al asesino frente a la justicia, ¿no?

—Claro que sí, pero la policía ya está trabajando en el caso. He hablado con ellos...

—¿Se refiere a ese payaso del *durag* en la cabeza? ¡¿El sargento Franco?! Cree que a mi padre le disparó un delincuente callejero anónimo. Yo sé que no, pero Franco y su compañero no me creen.

Torcí el gesto.

—¿En qué no te creen exactamente?

Vicki me clavó la mirada.

—Sé que a mi padre lo ejecutaron.

Una vez más, miré a Esther. Esta vez parecía un poco asustada y negó con la cabeza: *¡No me preguntes!*

Me volví de nuevo hacia Vicki.

—¿Quién querría ejecutar a tu padre? Quiero decir...

—Se llama Omar Linford —respondió Vicki. Ya no se sorbía la nariz, tenía la mandíbula desencajada y le brillaban los ojos verde avellana—. Vive en la puerta de al lado.

—¿Al lado de quién? ¿De donde vivía tu padre?

Vicki negó con la cabeza.

—No, al lado de nuestra casa, en Staten Island. Al lado de la casa donde crecí y donde aún vivimos mi madre y yo.

—¿Así que Linford es tu vecino?

—Era muy amigo de mi padre, pero se pelearon. Es un hombre de negocios turbio, señora Cosi. Puede que él no apretara el gatillo, pero estoy segura de que tiene algo que ver. Quiero que usted lo demuestre...

—Espera, Vicki. ¿Por qué es tan turbio ese tal Linford? ¿Qué pruebas tienes?

—Bueno, porque es obvio. Dice que se dedica a la importación, pero nadie sabe de qué. Y tiene «intereses comerciales» en las Islas Caimán. —Vicki entrecomilló con los dedos el término «intereses comerciales».

—Eso sigue sin explicar que quisiera matar tu padre. ¿Qué motivos tenía?

—¡Motivos! ¡Mi padre le pidió prestados doscientos mil dólares a Linford! —La respuesta de Vicki fue tan sonora que varias cabezas se giraron hacia nosotras. Volvió a bajar la voz—. Aun así, perdió el restaurante.

—¿El restaurante? —dije—. ¿Qué restaurante?

—¿Mi padre no se lo contó? —Vicki estudió mi cara de sorpresa—. Tuvo un restaurante durante años: un asador con bodega. Estaba en nuestro barrio, Lighthouse Hill, cerca del campo de golf La Tourette, en Staten Island. Era carísimo, pero le iba bastante bien, se divertía mucho con los clientes de Wall Street, ¿sabe? —Vicki hizo una pausa para darle un sorbo a su mocachino—. Por eso no me sorprendió nada que empezara a trabajar como cómico en Nueva York.

—No te entiendo.

Vicki se encogió de hombros.

—Es lo que hacía casi todas las noches en el restaurante. Contaba chistes, hacía reír a los clientes..., le encantaba todo eso. Entonces la economía se hundió y esos tipos del distrito financiero perdieron el trabajo y la mitad de los ahorros de toda la vida. En unas seis semanas, los ingresos de mi padre desaparecieron.

—¿Y perdió el restaurante?

—No de inmediato. Adoraba a muerte su negocio, nunca mejor dicho. Se negó a cerrar, siguió pidiendo dinero prestado para mantenerlo a flote, se gastó una pasta en publicidad en prensa, en cupones de descuento, en ofertas por internet, pero nada funcionó. Luego empezó a beber más de la cuenta y su matrimonio se fue a pique junto con el negocio. Fue entonces cuando vine a trabajar para usted. Se suponía que algún día me haría cargo del restaurante, que lo llevaría yo. Por eso ni siquiera me molesté en ir a la universidad. Pensaba que tendría el futuro resuelto, ¿sabe?

Parpadeé mientras asimilaba esa revelación.

—Recuerdo cuando solicitaste trabajar aquí, Vicki. Me dijiste que tenías experiencia como camarera y barista en un restaurante, pero no me dijiste que tu padre era el dueño del negocio.

Se encogió de hombros.

—Pensé que era mejor no mencionar que era mi padre quien me había contratado para atender a clientes y preparar expresos. Y, bueno, parece que funcionó, ¿no? Porque usted me dio el trabajo.

Y estuve a punto de despedirte, pensé, pero no lo dije.

Fue entonces cuando recordé que en su momento incluso llegué a comprobar las buenas referencias de Vicki: llamé a un número de Staten Island y una mujer me habló maravillas de ella. ¿Sería su madre? Bueno, eso ya no importaba. Recordé que Alf me contó que era un alcohólico rehabilitado. Me confesó que se había visto obligado a vivir en el sistema de albergues de Nueva York durante unas semanas a principios de año. Pero lo único que sabía de su antigua vida era que su matrimonio había fracasado después de que él perdiera sus ingresos y los ahorros de toda su vida.

—¿Lo ve ahora, señora Cosi? Por eso Omar Linford mandó matar a mi padre —declaró Vicki mirándome fijamente, como si yo tuviera que seguir su lógica. Sacudí la cabeza—. Mi padre nunca le devolvió el dinero a Linford. Ni un centavo.

Tomé aire.

—Oye, entiendo que estés muy nerviosa, pero todo el mundo sabe que los restaurantes son un negocio arriesgado. Son más los que fracasan que los que triunfan. No es raro que quiebren. Este vecino tuyo, el tal Linford, tuvo que ser consciente del riesgo que corría.

—Linford no es un agente financiero. Opera al margen de la ley.

—¿Es un prestamista ilegal, Vicki? ¿Es eso lo que estás diciendo? Porque si este hombre tiene que ver con la delincuencia organizada, deberíamos contactar con el FBI.

—No. No es un gánster, señora Cosi, al menos no es de los que el FBI persigue con micrófonos, fotos y esas cosas. El préstamo parecía legal. Lo redactó el abogado de Linford, pero se hizo a través de una de sus cuentas comerciales en las Islas Caimán.

—¿Y qué?

—¡Las Islas Caimán! ¡Cómo que «¿y qué?»! El paraíso de la evasión fiscal. El hogar de los inversores corruptos y del blanqueo de dinero del narcotráfico. ¡Linford incluso vive allí durante una parte del año!

—Aun así, eso no significa que el señor Linford sea un asesino. Tu padre nunca me contó nada de esto. ¿Linford alguna vez lo amenazó por teléfono, con una nota o algo parecido?

—Nada que se pueda demostrar. Pero estoy segura de que está implicado en el asesinato de mi padre. —Se le saltaron las lágrimas y su tono de voz se tornó casi desgarrador—. Tengo miedo de que vaya a por mi madre y le obligue a vender la casa o algo por el estilo. Si ella no le paga, correrá la misma suerte que mi padre.

Intercambié una mirada de preocupación con Esther.

—¿Este hombre se ha puesto en contacto con tu madre? ¿La ha amenazado?

—No, pero podría hacerlo. Podría incluso venir a por mí, utilizarme de alguna manera para obligar a mi madre a pagar la deuda.

—¿Le contaste todo esto al detective Franco?

—Me dijo que lo «investigaría». —Una vez más, dibujó unas comillas en el aire—. Pero me di cuenta de que él me consideraba una paranoica. Está convencido de que el asesino de mi padre es un atracador cualquiera y no parte de una conspiración o algo así. No dejaba de mirar al otro tipo, al policía chino, el detective Kong.

—Hong —corregí.

—Eso. —Levantó las manos—. A ver, los dos fueron amables y educados en apariencia, pero me di cuenta de que dudaban de mis palabras. Por eso la necesito, señora Cosi. Usted y mi padre eran amigos. Necesito que me ayude alguien que de verdad tenga interés.

Miré el reloj y recordé que Mike me dijo que hablaría con el compañero de Franco para ponerme al día del caso. Pero no había sabido nada de él desde que nos despedimos por la mañana. El caso de Alf estaba en manos de la policía de Nueva York y su resolución dependía del sargento Franco y del detective Hong.

Sargento Franco —murmuré para mis adentros, recordando su actitud insufrible y condescendiente—. *Sargento Franco...*

Lo más sensato era dejar que los profesionales se ocuparan de eso y convencer a Vicki para que hiciera lo mismo. Al menos, las normas de la vida moderna —desde las cafeteras de cápsulas hasta los medios de comunicación veinticuatro horas— dictaban que todos debíamos actuar como meros observadores pasivos. Sin embargo, desde que abandoné los estudios de Bellas Artes para tener una hija, nunca me había considerado una persona pasiva.

—Esos policías nunca atraparán al asesino de mi padre —me dijo mientras me agarraba del brazo—. Se lo ruego, señora Cosi. Investigue a ese tal Linford. Por favor, hágalo por mi padre. Hágalo por él...

—De acuerdo, Vicki —dije para calmar su angustia—. Lo investigaré, lo investigaré. Veré si encuentro algo para que la policía de Nueva York te tome en serio.

O para conseguir que te calmes y veas que estás equivocada.

Vicki asintió con entusiasmo. Todavía no sabía qué iba a hacer, pero al ver su cara de alivio pensé que al menos había dicho lo correcto.

Mientras le daba otro abrazo, eché un vistazo a las mesas de nuestro alrededor. A todas las cafeterías de la ciudad acudían periodistas autónomos para trabajar con sus portátiles y la mía no era una excepción. No me apetecía nada que las acusaciones de Vicki —acababa de afirmar a voz en grito que Linford era el asesino de su padre antes de suplicarme con mucha emotividad que me involucrara en la investigación— aparecieran en los periódicos del día siguiente.

Pero las pocas personas con ordenadores portátiles que había en ese momento estaban absortas en su trabajo y, además, eran clientes habituales: dos estudiantes de la Universidad de Nueva York, un joven abogado de un bufete cercano y un médico del hospital St. Vincent. Solo una persona nos miraba en ese momento: la preciosa pelirroja treintañera que había estado a punto de derribarme la noche anterior en la puerta de la cafetería.

Estaba sentada sola, a varias mesas de distancia, y tomaba un café con leche. Sus rizos escarlata enmarcaban unos pómulos altos de porcelana y sus ojos de muñeca me miraban fijamente. De hecho, me observaba con tanto interés que me pregunté si querría hablar conmigo.

¿Querría disculparse por su comportamiento grosero?

La miré a los ojos con deliberación para ver si me hacía algún gesto, pero enseguida apartó la mirada. Lo dejé pasar.

Dudaba mucho que fuera escritora o periodista. Ninguna de las veces que la había visto en la cafetería llevaba portátil o PDA ni parecía trabajar. Solo la veía hojear folletos de viajes, catálogos y revistas de moda de alta gama mientras se tomaba algo.

Alguna famosilla. O una niña de papá. O una mujer florero... En mi cabeza ya estaba etiquetada con adjetivos poco generosos y consideré que su interés en mí se debía al aburrimiento o a algún tipo de venganza imaginaria por el breve enfrentamiento de la noche anterior.

Estupendo, lo que me faltaba: una Paris Hilton entradita en años con rencor sociópata.

Mientras tanto, Vicki me estaba explicando que tenía que irse.

—He quedado con Dominick, un hermano, para hablar de mi padre.

—¿Alf tenía un hermano en la ciudad?

—No, mi padre no tenía hermanos y sus padres murieron. Me refiero al hermano Dominick, el jefe de mi padre en las oficinas de Papá Noel Itinerante.

—Ah, ¿es sacerdote?

—Antes lo era. En realidad se llama Pete, pero todos los que trabajan como Papá Noel lo llaman «hermano», pese a que dejó la orden hace años. El hermano Dom es quien está organizando el funeral.

—¿Por qué no se ocupa tu madre de eso?

—Mi madre no quiere saber nada. —Dijo Vicki con cierta amargura—. Y dudo que venga.

—Ah —respondí haciendo una pausa para asimilarlo—. Bueno, no seas dura con ella, Vicki. Cuando un matrimonio se rompe, puede resultar doloroso. Es probable que tu madre siga ensimismada en su rabia o que se encuentre en un estado de negación. El duelo por tu padre llegará tarde o temprano.

Tensó la boca y sus ojos verdosos se volvieron fríos.

—Usted no conoce a mi madre —dijo, y luego se levantó y cogió el abrigo—. Bueno, gracias por lo que va a hacer, señora Cosi. Tiene el número de teléfono de mi casa y Esther, el de mi móvil. Llámeme cuando quiera.

Nos abrazamos de nuevo y Vicki se dirigió a la puerta. Cuando ya no podía oírnos, Esther se volvió hacia mí.

—No sé si lo de ese vecino es paranoia, jefa, pero estoy segura de que agradecerá cualquier cosa que hagas.

—¿Cualquier cosa que haga yo? Cualquier cosa que hagamos: tú y yo vamos a trabajar juntas en esto.

Tras las gafas negras, los ojos de Esther pasaron de la típica mirada cansada del mundo a una mirada de asombro.

—¿Perdona?

Apuré el resto de mi mocachino y dejé la taza.

—Acabo de decidirlo. Tú y yo nos vamos a investigar la muerte de Alf ahora mismo.

—¡¿Qué?!

—A ver, Esther. Si voy a hacer esto, necesitaré una compañera y te ha tocado a ti.

CAPÍTULO NUEVE

—Pero ¿qué te has puesto? —susurró Esther un cuarto de hora más tarde.

—Para lo que estamos a punto de hacer, necesitaba algo negro y cutre.

—Pues, jefa —dijo con un gesto teatral mientras me miraba de arriba abajo—, lo has clavado.

Había subido al apartamento para despojarme de mis pantalones de pinzas y mi jersey, y los había sustituido por unos vaqueros negros desgastados, una camiseta de cuello vuelto azul marino, una sudadera vieja de «La mejor madre del mundo» y unas botas de montaña usadas, vestigio de mis días en Jersey quitando paladas de nieve. Encima de todo eso, me había envuelto en un viejo suéter oscuro con capucha en cuyos bolsillos había metido varios objetos que podrían resultarnos útiles durante la pequeña excursión que estábamos a punto de emprender.

—¿Y yo? —preguntó Esther mientras señalaba su atuendo—. ¿No hace falta que me cambie?

Desde las gafas rectangulares hasta sus zapatos con punta de acero, Esther solía ir vestida para rondar la oscuridad. Aquella noche no era una excepción: pantalones oscuros y brillantes (¿de cuero, polipiel o vinilo?) y botas hasta la rodilla. Me detuve un momento para reconsiderar el escote nivel Renacimiento de su jersey, una prenda superpuesta sobre lo que parecía un corpiño de encaje morado oscuro. (Desde que había empezado a salir con BB Gunn, el rapero ruso Boris Bokunin, algunos elementos de su vestuario habían dado un giro algo subido de tono). Además, su bufanda de Doctor Who tenía la longitud de un campo de fútbol y su plumífero negro hasta los tobillos parecía bastante calentito.

—Así vas perfecta —le dije.

Por desgracia, no nos iba a resultar tan fácil salir a fisgonear.

Dante Silva había comenzado a despejar las mesas vacías junto a la puerta principal. Cuando vio mi ropa, empezó a reírse a carcajadas y se interpuso en nuestro camino.

—¡Madre mía, jefa! ¿Vas buscando pelea? —Con una mano se frotó la cabeza rapada en lo que me pareció un gesto pandillero—. ¿Te has unido a los Crips o a los Bloods?

—A los Latin Kings —respondió Esther con rotundidad—. Se los ha ganado con su caaafé con leeeche —añadió con acento latino.

Dante cruzó los brazos llenos de tatuajes y nos miró.

—Fuera de bromas, ¿dónde vais vosotras dos tan juntitas?

—Por ahí —respondí mientras agarraba a Esther del brazo y la empujaba para esquivar a Dante, cotilla además de pintor.

De momento todo bien, pensé, hasta que alguien más se fijó en mí.

—¡Hermana Clare! ¿Eres tú? —La voz masculina y el acento jamaicano me resultaron demasiado familiares.

Miré al otro lado de la sala y me sorprendí al ver a Dexter Beatty sentado con Matt. *¿Y este cuándo ha llegado?*

—¡Ven aquí! —Dexter me hizo señas con una sonrisa—. ¡Ven, ven!

Dex tenía unos cuarenta años. En el trabajo siempre llevaba las rastas color chocolate recogidas hacia atrás, pero ese día enmarcaban sus rasgos africanos de piel clara. Cuando Esther y yo nos acercamos a su mesa, nos señaló y le dijo algo a mi exmarido.

Matt se giró en la silla y se fijó de inmediato en mi suéter negro con capucha.

—¿De qué vas vestida? —me preguntó.

—Es la última moda —dije con determinación—. *Gangsta chic.* Me sorprende que Breanne no te haya hablado de esta tendencia.

—Clare, ¿qué estás tramando?

—Nada —mentí.— Cafelito necesita Cat Chow. Esther me va a acompañar a comprarlo.

Matt frunció el ceño.

—No te habrás disfrazado así para volver a jugar a los detectives, ¿verdad? Porque te digo una cosita, Clare, sería una idea pésima. No deberías meterte en...

—¡No te pongas paranoico! Ya te he dicho adónde voy. —*Hora de cambiar de tema.* Me volví hacia el amigo de Matt—. ¿Y tú cómo estás, Dexter? —solté con más alegría que una de las hermanas Brady hasta arriba de cafeína.

—Bien, bien —respondió Dex con una sonrisa de asentimiento—. Tienes que venir a Brooklyn, Clare, para ver la decoración navideña de mis tiendas.

—Sí, claro. ¡Ya sabes que me chiflan tus tiendas!

Eso último no lo dije para exagerar. Era cierto que me encantaban. Al igual que la tienda de ultramarinos de mi abuela —que abastecía a los italianos de su distrito de *mozzarella* fresca, *prosciutto* de Parma, anchoas sicilianas en salazón y harina de castañas—, las tres tiendas Sabor del Caribe de Dexter llenaban las despensas de los antillanos con guandules, patas de pollo, caña de azúcar fresca, cerveza de jengibre, pimientos Scotch Bonnet picantísimos (para el *jerk*) y sirope de azúcar quemado (para el pastel negro).

Al igual que mi Nonna, Dex era muy exigente con la calidad de los productos, incluido el café. En relación con el resto del mercado mundial, el Caribe distaba mucho de ser un gran productor cafetero, pero Matt solía traerle a Dex cafés de la zona: de Haití, de la República Dominicana, de Puerto Rico e incluso de San Vicente, donde había un solo caficultor empeñado en que su pequeña isla natal volviera a producir.

Dex también dependía de Matt para adquirir una de las variedades de café más caras del planeta: el Jamaica Blue Mountain. Algunos tostadores mezclaban JBM con otros granos menos caros. Pero el Jamaica Blue era un café tan suave que no tenía sentido mezclarlo. El JBM del Village Blend era caro pero puro, una de las razones por las que Dex nos lo compraba en exclusiva.

En cualquier caso, las Navidades eran la época del año más ajetreada y rentable para Dex, por lo que me sorprendía verlo allí esa tarde.

—Y hablando de Navidades —continuó Dexter—. Este Blend tuyo parece mágico. Las luces, el árbol, los cascabeles..., ¡a tope, hermana!

—Gracias —dije.

—Y este café con leche navideño —Dexter levantó el vaso—. ¡Qué dulce!

—Dulce, ¿eh? —intervino Esther—. ¿Y cuál estás bebiendo? Porque sigo pensando que el mejunje ese de bastón de caramelo de Tucker roza lo insípido.

—Bueno, tal vez ese sí. Pero este es una maravilla.

Vale, ahora sí que me picaba la curiosidad. Debió de notarse, porque Matt me lo explicó:

—Le pedí a Gardner que le preparara a Dex el café de pastel negro caribeño de la cata de anoche.

Dex tomó otro sorbo.

—Primero aparece el sabor del ron. Luego, el dulzor con sabor a nuez del azúcar moreno. Y la canela me hace cosquillas en la lengua al final, de la misma forma que me hizo cosquillas en la nariz al principio. También percibo una nota de sabor afrutado...

—Por el sirope de grosella negra —puntualicé.

Dexter volvió a probarlo.

—Y hay algo más. Un toque oscuro, dulce, terroso...

—Chocolate. —Sonreí—. Gard y yo estuvimos de acuerdo en que el auténtico pastel negro es tan rico que engaña a las papilas gustativas dando la impresión de llevar chocolate, cosa que hemos compensado con un chorrito de mi sirope de chocolate casero.

—¡Qué inteligente! ¿Y qué otros sabores tienes, Clare? —Echó un vistazo a la cafetería—. ¿Dónde está la carta navideña?

Me moví con incomodidad.

—Para ser sincera, no estaba segura de si ponerla o no. Anoche le pasó algo a un amigo mío y de pronto todo este asunto del «sabor de la Navidad» me parece..., no sé, me parece mal.

—¡Lástima! —Dexter levantó las manos—. Porque este *latte* de pastel negro me lleva de vuelta a las islas. Te digo que es un regalo, Clare, un regalo para tus clientes: nos transportas a otro tiempo y a otro lugar solo con la magia del sabor. Le doy un sorbo a este café y vuelvo a estar con mi *madda* y mis tías varias semanas antes del día de la repostería navideña, cuando todas se reunían y empezaban a macerar en vino las frutas del pastel negro.

Antes de que me diera tiempo a responder, se volvió hacia mi ex.

—¿Qué piensas tú de estos cafés, Matteo?

—Lo siento. —Matt se encogió de hombros—. Los cafés fun fun fun no son lo mío.

Dexter frunció el ceño al oír la respuesta de su amigo.

—Hmmm, bueno —dijo Dex, dirigiéndose a mí—. Nosotros ya sabemos qué es lo suyo, ¿verdad, Clare? —Señaló una publicación de páginas coloridas que destacaba entre los periódicos y las revistas comerciales que había sobre la mesa.

Sonreí al verla. Eso sí que era volver a una época y a un lugar. Para mi exmarido, las Navidades no empezaban hasta que llegaba por correo el catálogo navideño de Victoria's Secret. Hojear sus páginas era un acontecimiento anual para él.

—Nunca cambiarás, ¿eh, Matt?

Matt entornó los ojos.

—Un hombre tiene derecho a comprar regalos de lencería, ¿o no?

—Claro —dije—, mi problema nunca fue que regalaras lencería, sino el número de mujeres a las que se la regalabas.

Dexter abrió el catálogo. Muchas de las páginas estaban marcadas con *post-its* de colores codificados. Por nada del mundo me habría atrevido a preguntar cuál era el sistema de codificación.

—Esta es impresionante. Dex tocó la imagen de una de las modelos con poca ropa.

Matt frunció el ceño.

—¿Estás ciego? Tiene los ojos saltones, los labios demasiado finos y las piernas arqueadas.

Dex se echó a reír.

—¡Ay, tío! ¿No has oído esa vieja canción isleña? Esa de *Cómo me gusta nadar con mujeres de piernas arqueadas.*

Esther frunció el ceño.

—¿Eso no sale en la película *Tiburón*?

Dexter asintió.

—También es una canción pirata muy antigua. Ya sabéis que Port Royal era el mayor refugio de piratas en el Caribe. —Guiñó un ojo—. En el fondo, todos somos bucaneros.

—Si te refieres a todos los hombres —espetó Esther—, estoy totalmente de acuerdo.

Dex siguió hojeando las páginas satinadas del catálogo.

—Entonces, Matteo, ¿qué mujer te gusta de aquí? —Matt señaló a una rubia de piernas largas—. ¿Esa? ¡Vaya! —Dex negó con la cabeza—. ¡A mí me parece *fenky-fenky*!

—¿Qué significa *fenky-fenky*? —preguntó Esther.

—Que parece muy borde —dijo Dex—. Una engreída encantada de conocerse.

Esther resopló y se inclinó hacia mí.

—Como la nueva mujer de Matt —me susurró.

Carraspeé.

—Bueno, en realidad nosotras deberíamos irnos...

—¿No conoces el viejo dicho jamaicano? —intervino Dex mientras miraba a las modelos etiquetadas.

—¿Otro más? —dijo Matt entre dientes.

—Lo que le sabe bien a la cabra puede soltarle la tripa.

—¿Cómo? —dijo Esther.

Dex se volvió hacia ella.

—Significa que algo que te gusta también puede hacerte daño.

Esther se ajustó las gafas negras.

—Vas a tener que explicarte.

Dex se encogió de hombros.

—Que a un hombre le puede parecer buena una cosa, pero esa cosa luego le puede perjudicar.

—Ah, ya entiendo —dijo Esther—. Como a la cabra, que le gusta una hierba que luego le da cagalera.

—¡Cagalera! —Dex asintió con ímpetu y sacudió las rastas—. ¡Ahora lo entiendes, hermana!

—¡Muy bien! —interrumpí—. Ahora que Esther ha pillado lo de la cagalera, os dejamos que continuéis con vuestra... hierba.

Agarré a Esther del brazo.

—¡Clare, espera! —me llamó Matt—. ¿Dónde vais en realidad?

Percibí preocupación en su voz, pero no me importó. Hice caso omiso de la pregunta y dejé a mi exmarido con sus modelos de lencería mientras tiraba de Esther hacia la noche helada. Mi única respuesta fue el eco de los cascabeles sobre la puerta de la cafetería.

Cuando por fin solté a Esther del brazo, se resbaló con un trozo de hielo de la acera. La agarré a tiempo para evitar la caída.

—¿Estás bien? —le pregunté.

—De momento sí —dijo mientras se cambiaba de lado el gran bolso de cuero negro—. Pero me gustaría saber por qué volvemos al lugar del asesinato de Alf Glockner en plena noche.

Tuve que esforzarme para entender sus palabras por encima del ruidoso tráfico de Hudson Street y del aullido del viento procedente del río cercano. Tampoco ayudaba el hecho de que Esther tuviera la barbilla hundida en su kilométrica bufanda.

—No es plena noche —le dije—. Solo son algo más de las siete.

A Esther se le escapó un suspiro con vaho.

—Vale, puede que no sea plena noche, pero lo parece. Está oscuro y hace frío y viento, lo cual me genera una pregunta...; mejor dicho, dos preguntas. ¿Es realmente necesaria esta excursión?

—Sí. —Me subí la capucha del enorme suéter negro—. Volvemos al escenario del crimen porque tengo una nueva teoría sobre lo que le ocurrió a Alf en aquel patio. ¿Cuál es la segunda pregunta?

—En realidad es una pregunta retórica.

—¿Cuál?

—¿Por qué mierda no me he ido a Florida con mis padres este año?

Volví a agarrarla del brazo.

—Vamos...

—Bueno, jefa —dijo Esther mientras continuábamos por la acera—. ¿Y cuál es esa nueva teoría?

—El sargento Franco busca a un atracador cualquiera, pero yo creo que se equivoca.

Lo dije en voz baja. Esa noche, al no haber ninguna tormenta de nieve que mantuviera a los peatones dentro de los locales, mucha gente paseaba por las aceras del Village, incluida una pareja de mediana edad, cargada con bolsas de comida para llevar, que venía justo detrás de nosotras.

—¿En qué se equivoca Franco exactamente? —susurró Esther, entendiendo mi señal de «mantengamos esto entre nosotras».

—Creo que el asesino tenía mucho que perder si Alf lo identificaba. Creo que era un criminal serio que huía o que se disponía a robar en un apartamento. Eso explicaría los pasos alrededor de la escalera de incendios.

—¿Crees que Alf intentó detener un robo? ¿Y que recibió un balazo por entrometerse?

—Tal vez.

—Pero... ¿por qué estaba Alf en ese patio? Quiero decir, ¿cómo sabía que estaban robando en un apartamento?

Me quedé callada un instante.

—Franco afirmó que Alf acudió allí por una razón inocente. Como él dijo: «Para vaciar la vejiga».

—¿Para mear? —dijo Esther—. Uf. ¿Al aire libre? ¿En medio de una nevada?

—Yo tampoco me lo creo. Alf acababa de salir del White Horse, donde podría haber usado un agradable y cálido baño de caballeros. Y no era tan viejo, aunque con el disfraz de Papá Noel lo pareciera, así que dudo mucho que tuviera la próstata del tamaño de un melón.

—¿La qué?

—Esas fueron las palabras de Franco.

Esther puso los ojos en blanco.

—Ese tío me parece un fanfarrón de campeonato.

—Bueno, es el detective encargado de la investigación.

—Pero crees que se equivoca, por lo cual aún no has respondido a mi pregunta. ¿Qué llevó a Alf hasta ese patio?

Bajo mi voluminosa capucha negra, me encogí de hombros.

—Quizá divisó alguna actividad sospechosa desde la acera y entró a ver qué pasaba.

—Pero, de haber sido así, ¿no habrían denunciado ya el robo a la policía?

—Puede que lo hayan denunciado. Pero como es un asunto policial, no será fácil averiguarlo.

—¿Y tu novio policía no puede echarte un cable?

—Mike me ayudará si puede. Aunque, claro, también hay veces que los robos no se denuncian. La víctima podría estar fuera de la ciudad y no saber siquiera que le han robado en casa.

—Si es que llegaron a robar algo. Aunque ahora en Navidades habrá muchos regalos caros en esos apartamentos de lujo.

—Cierto —dije—, y es probable que mucho dinero en efectivo también.

—Y las personas a quienes hayan robado podrían ser a su vez delincuentes, ¿no?

—Eso también es posible —dije—. En ese caso, lo último que querrían sería que la policía metiera las narices.

Esther resopló.

—Supongo que un traficante no le diría a la policía que le han robado un alijo, pero sigo sin entender qué hacemos aquí en plena noche. ¿Qué buscamos, en concreto?

—Pruebas físicas de que hubo un robo. Cristales rotos. Una ventana forzada en un apartamento. Señales obvias de allanamiento. Y no es plena noche, deja ya de repetir eso.

—Pero ¿la policía no ha estado ya allí?

—En el callejón, sí. Y en el patio también, claro, porque pasaron por allí cuando perseguían al atracador, pero Franco no me hizo ni caso cuando le transmití mi inquietud acerca de la escalera de incendios.

—La escalera de incendios. —Esther se quedó mirándome un segundo—. No irás a trepar por ella, ¿verdad?

Asentí con la cabeza.

—¿Y si te pillan? Eso es allanamiento, ¿no?

—No me van a pillar. No, porque tú me vas a cubrir las espaldas.

—Esther Best, cómplice de delito de allanamiento. —Enmarcó las palabras como si fueran un titular—. A Boris le encantaría. O sea, ya que hablábamos de estilo *gangsta chic*...

—Oye, si quieres echarte atrás...

—De eso nada, jefa. Ya sabes que me encanta vivir al límite.

—Ajá.

Cinco minutos más tarde, estábamos paradas en la acera, delante del callejón donde Alf murió.

—¿Estás segura de que es aquí? —preguntó Esther—. No veo ningún precinto policial.

Reprimí un escalofrío.

—Es aquí.

—Entonces, vamos.

Detuve a Esther e hice un gesto hacia una pareja de ancianos que venía hacia nosotras por la acera.

—Todavía no podemos entrar en el callejón —susurré—. Tenemos que esperar a que pasen para no levantar sospechas.

—No podemos quedarnos aquí quietas sin hacer nada —susurró Esther—, porque eso también resultaría sospechoso. Podemos seguir caminando y luego volver. No viene nadie desde el otro lado.

Justo en ese momento, dos jóvenes aparecieron en la dirección opuesta y cruzaron la calle.

—Mierda —murmuré.

—Rápido, haz como que te atas los cordones —sugirió Esther.

Miré hacia atrás. Los ancianos seguían avanzando hacia nosotras, pero a paso de tortuga.

—Podría atarme los cordones tres veces y esos dos seguirían detrás.

Esther se movía nerviosa.

—¿Qué hacemos entonces? Quizá deberíamos irnos...

—Deja caer el contenido de tu bolso —le dije.

—¿Qué?

—Que dejes caer el contenido de tu bolso. Yo no llevo bolso, pero tú sí.

—Ni pensarlo. Yo...

Tiré del bolso de Esther y lo dejé caer sobre el cemento helado. Esther intentó cogerlo y se resbaló con un trozo de hielo. Me agarró del brazo para no perder el equilibrio y acabamos las dos en el suelo.

Me sentía como un idiota.

—Lo siento, Esther —me disculpé mientras me tomaba mi tiempo para recoger las monedas, el maquillaje y un bolígrafo del suelo. Al otro lado de la calle, oí las risitas de los dos hombres.

Esther sonrió.

—Creen que nos hemos peleado. Una pelea de chicas.

La pareja de ancianos nos alcanzó por fin. La mujer preguntó si estábamos bien.

—¡Me he resbalado con la nieve! —exclamé con voz cantarina—. ¡Que tengan buena noche!

Esther observó a la pareja.

—Menos mal que nadie se ha fijado en nosotras, ¿verdad, jefa?

—Creo que por hoy ya vamos servidas de ironía.

Abrí el bolso de Esther para volver a meter sus cosas y me sorprendió lo mucho que pesaba, así que miré dentro.

—¡Dios mío, Esther! ¡Si llevas medio ladrillo en el bolso!

—Es para protegerme —explicó.

—¿Para protegerte? ¿De qué?

—Esas revistas de lencería con modelos anoréxicas son una engañifa, ¿sabes? Quienes triunfamos entre los chicos con auténtica testosterona somos las mujeres tipo Rubens. A los chicos de mi barrio con sus Air Jordan los tengo a raya, al igual que a los obreros de la construcción. Pero los de Oriente Medio y los del sur de la frontera, cuando ven curvas como las mías, se vuelven locos. Se quedan boquiabiertos, con los ojos como platos, como el lobo de los dibujos animados de Tex Avery. —Esther suspiró y sacudió la cabeza—. A veces, para disuadirlos, tengo que recurrir al ladrillo. Así me las gasto yo.

—Entiendo —respondí mientras llenaba su monedero.

Esther echó un vistazo a la calle.

—Parece que ya está despejado, jefa.

—Bien —dije, levantándome—. Entonces, en marcha.

CAPÍTULO DIEZ

Al colarnos en el callejón privado, me quedé mirando el infame contenedor gris. En la oscuridad, vi que tenía la tapa abierta y que lo habían vaciado.

—Aquí fue donde encontré a Alf —susurré.

—Uf. —Esther parpadeó al fijarse en el contenedor—. Qué raro todo.

—¿Por qué?

—Supongo que me esperaba algo más siniestro. Es todo tan... normal.

Esther tenía razón. La cinta policial ya no estaba y la mayor parte de la nieve había desparecido. No había rastros de sangre en el hormigón, ni trazos de tiza, ni señales de que hubiera tenido lugar un crimen violento. Por mis conversaciones con Quinn, sabía que esa labor correspondía a la unidad de criminalística. Los técnicos ya habrían revisado meticulosamente todos los cubos de basura y reciclaje en busca del arma y de pruebas forenses, y habrían recogido y almacenado cualquier tipo de resto por si se les había pasado por alto algo durante la búsqueda inicial.

Entendía los procedimientos a nivel intelectual, pero emocionalmente me resultaban inquietantes. Era como si Alf nunca hubiera existido. Como si los burócratas de una metrópolis sin corazón y sin tiempo para llorar la muerte de un ciudadano hubieran borrado del mapa a ese hombre tan maravilloso.

En apenas veinticuatro horas, Alf había pasado de ser una persona a ser la víctima de un crimen; del disparate sensacionalista a su completa erradicación. La velocidad con la que se borraba a alguien en esta ciudad era demasiado desconcertante... *En cualquier caso* —me prometí a mí misma—, *yo no voy a olvidarlo.*

—¿Qué has dicho, jefa?

—Nada. Vamos.

Avanzamos por el callejón en penumbra y entramos en el oscuro patio, donde el segundo contenedor metálico continuaba junto a la hilera de cubos de reciclaje de plástico azul.

De uno de los hondos bolsillos de mi suéter saqué una pequeña linterna, más potente que el llavero que llevaba la noche anterior. La encendí y exploré la escalera de incendios que colgaba encima de los contenedores. A continuación, me acerqué a los cajones apilados contra la pared del fondo. Agarré uno de la parte superior y lo arrastré hasta el contenedor de reciclaje azul para que me sirviera de escalón, justo como estaba convencida que había hecho Alf.

—¿De verdad vas a subirte ahí? —susurró Esther.

—Sí.

—¿Estás segura?

—Tú vigila y avísame si viene alguien. —Me volví para empezar a trepar.

—¡Espera! —exclamó con voz áspera—. ¿Cómo te aviso si estás ahí arriba y yo aquí abajo? Tendré que gritar...

—Tienes razón. —Me lo pensé—. Utilizaremos los móviles como si fueran *walkie-talkies.*

Establecimos la conexión.

—No cuelgues mientras esté allí arriba —susurré. Luego, me guardé el teléfono abierto en el bolsillo y, al trepar encima de uno de los contenedores azules, me golpeé un codo.

—Ay.

—¿Estás bien?

—Sobreviviré.

Me puse de pie, pisé suavemente con mis botas sobre la tapa de plástico helada para asegurarme de que la superficie era firme y volví a meterme la mano en el bolsillo para comprobar la conexión del teléfono.

—¿Sigues ahí, Esther?

—Afirmativo. ¿Y ahora qué?

—Voy a subir por la escalera de incendios hasta el segundo piso.

—Pero esas escaleras siempre están plegadas por seguridad —advirtió.

—Sí, lo sé —dije echándole un vistazo a mi Everest particular.

La estructura de hierro forjado parecía bastante común en un edificio de apartamentos como ese: una escalera metálica que conectaba los estrechos balcones enrejados paralelos de cada piso. En caso de emergencia, la sencilla escalera corredera permitía descender desde el balcón del segundo piso al suelo. Cuando no se utilizaba, ese tramo estaba plegado para evitar que personas como yo lo utilizaran indebidamente.

—Voy a tomar impulso para intentar subir —le dije a Esther sin apartar la atención del último peldaño de la escalera plegada, justo por encima de mi cabeza—. No te muevas de ahí, puede que necesite ayuda.

Vale —pensé—, *no hago una dominada desde las clases de gimnasia del instituto, pero mi trabajo requiere esfuerzo físico diario y nado con cierta regularidad en la piscina del centro deportivo local. Estoy más o menos en forma. ¿Será tan difícil trepar hasta ahí?*

Respiré hondo, salté para agarrarme al peldaño de hierro forjado y tiré con todas mis fuerzas. Pero mi cuerpo no se levantó, sino que la barra negra y helada se me escapó de las manos al tiempo que toda la estructura metálica descendía con un chirrido tan intenso que hice una mueca de dolor. La parte inferior de la escalera golpeó el suelo con un estruendo explosivo.

Me quedé paralizada.

—Mierda —dijo Esther por teléfono—. ¡Menudo escándalo!

—¡La escalera no estaba bloqueada! —musité por el móvil—. Si alguien se asoma, dile que eres una nueva inquilina y que estás tirando la basura.

Esperamos unos cinco minutos por si acaso, pero nadie salió a investigar. Entonces, con una profunda bocanada de vigorizante aire invernal, me agarré a uno de los fríos peldaños metálicos y empecé a trepar.

Al llegar arriba de ese tramo, me detuve en el balcón del segundo piso. Fue entonces cuando me di cuenta de que el gancho de seguridad de la escalera estaba oxidado.

No es que estuviera desbloqueada. —Me acababa de dar cuenta—. *Está rota.*

Todavía había nieve y hielo en el enrejado del balcón. Me agarré a la barandilla con las manos enguantadas y una fila entera de pequeños carámbanos cayó con un tintineo cristalino sobre Esther.

—¡Cuidado con la metralla, jefa! —se quejó por teléfono—. Y no hagas tanto ruido.

—Lo siento.

Con el pequeño haz de luz de mi linterna de bolsillo, busqué algo que se saliera de lo normal. El balcón daba a dos ventanas, probablemente de apartamentos distintos. Ambas tenían cortinas, el interior estaba a oscuras y los cristales parecían intactos.

De camino hacia el tercer piso, una ráfaga de viento ártico recorrió el patio. La escalera tembló bajo mis pies como los escalones falsos de la casa del terror en un parque de atracciones. Algo asustada, me aferré al metal oscilante hasta que el viento amainó. Fue entonces cuando se oyó un fuerte golpe abajo. Me acerqué el teléfono a la oreja y oí el susurro frenético de Esther.

—¿Jefa? ¿Estás ahí?

—Estoy aquí.

—Alguien ha salido por la puerta metálica trasera del edificio.

Durante un momento largo y tenso, no dijo nada más. Por fin, volvió a hablar, pero no a mí.

—Hola, también tirando la basura, ¿eh?

Una voz femenina contestó, pero no entendí lo que dijo.

—No, me acabo de mudar. —De nuevo Esther.

Más conversación.

—Gracias —le dijo Esther a la desconocida—, pero no vuelvo a casa. Iba a salir, así que pasaré mejor por ese callejón.

Al cabo de un momento, oí el golpe de la puerta metálica. Seguí con el teléfono en la oreja y esperé.

—¿Jefa?

—He oído lo que ha pasado, Esther. ¿Dónde estás?

—En la acera de enfrente —respondió ella—. Esa tía tenía la mosca detrás de la oreja. Esperó a que me marchara del patio para volver a entrar en el edificio. Ahora estoy en la calle y hay como un millón de personas paseando a su perro. No puedo volver al patio sin que me vean.

—No te preocupes, Esther. Estoy bien aquí arriba. —Además, teniendo en cuenta la reacción de la inquilina, supuse que la presencia de Esther llamaría la atención, que era lo contrario de lo que pretendíamos—. Tú espérame en la esquina, frente al White Horse.

—Vale —dijo Esther—. Pero, si no te importa, prefiero esperar dentro. Aquí fuera hace un frío que pela, no sé si te has dado cuenta.

Me había dado cuenta.

—Pero mantén la línea abierta, ¿de acuerdo?

—Recibido.

Continué. Cuando llegué al tercer piso, oí risas y una conversación amortiguada por las persianas bajadas y la ventana cerrada. Apagué la linterna. Al examinar el rellano y las ventanas de esa planta, tampoco vi nada fuera de lo común, así que seguí adelante.

Fue en la cuarta planta donde encontré lo que había ido a buscar: la luz de una ventana desnuda que se derramaba sobre la rejilla metálica. La iluminación no solo era lo bastante potente como para hacer brillar los carámbanos, sino que alumbraba un objeto peculiar justo debajo del alféizar. Había un pequeño hoyo redondo perforado en un montón de nieve. El diminuto cráter me recordó los terribles agujeritos que había visto la noche anterior sobre la acera nevada, los lugares aleatorios donde habían ido a parar las monedas cuando abrieron y robaron la caja de recaudación de Alf.

Con cuidado para que nadie me viera desde el otro lado de la ventana iluminada, me arrodillé y gateé hasta el montículo de nieve. En el centro había algo brillante y liso. Mientras lo cogía, una sombra pasó por delante de la luz.

¡Alguien se ha movido dentro del apartamento!

Al retroceder, me detuve en seco porque el suéter se me quedó enganchado en un objeto punzante clavado bajo el alféizar. Tardé un momento en desengancharme de lo que parecía la escarpia de un cable de televisión suelto.

Por fin, me acuclillé y estudié el objeto que tenía en la mano. Parecía un botón blanco, un poco más grande que esos viejos dólares de plata de Susan B. Anthony, solo que con cuatro agujeros y las letras PNI grabadas en relieve a ambos lados.

PNI, Papá Noel Itinerante... Dios mío.

¡Era el botón que le faltaba al traje de Papá Noel de Alf Glockner!

Había dado por hecho que el atacante de Alf le había arrancado el botón cuando le quitó la cartera. Pero estaba claro que Alf había perdido el botón frente a esa ventana, ¡tal vez en la misma escarpia donde se me acaba de enganchar el suéter!

—Vale, Alf —susurré con la leve convicción de que su espíritu aún se arremolinaba a mi alrededor entre las ráfagas de viento—, ¿qué demonios hacías aquí arriba?

—¿Qué has dicho, jefa?

Tragué saliva y me llevé el móvil a la boca.

—No cuelgues, Esther.

Piensa, Clare, piensa...

Cuando Mike me hablaba de sus casos, también me explicaba el método que seguía; casi siempre consistía en reconstruir posibles escenarios basándose en las pruebas descubiertas.

—En realidad no es tan complicado —me dijo una vez—, siempre que tengas imaginación.

De acuerdo —pensé—. *Haz preguntas e imagina las posibles respuestas...*

Primera pregunta: ¿por qué estaba Alf en este patio? La prueba del botón, justo debajo de esta ventana sin romper, responde bastante bien esa pregunta. Alf estaba espiando a alguien que estaba en este apartamento.

¿Y? —Casi oía a Quinn desafiándome—. *¿Siguiente pregunta? ¿No es obvio?*

—¿Quién? —murmuré hacia el aire nocturno—. ¿Quién vive en este apartamento?

Me metí el botón en el bolsillo de los vaqueros y me puse de nuevo a cuatro patas. El metal estaba helado. Reprimiendo un escalofrío, gateé hacia delante.

Me di cuenta de que las persianas de la ventana estaban entreabiertas, lo suficiente para ver bien el interior. Con cuidado, me asomé sobre el alféizar y vi la esquina de una mesa auxiliar de madera de cerezo. Sobre su brillante superficie había un reloj masculino de aspecto caro, una cartera de cuero negra, un grueso manojo de llaves, algunas monedas sueltas y lo que parecía una tarjeta identificativa prendida a un cordón. Más lejos, vi el suelo de parqué y varios asientos de cuero de diseño. Una lámpara de pie halógena, que imitaba una explosión lumínica tan brillante como el sol, se reflejaba sobre una pulida mesa de centro donde reposaba una sucesión de bolsas de distintas tiendas.

Casi sin atreverme a respirar, saqué el diminuto par de prismáticos de ópera que llevaba encima. Varios años atrás, Madame nos lo había regalado, a Joy y a mí, como recuerdo de la noche en que nos llevó a ver *Cosi fan tutte* (una de las obras menos conocidas de Mozart). Miré a través de ellos para distinguir los rótulos de las llamativas bolsas: Tiffany, Tourneau, Saks...; todas eran de tiendas caras de la parte alta de la ciudad. También había otras bolsas con los rótulos de algunas *boutiques* de lujo situadas cerca de allí, en el West Village.

Parece que alguien ya está comprando los regalos de Navidad —observé—, *unas compras navideñas muy caras.*

Ajusté el aumento de los prismáticos y me fijé en la mesa auxiliar. Junto a la cartera de cuero negro había un reloj Rolex y una tarjeta de identificación de un lugar llamado Studio 19, bajo cuyo logo vi la foto de un hombre negro y atractivo de unos treinta y tantos años. El nombre que aparecía en la tarjeta era James Young y, en letra más pequeña, ponía algo que no logré distinguir.

Cuando intenté reajustar de nuevo el aumento, la luz que salía por la ventana parpadeó, como si alguien hubiera pasado por delante de la lámpara. Levanté la vista y la figura de un hombre se movió con rapidez por la habitación.

¿Me ha visto? Es probable.

—Oh, oh...

Me alejé de la ventana a gatas y bajé la escalera de incendios con toda la prisa de la que fui capaz, que no era mucha porque la estructura seguía helada. Entonces, entre los balcones del segundo y el tercer piso, oí un golpetazo.

Me quedé quieta y me di cuenta de que la puerta metálica trasera del edificio se había abierto y vuelto a cerrar. Estaba demasiado oscuro para ver lo que ocurría abajo y, con Esther en el interior del White Horse, lo único que podía hacer era aferrarme a la barandilla y esperar.

Al cabo de un momento, oí el chirrido de la gran tapa metálica del contenedor que estaba junto a los bidones azules de reciclaje. Con una exhalación, me relajé. *Alguien está tirando la basura otra vez,* concluí.

Dejé pasar unos minutos más. Salvo por el viento invernal, el patio estaba en silencio. Esperé el sonido de la puerta metálica de nuevo, pero no llegó, así que deduje que la persona que había tirado la basura habría salido por el callejón, como había hecho Esther un rato antes. Continué mi descenso.

Una fuerte racha de viento me quitó la capucha, pero no me detuve para recolocármela. En cuanto llegué al rellano del segundo piso, gateé hasta la escalera plegable. *Ya casi estoy.* Peldaño a peldaño, fui bajando. Cuando ya me faltaba poco para alcanzar los contenedores de reciclaje de plástico azul, pensé que estaba a salvo.

—Te tengo, zorra.

Un par de manos amoratadas me agarraron por la parte superior de los brazos.

—¡Ahhhhhh! —grité—. ¡Suéltame!

El capullo que me acababa de agarrar no me soltó. Me apartó de la escalera y me lanzó por los aires. Noté que me caía y no dejé de gritar hasta que me topé con un montón de bolsas de basura de plástico en el fondo del contenedor metálico. La tapa se había quedado abierta y el contenedor me había engullido como un monstruo fétido y negro. Apenas choqué contra las bolsas cuando oí un golpe por encima de mí.

¡El capullo ha cerrado la tapa!

Me levanté tan rápido que me di un cabezazo contra el metal helado.

—¡Mierda!

Agachada de nuevo, miré a mi alrededor, pero la oscuridad en aquel contenedor apestoso era absoluta. Busqué la linterna y no la encontré. Era probable que la hubiera perdido entre las bolsas de basura, así que mis manos se convirtieron en mis ojos. Levanté el brazo para palpar la tapa. Aunque el metal estaba más frío que los estantes de un congelador, la baja temperatura no reducía el hedor a comida podrida y quién sabe a qué más. Casi con arcadas, apoyé las palmas de las manos en la pesada tapa y empujé con todas mis fuerzas. Se levantó unos centímetros y a continuación sonó el clic del pestillo.

¡Se ha cerrado! ¡Estoy encerrada!

—¡Socorro! —grité mientras golpeaba el contenedor—. ¡Sácame de aquí!

—¡Calla, zorra!

No reconocí la voz del capullo. ¡Y no estaba dispuesta a escucharla!

—¡Déjame salir! —grité aún más fuerte sin dejar de dar golpes—. ¡Socorro! ¡Que alguien me ayude!

Entonces me acordé de Esther ¡y de mi teléfono móvil!

Me lo había metido en el bolsillo al bajar. Lo busqué entre la ropa. En la oscuridad más absoluta, la pequeña pantalla brilló como un faro en un mar agitado por la tormenta. Suspiré aliviada hasta que vi el iceberg que se alzaba ante mí: solo quedaba una única barrita en la esquina superior izquierda de la pantalla.

—¿Esther? ¿Hola? ¡Esther!

Nada. No tenía compañera. No tenía conexión. No había señal.

Volví a aporrear el contenedor (y volvieron las arcadas). Un minuto más tarde, oí unas voces masculinas que gritaban. Presté atención.

—¡Déjala salir ahora mismo!

¿Matt? ¿Es la voz de Matt?

—¡Métete en tus asuntos y lárgate de aquí! —El bramido ronco del capullo.

Más gritos. Entonces Matt y el capullo empezaron a amenazarse. Algo se estrelló contra el contenedor con tanta fuerza que me zarandeó. Lancé un grito, me caí hacia atrás y, con un ruido sordo, me golpeé la espalda contra la pared metálica. Del exterior llegaron más golpes y, por encima del eco, voces enfadadas.

—¡Matt! —grité—. ¡AYUDA!

Un porrazo. Más forcejeo. Por fin, el movimiento cesó. Escuché con atención mientras escudriñaba en la oscuridad. Se oyeron más voces masculinas, ninguna conocida, cuyas palabras no distinguí.

—¡Cabrones!

Esa palabra sí que la oí. Era Matt y su maldición vino acompañada de otra refriega.

Al fin, la tapa se abrió de golpe. Los rayos de media docena de linternas me cegaron.

—¡Policía de Nueva York! —gritó una voz masculina—. ¡Arriba las manos!

Parpadeé contra el resplandor y levanté los brazos. Alguien alargó la mano y me arrebató el móvil.

—Cogedla —ordenó otro hombre—. ¡Sacadla de ahí!

Todavía cegada, sentí que unas manos ásperas me agarraban de los brazos. Dos agentes uniformados me levantaron, me sacaron del contenedor y me soltaron en el suelo.

Aliviada, exhalé.

—Gracias, agentes, se lo agradezco mucho... ¡Oigan!

Un corpulento oficial afroamericano me colocó los brazos en la espalda.

—¡¿Qué hace?! —grité.

—¡Está detenida! —me gritó.

—¡¿Por qué?!

—¡Para empezar, por allanamiento!

El frío chasquido de las esposas sonó cuando se cerraron alrededor de mis muñecas.

—¿Cómo que para empezar? —le pregunté, ya sin gritar, porque me estaba quedando afónica.

El policía me dio la vuelta sin soltarme de los hombros y señaló a un médico que, a pocos metros, atendía a un hombre de un metro noventa y ciento veinte kilos de peso (como mínimo), vestido de portero, con el uniforme roto. El hombre estaba sentado en el suelo, con la cabeza hacia atrás y un chorro de sangre en la nariz que el médico trataba de tapar con una gasa.

—¿Un portero? —dije—. ¿Es el portero de este edificio?

—Él nos ha avisado de que había un ladrón en la escalera de incendios —me informó el policía.

—¡Entonces ese es el capullo que me ha encerrado en el contenedor! ¡Es a él a quien tendrían que detener!

—Vamos —dijo el policía mientras tiraba de mí, sin excesiva suavidad, por el callejón—. A su cómplice lo han acusado de agresión.

—¿Mi cómplice?

—Y antes de que acabe la noche, supongo que el allanamiento también constará en sus fichas policiales. De momento, se vienen con nosotros a comisaría.

Dos agentes uniformados más me flanquearon. De camino a la acera, alguien me leyó mis derechos, que ya conocía, sobre todo —de manera especial— el derecho a guardar silencio.

En la acera se había congregado una multitud y en la calle había aparcados nada menos que tres coches patrulla y una ambulancia. Entre los espectadores, divisé a Esther, que tenía los ojos desorbitados.

—¿Estás bien? —me dijo gesticulando con la boca.

Temerosa de que los policías vieran a mi verdadera compañera, moví los ojos y la cabeza para indicarle que se marchara. Uno de los policías abrió la puerta trasera del coche y me presionó la cabeza para que no me la golpeara.

Al entrar, confirmé lo que ya sospechaba. Justo a mi lado, en el frío asiento plastificado del coche, estaba un Matteo Allegro magullado y esposado pero indoblegable.

La policía de Nueva York se equivocaba. No habían detenido a mi cómplice, sino a mi excómplice (siempre que obviáramos nuestro acuerdo laboral, cosa que nunca habría considerado un delito).

—¿Estás bien? —susurré.

—Sí —dijo, breve y cortante—. ¿Y tú?

—Estoy bien.

—Bien.

—Bueno..., gracias, Matt —añadí por fin tras un silencio largo y frío—. Por intentar ayudar, quiero decir.

En el corto trayecto hasta la comisaría, consideré balbucear alguna explicación, pero después de todo lo que habíamos pasado juntos sabía que Matt no la necesitaba.

—Estaba seguro de que tramabas algo —masculló.

CAPÍTULO ONCE

El sargento Emmanuel Franco entró con paso arrogante en la sala de espera, con una lata de Red Bull sin abrir en una mano y una bolsa de Doritos Tex Mex en la otra. Cuando nos vio a Matt y a mí, su sonrisa de suficiencia desapareció y pateó la pared de cemento con su bota de motorista talla cuarenta y seis.

—¡Creía que teníais a dos sospechosos en condiciones! —gritó a los agentes que nos habían detenido.

—Los pillamos en el patio del edificio —replicó a la defensiva el policía negro—, en el escenario del crimen de anoche. A mí me parece una banda de hombre y mujer. Ninguno de los dos iba armado, pero la mujer llevaba varios utensilios que podrían resultar útiles en un robo.

Carraspeé.

—Disculpen, pero me gustaría que me devolvieran esos prismáticos de ópera, si no les importa...

Los tres hombres me miraron fijamente y yo me encogí de hombros.

—Tienen valor sentimental.

—También prestaron resistencia a la autoridad —añadió el compañero del policía corpulento.

—Disculpen otra vez —dije—. ¿Puedo aclarar algo? Yo no me resistí.

Franco escupió una maldición.

—Un trabajo magnífico —reprendió a los agentes—. No me habéis traído a dos sospechosos, sino a la señora de la cafetería del barrio y al sobón de su novio.

—Exmarido —corregí.

—¡Largo de aquí! —rugió Franco a los policías—. ¡Y cerrad la puerta al salir!

Los dos agentes se marcharon mascullando entre ellos.

A mi lado, Matt se subía por las paredes y me di cuenta de que tenía que calmar la situación cuanto antes. No solo Franco parecía cabreado, también mi ex parecía dispuesto a estallar con más violencia que el Vesubio.

A favor de Matt hay que decir que se había mantenido callado todo el camino por la comisaría hasta la sala de espera. No había abierto la boca cuando nos obligaron a sentarnos en aquel banco de madera largo y desgastado ni cuando lo esposaron a la barra metálica de detrás.

En cambio, cuando fue mi turno, Matt se lanzó a insultar a los dos hombres uniformados, cosa que no me importó, porque estar atada como un pollo en una barbacoa de domingo era tan cómodo como ser una campesina acusada de brujería durante la Inquisición española.

Fue justo entonces cuando Franco había entrado pavoneándose y le había dado la patada a la pared. Ahora el sargento me miraba fijamente, con la cara tan roja como las rayas del *durag* con la bandera americana que le cubría ese día la cabeza rapada. (¿Cuántos modelitos distintos tenía?).

—Me han dicho que ha renunciado a su derecho a un abogado —dijo, dejando caer los Doritos y el Red Bull en una silla de la esquina—. ¿Quiere hablar conmigo, señora Café? ¿O también ha renunciado a su derecho a ser inteligente?

—No tengo nada que ocultar —afirmé— y Matt tampoco.

Franco se acercó.

—De acuerdo. Entonces, hablemos.

—Claro, sargento. ¿Cómo está? —No veía razón para no ser educada—. ¿No querría reconsiderar la oferta del café con rosquillas que me hizo anoche? Sería mucho más cómodo explicárselo todo en mi cafetería, ¿no cree? Hice sonar mis esposas para dejar claras las razones.

—¿Le parece gracioso?

—Le aseguro, sargento, que el asesinato de mi amigo no tiene ni pizca de gracia. Pero que nos hayan detenido sí es para partirse de risa. Así que ¿le importaría quitarme estas esposas? —Volví a sacudir los grilletes sadomaso—. Esto es medieval. Además, tengo mucho calor con toda esta ropa.

—Ajá —Franco se cruzó de brazos y me miró con desprecio—. ¿Acaso quieres desnudarte para mí, cielo? ¿Es eso? ¿Primero la parte de arriba o la de abajo? Voto por arriba.

—Hijo de...

Eso fue lo que hizo estallar a Matt. Tirando de las esposas, inclinó el cuerpo lo suficiente como para intentar propinarle al detective una violenta patada en los genitales. Franco se retiró hacia atrás justo a tiempo, como si hubiera estado esperando que lo hiciera.

—Cálmate, pitbull —le advirtió—, o te meto entre rejas.

La amenaza fue dura, pero la expresión de Franco parecía casi divertida por el bailecito que acababan de ejecutar. Matt respondió insultándolo en varios idiomas.

Franco se acercó al banco y dio una fuerte patada en la madera. Sentí la sacudida en toda la columna vertebral, que ya me dolía de antes.

—¡He dicho que te calmes! A menos que quieras también grilletes y cargos adicionales.

A Matt le tembló la mandíbula, pero se calmó y cerró el pico.

Entonces Franco se acercó más, un movimiento bastante osado, teniendo en cuenta que sus partes estaban de nuevo al alcance de mi ex.

—Mira, Tobi, sé que eres un tipo duro, ¿vale? —dijo, y su voz contenía un mínimo de respeto—. El portero ese antes trabajaba como gorila de bar y no es un tío fácil de derribar. Pero entiende una cosa. Yo voy armado.

—Sí, Matt —susurré—. Déjalo.

Matt me lanzó el tipo de mirada que reservas para un gatito que te araña justo después de que lo salves de un chucho desagradable. Era comprensible. Después de que distintos uniformados corruptos lo hubieran acosado en las repúblicas bananeras, Matt había perdido el respeto por casi cualquiera que exhibiera una placa y un arma. Dada la falta de profesionalidad de Franco (y su comentario lascivo sobre mi desnudo), su reacción había sido valiente. Pero si no se tranquilizaba ya, esa noche no dormiría al lado de Breanne, sino que compartiría una celda en Rikers con algún anoréxico mucho menos atractivo y con *piercings.*

Así que me acerqué más a su oído y le susurré:

—No hace falta que sigas defendiéndome. Yo me encargo de él.

Franco sonrió satisfecho, estaba claro que me había oído.

—¿Ah, sí, guapa? Pues adelante. Encárguese de mí.

—Escúcheme, sargento, encontré algo importante en ese patio. Algo relacionado con el caso de Alf...

—Joder —se rio, frotándose los ojos—. Nancy Drew tiene otra pista pertinente.

—Lo encontré en la escalera de incendios...

Franco me miró.

—¿Admite entonces que se coló allí sin permiso?

Parpadeé.

—Pues claro.

Franco se quedó callado. Mi confesión le sorprendió. Volvió a la silla del rincón, abrió los Doritos, se comió unos cuantos y luego abrió el Red Bull y le dio un sorbo. Por fin, sacudió la cabeza.

—Veinticuatro horas después de que se cometiera un asesinato junto a ese edificio, ¿tiene el valor de subir por la escalera de incendios? ¿Está mal de la olla? ¿O es una de esas tías cabeza de chorlito que esnifa demasiado quitaesmalte?

—¿No lo entiende? —Matt resopló con desdén—. Ella buscaba algo que los idiotas de los policías podrían haber pasado por alto. Entonces el cabrón del portero la encerró en un contenedor. ¡En un contenedor! Es él quien debería estar aquí encadenado como un perro, ¡no yo!

—Oiga, colega —Franco me lanzó una mirada de reojo y luego miró a Matt a los ojos—, su exmujercita va vestida como una delincuente y créame que sé de lo que hablo. Por lo que nos dijo ese portero, la señora Café podría haber llevado una pistola Glock metida entre sus deliciosas nalgas.

—Cierra la puta boca si vas a hablar de mi mujer...

—Exmujer —corregí.

—... o juro por Dios que te la cierro yo.

Franco se llevó de nuevo el Red Bull a los labios, aunque me dio la impresión de que, más que para darle otro sorbo, para contener la risa.

Gruñí, medio convencida de que el comportamiento antisocial de Franco formaba parte de alguna estrategia de poli bueno/poli malo. Pero solo en parte. Porque, para empezar, ¿dónde demonios estaba el poli bueno?

—Sargento, por favor, deje de provocar a mi exmarido y escúcheme. Tengo algo para usted. Quíteme las esposas y se lo enseñaré.

Franco me miró durante un largo momento de silencio.

—¿Dónde lo tiene?

—Aquí, en el bolsillo. —Señalé con la barbilla.

—No sé si quitarle las esposas, señora Café. No me fío. Usted es capaz de intentar quitarme la pistola. —Bebió otro trago de Red Bull—. Además, está muy sexi así encadenada.

—Bien. Como quiera. No me quite las esposas. Meta la mano en mi bolsillo y cójalo usted mismo.

Franco sonrió. No era una sonrisa alegre tipo «hola, buenos días». Era la típica sonrisa que te dedican los chicos malos antes de empezar a bajarte la cremallera.

Matt apretó los dientes.

—No se acerque a ella.

Franco arqueó una ceja.

—Ya la ha oído. Ella me lo ha pedido.

—No la toque.

Dios mío de mi vida.

—Matt, ¿no ves que te está provocando? —Moví el cuerpo para que Franco llegara con facilidad al bolsillo delantero de mis vaqueros—. ¡Meta la mano y cójalo ya!

El engreído sargento estiró la mano, echó un vistazo furtivo a la pierna de Matt y me rodeó para que sus genitales quedaran lo más lejos posible del pie de mi exmarido. Por último, metió los dedos en mi bolsillo.

A pesar de todos sus comentarios insultantes y lascivos, Franco no se anduvo con jueguecitos y sacó la mano con el botón blanco.

—¿Lo reconoce? —le pregunté.

—Es el botón que le faltaba al disfraz de Papá Noel —dijo Franco sin querer mirarme. Por primera vez en la noche, dejó a un lado el papel de superpolicía fanfarrón—. ¿Cómo es posible que se les pasara por alto a los de criminalística y que usted lo encontrara?

—Porque no estaba en el suelo. Lo encontré en el cuarto piso de la escalera de incendios...

—¿Junto a la ventana por la que estaba mirando cuando la descubrieron?

—Sí.

Franco asintió mientras le daba la vuelta al botón.

—Bien. Entonces su amigo Papá Noel puede que fuera un mirón. O incluso un ladrón de apartamentos.

—No. Creo que a Alf lo asesinaron por algo que vio...

—¿En la escalera de incendios? —dijo dubitativo—. ¿Mientras miraba por la ventana del apartamento?

—¡Sí!

—Lo siento, señora Café. Encontrar esto en la escalera no demuestra nada, solo es la prueba de que podía ser un pervertido.

—¡Alf no era un pervertido!

—¿Cómo lo sabe?

Le miré a los ojos.

—Por lo mismo que usted sabe que yo no soy una asesina.

El detective frunció el ceño y apartó la mirada.

—Yo encontré el cadáver, ¿no? —lo desafié en voz baja—. Conocía a la víctima. Sin embargo, usted nunca me consideró sospechosa. ¿Por qué?

—Porque... —Franco dirigió de nuevo sus ojos oscuros hacia mí—. No vi el mal en su interior.

—¿Cómo dice?

—Ya me ha oído.

Era verdad. Le había oído. Pero no podía creerme lo que había dicho.

—Entonces —continué con pies de plomo—, ¿usted ve el mal en la gente? ¿Así de simple?

—Sí.

Hice una pausa para estudiar al detective que tenía delante. Su tono ya no era burlón. Sonaba completamente en serio y su mirada implacable me pareció casi escalofriante. Sabía que la mayoría de los policías tenían corazonadas y que confiaban en su instinto para juzgar a la gente, pero en este caso había algo más, algo inusual, por no decir inquietante.

—¿No cree que algo tan simple como una búsqueda de pruebas resultaría útil? —le pregunté—. Es decir, siempre y cuando la fiscalía quiera presentar cargos basándose en algo más que en esa intuición profunda y aparentemente infalible que usted posee. ¿Qué hace después de sus rondas nocturnas, detective? ¿Entregar una lista de quién es malo y quién es bueno?

A Franco le brillaron los ojos.

—Un consejito le voy a dar, señora Café. El sarcasmo no es una buena forma de «encargarse de mí».

—¿Y qué hay de las acusaciones de Vicki Glockner?

La irritación de Franco se tornó de repente en sorpresa. Una sorpresa desagradable.

—¿Qué sabe de la hija de Glockner?

—Vino a verme esta misma tarde. Está convencida de que Omar Linford mandó matar a su padre o incluso que lo hizo él mismo. ¿No cree que debería...?

—Ya hablé con la hija de la víctima. Estoy al tanto de sus acusaciones. Y déjeme que le diga algo, señora Café, todo el mundo tiene una teoría conspiratoria en este caso. Estoy deseando que salga la película de Zapruder.

—Pero ¿no va a investigar a ese tal Omar Linford del que habla Vicki?

Franco pareció tensarse.

—Ya lo he hecho. Y no es asunto suyo.

—Alf Glockner era mi amigo. Su hija acudió a mí. Así que, sí, es asunto mío...

—Está bien, se lo contaré. —Bien podría haber añadido «para que cierre la boca de una vez»—. Omar Linford no ha amenazado ni ha demostrado ser culpable de nada. No tiene antecedentes, ni estatales ni locales, ni cargos pendientes. No existe ningún informe sobre él de la Administración de Control de Drogas y un contacto personal que tengo en el FBI afirma que no tienen nada contra él y que carece de interés.

—Pero Linford está forrado. Si quisiera, podría haber contratado a un sicario.

—Y Donald Trump también podría, pero ¿por qué razón?

—Donald Trump no le prestó a Alf Glockner doscientos mil dólares, una cantidad que nunca recuperó.

Franco entornó los ojos.

—¿Y cómo iba a recuperar Linford su pasta después de matar a Papá Noel? Respóndame a eso.

—Vicki piensa que podría haber sido una advertencia, que ese tal Linford va a utilizar el asesinato de Alf como una táctica para asustar y presionar a su madre para que venda la casa si no quiere correr la misma suerte... o que la corra su hija.

—Mire, cielo, si Omar Linford es culpable de contratar a un sicario o si amenaza a alguien, recopilaremos pruebas en su contra. Pero lo primero es lo primero. Tenemos que detener al que apretó el gatillo. Y localizar el arma homicida también nos vendría bien.

—Podrían hablar con la persona que vive en ese apartamento del cuarto piso —dije—. Para averiguar si sabe algo. Si oyó o vio algo. Si es culpable de algo...

—Hemos rastreado el edificio —me interrumpió—. Interrogué al ocupante de ese apartamento...

—Se refiere a James Young —afirmé como si fuera un hecho, aunque no estaba del todo segura.

Había visto una placa de identificación de Studio 19 a ese nombre, pero podía pertenecer a un amigo o pariente de la persona que vivía en el apartamento. Crucé los dedos, que se me entumecían poco a poco en la espalda, y recé para que Franco no se diera cuenta de la estratagema.

No se dio cuenta. Un segundo después, me confirmó lo que había averiguado.

—El señor Young no tenía nada importante que añadir a la investigación.

—¿James Young? —insistí.

—¿Está sorda? Sí. ¡James Young!

—¿Y está seguro de que él es el único ocupante del apartamento?

—Hasta donde yo sé, sí.

Oí voces masculinas en el pasillo. La puerta se abrió y alguien se asomó a continuación. Era el compañero de Franco, el detective Charles Hong.

—Oye, General —lo llamó e hizo un gesto.

—¿General? —susurró Matt.

Franco apuró el resto de Red Bull, aplastó la lata sin esfuerzo alguno y le sonrió a Matt.

—Quédese por aquí, Tobi. He oído que echan una peli buena durante el vuelo.

Matt se revolvió en el banco.

—Controla ese genio —susurré.

—General Franco —mascculló Matt lanzándome una mirada que no supe interpretar—. Ya sé de lo que va este tío.

CAPÍTULO DOCE

Aún encadenada a la barra que tenía detrás, moví el cuerpo todo lo que pude para ver bien el pasillo de fuera. Al otro lado de la puerta entreabierta, Franco y Hong hablaban con un hispano de unos cuarenta años que llevaba una gabardina desabrochada, un ayudante del fiscal del distrito al que ya había visto en un par de ocasiones. Los acompañaba un cuarto hombre, un pijo de unos treinta años.

Ya eran casi las diez de la noche, pero el pijo recién llegado parecía más fresco que una lechuga. Con el pelo rubio impecablemente peinado y un traje de diseño bien planchado, llevaba un maletín en la mano derecha y un anillo de Harvard en la izquierda. Sus rasgos marcados mostraban una de esas sonrisas escurridizas que casi siempre esconden algún tipo de amenaza perniciosa.

Supe que estábamos en un lío cuando el ayudante del fiscal se marchó y Franco hizo pasar al pijo con una actitud casi ufana. El detective Hong los siguió y cerró la puerta.

—Malas noticias, gente —empezó a decir Franco—. Pero primero, las presentaciones. Señaló con el pulgar al pijo de la Ivy League.

—Les presento a Chip Castle, abogado de la empresa gestora de la propiedad que ustedes dos han invadido. Es la misma empresa que contrata al portero al que Tobi agredió.

—Apenas lo rocé —murmuró Matt.

Castle miró a Matt y luego a mí, como si fuéramos bichos. (Desde luego, el hedor a basura que aún desprendía mi conjunto de *Los chicos del barrio* no era la mejor carta de presentación).

—Vamos a acusarles a los dos de varios delitos —anunció Castle con una especie de alegre rencor—. Allanamiento de morada. Agresión.

Parpadeé, Matt maldijo y Castle esbozó una sonrisa nacarada de ortodoncia.

—No es nada personal —añadió—. Mis clientes no tienen más remedio que llevar el asunto por la vía judicial. Está en el contrato del seguro de la propiedad, ¿comprenden? Estamos obligados.

Franco dio un paso al frente.

—Matteo Allegro, está acusado de delito grave...

—¡Váyase a la mierda, Generalísimo! —le espetó Matt a la cara—. ¡Va a dejar que este abogado de los cojones nos acuse porque ella está haciendo el trabajo que le correspondería hacer a usted!

—Matt, no lo empeores...

—¡Ella intenta resolver un caso que usted no puede o no quiere resolver!

Franco se abalanzó sobre Matt con el puño en alto. Por fin había cedido a la provocación. Por desgracia, la estrategia de Matt de acusar a Franco de abuso policial también implicaba recibir una paliza.

—¡Basta, Franco! ¡Cálmate, tío! —Hong se interpuso entre Franco y Matt—. ¡Este hombre está esposado! No puedes tocarlo.

—¡Tóqueme, Generalísimo! —gritó Matt—. ¡Venga! ¡Pégueme! ¡No es más que un dictador de pacotilla, como ese mote que le han puesto! ¡Venga, está deseándolo! ¡Pégueme!

Fue entonces cuando me fijé en el abogado. Sin perder la sonrisa zalamera, Castle retrocedió hacia la puerta.

¡Muy bien, chicos, se acabó el recreo!

—¡DISCULPEN! —grité con un nivel de estridencia femenina lo bastante perturbador como para traspasar los bramidos alimentados de testosterona—. ¡Tengo algo pertinente que decirle al señor Castle!

Con los puños apretados, Franco se zafó de su compañero Hong, pero se apartó de Matt en lugar de acercarse a él (menos mal). Hong se quedó inmóvil. Y Castle dejó de avanzar hacia la puerta. Me miró durante un momento de silencio.

—La escucho —dijo por fin, con un tono de insufrible superioridad. Incluso hizo ademán de mirar el reloj—. Tiene un comentario pertinente, ¿no es así?

—Soy una mujer de negocios, letrado —le contesté—, así que me conozco su jugada.

En realidad, lo había aprendido de la madre de Matt. Antes de enseñarme a llevar un negocio en pleno centro de Manhattan, Madame Dreyfus Allegro Dubois lo había dirigido ella misma durante medio siglo, lo que supuso décadas de relaciones con inspectores corruptos y recolectores de basura mafiosos, promotores inmobiliarios poco éticos y abogados expertos en resbalones y caídas. Hablar como Madame se estaba convirtiendo en un hábito para mí, pero derribar a ese abogado iba a ser un placer.

—Los clientes le obligan a presentar cargos porque temen que la compañía de seguros les aumente las primas —le dije—.

Pero ¿y si la compañía de seguros se enterara de lo fácil que fue para mí saltarme las medidas de seguridad del edificio de sus clientes? ¿No les subirá también las tarifas?

—No sé a qué se refiere.

—Para empezar, no tienen puerta de seguridad para bloquear el acceso al patio desde la calle.

—Se han efectuado algunas reformas hace poco. Por eso hay un contenedor al lado del edificio, al igual que...

—Hay unos contenedores colocados contra la parte trasera del edificio y una pila de cajones al lado. Eso no es seguro. Su gestión del edificio ha facilitado que llegar hasta la escalera de incendios sea un juego de niños.

El abogado se revolvió el pelo perfectamente peinado.

—Tal situación es sin duda rectificable...

—Pero lo más flagrante, señor Castle, es que el gancho de seguridad de la escalera de incendios estaba oxidado. Lo único que tuve que hacer fue tirar de la escalera. En esas condiciones, el administrador de fincas bien podría colgar un cartel que dijera «Pasen y roben a nuestros inquilinos». Estoy segura de que esos mismos inquilinos estarían interesados en saber lo poco que el administrador se preocupa por su seguridad. Y si vamos a juicio... —hice una pausa para lanzarle al señor Horas Facturables mi propia sonrisa de tiburón— le garantizo que todo dios se enterará. —El gesto de superioridad de Castle empezó a desvanecerse—. Por supuesto, para preparar el juicio, haré hincapié en los informes oficiales del Departamento de Bomberos de la Ciudad de Nueva York y del Departamento de Edificios. Y tenga claro que solicitaré una revisión de la escalera de incendios. Por la forma en que se balanceaba con el viento, tengo serias dudas sobre su integridad estructural. —¡Zas! La sonrisa de Castle desapareció. Se aflojó la corbata—. Ahora escúcheme, letrado, porque esto es lo que sucedió de verdad. Yo estaba en esa escalera de incendios por una razón inocente: buscaba alguna prueba que la policía hubiera pasado por alto relacionada con el asesinato de mi amigo, que tuvo lugar la noche anterior. El portero no me preguntó qué hacía allí. Se limitó a agredirme y a arrojarme al contenedor. La única razón por la que mi exmarido, aquí presente, le propinó unos cuantos golpes fue porque me oyó gritar y quiso sacarme del contenedor para asegurarse de que no me habían herido, violado o casi matado. Por cierto, su empleado me dejó allí encerrada, con la basura, aunque estoy segura de que su olfato ya habrá notado ese detalle. Así que, si presenta cargos contra mí y contra mi exmarido, no solo voy a demandar a su portero por lo civil, también voy a demandar a su cliente por cinco millones de dólares.

Todo el mundo parecía bastante avergonzado. Todos menos Charlie Hong, quien me dio la impresión de que reprimía una sonrisa.

—Míreme bien, señor Castle. Mido un metro cincuenta y siete, soy madre soltera de una hija adulta además de la conocida gerente de una cafetería del barrio y carezco de antecedentes policiales. Su portero es un exgorila de bar que mide uno noventa y pesa ciento veinte kilos. ¿Qué versión de la historia cree que apoyará el jurado?

Castle permaneció un momento en silencio y luego les hizo un gesto a Franco y a Hong para que le siguieran por la puerta. Menos mal, porque acababa de quedarme sin argumentos... y sin amenazas.

Tras hablar con los detectives, sobre todo con Hong, y hacer una llamada telefónica (supuse que al ayudante de la fiscalía a quien vi marcharse al principio), la bomba de Franco volvió a detonar:

—¡¿Cómo que no va a presentar cargos?!

El señor Castle murmuró algo que no logré entender. Luego le dio la espalda al sargento y se alejó con grandes zancadas. Después, Hong y Franco entablaron una conversación. Escuché una frase clara de Hong: «Teniente Mike Quinn». Al cabo de un momento, Franco se alejó con evidente frustración y el detective Hong regresó a la sala. Le quitó las esposas a Matt.

—Puede irse, señor Allegro, y mejor que lo haga cuanto antes.

Frotándose las muñecas, Matt se levantó.

—No me voy sin Clare.

—Bien —dijo Hong—. Espere fuera entonces. Quiero hablar en privado con ella.

Matt no se movió, solo me miró.

—Está bien —dije.

Matt cruzó la sala y cerró la puerta al salir.

Hong me quitó las esposas y sacudí los brazos para recuperar la sensibilidad en los dedos.

—He investigado sobre usted —empezó a decir Hong, que se sentó a mi lado—. Y sé que tiene cierta idea sobre asuntos policiales. El teniente Quinn se ha puesto en contacto hoy conmigo. Es un buen hombre. Pienso mucho en él.

—Yo también.

—Mire, señora Cosi, no quiero que crea que Franco y yo no estamos trabajando para encontrar al hombre que asesinó a su amigo. Es casi en lo único que pensamos ahora mismo. Quería que lo supiera. Entiendo a la perfección su interés en el caso.

—Me alegro de que al menos uno de ustedes lo entienda.

Hong suspiró.

—Sé que Franco parece un tío difícil. —El rostro pétreo del detective se resquebrajó—. Joder, es un resentido de pelotas. Pero es un buen poli y un buen detective.

—No tengo muchas pruebas de eso.

—Créame, es verdad. En todo caso, mi compañero puede ser un tanto extremista en la búsqueda de la justicia.

—¿Qué quiere decir con extremista?

—Digamos que tiene fama de terminar siempre los trabajos, dejémoslo ahí.

Yo no quería dejarlo ahí, pero vi que Hong sí.

—Solo por curiosidad —pregunté mientras se levantaba—, ¿por qué le sentó tan mal eso de «generalísimo»?

Hong se detuvo un momento, como si se pensara la respuesta. Por fin, suspiró. Cuando volvió a hablar, su voz era mucho más tranquila.

—A Franco le gusta que la gente crea que lo de «general» viene de la calle, ya sabe, como si fuera un líder urbano.

—¿Y de dónde viene, entonces?

Hong negó con la cabeza.

—Franco y yo nos emborrachamos una noche y él me confesó lo que su exmarido ha adivinado enseguida.

—Que es...

—Soy muy joven para acordarme, pero en los años setenta los presentadores de las cadenas de noticias estadounidenses no paraban de anunciar que el dictador de España estaba a punto de morir. Cuando por fin murió, *Saturday Night Live* incluyó un chiste en sus noticias falsas semanales: «Acaba de llegar esta noticia de última hora... El generalísimo Francisco Franco sigue muerto».

—Vale. No tiene gracia. ¿Y qué tiene que ver eso con su compañero?

—En su primer día en la Academia de Policía, Franco tenía un instructor al que le iba ese rollo pasado de moda del *Saturday Night Live.* Fue él quien le puso el apodo de «Generalísimo».

Franco lo odiaba. Tardó varios años y algunos traslados en conseguir que se redujera a General. Eso es todo.

Sacudí la cabeza.

—¿Qué les pasa a los hombres? ¿Por qué dejan que el ego les dicte...?

—Si no le importa, señora Cosi, preferiría que no nos metiera a todos en el mismo saco.

Estaba a punto de responder cuando la puerta se abrió de golpe contra la pared. Tras semejante preámbulo, esperaba ver al sargento Franco de nuevo, pero era Matt, acompañado de Mike Quinn, que tenía una expresión ilegible en el rostro pétreo.

—Ahí la tienes —declaró Matt, señalándome con el dedo—. A ver si tú consigues que entre en razón.

CAPÍTULO TRECE

—Cariño, es casi medianoche.

—Me da igual la hora. No he cenado.

Aún tenía el pelo húmedo después de la larga ducha caliente. La ropa que llevaba cuando caí en el contenedor —incluidos los calcetines y las bragas— se estaba centrifugando en un ciclo largo con prelavado. Con un suspiro, anudé el cinturón de mi albornoz corto.

—Tú también comerías algo, ¿no? —pregunté.

Quinn no contestó. Arqueó una de sus rubias cejas como para dar a entender que tenía en mente disfrutar de otra cosa.

Me di la vuelta y me dirigí hacia la puerta del dormitorio.

—Necesito cocinar. Estaré abajo.

No podía culparle por sus pensamientos libidinosos. Después de todo, acababa de ducharse... conmigo. Llevaba tanto tiempo metida en la ducha que al final decidió unirse. Bajo el chorro caliente, me sentó de maravilla el masaje de hombros, pero estaba demasiado aturdida por los acontecimientos de la noche como para dejarme llevar y «ponerme», como les gusta decir a mis clientes universitarios. Quinn se dio cuenta de que necesitaba tiempo y dejó que me apartara. Iba vestido con una camiseta blanca y un pantalón de chándal gris. Descalzo, caminó tras de mí hasta la cocina del dúplex. Su pelo rubio oscuro parecía aún más oscuro por la humedad y su expresión ruda se había vuelto mucho más ilegible de lo que me tenía acostumbrada.

Descorché una botella fría de riesling y serví dos copas por la mitad. Quinn se sentó en silencio a la mesa de la cocina y sorbió el dulce y fresco néctar sin apartar de mí sus ojos azul glacial mientras yo seguía de memoria la receta de mi abuela: poner el agua a hervir, picar las cebolletas y el ajo, picar el perejil...

La cocina estaba en silencio. De vez en cuando, echaba un vistazo para asegurarme de que Quinn seguía ahí. Y ahí seguía, con los ojos fijos en mis movimientos, tomando lentos sorbos de vino. Descontenta con su silencio, encendí la radio. La programación navideña ininterrumpida aún sonaba con fuerza, para mayor exasperación de Gardner Evans, pensé. Pero a mí no me exasperaba.

A decir verdad, había soportado suficientes reveses en mi vida como para no considerar que aquel bucle estacional tan repetitivo era más tranquilizador que aburrido, como una vieja receta familiar que has hecho mil veces y que harías con gusto mil veces más porque te recuerda una época o un lugar o una persona a la que querías con toda tu alma.

Por eso *The Little Drummer Boy* acompañó mi sofrito de cebollas y ajos y *O Holy Night* orquestó la incorporación de la harina y la leche, mientras que *Winter Wonderland* me proporcionó el ritmo necesario para batir la salsa blanca sin grumos. Luego vinieron las almejas, el zumo y *Merry Christmas, Darling.*

Con un poco más de riesling en la copa y la enésima repetición de *Jingle Bell Rock,* añadí la sal, la pimienta y el perejil, removí y le di un sorbo al vino; le di otro sorbo al vino y volví a remover... Y cuando la salsa blanca de almejas por fin estuvo espesa, apagué el fuego, tapé la sartén y dejé que los sabores se fusionaran mientras hervía los tallarines, justo como mi Nonna me había enseñado (en una olla grande para pasta con un chorrito de aceite de oliva para que no se peguen y sal marina para imitar el Mediterráneo).

Por fin, con la copa de vino casi vacía y la paciencia casi agotada por la actuación de Quinn como *El hombre tranquilo,* apagué el interruptor de la radio navideña y encendí el del policía.

—¡¿No vas a decir nada sobre mi detención?! ¡No me has hecho ni una sola pregunta en toda la noche!

Quinn se levantó despacio. Sin mediar palabra y como quien no quiere la cosa, sirvió más vino en mi copa que en la suya.

—¿Y? —insistí.

—Ya te lo he dicho —contestó con suavidad—. Allegro ya me puso al día.

—¡También te ordenó que me hicieras entrar en razón! —Quinn esbozó una sonrisa—. ¿Qué pasa? —le pregunté—. ¿Te hace gracia?

—Sí... —Me apartó un mechón húmedo de la mejilla y me lo colocó detrás de la oreja—. La verdad es que me hace gracia.

—¿Exactamente qué te hace tanta gracia?

—Allegro. Estuvo casado contigo durante una década y todavía no sabe que a ti nadie puede hacerte entrar en razón. Eso me hace gracia. Es un auténtico desperdicio de saliva.

—Ja. Ja.

—Escucha, Cosi... —Quinn me rodeó y empezó a masajearme los tendones rígidos del cuello con la punta de los dedos—. El día que te conocí... —Se detuvo y sonrió—. En el minuto en que te conocí supe que ibas por libre. Lo acepto. Me gusta. No voy a sermonearte sobre el hecho de que esta noche te hayas puesto en una situación delicada, incluso peligrosa. Eso ya lo sabes, ¿verdad? Nadie tiene que decírtelo.

—Pero sabes por qué lo hice.

—Sí. Aunque me habría gustado que te hubieras esperado para hacerlo a plena luz del día con el permiso previo del portero. Ya sabes, de manera legal.

Ese modo subversivo de criticarme podría haberme molestado, pero sus dedos mágicos me estaban sentando fenomenal.

—El problema de hacerlo de manera segura es que no te den permiso —señalé—. ¿Qué habría pasado entonces? Una tormenta vespertina inusual, esta vez de agua en lugar de nieve, y la lluvia habría arrastrado ese botón.

Quinn arqueó una ceja.

—Cierto.

—Y no olvide, teniente, que fue usted quien me enseñó a saltarme las normas. ¿Recuerdas cómo le mentiste al portero de Washington Heights para que nos dejara registrar ilegalmente un apartamento?

—Veo que he sido una mala influencia.

Antes de que pudiera replicar, los dedos de Quinn me rodearon la muñeca y me empujaron hacia la mesa de la cocina. Volvió a sentarse y tiró de mí para que me sentara en sus rodillas.

—¿Y ahora qué? ¿Se supone que tengo que decirte lo que quiero para Navidad?

Quinn sonrió.

—Sería un buen comienzo.

—Quiero hablar contigo del caso de Alf.

—¿Eso es lo que quieres por Navidad?

—Ahora que lo mencionas, sí. Quiero que el asesino de Alf se siente delante de un juez con un lazo navideño en la cabeza.

—Entiendo... ¿Y tienes alguna teoría?

—Aún no. Pero te diré una cosa: no me fío un pelo del sargento Emmanuel *durag* Franco. ¿Sabes que el detective Hong casi insinuó que se tomaba la justicia por su mano? ¿Qué piensas de eso?

—He oído rumores.

—¿Crees que es posible...? —Vacilé, pero sentí que las yemas de los dedos de Quinn volvían a masajearme los músculos del cuello. Suspiré. El golpe en la espalda contra la pared del contenedor por fin empezaba a remitir—. Sé que puede parecer exagerado —continué—, pero ¿crees que Franco podría haber estado implicado de algún modo en el asesinato de Alf?

Quinn se quedó callado durante un rato.

—¿Por qué? ¿Por qué querría Franco matar a Papá Noel?

—¿Y si Franco pilló a Alf haciendo algo malo o ilegal... o creyó que lo estaba haciendo? Quizá Franco decidió hacer justicia por su cuenta.

—¿Quieres que pregunte por ahí sobre él? Conozco a varios tipos que fueron compañeros suyos en los grupos de delincuencia callejera.

—¿No te importa?

Quinn negó con la cabeza.

—Puedo hacer varias llamadas.

—También hay otro hombre, James Young. Vive en el apartamento que Alf espiaba la noche que lo asesinaron. Franco dice que Young no tenía nada importante que añadir a la investigación, pero quizá no quiso hablar con la policía. En ese caso, tal vez hable conmigo.

—Buena pista, Cosi. Pero ¿sabes una cosa? —La voz grave de Mike se espesó tanto como mi salsa blanca y acercó tanto los labios a mi oreja que el zumbido grave y áspero me hizo cosquillas—. No quiero seguir hablando de esto...

—¿No quieres?

—No —susurró—. Pero te propongo un trato.

—¿Qué trato?

—Podemos seguir hablando mañana.

La cercanía de Quinn, sus manos, sus labios me estaban afectando, pero me resistía a dejar el tema.

—Entonces, ¿de qué hablamos esta noche?

—De cualquier otra cosa.

—No lo entiendo.

—Quiero que desconectes un rato, Cosi. Deja que la cabeza descanse.

—¿Crees que no puedo manejar el estrés de una investigación?

—No eres tú. Es el trabajo. Todo el mundo tiene que aprender a desconectar. Hay gente que levanta pesas. Hay gente que le da a la botella. —Inclinó la cabeza hacia el riesling.

—¿Crees que tengo un problema?

—No. Creo que todavía eres nueva en esto y deberías seguir mi consejo. Desconecta. Déjalo un rato.

—¿Que desconecte?

—Sí, y ¿sabes qué? —me susurró al oído—. Voy a ayudarte a conseguirlo. Cierra los ojos...

—Mike...

—Ciérralos.

Los cerré.

—Ahora olvídate de todo lo relacionado con las pruebas, los procedimientos y la conducta criminal.

Mientras hablaba, el besuqueo provocador de Quinn avanzó desde el lóbulo de mi oreja hasta el cuello y el hueco de mi garganta. Por último, agarró el cinturón de mi albornoz corto y continuó el camino descendente.

Oh, Mike...

Unos minutos más tarde, comprendí por qué Mike Quinn no necesitaba pesas, máquinas Nautilus ni botellas para olvidar las tensiones y darle un descanso al cerebro.

Su método de distracción no era exactamente algo que uno pudiera hacer en público, pero tampoco era una tortura, así que le hice caso. Y además, durante las siguientes horas, el teniente y yo teníamos un trato.

CAPÍTULO CATORCE

—Buenos días —susurré entre bostezos.

Quinn me dio un beso en la cabeza.

—¿Has dormido suficiente?

—Lo necesario.

La noche había sido una nebulosa de vino dulce, tallarines con salsa de almejas, música navideña incesante y el amor intenso de Quinn. Después me dormí como un tronco y, a la mañana siguiente, me desperté convencida de que la luz de oro del *leprechaun* se colaba por los huecos de las cortinas.

El humor de Quinn, sin embargo, no era ni por asomo tan bueno. Seguía a mi lado en la cama, bien despierto, acunándome en el pliegue de su brazo, pero su mirada estaba muy lejos... y no al otro lado del famoso arco iris.

—¿Qué te pasa? —pregunté cuando su sonrisa de buenos días se desvaneció demasiado rápido—. ¿Estás reconsiderando la posibilidad de enfadarte conmigo por la detención de ayer?

—No. Para nada.

—¿Entonces qué?

—No quise sacar el tema anoche. Yo también necesitaba desconectar un rato, ¿sabes?

—¿Desconectar de qué? ¿Qué pasa?

—Tengo un caso sin resolver que se ha reabierto...

Mientras me frotaba los ojos, me incorporé.

—Voy a hacer café.

Diez minutos más tarde estábamos de nuevo sentados a la mesa de la cocina, esta vez uno enfrente del otro.

Con una taza recién hecha de nuestra mezcla de desayuno en la mano, Quinn empezó a contarme cosas de su trabajo, algo que acostumbraba a hacer desde hacía mucho tiempo, primero como barista, luego como amiga y al final como amante.

—¿Te acuerdas de la noche de Acción de Gracias, cuando me llamaron por teléfono? —empezó a decir.

—Claro —contesté—. Por fin pude pasar algo de tiempo con tus hijos.

Molly Quinn tenía nueve años y Jeremy acababa de cumplir once. Mike siempre pasaba tiempo a solas con ellos sin mí. Me había explicado por qué, por supuesto. Después de que la esposa de Mike lo dejara por un genio de Wall Street algo más joven que él, pero mucho más rico, ella se trasladó con los niños desde su casa de Brooklyn a la finca de su prometido en Long Island. Como tenían nuevos colegios, un nuevo hogar y un nuevo hombre en la vida de su madre, Mike prefería que sus hijos se adaptaran al nuevo apartamento en la ciudad antes de introducir a otra persona nueva en su mundo, que de por sí ya había cambiado lo suficiente.

Yo respetaba esa decisión. También sospechaba, dados los problemas matrimoniales de Mike durante años, que quería asegurarse de que lo nuestro iba en serio antes de empezar a complicar la relación.

Pues bien, el día antes de Acción de Gracias, la exmujer de Mike tomó esa decisión por nosotros. Leila quería acompañar a su adineradísimo prometido a una reunión de Acción de Gracias en Connecticut, organizada por gente aún más adinerada que él que les había sugerido dejar a los niños con las niñeras. Leila tenía una asistenta que cuidaba de los niños, pero esa semana estaba de vacaciones, así que decidió dejarlos con Mike.

En cuanto a mis planes para ese día de Acción de Gracias, ya había aceptado la invitación de Madame para asistir a una fiesta en Tavern on the Green. Se suponía que Mike iba a ser mi acompañante hasta que su ex le cambió los planes. Así que yo también cambié los míos.

Me excusé por no asistir a la cena de Madame, fui a casa de Mike y cociné para ellos un pavo con guarnición. Mike se había ofrecido a invitarnos a un restaurante, pero yo sabía que con una cena casera de Acción de Gracias el nuevo apartamento sería lo más parecido a un hogar para él, Molly y Jeremy. Los niños no pudieron ser más cariñosos. Esa mañana incluso los llevamos a ver del desfile de Macy's.

La cena fue todo un éxito. Al igual que su padre, los niños casi se desmayaron con mis platos. Y cuando Mike tuvo que salir para intervenir en un caso que se había presentado esa noche, me quedé sola con ellos. Estuvimos despiertos hasta muy tarde, viendo una película de Disney, jugando a las cartas y a las películas, y comiendo trozos de la tarta de calabaza y praliné que les preparé.

—Los niños siguen hablando de tu comida, ¿sabes?

—Menos mal. —Me reí—. Porque soy pésima a las cartas. Me dieron una paliza al ocho loco.

Quinn asintió, pero su sonrisa se desvaneció enseguida.

—Bueno, da igual. —Cambié de tema para intentar ayudarle—. ¿Dijiste algo de un caso sin resolver que se había reabierto?

Volvió a asentir.

—Está relacionado con el de la noche de Acción de Gracias.

—¿Te refieres al caso de la hija de Pilgrim?

Presté atención mientras me narraba lo sucedido. Una joven rica de sangre azul había aparecido muerta, sola en su apartamento, la noche del jueves anterior. La chica, Waverly «Billie» Billington, era descendiente directa de los peregrinos que llegaron desde Inglaterra en el Mayflower y heredera del fundador de Pilgrim Investments, una empresa con un eslogan poco original: «Sólida como la roca de Plymouth».

Al igual que con el asesinato de Papá Noel, los periódicos hicieron su agosto con los titulares del Black Friday: «La hija de Pilgrim confunde las pastillas con el pavo», «La heredera de Plymouth aparece más dura que una roca», ese tipo de cosas.

Hasta ese momento, Quinn no había dicho casi nada sobre la trágica muerte de la chica y di por hecho que sería porque habrían cerrado el caso sin más. Una sobredosis de sustancias no era homicidio, aunque bien podría haber sido un suicidio.

Se lo dije.

—Esa conclusión tiene matices —respondió Quinn.

—¿Por ejemplo?

—La familia de la joven es amiga del alcalde, del comisario de policía, de dos senadores estatales y de un concejal bastante influyente. La pequeña Billington fue al colegio con algunos de los hijos de toda esta gente y de vez en cuando se relacionaba con ellos en los clubes de Manhattan. Por eso quieren que este asunto se cierre lo antes posible. Mi capitán nos está dando la vara con esto. Ha dictaminado que hay que cerrar el caso como muerte accidental.

—¿Aunque pueda haber sido un suicidio?

—Quieren que se cierre.

Estudié la mandíbula de Quinn.

—Me da la sensación de que tienes un «pero»...

—Los detalles de este caso me han recordado los de otro caso sin resolver que tuvo lugar justo el año pasado, también durante Acción de Gracias. Otra joven atractiva, de la misma edad, que también vivía sola, murió en las mismas circunstancias. La víctima, Cora Arnold, tenía mucho menos dinero y menos contactos que Billington, por eso no salió en las portadas de los periódicos.

—¿Murió de sobredosis?

Quinn asintió.

—Murió la noche de Acción de Gracias del año pasado. Solo que, como Arnold no tenía empleada doméstica, el cadáver no apareció hasta el domingo por la noche, cuando su hermana la echó en falta en su fiesta de cumpleaños.

—¿Crees que existen similitudes entre ambos casos?

—No solo ocurrieron el mismo día, ya que ambas murieron la noche de Acción de Gracias. Es que también ingirieron el mismo medicamento recetado, un opiáceo que a ninguna de las dos les habían prescrito.

—¿No había otras pastillas en el apartamento?

—No. Las chicas eran bebedoras y conocidas por su promiscuidad. Y ambas tuvieron un invitado masculino ese día.

—¿Relaciones sexuales?

—Ambas mantuvieron relaciones sexuales. Ambas bebieron. Y el hombre ingirió comida basura.

—¿Comida basura?

—Las dos estaban delgadísimas y apenas tenían nada de comida en casa. No había comida basura ni en los armarios ni en la nevera. Pero encontramos bolsas vacías de patatas fritas, de galletas saladas, de Doritos... Y ellas no llevaban nada de eso en el estómago.

—Pero tienes semen, ¿no? —Hice una pausa—. Uy, eso ha sonado fatal. Me refería a...

Quinn sonrió.

—Sé a lo que te referías. El ADN no es el problema, el problema es encontrar a quién pertenece. En la vida de esas chicas entraba y salía muchísima gente: amigos, parientes, desconocidos. Se recogieron algunas huellas dactilares, pero ninguna coincidía con la de alguien con antecedentes penales. Ni tampoco con novios conocidos.

—Dado el círculo social en el que se movían, relacionándose con los hijos de muchos peces gordos, supongo que los interrogatorios serían complicados. ¿Con cuánta agresividad se interroga a amigos y familiares?

—¿A ti qué te parece? —contestó.

—Que tus jefes quieren el caso cerrado. Eso me parece.

Quinn le dio un sorbo largo y silencioso al café.

—Yo creo que a esta chica la asesinaron, Clare; no creo que fuera un suicidio ni una muerte accidental. Creo que hay un tipo por ahí que va de fiesta con drogas peligrosas. Puede que no tuviera intención de matar a esas chicas, pero lo hizo, y es, como mínimo, culpable de homicidio involuntario. Seguro que de esta última muerte se habrá enterado al ver los titulares, pero no ha dado un paso al frente. Y no creo que lo haga. Drogó a las dos chicas, aunque ellas tomaran la droga por voluntad propia, y las dejó inconscientes sin pensárselo dos veces. Y creo que volverá a hacer lo mismo.

—Entonces tienes que encontrarlo, Mike. Digan lo que digan tus jefes.

—Lo sé.

—¿Qué dijeron tus superiores cuando les contaste todo esto?

Quinn frunció el ceño.

—Que son similitudes circunstanciales. Tampoco ayuda el hecho de que ambas tuvieran antecedentes de consumo de drogas recreativas, aunque fuera de forma ocasional.

—¿La empleada doméstica de Billie no vio a nadie entrar en el apartamento?

—La empleada doméstica es una mujer joven y soltera, una interna. Tenía el día libre y estuvo con la familia de su hermana en Queens. Volvió sobre las ocho de la noche. Fue entonces cuando encontró a la chica.

Le di un sorbo al café mientras reconsideraba los hechos.

—¿Qué hizo la víctima ese día?

—Sabemos que Billie fue a una fiesta por la mañana en el Upper West Side, en un apartamento grande con vistas al desfile del día de Acción de Gracias.

—Ese tipo de fiestas para ver el desfile es bastante común en Nueva York —dije—. ¿Qué declararon los asistentes?

—Billie habló con casi todos los invitados. Vio el desfile y se marchó sola. También entró sola en su edificio. El portero no registró ninguna visita para ella y la cámara de seguridad del vestíbulo confirma su declaración. Hay una entrada de servicio al edificio, sin cámara, pero está bien cerrada desde dentro y no hay indicios de allanamiento.

—Entonces el hombre tenía que vivir en el mismo edificio de Billie, ¿no?

—Eso creemos; pese a que Billie no tenía antecedentes de haberse acostado con nadie de su edificio, podría haber sido una aventura sexual aislada. Seguimos trabajando para obtener muestras de ADN de los residentes masculinos, incluidos los casados, pero es una cuestión delicada desde el punto de vista legal. La mayoría de los vecinos tienen abogados que se han opuesto. Es un asunto complicado, Cosi.

Le di otro sorbo al café y tamborileé con los dedos sobre la mesa.

—¿No ayudaría el ADN a tu teoría? Si Billington y Arnold tuvieron relaciones sexuales con el mismo hombre, aunque aún no sepas de quién se trata, tu teoría quedaría corroborada, ¿no?

—Sí, exacto. Estoy intentando que hagan ese test.

—Y quizá haya más víctimas. ¿Has pensado en eso? Otros casos con las mismas características. Tal vez, si encuentras más casos, detectes algún otro factor común… que te lleve al asesino.

Quinn me dedicó una media sonrisa.

—Siguiente paso lógico, detective. Y, sí, Sully y yo ya lo hemos pensado. —Sully era el diminutivo del sargento Finbar Sullivan, la mano derecha de Quinn en la Brigada Sobredosis—. Vamos a trabajar en eso esta semana, sin hacer ruido, paralelamente a nuestra carga de casos habitual. Repasaremos las entrevistas a los amigos y familiares de Cora Arnold, buscaremos cualquier detalle en la vida de Cora que coincida con los datos recopilados sobre los residentes masculinos del edificio de Billie. Quería que lo supieras, porque todo esto me obligará a llegar tarde algunas noches y a levantarme temprano algunas mañanas. Es importante, entiéndelo…

—Lo entiendo, Mike. Me estás avisando de que no pasarás mucho tiempo aquí.

—Quiero ayudar con lo de Alf, Clare…

—Sé que quieres, pero puedo encargarme yo. Yo lo haré. ¿Tan difícil es preguntarle unas cuantas cosas a James Young y analizar sus reacciones?

Quinn me observó.

—Necesitas que alguien te cubra las espaldas.

—Lo sé. Por eso me llevé a Esther anoche al patio.

—Pero te dejó sola.

—Porque yo se lo pedí.

—Bueno, hazme un favor, cariño; lleva apoyo y no dejes que se marche, ¿de acuerdo?

—Vale. Lo haré. Tú no te preocupes.

—Eso no puedo prometértelo. —Sonrió—. Mientras tanto, veré qué puedo averiguar sobre Franco.

—Gracias, de verdad.

Se encogió de hombros.

—Estamos en temporada de favores y tú ya me has dicho lo que quieres por Navidad.

Ambos sonreímos.

—Hablando de Navidad —dije—. Aún no hemos hecho planes para las fiestas. ¿Has programado pasar tiempo con tus hijos? He pensado que podríamos llevarlos a patinar sobre hielo a Bryant Park y a ver el árbol de Rockefeller Center. En Serendipity siempre tienen helado de chocolate caliente y los escaparates de Macy's están preciosos este año. ¿Molly ya será demasiado mayor para ir a Santaland? Joy disfrutó de esa visita hasta casi los once años...

—Buah..., alto ahí. —Quinn cambió de postura—. Los niños no van a estar, Clare. Mi mujer se los lleva a Florida. La familia de su novio está allí y quiere que los conozcan...

—Exmujer.

—¿Cómo?

—Has dicho «mi mujer».

—¿Ah, sí? —Quinn torció el gesto—. La costumbre, supongo. El caso es que van a esta fuera dos semanas y accedí a estar disponible en el trabajo durante Navidad y Año Nuevo, porque aún debía varios favores... Los compañeros con familia saben que ahora estoy divorciado, así que acepté.

—Ah. O sea, que vas a estar desaparecido del mapa.

—Pero no pasa nada, ¿verdad? Me refiero a que estabas tan entusiasmada con la vuelta de Joy de París... Ya me advertiste de que ibais a pasar mucho tiempo juntas, ¿no?

Asentí y sonreí al pensar que pronto vería a mi hija y me pondría al día de todas las cosas emocionantes que estaba aprendiendo, probando y cocinando en Francia.

—Sí, tienes razón. La he echado mucho de menos.

—Lo sé, cariño. Así que míralo por el lado bueno: estarás tan ocupada con ella que no creo que me eches en falta.

Se me encogió un poco el corazón. Claro que lo echaría en falta, sobre todo en esa época del año, pero no lo dije. No quería que se sintiera culpable. Entendía las exigencias de su trabajo (uno de los factores que rompieron su matrimonio) y pensé que lo que más necesitaba en ese momento era estar seguro de que las horas extra no dañarían nuestra relación.

—Tienes razón —bromeé con una sonrisa forzada—. Estaré demasiado ocupada para echarte en falta.

La reacción de Quinn no fue la que esperaba. Se le borró la sonrisa y pareció un poco dolido. Justo cuando me disponía a aclarar que estaba de broma, sonó su móvil.

—Disculpa —dijo mientras miraba la pantalla.

—¿Asuntos policiales?

No contestó, solo dijo:

—Tengo que contestar.

—Claro.

Pero no entendí por qué salió de la cocina en vez de contestar la llamada allí mismo. Me acerqué a la puerta y agucé el oído con curiosidad.

—No. Estoy tomándome un café. —Pausa—. Sí, es mi intención. —Pausa más larga—. Sí, claro. Claro que sí. Es que ahora no puedo hablar. —Pausa—. Porque no puedo.

Fruncí el ceño. Desde luego, la conversación no parecía un asunto policial.

En ese momento sonó mi teléfono, pero no el móvil, que seguía cargándose en el dormitorio, sino el fijo del apartamento. Descolgué la extensión de la cocina.

—¿Diga?

—¡Hola, mamá!

—¡Joy!

No podía haber llamado en mejor momento. Solo escuchar su voz me hizo aterrizar otra vez. Charlamos un poco sobre lo que estábamos haciendo cada una en ese momento y luego anunció que tenía algo que decirme. De repente, su voz sonó tensa.

—Lo siento mucho, mamá. De verdad que lo siento, pero...

—¿Qué pasa, cielo?

—Resulta que no puedo volver a casa para las vacaciones. Al final tengo que trabajar en el restaurante. ¿Me perdonas?

Se me cayó el alma a los pies. Durante unos segundos, no supe qué decir.

—Claro, cielo —conseguí decir por fin—. Este año tengo muchas cosas que hacer..., no te preocupes.

A los pocos minutos, colgamos y fui a buscar a Mike. De repente, me sentí un poco bloqueada. No me lo creía, pero esas serían las primeras Navidades, las primeras de mi vida, que pasaría separada de mi pequeña.

Necesitaba contárselo a Mike. No porque esperara que cambiara sus planes, sino porque de repente necesitaba que alguien me comprendiera y me abrazara. También necesitaba sentir que todo estaba bien entre nosotros. Temía que se hubiera llevado una impresión equivocada de mi reacción al oír lo de las horas extra.

Pero Quinn ya no hablaba por el móvil en el salón. Lo encontré en el dormitorio, completamente vestido, ajustándose al hombro la funda de la pistola.

—¿Te vas ya? Estaba a punto de preparar unas magdalenas doradas de pan de jengibre y arce, y se me había ocurrido añadirles un glaseado caliente con especias navideñas. Pensé que te gustaría probarlas.

—Lo siento, cariño. Guárdame unas cuantas, ¿vale? —Su expresión era ilegible mientras recogía la placa y la cartera de la cómoda—. Ha surgido algo. Tengo que ocuparme de un asunto.

—¿De qué?

—Nada importante. Te llamo más tarde.

—Pero quería contarte...

—Más tarde, Clare. Te lo prometo —dijo. Y tras darme un beso demasiado rápido en la mejilla, se marchó.

CAPÍTULO QUINCE

Como la mayoría de los neoyorkinos, James Young no era una persona fácil de localizar. Para empezar, su teléfono no aparecía en la guía. En internet encontré mucha información sobre Studio 19, incluida la dirección de la empresa, pero el único número de teléfono que había era el general. Cuando llamé, me atendió una operadora que se negó a pasarme con el señor Young, aunque me confirmó que trabajaba allí.

Lo más desesperante era que conocía la dirección de su casa, hasta el número de su apartamento, pero no me atrevía a ir. Si el portero a quien Matt había pegado me veía de nuevo, seguro que encontraría la forma de que me detuvieran, probablemente por «acoso».

No tenía tiempo para vigilar su casa (y tratar de pillarle cuando entrara o saliera del edificio), así que decidí buscar ayuda, tal y como me había aconsejado Quinn.

Madame Dreyfus Allegro Dubois era más que mi jefa, mi casera, mi exsuegra y la mayor defensora de mi hija. Madame era mi mejor amiga. También resultaba ser la fisgona más adorada (y elegantemente vestida) de los alrededores de Washington Square Park.

Cuando Quinn se marchó, tiré el resto de su café, que se había enfriado durante nuestra larga conversación, y saqué mi cafetera expreso. Necesitaba un poquito de calor, en muchos sentidos. Con el invento de Alfonso Bialetti, preparé rápidamente la versión rústica del expreso de cafetería que los italianos disfrutan desde hace casi un siglo.

Con el tercer trago energético del día, llamé por teléfono a la madre de Matt y le conté todo lo que había pasado, desde el asesinato de Alf hasta mi detención por allanamiento la noche anterior. Al principio parecía un poco adormilada, pero se fue animando con cada nueva revelación.

—¿De verdad trepaste por una escalera de incendios en plena noche y te asomaste por la ventana de un desconocido? —preguntó Madame—. Espero que vieras algo sustancioso.

—Siento decepcionarte, pero solo vi la identificación de un hombre que trabaja en un lugar llamado Studio 19. Es una empresa de televisión independiente situada en la calle Diecinueve, cerca de la Once...

Madame se echó a reír.

—¿Por qué te ríes?

—Lo sé todo sobre Studio 19, querida.

Casi se me cae la taza al suelo.

—¿Qué eres? ¿Adivina?

—Aún mejor. Soy una cotilla. Y una vecina estupenda.

—¿Y eso?

Madame volvió a reírse, pero no añadió nada más, solo me informó de que «iba a hacer unas llamadas» y que después me contaría.

Treinta y seis magdalenas de jengibre y arce recién horneadas y un turno de cuatro horas como barista más tarde, me vi sentada al lado de la matriarca de pelo plateado en el interior del enorme Studio 19. Habíamos ido a ver la grabación de uno de los programas de televisión más populares del país, *Como los Chatsworth*.

Según Madame, un pequinés ilegal fue lo que nos permitió entrar.

—En mi edificio se permite un máximo de dos mascotas por apartamento —me explicó, lo cual me dejó igual de confusa.

—¿Y cómo se traducen exactamente las normas de tu edificio en entradas instantáneas para asistir como público a un programa de televisión que tiene una lista de espera de tres meses?

—Bueno, alguien se chivó al administrador del edificio —la voz de Madame adquirió un tono conspiratorio— y no me cabe duda de que ese alguien era la amante del productor musical del segundo piso, la que duerme hasta el mediodía y sale de fiesta hasta las cuatro de la madrugada. Uf, qué horror. Puedo tolerar a los bohemios, pero a ella...

—Me hablabas de un pequinés.

—Ah, sí. Resulta que alguien le sopló al administrador que el señor Dewberry y su mujer, Enid, tienen un tercer perro, así que fingimos que el perro era mío. Estuve un tiempo paseando a Ming dos o tres veces al día hasta que el tema quedó olvidado.

—Entonces, ¿fue ese tal señor Dewberry quien te dio las entradas?

Madame asintió.

—El señor Dewberry es el principal accionista de la empresa que produce este programa. Agradeció mucho lo que hice por Ming. Por eso estamos aquí.

Yo también se lo agradecí.

Desde nuestros asientos de primera fila, observamos a los técnicos que iban y venían por el escenario oscuro. Un par de monitores grandes descendieron del techo para flanquear el escenario aún en penumbra, ambos con el logotipo de *Como los Chatsworth* sobre un fondo rosa pastel y azul claro.

—Tengo que decirlo. Eres increíble. En menos de veinticuatro horas, tenemos entradas y pases para visitar los camerinos.

—Deberías haberme incluido en tu investigación desde el principio, Clare —dijo Madame con rotundidad—. Es una suerte que me hayas pillado hoy, porque mañana por la mañana Otto y yo nos vamos a un hotelito encantador en Vermont.

Otto Visser era el último amor de Madame. Más joven que ella (no llegaba a los setenta años), era un marchante y tasador de arte urbano que se quedó prendado de la madre de Matt desde el momento en que cruzó varias miradas seductoras con ella en el salón semiabarrotado de un restaurante francés.

—¿Has encontrado ya ese «regalo perfecto» para Otto? —le pregunté.

—¿Qué se le compra a un hombre que colecciona manuscritos iluminados medievales? —preguntó gesticulando con la mano llena de anillos—. Pero lo he pensado mucho y al final me he decidido por el fraude.

—¿Cómo dices?

—He adquirido una imagen de la *madonna* con el niño que parece sacada de un manuscrito medieval, pero que en realidad es una falsificación perpetrada por el «falsario español», un legendario falsificador que creó cientos de falsificaciones medievales en Francia durante el siglo XIX. —Madame sonrió y sus suaves líneas de expresión se arrugaron con picardía alrededor de sus brillantes ojos azules—. Estoy segura de que a Otto le encantará. Un estupendo tema de conversación para charlar con sus colegas.

—Sin duda es algo único —respondí.

—Bueno, ¿y cuándo está prevista la llegada de Joy?

Temía ese momento. Todavía no les había dado la mala noticia ni a Madame ni a Matt.

—Lo siento. Tengo que contártelo. Joy me llamó temprano esta mañana. Al final no vuelve a casa —dije—. No consiguió permiso en el trabajo.

En lugar de mostrar decepción, Madame asintió con una sonrisa cómplice.

—Por eso me aseguré de que sus billetes de avión tuvieran la fecha abierta.

Entonces fui yo quien asintió con complicidad.

—¿Sabías que se quedaría trabajando?

—¿Trabajando? —Madame sacudió la cabeza—. Joy no está trabajando, Clare. De repente se ha enamorado como una loca y no soporta separarse de él.

—¿Te ha dicho eso?

—¡No! Pero conozco a mi nieta. Estoy casi convencida de que te enterarás de que se ha enamorado de algún cocinero francés, adorable, coqueto e irreverente de su brigada de cocina. Solo espero que el sentimiento sea mutuo, por el bien de mi nieta... ¿Qué pasa?

—Es que... no se me había pasado por la cabeza algo así.

—Ha abandonado el nido, querida. Quiere vivir su vida. —Se acercó más—. No te preocupes. Lo pasé mal cuando Matt hizo lo mismo, se largó a Europa durante un verano entero, pero luego volvió contigo, ¿no?

Esa era la versión abreviada de una historia de amor mucho más larga donde yo terminé embarazada. Sin embargo, sin esa dulce *bambina* en el horno, dudaba mucho que Matteo Allegro, con veintidós años, alma libre y amante de los deportes extremos, me hubiera llevado a casa a conocer a su madre.

Fruncí más el ceño. Aquel repentino recuerdo me provocó desasosiego; me pregunté si Joy habría prestado atención a nuestras charlas sobre el control de la natalidad.

Madame me apretó la mano.

—Recuerda esto, Clare. Cuando Joy se case y tenga un hijo, te necesitará más que nunca.

Un acomodador que avanzaba entre el público repartiendo folletos nos interrumpió. Mientras Madame ojeaba el papel, yo escudriñé el estudio en busca de algún hombre que se pareciera a la foto identificativa de James Young.

—Hoy vamos a ver un programa muy especial sobre el estrés navideño —me informó Madame con unas gafas de lectura en la nariz.

—Qué oportuno —dije.

—Aquí también pone que el doctor Chaz es un psicólogo cualificado nacido y criado en el sur de California. Y su mujer, Phyllis, una terapeuta matrimonial originaria de las Ciudades Gemelas. Se conocieron en la universidad. El programa *Como los Chatsworth* empezó en la programación local de Mineápolis y luego comenzó a emitirse a nivel nacional. Está dedicado exclusivamente a la reconstrucción de matrimonios rotos y de relaciones dañadas.

—Humm... —Miré a la ansiosa congregación que nos rodeaba—. Eso explicaría por qué las tres cuartas partes del público son mujeres.

—El año pasado, *Como los Chatsworth* se emitió en numerosas cadenas locales y ahora es el cuarto programa matinal nacional más popular después del de Oprah, el del doctor Phil y el de Rachael Ray. —Madame arqueó una de sus canosas cejas—. Y, según parece, el tal James Young que buscas es el productor ejecutivo del programa.

Antes de que me diera tiempo a expresar mi sorpresa, apareció un foco en el centro del escenario principal que iluminó a un hombre y una mujer, sentados uno al lado del otro en unos taburetes altos. Estaban rodeados por un nutrido grupo de ayudantes, varias cámaras y un par de teleprónteres. No reconocí a los famosos consejeros matrimoniales hasta que a mi alrededor estalló cierto alboroto y a continuación una salva de aplausos.

—¡Le queremos, doctor Chaz! —gritó una voz de mujer en medio del público de la concurrencia.

—¡Yo a ustedes también! —respondió él.

Siguieron las risas, en su mayoría femeninas.

Mientras un técnico le colocaba un pequeño micrófono bajo la corbata, el doctor Chaz seguía sonriendo y devolvía saludos con la mano a distintas mujeres. Alto y en forma, desprendía un encanto juvenil y natural. Su atractivo rostro estaba coronado por una espesa cabellera ondulada y prematuramente blanca que le daba un aire de sabia distinción.

Por el contrario, la terapeuta Phyllis era una mujer bajita, esbelta y morena con un peinado recortado y sobrio. A diferencia de su efusivo marido, ignoró por completo al público durante esos últimos preparativos. Ajena a la adoración femenina profesada por su marido, se mantuvo inmersa en una conversación con un hombre de complexión delgada cuya sombra era lo único perceptible desde nuestro sitio.

Por fin, desde una cabina de control acristalada, el director ordenó que se despejara el escenario. La figura misteriosa con la que Phyllis Chatsworth había hablado le dio un afectuoso apretón en el brazo. Entonces el hombre apareció bajo la luz de los focos. Era James Young, con un aspecto muy parecido al de su fotografía identificativa.

Un minuto después, empezó a sonar la alegre sintonía del programa. Los indicadores digitales ordenaron «¡APLAUSOS!» y el público obedeció.

Entonces sonó la voz de un locutor: «Marido y mujer y consejeros de parejas desde hace dos décadas, el doctor Chaz Chatsworth y la terapeuta Phyllis les guiarán por los escollos y los placeres del amor, el romance y el matrimonio. Con todos ustedes, la pareja más comprensiva, compasiva y perspicaz de la televisión...».

El foco reapareció justo a tiempo para pillar a la pareja besuqueándose. El doctor Chaz y Phyllis fingieron sentirse avergonzados por el desliz. Aplaudieron con las manos en alto, se bajaron de los taburetes y se colocaron frente al público.

—¡Facturas! ¡Listas de regalos! ¡Fiestas de empresa! ¡Familiares quisquillosos! ¡Suegros aún más quisquillosos! ¿Sientes la presión de celebrar una Navidad, Janucá o Kwanzaa «perfecta»? —preguntó el doctor Chaz.

Phyllis dio un paso al frente.

—Si toda esta tensión navideña está arruinando tu matrimonio o tu relación sentimental, quédate con nosotros. Hoy hablaremos del estrés navideño y nos plantearemos una pregunta: ¿puede el amor aguantar tanto estrés?

—Nuestra «Guía de supervivencia de los Chatsworth» evitará que estas Navidades terminen en divorcio —añadió el doctor Chaz— o peor aún...

—¿Peor aún? —murmuré—. ¿Qué es peor aún que en divorcio? ¿En homicidio?

Madame soltó una risilla entre dientes.

—Querida, esto es *Como los Chatsworth,* no el programa de la fiscal Nancy Grace.

El monitor parpadeó: «¡APLAUSOS!». Casi de inmediato, se produjo una suave transición hacia un material de archivo donde varias parejas discutían en una fiesta o mientras iban de compras. Después de mencionar una serie de estadísticas, el doctor Chaz y Phyllis hablaron de los peligros de aspirar a unas «Navidades perfectas» frente a la decepcionante realidad. También hicieron referencia a los problemas que surgen cuando se reúnen familias disfuncionales o cuando se intenta conseguir un régimen de visitas justo tras un divorcio. Hablaron de cómo lidiar con suegros críticos y los abuelos exigentes, y de cómo evitar que la vida sexual entre en coma. Cuando terminó esa primera parte, el público llegó a una inevitable conclusión: *¡Las Navidades son peligrosas para la salud mental!*

—Es hora de hacer una pausa —dijo entonces el doctor Chaz—. A la vuelta conoceremos a dos parejas. Un marido y una mujer que aprendieron a lidiar con el estrés navideño...

—Y otra pareja que no sobrevivió —añadió Phyllis con un ceño exageradamente fruncido.

Entonces le dieron la espalda al público, se agarraron de la mano con cariño y regresaron a sus taburetes mientras el escenario se oscurecía. Tras el corte de las cámaras, el equipo reapareció en el escenario para colocar más taburetes para los invitados.

El doctor Chaz y Phyllis permanecieron sentados y me di cuenta de que la pareja de tortolitos era mucho menos cariñosa cuando las cámaras no los enfocaban. En un momento dado, Phyllis, con el guion en la mano, reprendió al ayudante de su marido por lo que, obviamente, consideraba un error flagrante en la siguiente parte. Lástima que los micrófonos estuvieran apagados, porque la acalorada discusión se prolongó durante casi treinta segundos.

La llegada de James Young puso fin a la polémica. La presencia del larguirucho productor afroamericano parecía aportar calma al plató. Después de unos minutos de reunión, Young introdujo unos cambios que ambos aceptaron. El productor volvió a desaparecer cuando un técnico le avisó de un problema entre bastidores.

La grabación se reanudó y presentaron a una pareja cuyas últimas fiestas navideñas fueron lo más parecido a un choque de trenes.

Entre sollozos, una treintañera rubia identificada como «Tracy de Memphis» relató las peores Navidades de su vida, que habían tenido lugar el año anterior.

—Me enteré una semana antes de Navidad, doctor Chaz. Llegué tarde a la fiesta de la oficina de mi marido y me encontré a Todd y a una compañera de trabajo haciendo cochinadas bajo la maqueta de Rudolph el reno, en la sala de descanso de la empresa.

El público soltó un gritito de conmoción. El doctor Chaz asintió de forma exagerada.

—¿Y cómo te sentiste, Tracy?

—¡Enfadada!

El público murmuró como muestra de su malestar. Al lado de la mujer estaba Todd, que se movió incómodo y miró con preocupación al reprobatorio público, en su mayoría femenino.

—Bueno, Todd, cuéntame. ¿En qué demonios estabas pensando?

Todd se encogió de hombros con timidez. Luego miró hacia la amenazadora multitud de mujeres y carraspeó.

—Supongo que estaba dolido, doctor Chaz. Muy muy dolido.

La multitud que nos rodeaba empezó a murmurar de nuevo, algo menos enfadada, y se inclinó hacia adelante con interés.

—¿Dolido, Todd? ¿Por qué? —preguntó el doctor Chaz, con una curiosidad fingida—. ¿Quién te había hecho daño?

—Mi mujer.

Las mujeres del público empezaron a cuchichear. Todd parecía reacio a hablar, como si le costara mucho. Sin embargo, a la menor insistencia del doctor, se le soltó la lengua.

—Me sentía herido porque mi mujer se había gastado todo el saldo de las tarjetas de crédito en comprar un montón regalos que no podíamos permitirnos para una lista larguísima de familiares y amigos. —Sacudió la cabeza—. Sentí que el futuro de nuestros hijos estaba en peligro, no sé si me explico. Así me sentí. ¿No era para estar dolido?

—Entiendo. ¿Algo más? —preguntó el doctor Chaz.

—Sí, también me molestó que mi mujer, entre decorar el árbol y rellenar los calcetines, no encontrara tiempo para atender mis necesidades.

—Parece que ambos cometieron errores —dijo el doctor Chaz, asintiendo con sabiduría.

En la siguiente parte, fue la terapeuta Phyllis quien se hizo cargo de las preguntas. Paradójicamente, la historia de Mona y Bill de Columbus, la pareja feliz y funcional, resultó mucho menos interesante para el público.

—Triste pero cierto —me comentó Madame—. Los trenes son noticia de portada cuando se averían, no cuando llegan en hora.

El final del programa consistió en un reportaje titulado «El sexo aún es posible», donde tanto el doctor Chaz como Phyllis aconsejaban a las parejas que mantuvieran viva la llama en momentos de estrés.

—Es importante que encuentres esos huequitos de intimidad con tu pareja, sobre todo en esta temporada tan alocada y frenética.

Las imágenes mostraron a varias parejas que se besaban junto a un árbol de Navidad o se abrazaban durante un paseo en trineo o intercambiaban regalos perfectamente envueltos en la cama.

—Muérdago y música —sugirió la terapeuta Phyllis.

—Bastones de caramelo a la luz de las velas —añadió el doctor Chaz.

Para cuando la ligera sintonía de cierre llenó el estudio y los presentadores se despidieron de todos nosotros con la mano, el público ya había ingerido suficiente utopía como para ponerse en pie y aplaudir a golpe de teleprónter.

La música se apagó, se abrieron las puertas de salida y el público despejó la sala. Madame y yo recogimos nuestras cosas y nos acercamos a un acomodador.

—Disculpe —dijo Madame—. Mi nuera y yo tenemos un pase para los camerinos. Queríamos saber si...

—Ah, tienen que preguntarle a Heidi —dijo mientras señalaba a una esbelta rubia platino vestida con un ceñido traje de chaqueta gris—. Heidi Gilcrest.

La mujer se acercó a nosotras desde la otra punta del estudio dando pasitos con unos tacones altos que resonaban como castañuelas.

—¡Hola! —Heidi abrió los ojos casi tanto como su amplia sonrisa nacarada—. El señor Dewberry nos pidió que la esperáramos, señora Dubois. ¿No es un hombre maravilloso? Y sus perros son una monería. Síganme y les mostraré las instalaciones.

La dinámica criatura de largas extremidades nos condujo a través de un laberinto de cables, cortinas y equipos. Se detuvo a esperarnos frente a una puerta metálica hasta que la alcanzamos.

—Vamos allá —dijo por fin mientras nos guiaba por un largo pasillo enmoquetado—. Aquí están los camerinos y las oficinas. —Señaló una fila de puertas cerradas a lo largo del pasillo—. Si me esperan aquí, veré si...

Justo a mi lado, se abrió de pronto una puerta decorada con una estrella plateada y Phyllis Chatsworth nos arrolló.

—¡Cuidado! —dijo casi derribándome.

—¡Oh, señora Chatsworth! —exclamó Heidi—. Quiero presentarle a dos queridas amigas del señor Dewberry. Esta es la señora Dubois y...

Sin hacernos ni caso, Phyllis Chatsworth se dirigió a Heidi.

—¿Recibió Simon mi correo sobre las botellas de agua?

Heidi movió la cabeza arriba y abajo.

—Seguro que sí, señora Chatsworth. Yo misma lo imprimí y se lo puse encima de la mesa como recordatorio.

—¡Pues en mi camerino no hay agua! La nevera está vacía, Heidi. ¡Vacía! ¡Desde antes de que empezara la grabación!

—Averiguaré qué ha pasado...

—Está fenomenal que los bocadillos de mi marido lleguen como un reloj y a mí me hagas esperar por unas míseras botellas de agua.

—Le aseguro, señora Chatsworth, que su bienestar es importante para mí...

—Entonces dile a Simon que lo arregle. Ahora mismo. Y de paso, diles a los de mantenimiento que la luz de mi cuarto de baño se ha fundido. Me da igual que uno de esos gandules tenga que trabajar horas extra por una vez en su vida, ¡quiero que la arreglen hoy mismo!

Antes de que la escultural ayudante pudiera volver a hacer de felpudo, su «comprensiva, compasiva y perspicaz» jefa terapeuta nos dio con la puerta en las narices.

CAPÍTULO DIECISÉIS

A Madame y a mí nos resultó muy violenta la bronca de Phyllis Chatsworth, pero el tono desagradable de la confrontación no mermó ni un ápice el entusiasmo de Heidi Gilcrest.

—¡Ya ven lo atareados que estamos por aquí! —chilló mientras levantaba el auricular de un teléfono de pared—. Permítanme que llame a Simon antes de continuar con la visita...

Un momento después se abrió otra puerta con estrella.

—¿De qué se queja ahora Phyl? —balbuceó, con la boca llena de comida, la mitad masculina del dúo Chatsworth. Entonces se fijó en nosotras y se quedó inmóvil.

Tengo que admitir que, de cerca, el doctor Chaz era aún más imponente. Armado con un encanto sencillo y una sonrisa fácil, también poseía una elegancia natural que ni siquiera las mejillas de ardilla llenas de comida lograron atenuar.

Al teléfono, Heidi se disculpó por no presentarnos. El doctor Chaz, a quien la situación pareció divertirle mucho, masticó y masticó hasta que por fin se tragó las patatas fritas.

—Perdón por tener la boca llena —dijo con una sonrisa tímida—. Siempre me da hambre después de grabar, supongo que por la intensidad del programa. ¿Quieren una patata? —El doctor Chaz le ofreció la bolsa a Madame.

—No, gracias, doctor. Prefiero las patatas fritas que no son de bolsa.

El doctor soltó una cálida carcajada. Después de que yo también rechazara el tentempié, se llevó la bolsa medio vacía al camerino, se limpió las manos con un pañuelo y nos guiñó un ojo para disipar cualquier incomodidad.

Madame se presentó, luego me presentó a mí y añadió:

—Me ha encantado su programa de hoy, doctor. No puedo verlo todos los días, como comprenderá, pero me gustó especialmente aquel episodio sobre los hombres que, aunque se volvían a casar, seguían amando a su primera esposa —dijo a la vez que me lanzaba una mirada elocuente.

Vaya, hombre.

—Es uno de los episodios más populares —contestó el doctor Chaz—. ¡Sobre todo entre las primeras esposas!

Madame se echó a reír. Yo no. (Se suponía que la boda de Matt había zanjado ese tema. Sin embargo, por la expresión de Madame, me di cuenta de que las viejas costumbres son difíciles de erradicar). Entonces el doctor Chaz se fijó en mí.

—¿Ha disfrutado de la grabación de hoy, señorita Cosi?

—Ha sido..., eh..., estupenda —dije con mucha diplomacia.

Señaló a Heidi, que seguía al teléfono y era obvio que mantenía una intensa discusión.

—Parece que se han quedado sin guía...

—Es que tiene un problema con Simon —le expliqué.

—Simon es un buen tío, pero está muy ocupado y no puede hacer todo, por todos, todos los días —dijo el doctor Chaz en voz alta, sin duda lo suficiente como para que su mujer lo oyera al otro lado de la puerta con estrella. Luego adquirió un tono mucho más cálido—. ¿Hay algo que pueda enseñarles yo?

Madame me miró.

—Bueno...

—En realidad... —dije para aprovechar la ocasión—, hemos venido a conocer al productor ejecutivo, James Young. Resulta que él y yo somos... vecinos. Pero no nos conocemos, solo lo he visto por el barrio.

El doctor Chaz me observó durante un momento y luego arqueó una ceja.

—Por suerte para James, no está casado.

—¿Cómo dice?

Se acercó más y bajó la voz.

—Está interesada en James, ¿verdad? A ver, por eso me ha preguntado por él, ¿no es así?

—Claro —dije con una sonrisa forzada.

—¡Uf! Me alegro. —Se echó a reír—. No puede ser que un «especialista en relaciones» se equivoque en algo así, ¿verdad? Me gustan las mujeres que saben lo que quieren y van a por ello. —Volvió a guiñar un ojo—. El mes que viene grabaremos un episodio sobre ese tema, ¿querría venir como invitada?

—Ehh... Bueno, creo que no...

—Se lo comentaré a James. —Entonces me agarró del brazo con galantería—. Permítame entonces que se lo presente ahora mismo. ¿Nos acompaña, señora Dubois?

—Oh, no —respondió Madame—. Prefiero que tengan intimidad. Esperaré aquí con la joven Heidi.

El doctor Chaz me condujo por el pasillo hasta una puerta de imitación de caoba, donde llamó con un solo golpecito antes de entrar. James Young se estaba quitando la americana.

—James, quiero presentarte a alguien —anunció el doctor Chaz—. Parece que tú y la encantadora señora Cosi sois vecinos. Ella también es conocida del señor Dewberry.

—Ah, del señor Dewberry. Ya veo —dijo James Young asintiendo con la cabeza mientras me tendía la mano—. Encantado de conocerla, señora Cosi.

—Llámeme Clare.

El doctor Chaz miró el reloj.

—Me voy pitando. Tengo *squash* en el club. Suerte, señora Cosi. —Y otro guiño.

La puerta se cerró y eché un vistazo al despacho de Young. La sala era espaciosa, pero parecía pequeña e incómoda debido al tremendo desorden que reinaba: grabaciones digitales, guiones y montones de papeles por todas partes. Me pregunté cómo se las apañaría para encontrar algo ahí.

—Siéntese, Clare. —Me ofreció una silla, luego se sentó detrás del escritorio y apretó los largos dedos con aire tranquilo—. ¿Desde cuándo vive en el West Village?

—Desde hace poco, pero ya viví allí con anterioridad. Empecé a dirigir la cafetería Village Blend, en Hudson Street, nada más salir de la universidad. Luego me marché a Nueva Jersey para criar a mi hija y ahora he vuelto a la ciudad.

Al oír el nombre del Blend, se le iluminó la cara.

—Conozco ese lugar. Varios amigos del barrio están enganchados a sus cafés con leche. Yo prefiero el té, últimamente té blanco, así que no frecuento su establecimiento, pero no es nada personal.

—No se preocupe —dije al darme cuenta de que su Rolex no era el único indicio de que tenía un buen flujo de ingresos. El té blanco es una de las variedades más escasas y caras del planeta.

Young me miró con recelo, como si intentara ubicarme.

—Entonces vive en mi edificio, ¿no? Chaz ha dicho que éramos vecinos.

—En realidad, vivo a varias manzanas. Pero conozco su edificio y los alrededores. Suele ser una zona bastante tranquila, aunque la otra noche hubo un asesinato en su calle. ¿Se enteró usted?

Young asintió.

—Leí que dispararon a alguien. Al parecer ocurrió en el callejón que hay justo detrás.

—Yo conocía a la víctima, era amigo mío.

—¿Ah, sí? —dijo—. Lo siento mucho.

—Gracias.

Cuando dije que conocía a la víctima, noté un sutil cambio en su actitud. Su frialdad comenzó a desaparecer poco a poco y dio paso a cierta inquietud.

—La víctima se llamaba Alfred Glockner —le expliqué—. Era un cómico en ciernes que trabajaba como Papá Noel Itinerante. ¿Le suena su nombre?

Young frunció los labios y luego el ceño.

—Nunca he oído hablar del señor Glockner. ¿Debería conocerlo?

—Pues no lo sé. Verá, estoy investigando en privado el asesinato del señor Glockner y justo anoche la policía recibió unas pruebas que demuestran que Alf estuvo en la escalera de incendios, junto a la ventana de su apartamento, minutos antes de que le dispararan.

Young se quedó inmóvil. Guardó silencio unos instantes y luego dijo:

—Me deja usted de piedra, la verdad. Porque no vi ni oí nada raro esa noche. Ni siquiera el ruido de las sirenas.

—Bueno, me preguntaba..., ¿qué cree que hacía Alf en su ventana?

Young arqueó la ceja con cierta crueldad.

—Pues supongo que no andaría repartiendo regalos, señora Cosi. Es decir, Papá Noel habría usado la chimenea, ¿no le parece?

—Hablo en serio, señor Young.

—Lo sé y me sorprende que me haga esa pregunta. Los robos en los apartamentos aumentan en estas fechas, es una de las cosas que he aprendido en el programa de hoy...

Mientras hablaba, Young miró varias veces su Rolex. Luego desvió la vista hacia mí y hacia la puerta cerrada del despacho.

¿Desea que nos interrumpan? ¿O le preocupa que alguien entre de repente e intervenga en la conversación?

—Me pasé buena parte del día de compras —continuó Young—. Quizá ese tal Glockner me vio con las bolsas por el barrio y me siguió hasta el edificio con la intención de robar en mi casa.

Recordé lo que me había dicho el camarero del White Horse. Alf estuvo allí esa noche, pidió un zumo de arándanos y se marchó a toda prisa sin terminárselo. También recordé las bolsas que había visto en la mesa de centro de James Young, con las marcas de Tiffany, Tourneau y Saks.

¿Se fijaría Alf en James Young cuando este volvía a su casa aquella noche? ¿Tendría razón Vicki Glockner? ¿Habría Omar Linford presionado o amenazado a Alf por el dinero que le había prestado? ¿Estaría Alf tan desesperado por pagarle a Linford que recurrió al robo? Y si lo había hecho, ¿era James Young el primer objetivo de Alf o ya había robado antes?

Sonó el teléfono del despacho.

—Si me disculpa, señora Cosi —dijo mientras descolgaba el auricular—. Tengo asuntos que atender.

Me marché del despacho de James Young a regañadientes y fui a buscar a Madame. Después de agradecerle a Heidi su ayuda, tomamos un taxi en la Once.

—¿Qué has averiguado? —me preguntó Madame en cuanto nos acomodamos en el asiento de atrás.

—James Young es un hombre atractivo, seguro de sí mismo y acomodado. Eso es todo lo que he averiguado.

—¿Y ese tipo de hombres no comete asesinatos, querida?

—No es eso. Es que si James Young hubiera pillado a Alf Glockner cuando intentaba robarle, ¿habría ido hasta el callejón, le habría disparado y luego le habría robado el carrito de Papá Noel Itinerante para que pareciera un atraco al azar?

—Sería ridículo.

—Exacto. Justo anoche, Young vio una sombra en la escalera de incendios, mi sombra, y lo único que hizo fue llamar al portero.

—Que, de hecho, te atacó.

—Sí. Y el muy neandertal también me encerró en un contenedor. Pero no me disparó. Llamó a la policía. Y estoy segura de que con Alf habría hecho lo mismo... Sin embargo, hay algo en James Young que me da mala espina...

—¿De qué se trata?

—Young se ha puesto muy tenso cuando he mencionado a Alf, como si me ocultara algo. Al menos, como si supiera más de lo que me estaba contando.

—A lo mejor solo se ha sentido incómodo cuando le has preguntado por un crimen terrible ocurrido justo detrás de su casa...

Tamborileé con los dedos en el asiento de plástico del taxi y observé por la ventanilla los restaurantes, los escaparates y las viviendas.

—Young es lo bastante listo como para saber que sospecho de él o, al menos, que resulta bastante raro que Alf estuviera en su ventana.

—¿No te pondría nerviosa que alguien sugiriera que puedes tener algo que ver con un asesinato?

—Supongo que sí.

—Entonces, ¿en qué punto nos encontramos? —Madame se volvió en el asiento para mirarme—. El rastro no se ha perdido, ¿o sí? Tal vez el señor Young te haya dado una nueva pista. ¿Alguna teoría nueva?

Levanté una ceja.

—Has aprendido rápido la jerga de los detectives, ¿eh?

—No tiene mucho misterio, querida. —Madame sacudió la mano—. No eres la primera gerente de cafetería que facilita estimulantes calientes a los agentes de la ley y el orden.

Había oído más de una historia picante sobre los años bohemios de Madame y no supe interpretar del todo aquel comentario. Sin embargo, antes de que me aclarara ese asunto, nuestro taxi se detuvo en la acera. Pagamos al conductor, bajamos y nos quedamos boquiabiertas. La cola para entrar en el Village Blend daba la vuelta a la manzana.

—¡Dios mío! —Madame estaba alucinada—. Creía que con la crisis el negocio había disminuido por las tardes de manera considerable.

—Y así es.

—Bueno, querida, pues no había visto tanto entusiasmo por un refrigerio desde el episodio de *Seinfeld* sobre el nazi de la sopa. ¿Ha salido nuestro Village Blend en algún programa de la tele?

—No, que yo sepa… Vamos dentro.

En lugar de abrirnos paso entre la multitud, conduje a Madame hasta el callejón trasero, saqué las llaves y abrí la puerta de atrás. Entramos por la zona del almacén y subimos por la escalera de servicio que unía el sótano con mi apartamento.

—¿Prefieres que hablemos arriba? —pregunté.

—¿Y quedarme sin saber la razón de tanto alboroto? ¡Ni muerta!

CAPÍTULO DIECISIETE

—¡Vamos a ver, gente! —gritó Tucker al tiempo que daba varias palmadas—. Porfa, ¿podríais pensar vuestro pedido antes de llegar al mostrador y traer preparado el dinero o la tarjeta?

El mostrador parecía un zoo cafeínico, pero un zoo cafeínico bien organizado. Todavía no me creía que el local estuviera tan lleno. Cuando me marché para ir a Studio 19, el local había caído en el típico declive de las tardes entre semana. Sin embargo, en ese momento la planta principal estaba a reventar. El turno de Tucker había comenzado, pero Esther seguía preparando bebidas con Dante detrás de la máquina de café expreso. Era obvio que había accedido a quedarse después de su hora de salida para ayudar a gestionar aquel tsunami sediento de café.

Me volví hacia Madame.

—Voy a echar una mano, pero antes tengo que preguntarte algo importante.

—Por supuesto —asintió Madame—. Buscaré una mesa.

Tras una rápida panorámica de la primera planta, vi que no le costaría encontrar sitio. A pesar de que la cola salía por la puerta, algunas mesas seguían vacías. Las bebidas que estaban preparando mis camareros eran en su mayoría «con alas», es decir, para llevar. Aunque había muchos clientes nuevos, una parte de la concurrencia estaba constituida por clientes habituales a los que hacía tiempo que no veía por allí.

Me fijé en el amigo de Tucker, el exactor de telenovelas Shane Holliway, tan atractivo como siempre, con su melena dorada y su barba incipiente. Tomaba algo cerca de la chimenea, con un pañuelo que le caía sobre el hombro. Cuando se dio cuenta de que lo miraba, me lanzó una gran sonrisa y me guiñó el ojo.

Otro con los guiñitos, pensé. ¿Qué les pasaba a esos tipos de la tele? ¿Los focos les dañaban a la vista o qué?

Saludé educadamente con la mano y fue entonces cuando me fijé en la pelirroja de treinta y tantos años con la que me choqué la noche del asesinato de Alf. Había vuelto, estaba sentada en un rincón apartado y seguía guapísima y enfadada, con los ojos fijos en mí como si le hubiera tirado un *macchiato* a la cara.

No me achanté. Ni siquiera un poco. La miré a los ojos y ella apartó la vista.

Hice caso omiso de aquella rencorosa de la alta sociedad y le di un golpecito en el hombro a mi ayudante.

—¿Qué pasa, Tuck?

—¡Madre mía, Clare! —dijo cuando por fin se percató de mi presencia—. ¡Son nuestros cafés fun fun fun!

—¿Qué? ¿Cómo es posible? ¡Si he sacado la pizarra a la acera esta misma mañana!

A pesar de mi reticencia a aprovecharme de la idea de Alf sobre el «sabor de la Navidad», al final había cambiado de opinión, fundamentalmente por dos razones. En primer lugar, el negocio necesitaba un empujón económico con urgencia y, como gerente responsable de la sostenibilidad de la cafetería y de sus empleados, tenía que estar dispuesta a intentarlo todo. La segunda razón fue la reacción nostálgica de Dexter Beatty al probar el *latte* Pastel Negro de Gardner la tarde anterior. Si la idea de Alf era capaz de traer a la memoria de los clientes algún recuerdo feliz de las fiestas, pensé que era digna de estar en nuestra carta. Pero nunca habría esperado una reacción como esa. ¡No tenía sentido!

—¡Tucker, toda esta gente no pueden ser simples viandantes que pasaban por aquí!

—Es que hemos aparecido en las redes, Clare. Dos importantes blogueros gastronómicos que frecuentan el Blend han escrito sobre nuestros cafés con leche a primera hora de la mañana porque les ha encantado el tema festivo fun fun fun. En realidad, a uno de ellos le encantó y al otro le pareció un poco cursi. Pero ambos consideraron que tanto la variedad como los sabores de nuestros cafés eran excepcionales. Más tarde han venido otros dos escritores gastronómicos de webs mucho más famosas: *Grub Street Digest* y *The-feedbag.com*. Han hecho fotos. Otro ha grabado un vídeo para YouTube. ¡Somos la comidilla del internet gastronómico! También ha estado aquí un reportero del *Post* y nos ha llamado un fotógrafo del *Times* para confirmar nuestra dirección.

—¿Disculpe? ¿Hola? —Una joven con tacones y calcetines dejó caer el bolso de diseño encima de la caja registradora—. Estoy en el descanso del trabajo. ¡¿Toman ya nota de mi pedido, o qué?!

Tucker giró la cabeza.

—¡Relájate, cariño! Ahora mismo estoy contigo. —Chasqueó los dedos—. ¡Y quita ese Kate Spade de mi caja!

—Dame diez minutos y relevo a Esther —le dije a Tuck—. Madame me espera en una mesa.

—Está bien, Clare. De todas formas, vamos todo lo rápido que podemos. Otro par de manos no hará que Dante saque los expresos más deprisa.

—Tampoco queremos que lo haga.

—Lo sé, la calidad es la razón por la que seguimos en el negocio después de un siglo. Pero te lo advierto: a las siete en punto tengo el ensayo coreográfico de mi número *Pasaje al Polo Norte*. La fiesta benéfica es el próximo martes por la noche, así que no hay tiempo que perder. Están convocados todos los elfos bailarines y los cantantes ayudantes de Papá Noel.

—¿Por eso está Shane aquí? —Lo señalé, me di cuenta de que seguía mirándome y aparté el dedo con rapidez.

—¿Ya está aquí Shane? —Tuck miró al otro lado de la sala y le saludó—. Bueno, el local de ensayo está justo al final de la manzana. Y sí, Clare, es uno de mis elfos bailarines. Parece que Dickie Celebratorio...

—¿El organizador de la fiesta?

—El mismo. Pues parece que le debe un gran favor a Shane, así que tuve que contratarlo, pero no pasa nada. Imagino que las damas de la fiesta benéfica estarán encantadas de verlo en mallas. En cualquier caso, ya he pagado el local de ensayo, así que hoy no puedo hacer horas extras.

—No hay problema, Tuck. Yo me ocupo.

Le hice un gesto con la cabeza a Esther para darle las gracias por haberse quedado después de que acabara su turno.

—¿Qué hay que agradecer, jefa? Me vas a pagar estas horas, ¿verdad?

Le di un apretón en el hombro, me remangué el jersey y unos minutos más tarde me acerqué a Madame con dos cafés con leche fun fun fun recién hechos y le puse al día de por qué estábamos tan abarrotados.

—Bueno —dijo después de probar la última incorporación a la gama de cafés con leche—, si todos los nuevos sabores son tan deliciosos como este *latte* Bombón de Cereza, te digo que esto es una mina.

Me reí.

—Y deberías probar el *latte rugelach* de albaricoque y canela y el de rosquilla con mermelada de frambuesa.

—¡Para Janucá! —gritó—. ¡Maravilloso!

—Idea de Esther. —Sonreí, pero volví a mirar la cola con cierta preocupación.

—Venga, Clare, no tienes que acompañarme con el local así de lleno. Pregúntame lo que quieras y sigue con lo tuyo.

Me acerqué un poco más a ella.

—Quería preguntarte si conoces a un hombre llamado Omar Linford.

Madame se lo pensó un momento y frunció el ceño.

—No me suena de nada.

—Lástima. Me he quedado sin pistas y la teoría de la hija de Alf empieza a tener sentido.

—¿Y eso?

—Alf Glockner era una persona humanitaria, cálida, generosa y considerada. Solo imagino que pudiera robar bajo presión o amenazas. Le debía mucho dinero a Linford y tal vez recurrió a la delincuencia para conseguirlo. En ese caso, parece obvio que no le estaba devolviendo el dinero con la suficiente rapidez y Linford decidió castigarlo por ello para que sirviera de ejemplo.

—¿La policía ha interrogado a ese tal Linford?

—Sí, pero dicen que no tiene antecedentes penales y no lo ven como un posible sospechoso para lo que parece ser un crimen callejero al azar. Y menos ahora que la delincuencia está en auge.

—¿Y si la policía tiene razón, Clare? Quizá Alf iba a robar a ese buen hombre, James Young, pero se lo pensó mejor y luego lo atracaron y asesinaron a él…; una terrible ironía.

—Sí, podría ser así de sencillo. Pero la propia Vicki Glockner afirma que no lo es…

Y, aunque no se lo mencioné a Madame, todavía sospechaba del detective principal del caso. El compañero del «Generalísimo» Franco lo había tachado de justiciero y su hostilidad hacia mí por meter las narices en la investigación me daba mucho que pensar, por no mencionar aquella revelación tan extraña de que «veía el mal» en la gente. La noche del asesinato de Alf, Franco me dijo que acababa de entrar de servicio. ¿Podría haber disparado él mismo a Alf en una retorcida forma de justicia callejera? ¿Estaría Franco encubriendo de alguna manera la verdad sobre el asesinato de Alf? No sería el primer policía corrupto en aceptar un soborno por mirar hacia otro lado, sobre todo cuando habían disparado a un hombre al quien él mismo consideraba un criminal.

—Tengo que hablar con Linford —le dije por fin a Madame—, a ver si averiguo algo. Incluso una negativa podría resultar reveladora si no sabe mentir.

—Vas a necesitar que alguien te acompañe, querida.

—Primero tengo que averiguar más sobre él. Sé dónde vive, al lado de la casa de Vicki Glockner, pero ella no me contó mucho más. Necesito conocer cuáles son sus negocios, sus socios. Necesito saber cómo interrogarle.

Justo en ese momento se acercó a nuestra mesa un joven enjuto con el pelo rubio de punta y la tez pálida. Llevaba vaqueros caídos, botas de motero y una chaqueta de cuero negra y lustrosa propia de los suburbios. El chico saludó educadamente con la cabeza y adoptó una pose hiphopera:

—Clare Cosi, Cosi Clare, tu cafetería es como un vergel. Por eso te lo pido, te lo digo sin inquina, ¡suéltala ya, libera a mi zarina!

Madame puso los ojos como platos. Luego me miró a mí y le dijo al rapero:

—¿Y quién es tu zarina, joven?

—¡Mi chica es Esther Best, la más guapa del café! ¡La nena de la barra que me pone cuando habla! —Levantó el puño cerrado y sacudió el índice y el meñique para señalar hacia el mostrador.

—¿Esther? —Madame me miró para estar segura.

—Este es Boris Bokunin —le dije—. Emigrante ruso, poeta de *slam* y rapero urbano. —También era ayudante de panadero en Brighton Beach, pero sabía que él prefería que lo presentara de la otra manera—. ¿No es así, Boris?

Boris hizo una pequeña reverencia.

—BB Gunn en el mundillo del *hip-hop,* señoras. Pídanme lo que quieran —dio una palmada y nos señaló—, ¡y yo encenderé sus velas!

Madame me miró con las arrugas de los ojos marcadas.

—¡Me recuerda a los Beat!

Boris abrió mucho los ojos.

—¿También son raperos?

—Se refiere a la Generación Beat, Boris. Poetas del siglo pasado. —Me levanté de la silla—. Dile a Esther que la relevo en un minuto.

BB sonrió, me saludó, le hizo una reverencia a Madame y giró sobre sus botas de motero en dirección al mostrador.

Madame me agarró del brazo.

—Mantenme informada de los avances en la investigación del asesino de Alf. Me gustaría ayudar en lo que pueda.

Le di una palmadita en la mano.

—Buen viaje a Vermont con Otto. El hostal tiene una pinta increíble. Tu amorcito sí que sabe mantener la llama en la temporada navideña.

—Muérdago y música, querida. —Guiñó un ojo—. Bastones de caramelo a la luz de las velas.

Asentí sin prestar atención a la oleada de sentimientos encontrados que me sobrevinieron en ese momento. Con Joy lejos y Mike intentando resolver un caso reabierto, las Navidades no iban a ser una fiestas felices. Con un suspiro silencioso, me agaché para darle a Madame un abrazo de despedida.

Solo esperaba que mi hija encontrara en París el mismo tipo de felicidad de la que su abuela disfrutaba en Nueva York. A pesar del tema tratado ese día en *Como los Chatsworth,* las vacaciones podían ser la época más romántica del año para algunas mujeres. Solo que yo no era una de ellas.

CAPÍTULO DIECIOCHO

Pocos días después de desearle buen viaje a Madame, me dirigí a Staten Island para almorzar con Omar Linford. Y llevaba incluso ayudante. Como Madame seguía de viaje en su largo fin de semana romántico, recurrí a mi vieja socia en la lucha contra el crimen, Esther Best.

Terminamos el turno de mañana juntas y accedió a ser ella quien condujera, sobre todo porque prefería no ir cargada con mis *struffoli* todo el camino hasta Lighthouse Hill.

Según Dexter Beatty, llevar un regalo de comida casera era una muestra de cordialidad. Un pastel negro habría sido la mejor elección, dadas las raíces jamaicanas de Linford, pero no contaba con tres semanas para macerar la fruta en Manischewitz ni podía viajar hasta Brooklyn para buscar un tarro de auténtico azúcar quemado del Caribe.

Así que, en vez de eso, preparé el famoso «arbolito de Navidad italiano» que tanto me gustaba de pequeña con la esperanza de empezar el almuerzo con buen pie (siempre y cuando el dulce no acabara estampado contra el salpicadero del coche).

Esther se había manejado bastante bien con el tráfico intenso del puente de Brooklyn, pero después de tomar la 278 comenzó a conducir como alma que lleva el diablo.

—Esther, ¡más despacio! Vamos de Lower Manhattan a Brooklyn Heights, no al Gran Premio de Mónaco.

—Lo siento —respondió ella y aflojó el pedal—. Es que esta parte del viaje es un soberano aburrimiento...

Como su nombre indica, Staten Island era una isla y se unía al distrito de Brooklyn mediante el puente Verrazano-Narrows. Quienes no iban por carretera utilizaban el famoso transbordador de Staten Island.

—Habría sido mucho más fácil tomar el transbordador desde Battery Park —señaló Esther.

Era cierto, pero ella sabía tan bien como yo que los coches tenían prohibido el acceso al barco desde los atentados del 11 de septiembre.

—No teníamos alternativa, había que atravesar Brooklyn.

Esther suspiró y pisó de nuevo el acelerador.

—Bueno, jefa. No me has contado cómo te las arreglaste para conseguir esta invitación.

—Fue cosa de Dexter —le expliqué mientras avanzábamos por la autopista—. Husmeé un poco y descubrí que conocía a Linford.

—Ah, vale. Entonces no ha sido difícil.

En realidad sí lo había sido.

Empecé a investigar el sábado por la mañana. Después de teclear el nombre de Linford en un par de motores de búsqueda de internet, me enteré de que había fundado y gestionado un fondo de cobertura llamado Linvantage. El fondo tenía sede en Antigua y su folleto estaba publicado en la red. Parecía muy rentable y me di cuenta de que la inversión mínima era lo bastante alta como para que su lista de clientes fuera bastante exclusiva.

En investigaciones posteriores descubrí que el nombre de Linford aparecía en media docena de empresas de importación y exportación, todas ellas fundadas en el Caribe.

Por supuesto, al pensar en el Caribe, me vino a la cabeza Dexter, el amigo de Matt, un auténtico pilar para la comunidad caribeña de Brooklyn. Cualquier pez gordo procedente de las islas que se estableciera en la zona de Nueva York acababa conociendo a Dex tarde o temprano cuando necesitaba comprar productos antillanos auténticos para una fiesta, reunión familiar o celebración tradicional.

De manera que esa misma tarde llamé a Dexter para preguntarle si le sonaba el nombre de Omar Linford. Fue extraño, porque Dex afirmó que nunca había oído hablar de él, se excusó con amabilidad y colgó el teléfono. Al principio le creí; sin embargo, esa noche mis pesquisas revelaron que Linford también era el propietario de una pequeña empresa importadora de alimentos artesanales con sede en Jamaica llamada Blue Sunshine.

Recordé que, allá por el año 2000, poco después de que la Administración de Alimentos y Medicamentos de Estados Unidos levantara la prohibición de una fruta jamaicana potencialmente tóxica llamada akí, Dexter se jactó de que tenía un «gran importador» que vendía akí enlatado por setenta y cinco dólares la caja.

Con un precio al por mayor tan bajo, Dex podía venderlo en sus tiendas de Brooklyn por seis o siete dólares la lata, casi la mitad de lo que se pagaba en el resto de Estados Unidos. Esos precios hicieron que las tiendas Sabor del Caribe de Dexter se volvieran muy populares, sobre todo durante la época de Navidad, cuando el precio del akí casi siempre se disparaba por el aumento de la demanda.

—Tampoco voy a vender género sospechoso, no señor —insistía Dexter—. Yo consigo las mejores marcas para mis clientes. Latas de medio kilo de Island Sun.

En su página web, la empresa Blue Sunshine presumía de tener el precio al por mayor más bajo de la costa este para el akí jamaicano de la marca Island Sun. Sumé dos más dos (las matemáticas de toda la vida, esta vez sí) y decidí molestar a Dexter por segunda vez.

—En mi segunda llamada le presioné más —le expliqué a Esther— y Dex admitió por fin que tenía una «relación comercial confidencial» con Omar Linford. No solo con la empresa Blue Sunshine, sino con el propio Omar en persona.

—Suena un poco raro, ¿no? —dijo Esther levantando una ceja—. ¿Qué tipo de relación comercial?

—No la que Vicki Glockner hubiera creído. Estoy casi segura de que Linford no le suministra marihuana a Dex para que la venda en sus tiendas.

—¿Casi segura?

Esther tenía razón. No terminaba de fiarme de los intereses comerciales de Linford. Incluso después de que Dex reconociera que llevaba años haciendo negocios con su empresa, siguió negándose a confesar el alcance total de su relación con el importador.

Y aunque todas las actividades comerciales de Linford parecieran legales, ¿qué más daba? Si alguien sabía cómo operaban las empresas legales para enmascarar actividades ilegales, era la hija de un corredor de apuestas deportivas de barrio.

En medio de la segunda llamada a Dexter, recordé su aparición en el Blend, abrupta e inesperada, la misma noche en que Vicki Glockner me había pedido ayuda para resolver el asesinato de su padre. De nuevo, mi mente se puso a trabajar y le pregunté a Dexter, sin paños calientes, si también hacía de espía para Omar Linford.

Dex no me confirmó ni me negó nada, pero se puso lo bastante nervioso como para organizar una comida el lunes a la una para que yo pudiera preguntarle a Linford todo lo que quisiera. Dexter no quería «quedarse atrapado entre el buzo y la perla», según me dijo.

El domingo llamé a Matt para pedirle explicaciones sobre las extrañas contradicciones de Dexter respecto a Omar Linford, pero Matt no habló conmigo más que unos minutos. Breanne le había organizado un viaje de última hora a Connecticut para pasar un «fin de semana campestre», aunque no con la intención de ver el muérdago y la luz de la luna, sino de establecer contactos acompañados del editor y el consejo de administración de su revista.

—El martes, cuando volvamos, me pasaré por el Blend —insistió Matt—. No sabía que Dex conociera al tal Linford ni que tuviera negocios con él, pero me da la sensación de que sé de qué va el rollo, solo que ahora no puedo contártelo.

—¿Por qué no? Tengo una reunión con Linford el lunes, Matt. ¡¿Por qué no me lo cuentas ya?!

—Porque no es un tema que se pueda hablar por teléfono, ¡por eso!

Esther conducía mi maltrecho Honda de diez años por el puente Verrazano-Narrows. Enseguida pasamos por delante del parque de La Tourette, parte del cinturón verde de Staten Island que incluía los bosques que rodean Richmond Creek y el cuidadísimo césped del campo de golf. En ese momento estaba helado y cubierto de nieve, pero aún recordaba lo exuberante y frondoso que era aquel entorno tan exclusivo cuando lo visité varios veranos atrás.

Solo había ido a Lighthouse Hill en una ocasión, para echar un vistazo a la emblemática Crimson Beech, la única casa de Nueva York diseñada por Frank Lloyd Wright, uno de los muchos arquitectos que admiraba cuando estudiaba Bellas Artes. Los propietarios originales la mandaron fabricar por piezas hacía cincuenta años y, desde entonces, se habían construido menos de una docena de esas casas prefabricadas.

La casa de Linford no era prefabricada y, por lo que vi en el mapa de Google, tenía una planta mucho mayor que la de Frank Lloyd Wright. Su ubicación también era la más elitista dentro del barrio, ya que incluía vistas a la bahía.

—Esa es la curva —grité—. ¡Tienes que girar a la izquierda!

Esther dio un volantazo tan brusco que casi volcamos. A duras penas, conseguí mantener los *struffoli* en pie.

—Lo siento —dijo Esther, mirando el pastel—. De todos modos, ¿qué es exactamente ese montón de agujeros de dónuts?

Por supuesto, Esther estaba de broma: las bolitas de masa frita eran más pequeñas que los agujeros de los dónuts. Después de bañarlas con un glaseado de miel, las coloqué en su tradicional forma de árbol de Navidad (una especie de pirámide redondeada) y las adorné con fideos de colores. A continuación, esperé a que se secaran y envolví la figura con papel transparente.

—Los *struffoli* son una tradición muy antigua —le informé—. Se supone que el glaseado de miel sirve para endulzar las relaciones...

Esther resopló.

—¡Pues a lo mejor debería llevar uno de esos a casa de mi hermana!

—Las monjas italianas los elaboraban en los conventos y los enviaban a las familias nobles por Navidad como una especie de agradecimiento por sus obras de caridad.

—Muy apropiado para Linford, entonces —replicó.

—¿Por qué lo dices?

—Siempre y cuando Linford no se cargara a Alf, el hecho de haberle prestado todo ese dinero fue una obra de caridad. —Esther se encogió de hombros—. Claro que ese tío no lo ve así si esperaba que le devolvieran la pasta.

—La verdad es que nunca pensé que una pila de bolas fritas acabaría compensando doscientos mil pavos —contesté con frialdad.

Esther giró en Oceanview Court y llegamos a nuestro impresionante destino. Ambas levantamos las cejas al ver el jardín delantero de la casa.

Esther me miró.

—Tengo entendido que a este tío le gusta la Navidad...

Todos los árboles y arbustos estaban cuajados de luces. Sobre el tejado inclinado de la casa había dos trineos de tamaño real, tres elfos animados, un gran Papá Noel iluminado, una señora Noel y ocho renos diminutos encabezados por un Rudolph de nariz escarlata.

—Si le añades una enorme menorá luminosa, podría ser la casa de mi hermana en Westchester —declaró Esther—. Como se casó con un católico, todo lo hacen según «tradiciones múltiples»: arbusto de Janucá, dreidel, portal de Belén... El año pasado añadió una especie de símbolo de la cosecha africana para Kwanzaa y seguro que este año también me encuentro con ruedas de oración tibetanas en el jardín.

Me desabroché el cinturón de seguridad y abrí la puerta. El gélido aire de diciembre me golpeó al instante. Pensaba que el día era frío en el Village, pero allí, en los acantilados de Lighthouse Hill, el viento era casi despiadado y azotaba desde el Atlántico con una fuerza cortante.

Me había vestido para la ocasión de forma profesional, con un traje pantalón gris de rayas sobre un top color crema. Aunque los zapatos de tacón alto y el abrigo gris oscuro con cinturón eran bastante elegantes, no abrigaban mucho. Cuando el aire ártico me acuchilló, me eché a temblar desde la punta de los dedos de los pies hasta el escote en forma de uve de mi americana abotonada.

Esther se acercó y sujetó la bandeja de *struffoli* mientras yo salía.

—No tardaremos más de una hora, ¿verdad, jefa? Me lo prometiste.

—No te preocupes, Esther. Te llevaré de vuelta a las tres para que llegues con tiempo a tu examen de las cuatro.

Fue entonces cuando me fijé en el todoterreno tuneado que había en la entrada. Con toda la decoración navideña del jardín, no me había dado cuenta de la estridente presencia del vehículo, pero al verlo me quedé patidifusa.

—¿Qué diantres es eso?

Mientras avanzábamos por el camino de entrada, Esther miró el vehículo con interés.

—Cristales tintados, rayas de carreras azul eléctrico, alerones cromados y tapacubos con luces.

—¿Eso son agujeros de bala? —Me incliné un poco para examinar lo que parecía una serie de perforaciones en el lateral del vehículo.

—Son de pega —me informó Esther.

—¡De pega!

—Sí, es un efecto macarra, como esta elegantísima obra maestra que lleva en la parte de atrás. —Esther señaló una escena aerografiada donde unos vikingos saqueaban una aldea y raptaban a unas chicas semidesnudas.

Sacudí la cabeza.

—Agujeros de bala falsos. ¿Qué será lo siguiente? ¿Contornos de tiza y etiquetas para los dedos de los pies?

—Es probable.

Volví a sacudir la cabeza.

—Dexter describió a Omar Linford como un hombre de negocios conservador de cincuenta y tantos años. ¿Será este su coche?

—No —susurró—. Estoy segura de que es de ese tío de allí.

Esther señaló a un chico de menos de veinte años con aire chulesco que en ese momento salía por la puerta principal. Alto y bastante ancho de hombros, vestía chaqueta de cuero con tachuelas, vaqueros negros desgastados y un viejo sombrero de DJ sobre una coleta ondulada y espesa. Tenía la tez marrón clara, los ojos más oscuros que el asado francés y sus botas con punta de acero chascaban al andar por el camino empedrado. Por fin se dio cuenta de que estábamos examinando su coche. Se detuvo y nos miró sin decir nada.

Le saludé con la mano, aunque no sé para qué, porque se limitó a mirarnos con desconfianza, primero a mí y luego a Esther, a la que estudió de arriba abajo con una especie de gesto lascivo que hizo que mi ayudante se cambiara de hombro el enorme bolso que llevaba consigo.

—Aún llevo el ladrillo —me susurró.

Al cabo de un momento, el chico nos dio la espalda y abrió la puerta del todoterreno. Antes de sentarse tras el volante, pasó el brazo por el asiento de cuero para arrastrar un montón de envoltorios de comida basura que cayeron al suelo. A continuación, cerró la puerta de golpe y arrancó el motor de alto rendimiento. Un instante después, la tranquilidad de aquel barrio de clase alta se hizo añicos mientras el aspirante a matón se marchaba con un bramido.

—Qué encuentro tan encantador —dijo Esther mientras apartaba con la bota una bolsa vacía de patatas fritas con sabor a jalapeño.

—¿Quién demonios era ese?

—Seguro que el hijo de Linford, Dwayne. Vicki me lo describió. Salió con él cuando estaba en secundaria.

—Interesante —dije, y seguí andando—. Vamos, Esther. Veamos hasta qué punto ese aspirante a pandillero se parece al resto del árbol genealógico...

CAPÍTULO DIECINUEVE

La puerta principal de la casa de Linford, doble, pesada y de roble pulido, estaba decorada con la corona navideña más grande que había visto en mi vida, excluyendo la de los almacenes Macy's. Esther llamó al timbre, que emitió un sonido majestuoso, mientras yo sostenía la fuente pintada a mano con los *struffoli.*

Un señor de hombros estrechos y estatura media nos recibió.

—Señora Cosi, supongo. Soy Omar Linford.

La piel morena clara de Linford era del mismo tono que la del joven que acababa de salir, pero ahí terminaba el parecido entre ambos. Omar rondaba los cincuenta años, no los veinte, y tenía el pelo canoso y corto. Un pequeño bigote castaño pulcramente recortado, salpicado de canas, le adornaba el labio superior. Llevaba una pajarita de color rojo vivo que animaba un traje de tres piezas que, por lo demás, resultaba anticuado —algo abultado en la zona del chaleco—, y unas gafas pequeñas, redondas y de estilo retro años treinta que le daban un aspecto más cercano al de un comisario de museo que al de un turbio hombre de negocios.

—Por favor, señor Linford, llámeme Clare. Esta es mi socia, Esther Best.

—Adelante, señoras...

Al pasar, el señor Linford señaló mis *struffoli* y su sonrisa se ensanchó.

—Veo que han traído un regalo. Dejen que les ayude...

Pero Linford no movió un dedo, sino que fue una mujer de piel moca, vestida de criada, quien apareció a mi lado para recoger la fuente y llevársela con el mismo sigilo con el que había llegado.

—Encantado de conocerlas —dijo Linford—. Síganme al comedor. Todo está listo para el almuerzo.

El amplio interior de la casa era de cristal y piedra, y estaba tan decoradísimo para las fiestas como el exterior. El gigantesco árbol de Navidad del salón impregnaba toda la estancia de aroma a pino. Había una fortuna en ornamentos victorianos antiguos repartidos por toda la casa y el gran comedor contaba con otro árbol, mucho más pequeño, que estaba iluminado.

Nos detuvimos ante una mesa de caoba pulida, cubierta con un delicado mantel de encaje y preparada para tres comensales. Junto a ella, una fila de bandejas de plata reposaba sobre un gran carro de servicio. En la chimenea de ladrillo, un fuego crepitante calentaba la estancia mientras un muro de cristal nos ofrecía unas vistas espectaculares del cinturón verde de Staten Island y de las aguas verdeazuladas de la bahía de Nueva York.

—Pónganse cómodas —dijo Linford, sujetándome la silla.

La criada volvió con mi fuente de *struffoli*, ya colocada sobre una bandeja de plata de ley. El glaseado de miel con el que había regado las bolitas de masa frita brilló con la luz del sol. Según la tradición, los *struffoli* se servían como postre después de la cena y los invitados arrancaban pedazos del dulce mientras degustaban un expreso caliente y cargado.

Sin embargo, en cuanto la criada colocó mi arbolito de Navidad en medio de la mesa, Linford arrancó la parte más alta para probarlo.

—Disculpen que me abalance —dijo con una sonrisa—. ¡Había olvidado lo mucho que me gusta esto! —Tras masticar y tragar, se limpió la miel de los dedos y la boca con una servilleta blanca—. ¡Delicioso! Noto un toque cítrico. ¿Usa mitades de limón para colocar la masa caliente cuando forma el árbol?

Parpadeé.

—¿Cómo lo sabe?

Linford se echó a reír.

—Le diré, Clare, que con diecisiete años me eché a la mar. Era joven y, cómo es normal, tenía muchos delirios románticos.

—Y quién no —murmuré.

—Pero las cosas no salieron como esperaba. Enfermé de neumonía en Sicilia y el barco en el que viajaba partió sin mí. Habrían sido unas Navidades solitarias en una tierra desconocida de no ser por un pescador y su familia, que se apiadaron de mí.

Linford se acarició el pequeño bulto del chaleco.

—Tengo que confesar que no he comido mejor en mi vida que cuando estuve allí.

—Guau, Sicilia —dijo Esther mientras me lanzaba una mirada incisiva—. ¿Y conoció a algún mafioso?

Era una pregunta incómoda y obvia, pero ya que la había formulado, observé con mucha atención la reacción de Linford. Más que nada pareció divertirle y sacudió la cabeza mientras se reía. Luego se dirigió a la criada.

—Cecily, puede servirnos.

Cecily vertió en las copas de cristal un zumo de guayaba y mango. Luego retiró la tapa de una bandeja de plata y un aroma salado, marino y picante impregnó el comedor.

—Qué olor tan curioso —soltó Esther—. ¿Qué es?

—Akí con pescado en salazón —respondió Linford.

Cecily sirvió un poco del guiso de pescado y fruta en el plato de porcelana de Esther.

—¿Akí? —me susurró Esther—. ¿Eso no es tóxico?

Giré la cabeza, me llevé la servilleta a los labios y susurré:

—Solo cuando no está maduro.

—Perdone —dijo Esther en voz alta—, ¿está maduro el akí?

Linford asintió.

—Por supuesto. Lo enlatan en Jamaica y la Administración de Alimentos le ha dado el visto bueno para su importación. Tiene que procesarse correctamente, porque en caso contrario el akí puede ser venenoso.

Esther tragó saliva y se quedó mirando la comida.

—En realidad, para este plato concreto prefiero el akí fresco —me comentó Linford—. Pero es una fruta que solo se recolecta durante los meses cálidos.

El akí tenía la textura de los huevos revueltos; el pescado era consistente y se parecía a la variedad italiana del pescado seco llamado *baccala,* algo que comía de pequeña, aunque, a decir verdad, no lo echaba de menos. Una de las certezas de la vida: no todos los recuerdos gastronómicos son buenos. Al parecer, Esther estaba de acuerdo con eso.

—Me recuerda al *dag maluah* —dijo ella—. Un pescado en salazón judío. —Luego me lanzó una mirada furtiva que decía «Estas cosas son repugnantes en cualquier idioma».

Por suerte, Linford sirvió el plato de pescado con una guarnición de pan de masa dura recién horneado y plátanos cocidos.

(Al principio pensé que eran plátanos macho, pero Linford me informó de que los plátanos verdes hervidos también eran un acompañamiento tradicional. La fruta se hervía con piel, con cortes en las puntas y los lados para facilitar el pelado después de la cocción). Linford comenzó a comer y yo hice lo propio. Esther apartó el pescado del plato y se comió los plátanos y el pan, que estaban muy buenos.

Aprovechando la pausa en la conversación, carraspeé.

—Hablando de akí, señor Linford...

—Llámame Omar, Clare. Tenemos un amigo en común, lo que nos hace amigos también, ¿no? Tuteémonos.

—Claro. Y, según tengo entendido, ese amigo nuestro te compra productos, ¿verdad?

Linford se reclinó en la silla.

—Se los compra a mi empresa, sí. Has venido en busca de un proveedor de alimentos caribeños para tu negocio, ¿no es así? Dexter me dijo que querías preguntarme algunas cosas sobre la compañía Blue Sunshine. Es una firma de confianza, Dexter te dará fe de ello.

—En realidad, me dio la impresión de que tú y Dexter teníais varios negocios juntos.

—Dexter y yo tenemos un acuerdo privado, Clare.

—¿De importación y exportación?

—Estoy seguro de que no estás aquí para invadir la intimidad de nuestro amigo. Si Dexter quisiera que supieras lo que él y yo nos traemos entre manos, te lo habría contado él mismo.

—He venido para hablar de otro de tus negocios. Uno que no ha resultado tan rentable.

La sonrisa de Linford comenzó a desaparecer.

—Y te refieres a...

—A Alfred Glockner.

Linford suspiró y una expresión de alivio apareció en su rostro, como si acabara de esquivar una bala, lo cual me hizo desconfiar, de nuevo, del adjetivo «turbio» con el que lo había calificado Vicki.

Carraspeó.

—No quiero ser maleducado, pero ¿qué más te dan mis relaciones privadas con el difunto señor Glockner?

—Era amigo mío. Después de su asesinato, alguien cercano a él me pidió que investigara su muerte.

—Te refieres entonces al dinero que le presté al señor Glockner.

Asentí.

—Un dinero que nunca te devolvió.

Linford me miró a los ojos.

—Para empezar, Clare, te diré que Alfred también era amigo mío y que no todos mis negocios son rentables. Para ser sincero, en el caso de Alf siempre sospeché que no recuperaría el dinero invertido.

Eso me sorprendió.

—Si querías ayudar a Alf, ¿por qué un préstamo? ¿Por qué no le diste el dinero sin más?

—Yo no funciono así. En mis obras de caridad siempre tengo en mente las deducciones fiscales, pero el negocio de Alf no era una obra de caridad. En ese momento, como comprenderás, el préstamo que le di a Alf tenía un sentido comercial.

—¿Qué sentido comercial había en perder dinero?

Linford esbozó una sonrisa, esta vez algo más tensa.

—Eres muy directa, ya me lo advirtió Dex. Digamos que tenía mis razones para echarle una mano a Alf.

—¿Como cuáles?

—Las mismas razones por las que mantengo relaciones comerciales con nuestro amigo Dexter: para tener una buena imagen dentro de una comunidad que me proporciona inversores para mi fondo de cobertura. Esta comunidad de Staten Island, la comunidad de Alf, ha cambiado en el transcurso de los años. Pero hubo una época en que no estaba tan abierta a la gente mestiza.

—¿Qué quiere decir con eso?

—El asador de Alf atendía a una clientela adinerada, mayoritariamente blanca, y yo lo utilicé para establecer contactos, para relacionarme con mis vecinos ricos. Todos en la comunidad querían y respetaban a alguien que había nacido y crecido en Staten Island, como era el caso de Alf, y yo esperaba que me abriera algunas puertas. También esperaba que Alf fuera capaz de mantener el negocio en pie, pero llegaron tiempos difíciles y eso resultó imposible. Y el estropicio que el pobre hombre hizo con su vida personal tampoco ayudó.

—Alf me contó lo de la separación y el divorcio pendiente.

—¿Y sabías que bebía? —Linford sacudió la cabeza—. Una mañana, al final de su matrimonio, me encontré a Alf inconsciente en el jardín. Estaba tan borracho que Shelly, su mujer, no le dejó entrar en casa y el pobre vino aquí en busca de cobijo para pasar la noche. Yo le habría dejado entrar con mucho gusto, pero no llegó a la puerta. Dwayne, mi hijo, casi lo atropella al volver de uno de esos clubs donde trabaja como pinchadiscos.

Por lo que Linford me contó, Alf Glockner no solo había fracasado con el restaurante. Siempre había sido un bebedor empedernido y entró en una espiral disfuncional cuando el asador quebró. Empezó a beber más y su matrimonio de desintegró. Al final tocó fondo y acabó en el hospital con una intoxicación etílica aguda.

—Visité a Alf en el hospital y allí conocí a otro tipo —dijo Linford—. Un amiguete suyo del instituto, un tal Karl Kovic. Alf se fue con él y, poco después, Karl lo metió en ese rollo de Papá Noel en Manhattan.

—Papá Noel Itinerante. —Tomé nota mental de interrogar a Karl para ver qué me contaba.

—Pensé que Alf iba por buen camino hacia la recuperación —continuó Linford—, hasta que recibí una carta suya bastante inquietante hace un par de semanas.

—¿Alf te escribió una carta?

—No la firmó, pero sé que era suya —dijo Linford con el rostro tenso.

—¿Qué decía la carta?

—¿Qué decía? —Linford sacudió la cabeza y puso cara de aflicción—. Era una amenaza, Clare... Un torpe intento de chantaje.

—Estás de broma.

—Nunca bromeo con estas cosas. La nota pedía que le perdonara la deuda como regalo navideño anticipado. También quería que reuniera cincuenta mil dólares más antes de Navidad a cambio de su silencio sobre supuestas actividades delictivas.

—¿Relacionadas con tus negocios?

—Las acusaciones no se referían a mí —explicó con la boca apretada—. La carta daba a entender que mi hijo estaba metido en actividades delictivas.

—¿Qué actividades?

Linford sacudió la cabeza.

—Eso da igual. Tales afirmaciones son mentira.

Costaba creer que fueran mentira después del encuentro con el joven conductor del coche tuneado de gánster. En ese sentido, Omar Linford no habría sido el primer progenitor ciego ante las fechorías de sus descendientes.

—¿Le has dado la carta a la policía? —pregunté.

Linford sacudió la cabeza.

—No quise que Alf se metiera en líos, así que no avisé a las autoridades.

—Entiendo —dije, aunque su afirmación avivó aún más mi desconfianza.

—Alf tenía buen corazón. —Linford me sostuvo la mirada—. Y esa carta no tenía sentido. Para empezar, fue Alf quien insistió en devolverme el dinero.

—Entonces, ¿te lo estaba devolviendo?

—Muy despacio: me pagaba mil dólares una semana, varios cientos de dólares otra... Por respeto a su orgullo, yo lo aceptaba. Pensé que habría escrito la carta en un mal momento, quizá tuvo un desliz y había vuelto a beber, o se sintió resentido e impotente. Tenía planeado hablar con él. Mi objetivo era resolver el asunto sin recurrir a la policía. Entonces, cuando leí la terrible noticia de su muerte, cerré el asunto.

No sabía si creer o no a Omar Linford, pero ahí estaba la prueba de fuego...

—Conservas la carta de Alf, ¿verdad?

Linford asintió.

—Entonces, me gustaría llevármela —dije con firmeza—. Verás, he estado asesorando a la policía de Nueva York sobre este caso y esa carta podría ayudar a resolver el asesinato de Alf.

—Si te sirve para atrapar al asesino de Alf, Clare, quédatela, por supuesto.

Linford se dirigió a la criada.

—¿Ha vuelto ya Mac?

Toda la respuesta de la mujer fue una silenciosa sacudida de cabeza.

—Aunque tenemos un problema con tu petición, Clare. La señora MacKenzie, mi secretaria, archivó la carta vete a saber dónde. Mi mujer podría ayudarnos, pero se ha ido de compras navideñas, así que dudo mucho que la veamos antes de que anochezca. —Sonrió al pensar en su mujer y luego consultó su reloj—. Mac debería volver pronto, seguramente en menos de una hora. Cuando llegue, le pediré que localice la carta para que te la lleves.

Esther había permanecido en silencio durante la mayor parte del interrogatorio. Pero en ese momento carraspeó.

—¿Y qué hacemos hasta entonces? —preguntó—. Fuera hace un frío que pela, ¿sabes?

—Por supuesto, podéis quedaros en mi casa todo el tiempo que haga falta. —Linford se levantó de la mesa—. Ahora, si me disculpáis, me espera trabajo en el despacho.

CAPÍTULO VEINTE

Esther miró el reloj por tercera vez en cinco minutos y comenzó a dar golpecitos, toc, toc, toc, con la bota negra hasta la rodilla. Me hacía cargo de su impaciencia, aunque la espera no era para nada desagradable.

La criada de Linford nos había acompañado a un solárium acristalado hacía más de una hora. Desde allí, el barrio circundante se veía sereno y residencial. Cecily también nos había proporcionado un montón de revistas recientes, un fuego crepitante en la preciosa estufa de hierro fundido, una cafetera recién hecha de Jamaica Blue Mountain y varias porciones de una tarta de ron jamaicano y chocolate sin harina recién horneada que, según nos confió, procedía de una de las recetas de Sabor del Caribe, las tiendas de Dexter. El postre era un pecado de textura cremosa servido sobre un charquito caliente de salsa de café y ron.

Todo era acogedor, delicioso y excelente, pero seguíamos sin saber nada de la secretaria personal de Linford, la tal MacKenzie, ni de la carta de chantaje que había prometido entregarme.

—Lo siento, jefa, pero tenemos que irnos —dijo Esther, levantándose—. Tengo el examen final dentro de una hora. Es pan comido, pero tengo que presentarme para aprobarlo.

Era el momento que tanto temía. Sabía que Esther tenía que volver a Manhattan y empecé a preguntarme si todo ese asunto del extravío de la carta no sería una treta para desalentarnos y que nos fuéramos con las manos vacías, algo que no estaba dispuesta a hacer.

Por otra parte, mi mejor barista no merecía suspender un examen académico por aquello.

—Coge mi coche y vete —le dije a Esther—. Yo esperaré a la secretaria de Linford.

—¿Y cómo volverás luego?

—Muy fácil. Llamaré a un taxi y que me lleve al transbordador.

—¿Estás segura?

—No pienso irme de aquí sin esa carta, si es que de verdad existe.

Esther asintió, llamé a la criada para que le trajera el abrigo y le expliqué que, aunque ella se iba, yo me quedaba. Mientras esperábamos, Esther se dio cuenta de que había movimiento en la casa de al lado.

—Creo que esa es la madre de Vicki —dijo señalando.

Una mujer alta y algo gruesa, con el pelo rubio y corto, vestida con ropa deportiva, zapatillas de correr y una cinta rosa en la cabeza, avanzaba por el camino de baldosas que dividía en dos el amplio jardín. Se agachó para recoger un *Wall Street Journal* que había caído sobre el césped y lo sacudió para quitarle la nieve. Una vez recuperado el periódico, volvió a entrar en la casa.

—Es Shelly Glockner, no me cabe duda —dijo Esther—. La conocí el año pasado en la fiesta de cumpleaños de Vicki.

Asentí con interés. Era una oportunidad demasiado buena para dejarla escapar. Es decir, después de haber recorrido todo el camino desde el West Village hasta Lighthouse Hill, no era mala idea tirar de otra lengua para obtener información.

—Vamos —susurré después de que la criada trajera el abrigo de Esther—. Quiero hablar con esa mujer.

La estancia acristalada tenía una puerta que conducía a una terraza de cedro que rodeaba la casa. Después de bajar unos cuantos escalones, ya estaba en el césped, al lado de la casa, tiritando de frío. Lejos del fuego y sin abrigo, el frío de diciembre era más que palpable.

—Mi coche es casi una reliquia —le advertí a Esther—. Calienta el motor durante al menos cinco minutos antes de salir o se te calará.

—Entendido, jefa. Pero me siento fatal por dejarte así...

—¡Vete! —La empujé con suavidad—. Haz el examen. Estaré en el Blend dentro de unas horas.

Con un movimiento de cabeza reticente, Esther se dirigió hacia el Honda. Atravesé el jardín nevado dejando mis huellitas puntiagudas sobre la extensión blanca inmaculada. Luego pasé con cuidado por encima de un seto bajo y sin hojas que separaba la elegante residencia de los Linford de la casa de los Glockner, más modesta.

Por supuesto, la palabra «modesta» solo podía emplearse al compararlas. La casa de los Glockner (un rancho de ladrillo de dos plantas con garaje doble y lo que parecía ser una piscina encastrada, una sauna independiente y una bañera de hidromasaje cubierta en la parte trasera) era bastante lujosa para un neoyorquino medio. En ese barrio, una casa así podía costar un millón de dólares o más, incluso en esa época de sobreapalancamiento financiero.

Poco después, llegué a la puerta principal de la señora Glockner (esta vez era una sola puerta), de la que colgaba una pequeña corona como única concesión navideña. Llamé al timbre, esperé educadamente durante unos diez segundos y volví a llamar. La cortina del ventanal voladizo contiguo se agitó.

—¡Voy en un minuto! —dijo una voz de mujer.

Supuse que la señora Glockner se estaba cambiando de ropa, pero pasó mucho más de un minuto y seguía sin abrirme. Congelada en la escalera, contaba los segundos.

Cuando abrió por fin, me extrañó que siguiera con el mismo chándal y la misma cinta rosa en el pelo corto y amarillo. *¿Qué ha hecho durante todo este tiempo?*

—Hola —dijo.

—¿Señora Glockner? Me llamo Clare Cosi y...

—Pase —me interrumpió, dándome un fuerte apretón de manos—. Llámeme Shelly.

Bien —pensé aliviada—, *al menos no se me va a cortar la digestión con este frío.*

Era medio metro más alta que yo y un poco más gruesa, pero el tamaño no afectaba a su porte. Mientras me llevaba por la casa, caminaba con la gracia orgullosa y segura de una bailarina principal.

Alf me había contado que su mujer tenía más o menos su edad (unos cincuenta años), pero parecía mucho más joven. Tenía los pómulos altos y bien formados, y, como su hermosa hija, una boca generosa con hoyuelos en ambas mejillas. Carente de maquillaje, su rostro mostraba los signos más sutiles de una hábil cirugía plástica alrededor de los ojos, la barbilla y el cuello.

Atravesamos el vestíbulo y entramos en un amplio salón con un pequeño árbol de Navidad retro de aluminio, estilo años cincuenta, en un rincón. El suelo de madera de caoba casi negra hacía resaltar las sobrias paredes blancas cubiertas de láminas en blanco y negro enmarcadas. La mayoría de los muebles eran blancos; las mesas y lámparas, cromadas y de cristal. Una gran chimenea de ladrillo blanco presidía una de las paredes del salón, pero no había fuego ni señales de que lo hubiera habido. Estaba tan limpia como el suelo de la cocina de un convento. A lo largo de la repisa de la chimenea, vi una serie de fotografías, todas en marcos de plata. Había varias fotos de Vicki a distintas edades; otras parecían de amigos y parientes. Ni una sola foto de Alf.

La señora Glockner apartó con cuidado unos cuantos cojines negros y se sentó en el elegante sofá de cuero blanco, que no tenía ni una mancha ni un roce. Con un gesto me invitó a acomodarme en un sillón a juego.

—La esperaba más tarde, pero ya que está aquí, mejor terminamos ya.— Sonrió de oreja a oreja—. ¡Espero que me haya traído el cheque!

Parpadeé.

—Perdone, ¿qué cheque?

—Está de broma, ¿no? ¿Tiene los papeles para que los firme?

—Tengo varias preguntas que hacerle, eso es todo.

El carácter alegre de la mujer se ensombreció y un relámpago de ira se reflejó en sus bonitas facciones. Me recordó mucho a los cambios de humor repentinos de su hija que tantas veces presencié cuando trabajaba para mí.

—Creía que ya había respondido a todas sus preguntas —dijo casi de malas maneras.

—Pero si yo nunca he hablado con usted.

—¡Es increíble que no hablen entre ustedes en esa oficina! —Levantó las manos—. ¡Cómo es posible que obtengan beneficios gestionando así las indemnizaciones!

—¿Qué?

Se quedó mirándome y yo también a ella.

—Es usted de la aseguradora, ¿no? Está aquí para liquidar la póliza de mi difunto marido.

—Siento el malentendido. No vengo de ninguna compañía de seguros. Soy una amiga de su difunto marido.

Se reclinó, sonrió con satisfacción y cruzó las largas piernas.

—Una amiga de Alfred, ¿eh? ¿Qué clase de amiga?

—Alf era cliente de mi cafetería, donde también trabajó su hija, Vicki, durante un tiempo. A decir verdad, Vicki fue quien me pidió que interviniera e investigara el asesinato de su padre. Le preocupa que los detectives del caso vayan mal encaminados.

—¡Pues en eso tiene razón! —gritó la mujer—. Dos de ellos se presentaron en mi inmobiliaria para interrogarme, ¡durante uno de los días con más trabajo! El imbécil del pañuelo rojo, blanco y azul casi espanta a uno de mis clientes.

—¿Se refiere al detective Franco?

—Sí, así se llamaba.

Levanté una ceja. *¿Por qué se habrá molestado el detective Franco en interrogar a Shelly Glockner? Resulta raro que un policía que dice estar buscando a un matón callejero que llevó a cabo un atraco cualquiera haya sido tan minucioso.*

La señora Glockner sacudió la cabeza.

—Ese ha sido siempre uno de los problemas de mi Vicki.

—¿Cuál?

—Que es igual que su padre. Es incapaz de pasar página.

Señalé las fotos sin Alf de la repisa de la chimenea.

—Veo que usted no tiene ese problema, ¿eh?

—¿Por qué? —La señora Glockner entrecerró los ojos con suspicacia—. ¿Porque no conservo las fotos de mi marido por razones sentimentales?

—Lo comprendo. Sé que estaba a punto de convertirse en su exmarido.

—La ley del estado de Nueva York exige que una pareja viva separada durante un año antes de que pueda formalizarse el divorcio. Acabábamos de alcanzar ese feliz hito cuando Alf empezó a esquivar a mis abogados. Aunque eso ya da igual. —Suspiró—. Verá, conocí a Alf en el instituto. Nos casamos un año después de graduarnos. Vicki nació más tarde, una agradable sorpresa tras pensar durante años que no podíamos tener hijos. —Respiró hondo, se levantó, se acercó a la repisa de la chimenea y cogió un marco que había detrás de otros—. Pasamos más de treinta años juntos, pero lo que Alf amaba de verdad... era esto.

Me puso el marco en las manos. Era una foto antigua que mostraba a un Alf joven y delgado bajo el toldo verde de su restaurante: Alfred's. Debajo del rótulo, en letra mucho más pequeña, aparecían las palabras «Carnes y buenos vinos».

—Era un asador tradicional de estilo neoyorquino que lindaba con el campo de golf de La Tourette. Pidió dinero prestado e hipotecó esta casa para abrirlo. Durante muchos años fue un éxito. La gente acudía allí porque adoraba a Alf. Todas las noches eran una fiesta; la gente de por aquí aún me dice que echa de menos aquello. Aunque tampoco es que hicieran mucho por ayudarle a mantener el negocio... —Se calló.

—¿Qué pasó? —pregunté—. Con el restaurante, quiero decir.

Shelly Glockner volvió a coger la foto y la miró fijamente.

—La recesión económica. El sector financiero de Nueva York sufrió un duro golpe. Eso y que Alf empezó a beber cada vez más a medida que el negocio decaía. Por supuesto, tampoco ayudó que en quince años no modificara la carta ni la decoración oscura y recargada. Los gustos cambian y aquel tugurio se quedó anticuado. Se lo dije. Una y otra vez. Por fin Alf pensó que a lo mejor yo tenía razón. Lo remodeló dos veces, cambió el menú, hizo ofertas, publicidad... Pero no sirvió de nada.

Dejó el marco detrás de los demás y me miró a la cara.

—Fui tan estúpida de dejarle continuar con aquel absurdo. Estúpida de verdad, porque durante esos años no habíamos ahorrado mucho.

—¿Por qué no?

Sacudió la mano.

—Vacaciones, balnearios, un barco de recreo, obras en casa, la bañera de hidromasaje y la sauna de la parte de atrás... —*Cirugía plástica para ti,* añadí en silencio—. ¡Nunca pensamos que el sector financiero de Manhattan fuera a hundirse, por Dios santo! ¡Ni que se llevaría por delante decenas de restaurantes de toda la ciudad! De todos modos, Alf se negó a cerrar, intentó mantener el local a flote y dilapidó los pocos ahorros que teníamos, que eran tan míos como suyos. Pero toda su identidad estaba ligada a ese negocio.

—¿Qué quiere decir con toda su identidad? Alf también era marido, padre...

—Por favor. Eso nunca fue suficiente. Alf no podía imaginarse haciendo otra cosa que no fuera dirigir el restaurante. Cuando lo perdió, se perdió él. —Se encogió de hombros—. Se perdió a sí mismo.

Justo en ese momento sonó el teléfono.

—Perdone. —Atendió la llamada, de pie y con la mirada perdida. Luego le chilló al auricular—: ¡No! Ya se lo he dicho a los dos. Si el señor Mahoud quiere echarse atrás, no hay problema. Pero nos quedamos con el depósito. Hace seis meses que no cobro una comisión, así que no voy a andarme con chiquitas. ¡Adviértele de que nos veremos en los tribunales!

Colgó y volvió a mirarme.

—¿Hemos terminado? Tengo una sesión con mi entrenador personal dentro de veinte minutos.

—Solo un par de preguntas más. ¿Qué pasó después de que Alf se gastara vuestros ahorros en el restaurante?

La señora Glockner exhaló con evidente impaciencia.

—Alf quiso pedir una segunda hipoteca sobre nuestra casa, eso es lo que pasó. Acabábamos de pagar la casa después de veinticinco años. No estaba dispuesta a quedarme de brazos cruzados, así que me puse firme y me negué. Y como los bancos no le ayudaron, Alf le pidió aquel préstamo absurdo a nuestro vecino.

—¿Absurdo? ¿Por qué?

—¡Porque yo ya sabía que el restaurante estaba muerto, por qué va a ser! Sabía que nunca podríamos devolverle el dinero a Omar Linford sin vender esta casa. Alf se engañaba a sí mismo. Era un fracasado y un borracho, y con ese préstamo solo iba a hundirse más. Entonces supe que había llegado el momento de dar un paso al frente y les pedí a mis abogados que redactaran los papeles para solicitarle al juez la separación.

Fruncí el ceño, preguntándome cómo sería tener una compañera como Shelly Glockner. Aunque quizá no estuviera bien por mi parte juzgarla, ya que no había estado ni un minuto en su pellejo de cirugía plástica. Pero yo también era primera esposa y sabía que un mal matrimonio con un adicto puede endurecer el corazón de cualquiera. Sin embargo, me daba la extraña impresión de que, pese a tantos años juntos (y teniendo en cuenta que Alf era además el padre de su hija), a la señora Glockner no le había afectado lo más mínimo el asesinato de su marido.

Una vez más, empecé a preguntarme por aquella carta de chantaje.

—Acabo de almorzar con Omar Linford. ¿Sabe que el señor Linford afirma que Alf intentó chantajearle?

—Eso es ridículo.

—El propio señor Linford me lo ha contado todo.

—¿Y cree a ese pirata?

—Asegura que tiene pruebas. De hecho… —Miré el reloj—. Ahora voy hacia allá para recoger la nota y entregársela a la policía de Nueva York, donde la analizarán. Con la ciencia forense actual, podrán determinar si la carta la envió Alf, según las huellas dactilares, las fibras, el ADN… Es increíble lo que hacen hoy en día.

Para ser sincera, no tenía ni idea de lo que la policía podría extraer de esa carta, pero quería presionar un poco a la señora Glockner para ver qué decía.

Y funcionó. En cuanto mencioné a la policía de Nueva York, se puso tan roja como la nariz del reno Rudolph.

—¿Por qué hace todo esto? —me preguntó.

—Ya se lo he dicho. Su hija me pidió que averiguara…

—¡Es Navidad, por Dios! —Dio un golpe con la zapatilla de correr—. ¿Por qué no se mete en sus puñeteros asuntos y deja que Alf descanse en paz?

Miré fijamente a la mujer, que estaba furiosa.

—¿No tiene nada más que decirme? ¿Algo que pueda ayudar a la policía a resolver el asesinato de Alf?

Eso lo cambió todo. Su rostro pasó del rojo cereza al blanco casi níveo. Se quedó callada y su voz se volvió grave y tranquila:

—Tiene que irse ya.

—Señora Glockner…

—Me espera un día ajetreado.

Sí, con tu entrenador personal. Y luego llegará ese momento tan lucrativo en que firmarás la póliza del seguro y cobrarás por el asesinato de tu marido.

Me levanté.

—Si cambia de opinión y quiere hablar conmigo, puede localizarme en la ciudad, en el Village Blend. Gracias por su tiempo...

La puerta se cerró de golpe tras de mí y la pequeña corona navideña cayó al suelo.

Con una profunda bocanada de aire invernal, volví sobre mis huellas puntiagudas por el jardín nevado hacia el porche de Linford. Esperaba que no se hubieran percatado de mi ausencia, pero no fue así. Me acerqué al solárium y me detuve al oír unas voces enfadadas. Desde detrás de un arbusto recortado, vi a Omar Linford y al joven Dwayne discutiendo en la sala donde Esther y yo habíamos estado un rato antes.

—... y no voy a dejarlo. ¡Ya te lo he dicho! —gritó Dwayne.

—Tienes que escucharme, hijo —contestó Linford padre con voz calmada—. Estoy hablando de tu vida. Del resto de tu vida. Te estás jugando tu futuro...

—Ya te lo he dicho, papá. Llevo todo el fin de semana repitiéndotelo. ¡Voy a hacerlo a mi manera! —gritó Dwayne antes de salir de la sala como una exhalación.

—¡No seas tonto! —gritó Linford detrás su hijo, luego sacudió la cabeza y se sentó con resignación en el solárium.

Mejor no entro por ahí —decidí— *o se dará cuenta de que los estaba espiando.*

Me di la vuelta, rodeé la casa y me dirigí a la entrada principal. Apenas un instante después de pulsar el timbre, las puertas dobles se abrieron de golpe. Una mujer caucásica corpulenta de pelo rubio rojizo con una línea de pecas sobre su nariz patricia me miró con el gesto torcido.

¿Por qué hay tantas amazonas en Staten Island? Debe de ser por algo en el agua...

—¿Señora Cosi? —preguntó la mujer con un ligero acento británico.

—Sí.

—¡No sabíamos dónde se había metido!

—Lo siento. Mi ayudante tuvo que marcharse —expliqué con rapidez—. Tenía que hablar en privado con ella de varios asuntos antes de que se fuera.

—Comprendo. Bueno, soy la señora MacKenzie, la ayudante ejecutiva del señor Linford. Aquí tiene la carta que nos pidió. Me puso en la mano un pequeño sobre de manila.

—Gracias. —Guardé el sobre en el bolso—. ¿Puedo esperar dentro mientras viene un taxi? Necesito ir a la terminal del transbordador.

La mujer sacudió la cabeza.

—No hace falta que pida un taxi. Iba a coger el coche del señor Linford para hacer unos recados. La llevaré con mucho gusto. Entre y coja el abrigo.

Mientras lo hacía, me di cuenta de que Linford hijo estaba de pie en el vestíbulo, a unos metros de distancia, con los brazos cruzados. No dijo nada, solo se limitó a mirarme. Luego pasó con brusquedad por mi lado con su musculoso cuerpo y salió de la casa.

Un momento después, oí el ruido de un motor y el chirrido de los neumáticos. Miré por la ventana y vi que el todoterreno tuneado de Dwayne, con sus agujeros de bala falsos y sus invasores vikingos aerografiados, desaparecía por la calle bordeada de árboles.

CAPÍTULO VEINTIUNO

—Gracias por traerme —dije al abrir la puerta del coche.

—No hay de qué, señora Cosi —contestó la agria señora MacKenzie—. Tengo muchos recados que hacer hoy. Traerla solo era uno más.

Cuando entré en la pasarela que conducía a la terminal de St. George, MacKenzie apartó el BMV del bordillo. Sin embargo, me di cuenta de que no se marchaba de la terminal, sino que se desviaba hacia el aparcamiento.

Qué raro, pensé.

O la señora MacKenzie también iba a coger el transbordador y no le interesaba mi compañía, o esperaba a alguien que llegaba en barco.

Mientras seguía el coche con la mirada, vi de nuevo el todoterreno estridente que solo podía pertenecer al hijo de Linford. Estaba claro que ya había tomado el transbordador a Manhattan, porque de lo contrario seguiría por allí y compartiría el viaje conmigo.

Había poca gente en la zona de espera neo *art déco* de la terminal. Aquel espacio amplio de techos altísimos me recordaba a uno de esos almacenes gigantes tipo Costco, solo que la estructura estaba revestida de acero inoxidable, al estilo de *Los Supersónicos,* e iluminada con focos.

Había un transbordador atracado a la espera y, pese a que aún faltaban diez minutos para su partida, subí con rapidez. Atravesé las cubiertas metálicas en busca del pequeño puesto de bebidas e hice cola para comprar una taza de cacao caliente. Cuando le daba los primeros sorbos, el transbordador soltó amarras.

No había muchos pasajeros en ese trayecto de veinte minutos, lo cual no era de extrañar a esa hora. La mayoría de los usuarios eran trabajadores que llenaban el barco antes de las nueve y después de las cinco. Mientras los motores vibraban, recorrí con rapidez el interior y dejé atrás las filas de bancos casi vacíos en busca de un sitio mejor cerca de la popa.

A pesar de la temperatura casi gélida, me senté fuera, cerca de la barandilla, justo por encima de las olas. Con el Blend abarrotado desde la mañana hasta la noche y la mente trabajando horas extra para descifrar la complicada vida de Alf Glockner, un rato de paz era justo lo que necesitaba en ese momento.

Cerré los ojos y, mientras el viento fresco y salado me azotaba el pelo, imaginé que también me despejaba la mente. Después me apoyé en la barandilla metálica y disfruté del contraste entre el tonificante frío del mar contra mis mejillas y el chocolate caliente en los labios.

Si hubiera hecho esa ruta a diario, es posible que estuviera hastiada de la experiencia, pero no era el caso. Ni de lejos. Mientras el barco abría una rápida estela por la parte alta de la bahía de Nueva York, volví a abrir los ojos para saciarme del azul cobalto de aquella escisión que brillaba bajo el sol vespertino.

A lo lejos, un transatlántico negro, probablemente con destino a los renovados muelles del Upper West Side, manchaba el claro horizonte. Una elegante embarcación de recreo blanca pasó zumbando al doble de nuestra velocidad y cortó el agua con un surco de espuma mientras viraba hacia el East River. Por detrás de nosotros, un pequeño remolcador naranja avanzaba a buen ritmo seguido de una embarcación del Departamento de Bomberos.

Enseguida nos aproximamos a la Isla de la Libertad y a su compañera adyacente, la antigua estación de inmigración de Ellis Island, ahora un monumento histórico gestionado por el Servicio de Parques Nacionales. Y por fin, allí estaba ella, la estatua de la Libertad, que se cernía sobre mí sin dejar de vigilar los miserables desechos del mundo.

Contemplé boquiabierta la escultura de acero, con su chapa de cobre oxidada y verde después de más de un siglo de existencia. Se la veía fuerte y robusta en medio de la bahía, con la antorcha levantada para iluminar el camino que nos llevaría a puerto. Emma Lazarus la llamó «madre de los exiliados» y pensé en lo acertada que estuvo al imaginar la sensación de esos millones de emigrantes (incluida mi abuela) que la vieron por primera vez sobre el agua con la antorcha de pan de oro en ristre.

Cuando las nobles facciones de la estatua se desvanecieron, volví a concentrarme en un asunto menos elevado. Metí la mano enguantada en el bolso y saqué con cuidado el sobre de manila que Mac me había entregado.

Dentro encontré otro sobre más pequeño de color blanco. El nombre y la dirección de Linford estaban escritos con lo que parecía una impresora normal de ordenador. El sello de correos de Papá Noel llevaba el matasellos de la siempre concurrida sucursal principal de Manhattan, en la Octava Avenida.

Esperaba que la carta estuviera escrita a mano, pero no tuve suerte. El autor había utilizado un ordenador y parecía haberla imprimido con la misma impresora utilizada en el sobre:

> Querido Omar:
>
> Tengo una nueva propuesta para ti. Si te importa el futuro de tu hijo, harás lo que te pido tras leer esta nota. Estoy muy al tanto de las pequeñas aficiones del joven Linford. ¿Sabes lo que hace en esos clubes? Yo sí. Si no quieres que lo sepan también el Departamento de Policía de Nueva York y la Administración de Control de Drogas, perdona mi deuda. ¡Considéralo un regalo de Navidad anticipado! Y, de paso, transfiere cincuenta mil dólares más a mi cuenta antes de Navidad, así guardaré silencio para siempre. Mi número de cuenta bancaria está más abajo. Eso pondrá punto final a nuestros negocios. Si me molestas o no pagas, contaré lo que sé a las personas adecuadas. El futuro de tu hijo está en juego. No intentes ponerte en contacto conmigo. Haz lo que te digo en esta carta y no volverás a saber nada de mí.

Leí la carta dos veces. No se parecía en nada al Alf que yo conocía. En nada. Tampoco iba firmada, aunque el número de cuenta bancaria escrito al final de la carta era una pista clara. La policía de Nueva York comprobaría si estaba a nombre de Alfred Glockner, pero yo sospechaba que sería de otra persona. En ese caso tendría que añadir otro nombre a mi lista de sospechosos de asesinato.

El viaje a Staten Island me había proporcionado mucha información valiosa. Me di cuenta de que había estado bastante avispada al decidir esperar esa carta. Con la sensación del trabajo bien hecho, volví a doblarla con cuidado y la introduje en el sobre. Luego la metí en mi bolso y cerré bien la cremallera.

Primero le enseñaría la carta a Mike Quinn. Luego iríamos a ver al detective Hong (pues seguía sin fiarme de Franco). Solo esperaba que Omar tuviera razón sobre la inocencia de su hijo, porque no podría impedir que Hong avisara a la división de narcóticos y a la Administración de Control de Drogas por si acaso.

Le di otro sorbo a la taza, que se estaba enfriando, y pensé en Shelly Glockner. A decir verdad, me parecía tan sospechosa de asesinar a Alf como Omar Linford. La póliza del seguro de vida de su marido era un motivo obvio, aunque no imaginaba que ella misma hubiera apretado el gatillo. No, alguien como Shelly habría recurrido a un cómplice para hacer algo así.

Estaba tan ensimismada descifrando las distintas posibilidades que apenas me di cuenta de que unos pasos cruzaban la cubierta por detrás de mí. Antes de que pudiera girarme del todo, sentí un tirón del hombro. ¡Alguien me había quitado el bolso!

Como a cámara lenta, vi que la taza de cacao se me caía de las manos enguantadas hacia las agitadas aguas de abajo. Entonces fui tras ella, aunque no por voluntad propia.

¡Unas manos fuertes me levantaron como un saco de café verde y me arrojaron por encima de la barandilla! El puerto bañado por el sol se desdibujó por un instante y, a continuación, choqué contra las olas revueltas. Una plancha de hormigón congelado habría sido más blando que aquello.

La agitada estela del transbordador empezó a revolcarme. La nariz, los oídos y la boca se me llenaron de agua helada. El frío me entumecía la mente, pero estaba tan enfadada que utilicé esa rabia para luchar contra el estupor.

¡No te asustes, Clare! ¡Tú nadas muy bien! ¡No te asustes!

Pero ni siquiera sabía en qué dirección estaba la superficie. El agua estaba oscura y turbia, ¡y yo no paraba de dar vueltas! También me estaba quedando sin aire. Tenía que hacer algo.

¡El abrigo!

El tejido largo y grueso estaba cargado de agua salada y terminé de desprenderme de él. Más por el tacto que mediante la vista, percibí en qué dirección se hundía.

Si eso es hacia abajo, ¡entonces esto tiene que ser hacia arriba!

Di una patada y me despojé de la chaqueta y los pantalones mientras ascendía para que las extremidades pesaran lo menos posible al impulsarme hacia arriba.

¡Luz! ¡Veo luz!

Necesitaba tomar aire. Me ardían tanto los pulmones que estuve a punto de ceder al impulso y respirar en el agua. Pero sabía que eso sería mi fin, el equivalente a una rendición. Así que fijé la mirada en la luz del sol que parpadeaba sobre mí, imaginé a la madre de los exiliados con la antorcha dorada en la mano y redoblé mis esfuerzos.

Al llegar a la superficie, jadeé y escupí para contemplar después, horrorizada, el enorme campo de olas azules y agitadas que me rodeaba. ¡El transbordador había desaparecido! Como apenas llevaba pasajeros, ¡nadie se había dado cuenta de que me habían tirado por la borda!

Con desesperación y en posición vertical, me pregunté hacia dónde debía nadar. La temperatura era insoportable, como un millar de carámbanos que se clavaban en todos los poros de mi cuerpo. El frío ya me había calado hasta los huesos y me agarrotaba los músculos, me costaba respirar y mantenerme a flote.

¡No, joder! ¡No voy a morir así!

Pensé en mi hija y luché con más ímpetu para mantenerme consciente, para no hundirme, para seguir viva. Fue entonces cuando vi el remolcador naranja y el barco de los bomberos. ¡Las dos embarcaciones que navegaban justo detrás del transbordador!

—¡Socorro! —grité, pero el débil sonido de mi voz parecía perderse entre el chapoteo de las olas y los graznidos de las gaviotas que revoloteaban sobre mí.

Volví a gritar y me atragante con una bocanada de agua salada. Sabía que estaba a pocos minutos, si no segundos, de morir congelada o ahogada. Fue entonces cuando oí la bocina del remolcador y unas voces masculinas que gritaban.

—¡A estribor, Sean!

—¡Donnie, lánzame ese gancho!

—¡Ponle un cable de seguridad!

—No hay tiempo, Connor. Está a punto de hundirse. ¡Voy a tirarme!

Sentí el estruendo de un motor y olí el humo del gasoil. Algo grande, pesado y amarillo chillón golpeó el agua a mi lado y estuvo a punto de hundirme de nuevo. Entonces unos brazos fuertes me rodearon el cuerpo entumecido y casi desnudo.

—Te tengo, guapa —me prometió una voz profunda al oído.

Levanté la cara y vi que me sujetaba un hombre fornido con una amplia sonrisa tranquilizadora bajo una nariz prominente y unas pobladas cejas oscuras.

—¡No te desmayes ahora! ¡Aguanta!

Intenté hablar, pero los escalofríos me superaban y los dientes me castañeteaban como el juguete de cuerda de un dentista.

—¡Subidla! ¡Vamos, rápido! ¡Se le están poniendo los labios azules!

Creo que me desmayé en ese momento, porque lo siguiente que sentí fue la fría cubierta de acero contra la espalda y las piernas desnudas. Tenía el top empapado y medio arrancado, y el sujetador de encaje dejaba muy poco a la imaginación. Intenté hablar, pero unas manos fuertes y cálidas me oprimían el diafragma con fuerza para que el agua salada me subiera por la garganta.

Entre arcadas, por fin me di cuenta de que a mi alrededor había media docena de bomberos fornidos, todos con chalecos salvavidas de color amarillo chillón del Departamento de Bomberos de la Ciudad de Nueva York.

—Está a salvo, señora. Vamos a taparla para que entre en calor.

Cuando me incorporé, varias manos grandes me envolvieron en unas mantas gruesas.

—¿Necesita que avisemos a alguien? —preguntó uno de los bomberos.

—Mmmmike —balbuceé—. Mike Quinn. Trabaja en el...

—¡Yo conozco a Mike el Gordo! —El hombre moreno que había saltado al agua para salvarme me dio una palmada en el hombro—. Voy a llamarlo. ¿Cómo se llama, señora?

Se lo dije con voz débil mientras me arropaba con las mantas. ¡Hacía muchísimo frío en cubierta! Intenté levantarme, pero trastabillé. Varios bomberos acudieron en mi ayuda. Uno de ellos me levantó y me llevó al interior. El camarote estaba caldeado, y el hombre me colocó en una camilla de lona con la estructura de aluminio y me echó por encima otra manta, cosa que agradecí en silencio. Temblaba tanto que no podía hablar. Tampoco veía bien, pero creo que era porque aún me escocían los ojos por el agua salada. Me taparon con una nueva manta, esa vez eléctrica. El calor era una delicia, como tragarse una bebida reconstituyente.

A los pocos minutos empecé a sentirme mejor y me incorporé. El bombero moreno que me había sacado del agua seguía vigilándome. Volvió rápidamente a mi lado, vestido con chándal y camiseta, y con una toalla al cuello, y me tendió una taza de té.

—No tienes por qué preocuparte, bonita. Te pondrás bien. ¿Has dicho que te llamas Clare Cosi?

—Clare —repetí.

—Yo soy Sean. Acabo de hablar con Mike el Gordo. Estará en el muelle de bomberos cuando lleguemos.

—Gracias —contesté.

—Tuviste suerte de que te viéramos. No habrías durado ni cinco minutos en el agua.

Sorbí el té, pero volví a marearme.

—Creo que tengo que...

Sean agarró la taza mientras yo volvía a desvanecerme en la camilla. Cuando cerré los ojos, noté que volvía a arroparme con las mantas.

—Estás en estado de *shock,* bonita. Descansa...

Lo siguiente que recuerdo fue la abrupta llegada al muelle y los gritos de unos hombres mientras la tripulación de bomberos aseguraba el barco. Unos minutos después, oí unos susurros y sentí que había alguien a mi lado.

Abrí los ojos y miré fijamente a un hombre inmenso, de unos cuarenta años, con el pelo escarlata, la barbilla hendida y un bigote daliniano tan grande que rozaba lo absurdo (de personaje de 1890). Él también me miraba y la piel que le rodeaba los ojos azules grisáceos se arrugó con un gesto divertido. Detrás de él se congregaba el resto de la tripulación con una curiosidad patente.

—Muchas damiselas han gritado mi nombre en sus peores sueños y en la oscuridad de la noche —anunció aquel grandullón en voz alta a su público—. Pero creo que a esta la recordaría.

—¿Perdone? —Me apoyé en los codos—. ¿Quién es usted?

—El capitán Michael Quinn del Departamento de Bomberos de la Ciudad de Nueva York, querida. Mike el Gordo para los amigos y una pesadilla irlandesa para los demás. —Sonrió, con el destello de un diente de oro, mientras se acariciaba el bigote carmesí—. Me han dicho que se llama Clare Cosi y que preguntó usted por mí. ¿Cómo ha acabado en el agua?

—Me empujaron del transbordador. Me robaron el bolso.

Mike el Gordo señaló a un miembro de la tripulación.

—Llama por radio a la terminal. Seguramente ya será demasiado tarde para detener al agresor, pero quizá podamos recuperar el bolso de la señora.

El gigantesco bombero volvió a mirarme.

—Pensé que los chicos se habrían equivocado, por eso hice una llamada por mi cuenta antes de venir hasta aquí. A quien llamaba usted era a Mikey el Canijo, ¿verdad? De la comisaría número seis. Mi primo Mike Quinn, el madero. ¿Cierto?

—Es detective —puntualicé.

—La oveja negra —contestó.

—¿La oveja negra? —repetí—. Mike no es una oveja negra. Y tampoco es canijo. Es de los mejores de Nueva York.

Los bomberos que nos observaban intercambiaron varias miradas guasonas y Mike el Gordo levantó una poblada ceja roja.

—Es canijo comparado conmigo, encanto. Y los Quinn somos bomberos. Los más valientes de Nueva York. En nuestro clan, Mikey el Canijo es el único madero. —Les lanzó una mirada a sus compañeros de fatigas—. La oveja negra.

Los hombres se echaron a reír. En ese momento, una voz llamó desde la cubierta.

—¡Ya vienen los azules!

Un minuto después, el detective Mike Quinn entró en la cabina del barco y tuvo que abrirse paso a través del muro de bomberos afectuosos hasta llegar a mi lado. Se agachó junto a la camilla y me abrazó con fuerza.

—Clare, cariño, ¿estás bien? ¿Qué ha pasado?

—Estoy bien —dije mientras me empapaba de su calor intenso—. Venía en el transbordador. Me robaron el bolso y luego me tiraron por la borda.

—¿Quién, Clare? ¿Viste quién lo hizo?

—No —contesté y luego bajé la voz—. Pero estoy casi segura de que te entregaré su cabeza en una bandeja.

—Bien, me alegro, ya nos ocuparemos de eso. Pero primero vas a ir a Urgencias...

Antes de que me diera tiempo a replicar, Sean se acercó.

—Es dura de pelar, detective. Consiguió salir a la superficie después de zambullirse en las gélidas aguas de la estela del transbordador. Gracias a eso se salvó.

—No —aclaré—. Fue gracias a ti, Sean. Gracias a todos ustedes. Gracias.

Mike también les dio las gracias a los hombres y fue entonces cuando se fijó en el gran capitán pelirrojo.

—Esto es lo que hacemos los bomberos, Mikey —declaró el hombre con una sonrisa burlona—. Vosotros ponéis multas de aparcamiento. Nosotros salvamos vidas.

Mike me soltó y se irguió frente al otro Mike Quinn.

—Michael —dijo con voz inexpresiva.

—Canijo —replicó el capitán Quinn, cruzándose de brazos—. ¿Estás muy liado con las sanciones de tráfico?

Los hombres que nos rodeaban se miraron con incomodidad al percibir la clara animadversión entre los dos primos. Fruncí el ceño ante aquel intercambio tan tenso y estuve a punto de soltar: «Pero ¿qué os pasa? ¡Sois familia!».

Sin embargo, me mordí la lengua. Estaba claro que no era el momento ni el lugar para una lección de historia sobre el poderoso clan Quinn.

Por suerte, un par de médicas nos interrumpieron.

—De acuerdo, vamos a llevarla al hospital —dijo una de ellas.

—¿Qué? —Negué con la cabeza—. Estoy bien. No necesito...

—Cállate, Cosi —advirtió Mike y les lanzó una mirada a las sanitarias—. No la escuchéis. Hacedme caso a mí. Ponedla en una camilla y llevadla a la ambulancia. Ya.

El médico de urgencias me asignó una cama de hospital para «observación nocturna». Una vez más, intenté discutir. Una vez más, Quinn no me dejó.

Tampoco abandonó el hospital. Mientras me examinaban, lo oí hablar por la radio de la policía y luego por el móvil con su compañero Sully. Cuando el personal del hospital me trasladó a una cama en condiciones, Quinn ya había recuperado mi bolso robado.

—Cuando llegaron nuestros hombres, el barco ya estaba vacío —me explicó mientras se sentaba en el borde de la cama—. El agresor hacía tiempo que se había ido, pero registraron el transbordador y recuperaron el bolso. Estaba en la cubierta, debajo de un banco.

Cogí el bolso y lo examiné. El asa estaba rota. Mi cartera, el dinero y las tarjetas de crédito habían desaparecido. El cepillo del pelo, el maquillaje y otros objetos secundarios seguían ahí. Incluso las llaves del Blend y del apartamento estaban guardadas en un bolsillo.

Con un respingo, me di cuenta de que faltaba algo más.

—¡La carta!

Mike puso cara de no entender.

—¿Qué carta?

—Llevaba una carta en el bolso. Era la prueba de que alguien intentó chantajear a Omar Linford. —Seguía bastante convencida de que la nota no era de Alf—. ¡Me la han robado! ¡Lo cual demuestra mi teoría!

—¿Qué teoría, Cosi? Será mejor que empieces por el principio.

Puse a Mike al corriente de mis descubrimientos.

—... y estoy segura de que fue Dwayne Linford quien me tiró por la borda. Vi su todoterreno tuneado en el aparcamiento, no cabe duda de que era su coche. Antes de salir pitando de la casa, estuvo discutiendo con su padre porque quería hacer las cosas «a su manera». Y esa carta lo incriminaba de algo.

—Así que el mocoso te tiró por la borda para callarte.

—Sabía que había estado allí con su padre y que investigaba el asesinato de Alf. Su padre me entregó una carta que lo acusaba, poco más o menos, de tráfico de drogas.

Mike asintió.

—Motivo y oportunidad. —Alcanzó la radio de la policía—. Voy a llamar a Hong y a Franco. Son ellos quienes llevan el caso.

—¿Crees que Dwayne Linford también disparó a Alf? —pregunté.

—O hizo que le dispararan. Sí. Y se las apañó para que pareciera un atraco: justo su teoría, detective.

Negué con la cabeza.

—Franco se va a cabrear.

—¿Por qué? Él también tiene razón, ¿no? Piénsalo. Si Dwayne Linford es traficante, tendrá conocidos delincuentes. Podría haber contratado a alguno para cargarse a Alf y que pareciera un delito callejero. Conseguiremos una orden para registrar la casa de Dwayne. Lo interrogaremos. Con suerte, conseguiremos que confiese, tal vez encontremos el arma del crimen y el nombre de la persona que lo mató.

—Quiero que lo saques de la calle, Mike.

—Lo haré, cariño. —Sonrió, me agarró la mano y la apretó—. Parece que al final recibirás lo que pediste por Navidad.

Cuando me acerqué a él para algo más íntimo que un apretón de manos, llamaron con suavidad a la puerta entreabierta.

El divino aroma de la masa recién horneada, la acidez de la salsa de tomate y el orégano floral precedieron a una voz familiar.

—¿Alguien ha pedido dos *pizzas*?

Levanté la vista y me encontré con un par de cajas gigantes que venían hacia mí. Por encima de ellas flotaba el rostro moteado de zanahoria del sargento detective Finbar Sullivan.

—¿Vienen cargadas? —preguntó Mike a su compañero.

—A tope —le aseguró Sully con una sonrisa.

Mike le hizo un gesto para que se acercara y a continuación se volvió hacia mí.

—¿Tienes hambre? —preguntó mientras levantaba una de las tapas.

Cerré los ojos e inhalé el aroma a *pepperoni,* salchicha, pimientos asados y champiñones.

—Uf, Mike... —exclamé mientras me rugía el estómago vacío.

Como siempre, él sí que sabía cómo hacerme desfallecer.

CAPÍTULO VEINTIDÓS

—¿Y entonces quééé?

—Que me tiraron al agua.

Mi exmarido apretó los dientes.

—Clare, ¿por qué puñetas no volviste con Esther?

—Porque en ese caso no habría conseguido la información que necesitaba para atrapar al asesino de Alf. Y estoy estupendamente, como puedes comprobar.

—Porque tienes una flor en el culo, so boba, e incido en lo de boba.

Era el día siguiente, martes, y el Blend estaba tan concurrido como de costumbre. Matt se pasó por allí a última hora de la mañana y aproveché para tomarme un breve descanso sentada a su lado en un taburete junto a la barra de mármol. Con un café reparador en la mano, le puse al día de mis aventuras en Staten Island y, literalmente, en las aguas de Nueva York.

—Entonces, ¿Dwayne Linford ya está detenido?

Matt se quitó el jersey de ochos, demasiado grueso para la temperatura de nuestra acogedora cafetería, se lo echó sobre los anchos hombros y empezó a arremangarse aquellos antebrazos bien desarrollados que tan útiles me habían resultado la semana anterior, cuando me quedé encerrada en el contenedor de basura.

A mí, en cambio, no me molestaba lo más mínimo el calor del fuego vivo y el cafelito caliente. Es más, después de mi fatídico baño gélido, aún no había entrado en calor.

—La policía detuvo a Dwayne anoche en un club de Manhattan —le expliqué—. Tiene un abogado muy influyente, eso no es ninguna sorpresa. Los detectives están revisando las imágenes de todas las cámaras de seguridad del transbordador de Staten Island a las que tienen acceso. Han conseguido órdenes de registro de su casa y de su todoterreno, y ya lo han fichado por un delito de posesión de droga.

—¿Qué droga?

—Marihuana. Mike dice que le encontraron medio talego cuando lo detuvieron. ¿Qué significa eso exactamente?

Entre otras cosas, mi ex era un crápula empedernido. Si nombrabas un lugar remoto en cualquier zona del cinturón cafetero, era capaz de indicarte el lugar más cercano para ir de fiesta. Si alguien conocía la jerga de la droga..., ese era Matt.

—Medio talego de marihuana es lo equivalente a cinco dólares. Eso da para un par de porros. No lo retendrán mucho tiempo, Clare. Solo es posesión, no venta.

Fruncí el ceño.

—Seguro que encontrarán más pruebas.

—¿Estás segura de que no lo viste cuando te empujó? ¿Ni de refilón? —Matt me atravesó con sus ojos pardos—. ¿Eso no le resolvería a tu novio poli el problema de la acusación?

—No voy a mentir. Y menos a Mike. Ni a sus compañeros del cuerpo y, menos todavía, bajo juramento ante un tribunal.

—Otra de tus bobadas —murmuró Matt—. Has dicho que sabes que fue él, Clare. ¿Eso no basta para justificar una mentirijilla?

—¡No! Y menos si la mentirijilla equivale a perjurio. Mike estaría de acuerdo conmigo.

—Dudley de la Montaña, el poli más tonto de Las Rocosas. —Matt apuró su expreso y sacudió la cabeza—. Si tú supieras...

Fruncí el ceño, porque no me gustó su tono.

—¿Si supiera qué? ¿Algo sobre Mike?

—Da igual. —Matt apartó la mirada—. No debería haber dicho nada.

Lo miré fijamente.

—Bueno, suéltalo. ¿Qué sabes de...?

—Otra cosa. —Matt me cortó—. ¿No me preguntaste por Dexter?

—Estás cambiando de tema, pero sí.

—Vale, Clare, pues hablemos de eso. ¿Qué querías saber?

Me lo pensé un momento, porque no me hacía gracia que Matt me ocultara cosas sobre Quinn, pero tampoco tenía tiempo de discutir, ya que mi pausa se acabaría pronto. Cuando llegara mi relevo, tendría que cambiarme a toda prisa para llegar a tiempo al funeral de Alf en Union Square. Ya había enviado unas cajas con dulces para allá y los termos con café los llevaría conmigo en el taxi.

—Vale, Matt. —Lo miré a los ojos—. Quiero saber por qué Dex se mostró tan reservado sobre su relación «confidencial» con Omar Linford. Porque si Dex está vendiendo droga, será mejor que le avises de que están a punto de pillarle.

—No vende droga, Clare. Ya he hablado con él y me ha reconocido lo que yo sospechaba. Linford es su «socio en la sombra» en las tiendas Sabor del Caribe.

—¿Y por qué tanto secretismo?

Matt se acercó y bajó la voz.

—Dex recibió dinero de la administración municipal para proyectos de aumento de capital. Si los funcionarios hubieran sabido que Linford era socio de Dex, jamás le habrían concedido la subvención para remodelar las tiendas y comprar congeladores nuevos.

—¿Y por qué no le pidió el dinero directamente a Linford?

—Porque de esa manera fue como Omar Linford acabó apropiándose de la empresa Blue Sunshine. Dex no quiere que Linford ponga más capital en el negocio.

—Pero si Dexter y Omar aceptaron ese dinero municipal, están cometiendo un delito.

—Por eso Dexter no quiere admitir su relación comercial, ¿lo entiendes?

—¡Eh, señora Cosi!

Levanté la vista al oír una voz familiar, pero tuve que mirar dos veces. Un elfo de metro ochenta, con mallas verdes, túnica de terciopelo y sombrero de fieltro con pluma me sonreía.

—¿Shane? ¿Shane Holliway?

—En carne y hueso —dijo—. O en mallas, como prefieras.

El exactor de culebrones ocupó un taburete a mi lado. Matt lo miró con recelo. Shane se había afeitado la barba incipiente. Estaba más guapo con la cara despejada y, además, la melena dorada, los hoyuelos en las mejillas y los ojos azules centelleantes le daban un aspecto de elfo perfecto.

—Intuyo que vienes del ensayo general con Tucker al final de la calle —dije.

—Qué intuitiva. —Shane guiñó un ojo—. Claro que Tucker me ha dicho que eres una detective increíble.

Me eché a reír.

—Bueno, tus mallas te delatan.

—La fiesta benéfica es esta noche en la sede principal de la Biblioteca Pública, en la calle Cuarenta y Dos. ¿Vendrás?

—Oh, no —dije—. Es una fiesta exclusiva, solo con invitación.

—¡Pero Tuck puede conseguirte una! Vamos, Clare. No irás a perderte los saltos de mis apretadas nalgas verdes por ese decorado empalagoso, ¿verdad?

Volví a reírme.

—Así contado parece tentador. Me lo pensaré, ¿vale? Mientras tanto, ¿te pongo algo? —pregunté mientras me levantaba.

—¿Estás de broma? Un *latte* Bastón de Caramelo, pero sin nata montada. Este traje no admite muchas concesiones.

—No tienes de qué preocuparte —le contesté de camino a la barra de los cafés—. Estás estupendo.

—Gracias.

Mientras preparaba el café con leche, Shane llamó a Dante.

—¡Eh, Silva, te he visto en YouTube! Eres oficialmente una estrella de la red.

—¡Ya lo sé! —respondió él desde detrás de la cafetera—. Mis compañeros de piso me han dicho que tengo casi tantas visitas como el vídeo de Keith Judd de compras navideñas por el Upper West Side.

—Mi novia lo ha visto —dijo Gardner desde la caja registradora—. Le gusta Judd desde la película esa que hizo hace diez años sobre un piloto de combate. Ahora quiere visitar todas las tiendas donde él ha estado.

—¿Estás de broma? —pregunté—. ¿A la gente le gustan esas cosas?

—Pues claro —dijo Dante.

—Ya te digo —asintió Gardner.

—No me lo creo.

—No estamos de broma, jefa —dijo Dante a la vez que prensaba la molienda en el portafiltro de la cafetera expreso—. ¿Sabes que hay cola en todas las tiendas que ha visitado Judd?

Puse cara de incredulidad. En el canal New York 1 acababan de emitir un reportaje sobre lo parada que estaba la temporada de compras ese año. Muchos negocios corrían el riesgo de quebrar.

Gardner le devolvió el cambio a un cliente.

—Pues yo creo que el que tomó las imágenes de Keith Judd debería ir a esas tiendas y reclamar una comisión.

A ver, tampoco lo dudo —murmuré—. Este año nos va tan bien gracias a internet.

Terminé de preparar el *latte* Bastón de Caramelo para el señor elfo: expreso recién hecho, sirope de crema de menta (con un chorrito de cereza y otro de vainilla), leche perfectamente microespumada, un toque de nata montada y virutas de bastón de caramelo y ralladura de chocolate. Lo deslicé por encima de la barra.

—Invita la casa, Shane —dije—. Es lo menos que puedo hacer por un ayudante de Papá Noel.

—Oh, eres un cielo. —Dio varios sorbos y emitió una serie de sonidos orgásmicos—. Qué rico...

Sonreí.

—¿Está bueno?

—¿Bueno? Mira, Cosi, después de la actuación pienso venir a por otro. ¿Y qué te parecería si tú y yo trabajáramos esta noche en mi ferretería?

Matt puso cara de fastidio.

—Querrás decir juguetería, ¿no, Shane? —contesté.

—No, sé muy bien lo que he dicho.

Vaya, hombre.

—Es muy halagador, claro, pero tengo una relación con alguien especial.

Matt gruñó al oír eso. Le lancé una mirada.

—Venga ya —insistió Shane—. Conmigo no tienes que ponerte en plan formal. Podemos..., ya sabes —volvió a guiñarme el ojo—, jugar.

—De verdad, lo digo en serio —dije con firmeza—. Te lo agradezco, pero no.

Shane se limitó a sonreír más aún.

—Volveré a verte, Cosi. Por algo me apodan «el Desafíos».

Después de un último guiño, desapareció.

Matt sonrió con desdén.

—Puf... El Desafíos —dijo.

Me encogí de hombros.

—Pero, no sé, a lo mejor deberías pensártelo —añadió.

—¿Pensarme qué?

—Lo del elfo.

—No tiene gracia.

—En realidad te lo digo medio en serio.

—Cómo vas a decir medio en serio algo así.

—Porque no quiero que te hagan daño.

—¿Perdona?

—Clare... —Matt miró su taza vacía. Cuando levantó la vista, me miró a los ojos—. Creo que tú y tu perro guardián no estáis en la misma onda.

—¿Y qué onda es esa?

—La onda de la exclusividad.

—Qué dices.

—Mira, te lo voy a decir sin rodeos. He visto a Quinn por ahí con otra mujer.

—¿Qué quieres decir con «otra mujer»?

—Quiero decir que me contaste que el tío este estaba muy liado echando horas extra, pero la semana pasada me lo encontré en el bar Enoteca cenando con una pelirroja guapísima.

—¿Una pelirroja? —Me quedé de piedra al recordar a aquella mujer despampanante que había visto varias veces en la cafetería, la que me tenía una inquina más que evidente.

No puede ser la misma, ¿verdad?

—Y volví a verlos de nuevo una mañana en el East Village desayunando juntos... muy temprano. Tan temprano que imagino lo que harían antes. ¿Ese tío no vive por allí?

—Sí, su apartamento está en Alphabet City, pero tiene que haber alguna explicación. A lo mejor es parte de un caso.

—Quinn mantenía una conversación muy intensa con ella las dos veces que los vi. No parecía algo profesional, parecía personal. Y esa pelirroja... me resultaba familiar. El caso es que más tarde recordé dónde la había visto y la busqué.

—¿Qué quieres decir con que la buscaste?

—Era modelo de Victoria's Secret hace unos quince años. Estaba muy buena. Una tía de portada. Guardo todos los números de Navidad. La sacaron en primera plana con un gorro de Papá Noel, unas botitas negras y un picardías de Mamá Noel.

—Vas a hacer que vomite.

—Lo siento —dijo Matt. Suspiró y se pasó la mano por el pelo corto y oscuro cortado a lo romano—. No pensaba decírtelo, Clare, pero el elfo ese tiene pinta de ser un tío divertido —se encogió de hombros— y quizá te vendría bien. Me refiero a que ¿para qué serle fiel a un tipo que obviamente quiere una relación abierta?

Parpadeé, estupefacta.

—No puede ser verdad —dije por fin—. No te creo.

—Tú sabrás —dijo Matt encogiéndose de nuevo de hombros—. Pero luego no digas que no te lo advertí.

—¡Eh, jefa! —gritó de repente Dante—. ¡Necesitamos que nos eches una mano otra vez! El trabajo se acumula.

—¡Voy! —Me levanté y de repente las piernas me temblaban un poco. Luego barrí mentalmente el discurso de Matt, decidí que tenía que haber una explicación y volví al trabajo.

Matt se despidió con un gesto triste. Una hora más tarde entró su madre, pero sus gestos, lejos de ser tristes o párvulos, eran grandes y exaltados.

—¡Clare, querida! —me llamó para que me alejara de la máquina de café expreso.

—Haceos cargo, chicos —le dije a mi equipo de dos camareros—. Ahora vuelvo.

Madame estaba impresionante esa mañana, con una chaqueta de ante suave color crema y pantalones a juego. Un gorro y unos guantes del color de la espuma del capuchino, ambos ribeteados con una delicada piel sintética, completaban el conjunto.

—Estás guapísima —le dije mientras le daba un beso en la mejilla.

—Gracias, querida. Es alta costura de trineo. —Se echó a reír—. Lo compré adrede para mi escapadita a Vermont con Otto. —Nos sentamos en una mesa cerca de la chimenea—. Acabamos de volver.

Sonreí.

—¿Bastones de caramelo a la luz de las velas?

—Sí, sí, fue todo muy romántico, pero no es eso lo que he venido a contarte. Lo que ha ocurrido es alarmante.

—¿Te refieres al incidente del transbordador? ¿Te lo ha contado Matt?

—¿El incidente del transbordador? No, aquí no pone nada de ningún transbordador... —Metió la mano en el bolso de piel clara y sacó un periódico sensacionalista—. Un *post-it* amarillo señalaba la columna «Cotilleos Neoyorquinos»—. ¡Me refiero a esto!

—¡Qué me dices!

En el doblez del periódico había una serie de fotografías en color, dispuestas fotograma a fotograma, que mostraban un momento íntimo entre Phyllis Chatsworth y su productor ejecutivo, James Young. Estaban junto al escaparate de una tienda, mirando joyas. James le echaba a Phyllis el brazo por encima y la achuchaba. Ella apoyaba la cabeza en su hombro. Y ambos llevaban bolsas de distintas tiendas: Tourneau, Saks y Tiffany. ¡Las mismas bolsas que vi en el apartamento de Young el día después de que mataran a Alf!

—¿No te dijo el señor Young que había estado de compras el día que asesinaron a Alf? —susurró Madame—. ¿No te dijo que tal vez Alf lo vio con bolsas de tiendas de lujo y decidió robarle?

—Sí.

—Bueno, lo que Young no te contó es que también lo estaba siguiendo un fotógrafo.

Busqué a toda prisa el crédito de la foto.

—¡Ben Tower!

Madame asintió.

—El señor Dewberry está muy preocupado, Clare. *Como los Chatsworth* es una importante fuente de ingresos para él y esas fotos suponen una amenaza para el negocio.

Tenía razón. Leí en diagonal la columna, escrita por un hombre con el que Madame y yo habíamos tenido relación en el pasado: el buscador de escándalos Randall Knox. El periodista especulaba con que eran los propios consejeros matrimoniales, presentadores de uno de los programas más populares de la televisión, quienes necesitaban terapia de pareja.

Tenía sentido.

—Madame, ¿has hablado de esto con el señor Dewberry? ¿Espera que hagas algo al respecto?

—Sí, tengo que explicártelo. Verás, Otto y yo hemos asistido a varias cenas muy agradables con el señor Dewberry y su mujer. Son muy generosos con nosotros. Y el señor Dewberry tiene muy buena memoria. Se acordaba de que en una ocasión mencioné nuestros tejemanejes con Randall Knox y Ben Tower, el fotógrafo que aparece aquí citado.

—Le sacas un buen partido a nuestras investigaciones, ¿eh?

Madame pareció avergonzada.

—Bueno, son buenas anécdotas, querida, ¡muy divertidas!

—De acuerdo... —Me recliné en la silla—. ¿Y cuál es tu plan?

—Tengo intención de hablar con el señor Tower y quería saber si te gustaría acompañarme. He pensado que tendrías curiosidad, dada la proximidad temporal de sus fotos con el asesinato de Alf.

—Claro que tengo curiosidad. Tower podría haber visto algo incriminatorio. Puede que incluso tenga otras fotografías que muestren algo más... —Puse a Madame al corriente de la detención de Dwayne Linford—. Pero la policía sigue sin encontrar el arma del crimen ni ha conseguido que el chico confiese. Así que cualquier prueba, por pequeña que sea, ayudará a las autoridades para inculparle del asesinato de Alf. —Miré el reloj—. Cuando acabe mi turno, me voy directa al funeral de Alf. Queda tú con Ben Tower y encárgate de tu parte. Después hablamos, ¿vale? Ya me contarás lo que descubres.

Madame asintió con los ojos chispeantes.

—¡Qué divertido!

CAPÍTULO VEINTITRÉS

—Clare, quiero presentarte a una persona...

Vicki Glockner se acercó a mí con una sonrisa temblorosa; sus ojos verde avellana, tan parecidos a los de su padre, seguían rojos e hinchados por la conmovedora ceremonia que acababa de celebrarse en la sala eclesiástica de arriba. En ese momento nos encontrábamos en el sótano, un espacio bien iluminado con las paredes de colores y un gran árbol de Navidad en un rincón.

En la sala había alrededor de doscientos Papás Noel Itinerantes. También habían acudido algunos vagabundos y trabajadores del comedor social, gente que recordaba las divertidas visitas de Alf a la red de albergues. Incluso algunos de los viejos amigos de Alf de Staten Island estaban allí. Omar Linford no se encontraba entre ellos, cosa que no me sorprendió. Tampoco veía a Shelly Glockner, aunque Vicki ya me había avisado una semana antes de que su madre no acudiría al funeral.

Al igual que yo, Vicki se había puesto un sencillo traje pantalón negro para el acto. Llevaba los rizos color caramelo recogidos en una coleta. Detrás de ella había un hombre grande, calvo y con la panza un tanto prominente que vestía unos pantalones negros y una camisa negra con el cuello abierto. Tenía las mejillas de un alegre color rojizo, unos ojos marrones vivarachos enmarcados por unas cejas pobladas y una barba castaña, suave y bien recortada salpicada de canas.

—Clare —dijo Vicki—. Este es Peter Dominick.

—Llámame hermano Dom —insistió el hombre. Me sonrió desde su elevada altura. Tenía la voz grave, pero suave y amable—. Entiendo que es a ti a quien hay que darle las gracias por las deliciosas cajas de galletas y magdalenas, y por los termos de café caliente.

—¡Exacto! —asintió Vicki y sus pendientes de cascabeles tintinearon.

Vicki llevaba los mismos pendientes que el día posterior a la muerte de Alf. Supuse que serían un regalo de su padre y que no se los quitaría en un tiempo.

—Clare se ha portado muy bien—dijo Vicki—. Está haciendo mucho por papá.

—¿Y eso por qué?

Vicki bajó la voz.

—Ha encontrado al asesino.

El hermano Dom levantó las pobladas cejas.

—Entonces, ¿también eres policía?

—¡No, no! Soy gerente de una cafetería. Solo hice algunas preguntas para echar una mano en la investigación.

—¡Vicky! —Uno de los Papás Noel Itinerantes le hizo un gesto para que se acercara a la mesa de los dulces—. ¡Aquí hay una chica que pregunta por ti!

—¡Voy para allá! —gritó—. Disculpadme.

El hermano Dom y yo hablamos durante unos minutos sobre Alf y me alegré de que se me presentara esa oportunidad para interrogarle. Dom había fundado la organización Papá Noel Itinerante varios años atrás. Era un antiguo monje franciscano que colaboraba con el ayuntamiento y con varias iglesias locales para ayudar a los sintecho.

—Tiene gracia —le dije al hermano Dom—. Cuanto más sé sobre la vida de Alf, más lagunas encuentro. Hay muchas incoherencias.

—¿Como por ejemplo?

—Como por ejemplo que era un restaurador que había fracasado. Sabía que tuvo problemas con el alcohol y que su matrimonio se rompió...

—Sí. Alf era alcohólico y luchó mucho por su recuperación en el programa de los doce pasos. Cuando lo conocí, tenía muchos problemas.

—Pero cuando lo conocí yo, no parecía estar luchando. Parecía muy seguro en la vida, muy feliz, muy equilibrado. Derrochaba optimismo y determinación. Cuando hablaba con él, su principal preocupación era ayudar a los demás. No consigo relacionar las historias que me cuentan de su pasado con el hombre que yo conocía. O que creí conocer.

—Parece que tienes algunas dudas, Clare. Pregunta y se te contestarán... —Se echó a reír—. Si es que conozco las respuestas...

—De acuerdo. ¿Qué crees que hizo cambiar a Alf? Es decir, ¿qué le hizo interesarse de pronto por las obras de caridad?

—*Cuento de Navidad.*

—¿Un cuento?

—El libro titulado así. —El hermano Dom desvió la atención cuando alguien se acercó a hablar con él.

Justo en ese momento, me vibró el móvil en el bolsillo, ya que lo había silenciado antes del funeral. Vi que se trataba de Quinn.

—¿Mike?

—Tengo malas noticias.

Recordé de pronto la fea historia de la pelirroja que me había contado Matt y me preparé. Pero la noticia de Quinn no era personal.

—Dwayne Linford va a salir en libertad, Clare.

Mierda.

—¿Qué ha pasado?

—No hay nada por lo que retenerlo. Las cámaras del aparcamiento de la terminal de St. George confirman sus declaraciones. Dwayne fue a recoger a un tipo que llegó en el transbordador, un orientador de la Universidad de Nueva York a quien fue a buscar por orden de su padre. Omar quiere que estudie una carrera de música en vez de intentar ganarse la vida como pinchadiscos de discoteca. Dwayne dice que discutieron por eso cuando tú los oíste. Su padre quería que hablara con ese orientador.

—¿Y has comprobado su coartada?

—Por supuesto. Todo concuerda: Grant Bass trabaja en la Universidad de Nueva York. Hemos hablado con él. Accedió a tomar el transbordador y citarse con Dwayne para hacerle un favor a Omar. El chico estaba muy enfadado, pero no desobedeció a su padre y fue a recogerlo a la terminal. Es imposible que Dwayne estuviera en el mismo barco que tú y, por tanto, que te robara la carta de chantaje y te lanzara por la borda.

Cerré los ojos e intenté pensar.

—Linford tiene una secretaria, una mujer que se apellida MacKenzie, que no se marchó después de llevarme al puerto. Dejó el BMV en el aparcamiento.

—No sé, Clare. —Quinn suspiró—. Una mujer no habría tenido tanta fuerza como para empujarte de ese modo.

—Esa mujer es enorme, Mike. Yo creo que sí pudo hacerlo.

—Ven a la comisaría número seis en cuanto puedas para echarles un ojo a las imágenes. Como conoces su aspecto físico, tendrás más posibilidades de identificar sus movimientos.

—De acuerdo. Iré a verte dentro de una hora.

—Yo no estaré. Sully y yo tenemos una cita en las afueras. Pero pregunta por Hong o Franco. Ellos te ayudarán.

Me estremecí al pensar que tendría que volver a ver a Emmanuel «Durag» Franco.

—Preguntaré por Hong —contesté.

—Perfecto. Y ten cuidado, Clare. No vayas sola a ningún sitio, ¿de acuerdo? ¿Me oyes? La persona que te lanzó por la borda anda suelta, ¿lo entiendes?

—Claro que lo entiendo, Mike. No correré ningún riesgo.

Cuando me despedí de Quinn, me di cuenta de que el hermano Dom seguía merodeando cerca. Se apartó de otra conversación para retomar la nuestra.

—¿Lo has leído, Clare? —me preguntó mientras me llevaba hacia la mesa de la comida.

¿Si he leído qué?

—Disculpa —dije. Aún seguía dándole vueltas a lo que me acababa de contar Mike—. ¿Leer qué?

—¿Has leído *Cuento de Navidad*?

—Ah, vale. Me decías que ese libro había sido importante para Alf... No, no he leído el libro de Dickens, pero todo el mundo sabe quién es Scrooge, ¿no? Aquel misántropo terrible que odiaba la Navidad.

Dom llenó dos vasos de papel con café caliente y me pasó uno.

—¿Qué más recuerdas de Scrooge, Clare?

—A ver... Era rico, pero también muy infeliz. Avaricioso, egoísta y cínico. Adoraba el dinero, pero la humanidad y la gente humanitaria le daban igual. Un cascarrabias.

Dom sonrió y le dio un sorbo al café.

—Sigue.

Traté de recordar la historia mientras le daba un largo trago a mi vaso, sin que dejara de sorprenderme que compartir una taza caliente de aquel brebaje cafeínico resultara tan reconfortante y al mismo tiempo tan vigorizante.

—Creo recordar que Scrooge tenía un socio, ¿no?

Dom asintió.

—Marley se llamaba.

—Sí, ahora me acuerdo... Y el cuento empezaba con que Marley había muerto. Era Nochebuena y Scrooge volvía a casa solo. Entonces se le aparecía el fantasma de Marley. ¿Qué pasaba después?

—Marley le advierte a Scrooge de que otros espectros le van a visitar.

—Ah, ¡cierto! Los fantasmas de la Navidad: presente, pasado y porvenir.

El hermano Dom asintió.

—Y durante esas visitas, Scrooge recuerda el hombre que fue, examina el hombre que de verdad es y considera el hombre que podría llegar a ser. Y, lo más importante de todo, Clare, Scrooge toma una decisión acerca del hombre que ya no quiere ser.

—¿Y dices que ese libro cambió el punto de vista de Alf?

—En concreto, un capítulo. Verás, Alf lo había perdido todo... Le arrebataron sus ropas mundanas. Cuando le pasa algo así a alguien, ya no hay donde esconderse. Esa persona debe enfrentarse entonces a la cuestión definitiva de la identidad: ¿quién soy yo, sin mi ropa, sin mi trabajo y sin bienes materiales, sin mis amigos y sin mi familia? ¿Qué es lo que me hace ser quien soy? Y, lo más importante, ¿quién quiero ser en esta vida y en este mundo?

La voz del hermano Dom era profunda, fuerte y desbordaba una ferviente pasión. Percibí el fuego en sus ojos, la certitud de su propósito y su lugar en el mundo. Era un pastor innato y al oírlo comprendí mejor a mi amigo fallecido. Alfred Glockner no había salido de la oscuridad del bosque él solo, sino que siguió los pasos de un hombre que conocía bien el camino.

—Cuando nos cruzamos —continuó el hermano Dom—, Alf buscaba trabajo. Los Papás Noel Itinerantes ganan dinero. Trabajan mucho y se llevan un porcentaje de lo que recaudan. Pero antes de que uno de mis hombres se ponga la barba y el traje rojo, mantengo una larga charla con él mientras nos tomamos un café. —Levantó el vaso de papel y me guiñó—. Fue entonces cuando le pedí a mi aspirante a Papá Noel que leyera *Cuento de Navidad.* Alf se llevó el libro ese día y volvió a verme más tarde. Después del primer capítulo, lo abandonó.

—¿Por qué?

—Porque no necesitaba seguir leyéndolo.

—No te entiendo.

El hermano Dom me hizo un gesto para que lo siguiera. Salimos por una puerta, apartándonos así del fuerte murmullo de la multitud, y entramos en un pasillo largo y silencioso que, aunque parecía recién blanqueado, estaba lleno de fotos y carteles coloridos. En ellos había familias y niños sonrientes, ancianos con rostro contento, grupos de hombres que saludaban. Me dio la impresión de que eran personas a las que la organización de Dom había ayudado. Él me lo confirmó. Por fin, abrió otra puerta, entró un momento y volvió a salir.

—Lee el libro, Clare —dijo mientras me tendía un ejemplar usado de la entrañable historia de Charles Dickens—. Creo que verás lo que Alf vio. Al final del primer capítulo hay un pasaje que le hizo llorar y comprender que no era demasiado tarde para cambiar de perspectiva. Me alegro de que viviera esa reconciliación antes de morir.

—Gracias por el libro —dije con él en la mano—. Últimamente mi vida es una locura tremenda, pero lo leeré pronto.

—Ese es el problema de las Navidades —dijo Dom con una sonrisa—. La gente olvida cuál es la verdadera...

—... razón de la Navidad, ¡lo sé!

Mientras volvíamos al funeral, me fijé de nuevo en la sucesión de rostros que adornaban las paredes del pasillo y pregunté por los donativos de ese año. Tal y como marchaba la economía, supuse que no irían muy bien.

—Me temo que este año los donativos son bajos. Dudo que alcancemos nuestro objetivo.

—Vaya, lo siento.

—Y lo triste es que, mientras los de arriba lo notan ligeramente, siguen con el puño cerrado. Pero la gente de abajo necesita más ayuda que nunca. La pérdida de Alf también ha sido dura en ese sentido, porque sus colectas eran de las más altas de la ciudad, justo por detrás de las de su compañero de piso, Karl Kovic.

Karl... Eso es.

—Quería hablar con Karl, hermano Dom, pero no sé quién es. ¿Me lo podrías presentar?

—Me encantaría, pero Karl no ha venido.

Me detuve en seco. Me parecía muy raro.

—¿No ha venido al funeral de su compañero de piso?

—Exacto —Dom se volvió hacia mí.

—¿Y eso? ¿Crees que estaban distanciados?

El hermano Dom suspiró y cruzó los brazos.

—Eran amigos de toda la vida, desde el colegio. Fue Karl quien me presentó a Alf para que le diera trabajo como Papá Noel Itinerante.

—Y, entonces, ¿por qué no ha venido?

—Me temo que por culpa mía.

—¿Por culpa tuya?

Dom asintió.

—Me llegaron rumores de que hace unos días Karl había sido un poco... travieso.

—¿Travieso?

—No es que cometiera un pecado, solo hizo algo con lo que no estoy de acuerdo. Grabó avistamientos de famosos para YouTube mientras trabajaba como Papá Noel Itinerante. —Dom sacudió la cabeza, era obvio que estaba avergonzado—. El traje de Papá Noel Itinerante le permitía integrarse en el ambiente del Upper West Side, la zona que Karl cubre desde hace años. Como se pasaba el día recorriendo esas calles, decidió mantenerse bien alerta para ver famosos, actores, estrellas de la tele que entraban en las tiendas o en los restaurantes. Los grababa con una cámara pequeña y después les vendía las imágenes a los establecimientos. Muchos de ellos se las compraban y luego las difundían, muchas veces por internet, para conseguir publicidad viral.

—¿Karl conseguía dinero a cambio de fotografiar famosos? —Recordé lo que contaron los chicos en la cafetería sobre la visita de Keith Judd a las tiendas del Upper West Side.

—Es legal —puntualizó Dom—. Grababa en lugares públicos. Y los propietarios de las tiendas le pagaban por voluntad propia. No era más que una forma de publicidad, pero no me parece que dé buena imagen de nuestra labor benéfica, por eso decidí cortarle las alas. Le dije que lo sacaba de la calle y lo ponía a trabajar en las oficinas y eso a él no le gustó. Discutimos y dejó el trabajo. Karl no tiene mucha paciencia. He intentado hablar con él, pero sigue siendo un caso difícil, mucho más difícil de lo que fue Alf.

Al volver a la reunión, otras personas se acercaron a hablar con el hermano Dom. Le di las gracias por su tiempo y por el libro y, mientras me alejaba, reflexioné acerca de sus palabras.

Si Karl Kovic grababa vídeos en el Upper West Side a cambio de dinero, ¿haría lo mismo Alf en el Village? Ambos eran muy amigos, compartían alojamiento, trabajaban como Papá Noel Itinerante...

La recesión económica había provocado que los comercios minoristas se aferraran a cualquier cosa para atraer compradores. La mayoría de los negocios pagarían por una oportunidad así. Era probable que Alf considerara que estaba ayudando a los pequeños comerciantes; sin duda, a mí me había venido muy bien.

Además, era una práctica legal, como me había dicho Dom, pero ¿y si Karl y Alf querían cobrar más? Ben Tower era un fotógrafo profesional capaz de conseguir grandes recompensas por fotos de famosos, como las de James Young y Phyllis Chatsworth que Madame me había enseñado un rato atrás en «Cotilleos Neoyorquinos».

¿Se dedicarían Karl y Alf a ese tipo de fotografías también?

Fue entonces cuando caí en la cuenta. Las fotos de Young y Phyllis, la hora del día, ¡todo encajaba! De repente, entendí la razón de que Alf estuviera esa noche en la ventana de James Young, ¡y no era para robar en el apartamento!

Saqué el móvil, volví a toda prisa al pasillo silencioso y marqué el número del móvil de Madame.

Contestó de inmediato.

—¿Diga?

—Soy Clare. ¿Por casualidad estás con Ben Tower?

—Pues sí. Ahora mismo estamos tomando una copa en un bar en...

—Dile a Tower que te acabas de enterar, a través de una fuente que no puedes revelar, de que les ha comprado fotos a Alfred Glockner y Karl Kovic.

—Sí. Un momento, por favor.

Oí unos susurros de fondo y luego la voz de Madame con más claridad.

—No puedo revelar mi fuente, Ben. —Madame volvió a ponerse al teléfono—. Sí, Ben confirma tu descubrimiento.

Ay, Dios mío.

—Ponme con él.

—¿Estás segura, querida? Creía que querías permanecer en el anonimato.

—Ya da igual.

—¿Diga? ¿Quién es?

El tono de Ben me resultaba familiar, entre vacilante y espeso. Madame no era estúpida. ¡Invitar a copas a un hombre como Ben le habría soltado la lengua en un tiempo récord!

—Soy Clare Cosi, señor Tower.

—Ay, madre —murmuró—. La fisgona del café.

—Encantada de hablar con usted.

Nuestro intercambio no fue agradable ni largo, pero tuvo el resultado que sospechaba. Alf Glockner le había enviado imágenes digitales a Ben Tower el día que lo mataron.

—Alf me envió las fotos de James Young y Phyllis Chatsworth por la tarde. Perdió a la pareja durante varias horas, pero luego los avistó de nuevo cuando entraban en un bistró frente a la taberna White Horse. Esa fue la última foto que recibí de él.

Y eso explicaba que Alf se levantara de repente y saliera a toda prisa de la taberna. No siguió a James Young para robarle, siguió a James Young y a Phyllis Chatsworth hasta el edificio para tomar más fotos de ellos.

Recordé la noche en que encontré el cadáver de Alf. Las huellas de sus botas en la nieve llegaban hasta el patio, donde parecían detenerse y merodear.

Es posible que se quedara un rato allí, a oscuras, esperando a que se encendiera alguna luz en las ventanas. Luego, trepó por la escalera de incendios con la esperanza de conseguir fotos de la pareja en el salón de Young.

Todo cuadraba. Omar Linford me había dicho que Alf le devolvía el dinero poco a poco: mil dólares por aquí, varios cientos por allá. Alf también seguía el programa de los doce pasos, y uno de ellos consiste en reparar el mal de acciones pasadas. Era evidente que intentaba devolverle el dinero a su vecino, devolver el préstamo que Omar le había hecho de buena fe.

Aunque no aprobaba lo que Alf había hecho, entendía las razones que lo habían empujado. Ganar dinero con aquellas fotos no solo le ayudaba a quedar en paz con Omar. Mientras devolvía el dinero, Alf protegía a su mujer y a su hija de cualquier tipo de presión para vender la casa y saldar la deuda.

La única pregunta era: ¿quién disparó a Alf? ¿Fue James Young? ¿Phyllis Chatsworth? ¿Cómo demonios iba yo a demostrar algo así? ¿Y quién me empujó del transbordador? La secretaria de Linford con pinta de amazona aún se me antojaba la sospechosa más probable.

—¡Aquí estás!

Al volver al abarrotado sótano del hermano Dom, levanté la vista y me encontré a Vicki, que venía hacia mí acompañada de Esther Best.

—¡Eh, jefa! —Esther me saludó con una energía sorprendente—. Llevo toda la mañana de exámenes. ¡Qué alegría haber terminado por fin los finales!

—¿Por eso no has venido a la ceremonia?

—Sí, pero he llegado a tiempo para el resto. —Rodeó a Vicki con el brazo y le dio un achuchón—. De todos modos, tendría que haberte llamado anoche, pero estaba hincando codos.

—¿Llamarme? ¿Para qué? —Esther aún no se había enterado del incidente del transbordador, pero ese no era el momento ni el lugar para contárselo.

—Tengo que enseñarte algo muy extraño.

—¡Enséñaselo! ¡Enséñaselo! —Vicki señaló el móvil de Esther.

Me fijé en la imagen de la pantalla.

—¿Qué es eso?

—Es un tío que sale por la puerta lateral de la casa de Vicki. Ayer, cuando te dirigías hacia la puerta principal para hablar con su madre, yo estaba esperando dentro del coche a que se calentara el motor y lo vi salir. Mira...

Esther pasó las fotos. Una a una, mostraban a un hombre muy parecido a Alf. Tenía más o menos su misma altura y su mismo peso, el pelo largo castaño con canas y bigote. Llevaba un albornoz blanco largo y zapatillas, y en las fotos se veía que salía por la puerta lateral de la casa de Shelly Glockner hacia la parte trasera de la casa, donde estaba la bañera de hidromasaje y la sauna cubiertas.

—¿Quién es? —susurré.

—¡Karl! —soltó Vicki tan fuerte que varias cabezas se volvieron hacia nosotros—. ¡El compañero de piso de mi padre, Karl Kovic!

En mi cabeza saltaron todas las alarmas.

—¿Tu madre está liada con Karl?

—Si está liada con él, me acabo de enterar —dijo Vicki con cara de susto—. Y te diré que no me hace ninguna gracia. Ese tío es un bicho. No lo soporto.

Me acerqué un poco más.

—¿Un bicho? ¿Podría haberle hecho daño a tu padre?

—Ah, no. No creo. Eran buenos amigos. Karl nunca hablaba mucho conmigo cuando iba a visitar a mi padre a su casa. Era muy reservado. Digo que es un bicho por lo de la gatita. Nada más.

—¿Qué gatita? —preguntó Esther.

—Mi padre encontró una gatita hace unas semanas en un callejón...

—¡Ah, la gatita! Alf me habló de ella. Tuvo que meterla a escondidas en el apartamento de Karl porque en el edificio no admiten mascotas.

—Le pedí a Karl que se la quedara una temporada —me explicó Vicki—. Mi madre no me deja meter animales en casa, pero tengo previsto mudarme al centro en un mes o así. Entonces podría quedarme yo con ella. ¡Karl se ha negado a quedársela hasta entonces! Dice que la va a llevar a la perrera.

Torcí el gesto.

—Sí que es un bicho.

Los ojos verde avellana de Vicki, aún rojos por haber llorado, volvieron a humedecerse.

—¿Podrías ayudarme una vez más, Clare?

Asentí.

—Por supuesto. Me pasaré esta tarde a hacerle una visita a Karl. Ya tengo una gata y puedo cuidar de otra todo el tiempo que necesites. Y, de todos modos, me parece que Karl Kovic y yo tenemos bastantes cosas de las que hablar.

CAPÍTULO VEINTICUATRO

—Ahí está. ¡Gracias!

En cuanto vi a Matt, le pagué al taxista y me bajé del vehículo. Era algo más tarde de las seis, ya estaba oscuro, y durante unos minutos temí haberle dado mal las señas a mi exmarido.

Vicki me había facilitado la dirección, pero para mí no tenía sentido. Es decir, Alf me había contado que vivía en la parte alta de la ciudad, pero yo suponía que sería algún minúsculo apartamento de la periferia de Harlem, donde los alquileres eran razonables.

Sin embargo, esa parte del Upper West Side, justo al norte del centro y al oeste de Central Park, estaba dominada por majestuosos edificios históricos intercalados con relucientes torres de viviendas y rascacielos de oficinas. El barrio era demasiado caro para que un humilde Papá Noel Itinerante pudiera permitírselo.

A mi alrededor, muchos oficinistas jóvenes se apresuraban para volver a casa después del trabajo. Había hombres de negocios que se saludaban con efusividad antes de escabullirse en los bares, gente de clase alta que se pavoneaba vestida de diseño y parejas en traje de noche discutiendo sobre dónde tomar algo antes de ir al Lincoln Center a oír *El Mesías* de Handel.

Vestida con vaqueros desgastados, zapatillas de deporte usadas y mi viejo anorak, me sentía fuera de lugar. Por el contrario, mi exmarido encajaba en el ambiente a la perfección. Con su más de metro ochenta de altura y sus hombros anchos, Matteo Allegro lucía un porte elegante con su traje de etiqueta y un abrigo a medida. Más de una mujer de la alta sociedad giraba la cabeza recién peinada de peluquería al cruzarse con él por la acera. Le hice señas con el brazo y el bolso (nuevo, tras el incidente del transbordador) se me resbaló del hombro.

—¿Dónde estabas cuando te llamé? —le pregunté mientras dejaba el transportín de Cafelito en la acera para recolocarme el asa—. Me pareció que estabas en una fiesta.

—Sí.

—Bueno... —Le eché un vistazo a su esmoquin—. Gracias por venir, 007.

—Muy graciosa.

—En serio, Matt. Me alegro de que me ayudes con esto.

Sacudió una mano enguantada.

—Ni siquiera era el acto principal, que es a las ocho en la Biblioteca Pública. Bree y yo estábamos en unas copas que ofrece Dickie Celebratorio antes de la fiesta.

—¿Celebratorio? —Levanté una ceja—. No sabía que ibais a asistir a la gran fiesta de Dickie.

—Ni yo. Bree recibe las invitaciones y yo la acompaño. Y como esta «fiesta benéfica» en realidad es una maniobra de relaciones públicas para una película infantil navideña, Bree es una invitada VIP.

—¿Por ser de la prensa?

—Sí. Ha enviado a un periodista y a un fotógrafo; creo que quiere tanto fotos de los asistentes famosos como del propio acto.

—Bueno, Tucker se merece toda esa cobertura. Se ha pasado días ensayando una especie de número sobre el taller de Papá Noel. Apláudele fuerte cuando acabe el espectáculo.

Matt soltó un suspiro en el aire helado.

—Dudo que nos quedemos a ver el espectáculo. Bree es como un tiburón. Tiene que estar en movimiento constante.

—¿En movimiento hacia dónde?

Se encogió de hombros.

—Por lo general, llega a una fiesta, pide una copa, da varias vueltas por la sala y, cuando por fin empiezo a estar cómodo, me chasca los dedos para decirme que es hora de irse al siguiente acto. Me siento como un puñetero nómada.

—Eso está bien, dado tu gen trotamundos.

—Nueva York antes era mi única oportunidad para estar parado durante un tiempo.

—En fin, agradezco que hayas venido. Ya sabes que no te habría llamado si no necesitara tu ayuda. Te prometo que esta vez no haré que te detengan.

—En realidad, Clare, comparado con la aburrida monotonía de las reuniones sociales de Manhattan, bucear en un contenedor de basura contigo fue bastante divertido. —Sonrió—. Entonces, ¿de qué se trata esta vez?

—Esta vez no bucearemos en ningún contenedor. Lo único que haremos será hablar con el antiguo compañero de piso de Alf, Karl Kovic. Voy a convencerle de que me dé la gatita huérfana de Alf en lugar de enviarla a la perrera municipal.

—¿Venimos a robar una gatita?

—Sí.

Matt gimió.

—Y me necesitas porque...

—Porque tú eres la persuasión en persona. De paso, tengo intención de interrogar a Kovic sobre otras cosas.

—¿Qué cosas?

—Los detalles de sus travesuras extraescolares. —Puse a Matt al corriente de lo que me había revelado el hermano Dom—. Y en mi opinión, esta lujosa ubicación no hace más que confirmar lo que ya sabía sobre Karl Kovic. Ben Tower me confirmó que Kovic le vendía fotos de famosos.

—Karl, el amigo de Alf, empieza a parecerse a los timadores que veo en todas las grandes ciudades de este planeta.

—Sí, conozco ese perfil: el hombre de los mil planes.

La sonrisa de Matt desapareció de repente.

—Los tipos así pueden ser bastante desagradables, Clare. —Flexionó los dedos dentro de los guantes—. Menos mal que me pediste que te acompañara.

—Bueno, Mike me leyó la cartilla para que tuviera cuidado. Intento hacerle caso.

—Ese poli tiene razón. ¿Algo más que deba saber sobre este tal Karl Kovic?

—Tiene algún tipo de relación, probablemente sexual, con la mujer de Alf, Shelly. Si lo niega, tengo pruebas.

—¿Pruebas?

Asentí con la cabeza.

—Esther me proporcionó unas fotos tomadas con el móvil que enorgullecerían a cualquier investigador privado de pacotilla.

Matt volvió a sonreír.

—Creo que ser tu matón va a ser mucho más divertido que actuar de hombre florero para Breanne... —Arqueando una ceja oscura, adoptó el acento de Sean Connery—. Aunque tal vez tendría que haberme traído la Beretta, señorita Moneypenny.

—Estoy segura de que la simple amenaza de tu gancho de izquierda será suficiente. —Cogí el transportín de Cafelito—. Vamos...

Guie a Matt por la avenida y luego por una calle secundaria. Unos minutos después, encontré la dirección exacta.

—Aquí es. Apartamentos Wiseman.

Matt inclinó la cabeza hacia atrás para contemplar el edificio de ladrillo de seis plantas. Parecía recién renovado, con grandes ventanales, frontones restaurados y rejas de hierro forjado recién pintadas.

Volvió a mirarme.

—Una bonita choza para un Papá Noel Itinerante.

—Estaba pensando lo mismo.

El vestíbulo de los apartamentos Wiseman tenía las paredes ligeramente satinadas y los suelos de baldosas blancas y negras como un tablero de ajedrez. Por suerte para nosotros, no había portero. Una joven que salía con un abrigo abierto y un vestido de fiesta nos sostuvo la puerta con amabilidad (en realidad, se la sostuvo a Matt) y nos colamos dentro. Había filas de buzones metálicos, cada uno con un botón debajo para llamar al piso correspondiente.

—K. Kovic, 5.° C —leyó Matt—. ¿Llamamos?

—Puede que no nos deje entrar si se lo pedimos, así que mejor no darle la opción.

El ascensor parecía atascado en el tercero, así que subimos por las escaleras y llegamos al quinto piso unos minutos después. La subida fue tediosa, pero a Matt pareció estimularle (sin duda, gracias a la costumbre de caminar por senderos escarpados en cafetales de gran altitud).

—¡Robemos la dichosa gata! —dijo mientras se crujía los dedos enguantados en cuero.

—Nada de robar —le recordé al abandonar la escalera—. Persuadir.

Se acercó a la puerta del apartamento y llamó una vez. Al instante, la puerta se abrió al contacto de sus nudillos. Me lanzó una mirada confusa.

—Hola, señor Kovic. ¿Señor Kovic? —grité hacia el interior silencioso y poco iluminado—. ¿Karl Kovic?

Cuando crucé el umbral, me pareció oír un ruido de pasos en otra habitación, encontré un interruptor de la luz y lo pulsé. Unos focos encastrados iluminaron el vestíbulo y el pasillo. Matt me siguió dentro y cerró la puerta.

—¿Hola? —repetí, esta vez más alto.

Di un paso al frente y chillé cuando una bolita de pelo blanco salió disparada entre mis zapatillas.

—Toma, gatita, gatita —la llamó Matt.

La gatita se escabulló detrás de un paragüero y se sentó para estudiarnos olfateando el aire con su nariz rosada.

—Creo que le doy miedo —dijo Matt después de intentar acercarse al asustadizo animal.

—Tú también tendrías miedo si una montaña vestida de Armani se te echara encima.

Vi que Matt se tensaba y me di cuenta de que ahora era él quien olfateaba el aire.

—¿Hueles eso?

—¿A qué huele?

—A cordita.

Fruncí el ceño.

—¿Cor...?

—Pólvora.

—Quieres decir...

Matt me hizo callar.

—Quédate aquí. Y no toques nada.

Matt se deslizó por el corto pasillo. Lo seguí y entramos en el salón.

Nada parecía fuera de lo normal. Había una taza de café sucia junto a un sillón, periódicos y revistas viejos apilados en el suelo y un disfraz de Papá Noel en una bolsa de tintorería en un extremo del sofá junto a un abrigo masculino.

Matt se dio cuenta de que lo seguía y torció el gesto. Luego rodeó la mesa de centro desordenada y se adentró en el apartamento. Me di cuenta de que la gatita blanca había aparecido de nuevo y seguía los brillantes zapatos negros de mi ex como una diminuta sombra blanca.

Se nota que es hembra.

Me detuve junto a la mesita, donde vi una billetera de lona, unas llaves y un montón de monedas. Me puse los guantes y abrí con cautela la billetera con un dedo. La foto del carné de conducir del estado de Nueva York de Karl Kovic me devolvió la mirada a través de una ventana de celofán.

Alf y él podrían haber sido hermanos. Los ojos de Karl eran más turbios, más marrones que verdes, pero tenía la cara igual de redonda. Como Alf, Karl llevaba bigote, aunque el suyo no era tupido, sino que estaba recortado en forma de herradura, más pegado a la cara. También tenía el pelo largo, aunque no tanto como para recogérselo en una coleta retro al estilo de los años sesenta como Alf.

Oí a Matt maldecir.

—Hijo de...

—¿Qué pasa?

Reapareció con la cara un tono más pálida.

—Es Kovic. O al menos eso creo. Está en el dormitorio, Clare. Está muerto.

CAPÍTULO VEINTICINCO

Matt me agarró antes de que entrara al dormitorio.

—Es mejor que no lo veas.

—¡Tengo que verlo!

Me zafé de él y pasé al dormitorio. Dentro, el olor era más intenso. Como a azufre o a pelo quemado mezclado con el hedor ligeramente metálico de la sangre fresca. Kovic yacía en el suelo junto a la cama, bocabajo, con la cabeza doblada y los ojos abiertos. Por un momento, sentí que los pies se me quedaban congelados en el suelo.

—No había restos de sangre ni señales de pelea en el vestíbulo ni en el salón —murmuré—. El asesino tuvo que encontrarse con Kovic en la puerta principal y conducirlo a punta de pistola hasta aquí...

La habitación estaba hecha un desastre. Habían sacado todos los cajones y desparramado su contenido por el suelo. Hasta el colchón estaba movido, las fundas de las almohadas arrancadas y las sábanas y mantas revueltas.

—Es evidente que el asesino buscaba algo. ¿Lo encontraría?

Matt se colocó detrás de mí.

—Eso ya da igual. Al menos para este pobre desgraciado. —Se inclinó sobre el cadáver—. Parece que le dispararon dos veces por la espalda. Esos agujeros de bala son demasiado pequeños para ser orificios de salida.

Recordé lo que me contó Quinn sobre su trabajo en escenarios del crimen e impedí que Matt tocara el cuerpo para ver el aspecto de las heridas de salida en la parte delantera. En cambio, me agaché para tratar de averiguar otra cosa. Me fijé bien en la cara del muerto y me di cuenta de que Kovic tenía los ojos muy abiertos y húmedos. Tenía un resto de saliva en la barbilla que aún no se había secado. La saliva aún estaba húmeda.

—No hace mucho que le dispararon —susurré—. Creo que hemos perdido al asesino por los pelos.

Matt se puso tenso.

—Ahora sí que me gustaría tener esa Beretta.

Salió de la habitación y se dirigió al pasillo. Lo seguí y me di cuenta de que la puerta del cuarto de baño estaba abierta, pero había una segunda puerta cerrada.

—¿Sientes eso? —susurré.

Asintió con la cabeza.

—Hay corriente.

Empujé la puerta cerrada y una ráfaga de aire gélido llenó de inmediato el vestíbulo. Dentro había un segundo dormitorio la mitad de grande que el que acabábamos de dejar. Esa habitación también estaba revuelta y, en la ventana abierta que daba a la escalera de incendios, las cortinas se sacudían con el frío viento nocturno.

—Dios mío —dije—. Cuando entramos al apartamento, me pareció oír el ruido de unos pasos; creí que era Kovic, pero está claro que era el asesino. ¡Debió de oírnos y huyó por la ventana!

Matt se asomó a la oscura escalera de incendios.

—No veo a nadie.

Con las manos enguantadas, recogí un marco plateado que se había caído al suelo. Era la foto de una radiante Vicki Glockner en su graduación del instituto. Su padre estaba junto a ella, con el brazo sobre sus hombros y el rostro feliz y orgulloso.

—Esta era la habitación de Alf —susurré, de repente sin voz.

Matt frunció el ceño mirándome.

—Lo siento.

Sacudí la cabeza, me sequé los ojos y coloqué la fotografía encima de la cómoda.

—No sé qué buscaría el asesino, pero no creo que lo encontrara. Está claro que registró la habitación de Karl y luego la de Alf. Entonces debió de oírnos y escapó...

Matt me agarró del brazo.

—Cojamos la gata esa ya y larguémonos de aquí cagando leches, anda.

—No. —Me aparté de él—. Tenemos que llamar a la policía.

—¿Por qué? ¿Para que nos echen la culpa del asesinato? Piensa, Clare. Hemos cometido allanamiento de morada. Una vez más.

Discutimos durante un minuto hasta que por fin llegamos a un acuerdo. Matt se llevaría la gata de Alf a mi apartamento (aunque correría el riesgo de que Breanne se diera cuenta de su ausencia) y yo llamaría a urgencias y esperaría a que apareciera la policía.

Pero primero había que encontrar la gatita, que parecía haberse esfumado.

—Ven, minina —la llamé—. Gatita...

Cuando empecé a hacer ruidos de besos, oí algo familiar...

Tilín, tilín, tilín...

El sonido procedía de la cocina, donde encontré a la bolita de pelo jugueteando tranquilamente con un cascabel plateado. El adorno se había desprendido de un cojín verde y rojo con la imagen bordada de Papá Noel en un trineo y cascabeles cosidos en los bordes.

Una lata vacía de atún BumbleBee hacía las veces de plato para el gatito. En el rincón opuesto había una caja de zapatos maloliente, junto a un cubo de basura lleno de desperdicios mezclados: más latas de atún y otros residuos que deberían haberse separado para su posterior reciclaje. La caja de zapatos estaba llena de periódicos sucios y caca de gato. No vi ningún cuenco de agua.

Las monerías de la gatita se intensificaron cuando entré en la cocina. Con la mano enguantada, cogí la lata vacía y le eché un poco de agua del grifo. La gatita estaba bebiendo cuando entró Matt con el transportín de Cafelito en la mano.

—El equipo forense de la policía de Nueva York encontrará pelos de gato —le dije a Matt mientras dejaba el transportín en el suelo—. Pero supondrán que Karl se deshizo de él, así que tenemos que hacer que lo parezca...

—¿Qué quieres decir?

—Que tienes que llevarte esa caja de zapatos.

Matt echó un vistazo y se estremeció.

—Ni pensarlo.

Lo fulminé con la mirada.

—Te la vas a llevar.

—Mira, encontramos la puerta sin cerrar —dijo Matt—. Dile a la policía que estaba entreabierta y pensarán que el animal se escapó.

—¿Y por dónde? Estamos en la quinta planta de un edificio de apartamentos. Los gatos no llegan a los botones del ascensor.

Matt se cruzó de brazos.

—Pero si nos llevamos esa cosa asquerosa estaremos interfiriendo en el escenario del crimen. Hay gente que va a la cárcel por eso.

Me puse frente a él con las manos en las caderas.

—Robar la gata también es interferir. Y no estamos manipulando pruebas. Seguro que el asesino no se acercó a esa caca de gato.

—Claro que no— dijo Matt con rotundidad—. Solo nosotros somos tan estúpidos.

—¿Don Aventurero es ahora aprensivo?

—Sí. Cuando don Aventurero va vestido con un carísimo Armani y tiene que volver a un cóctel oliendo a heces felinas, es tan aprensivo como Shirley Temple.

Cogí a la adorable gatita y la abracé. Enseguida empezó a ronronear.

—Prrr...

Su suave pelaje era tan blanco y sedoso como la microespuma del café con leche.

—Creo que la llamaré Espumita.

No le importó que la metiera en el transportín de Cafelito, parecía saber que la iba a cuidar. Pero era tan pequeña que decidí meter también el cascabel suelto y el cojín de Papá Noel. Al menos así tendría algo familiar a lo que aferrarse en su aterrador viaje al centro.

Matt levantó el transportín.

—Me largo.

—¡Espera!

—¿Qué?

—¡La llave!

Matt soltó el transportín y le entregué la llave del dúplex. Me miró a los ojos.

—¿Estás segura?

—¡Pues claro! ¿Cómo vas a entrar si no?

—Ya.

—Oye —le dije tocando la exquisita tela de Armani que le cubría el antebrazo—. Tengo una llave de repuesto en casa de Mike. Así que, por favor, no te apures por devolvérmela. Puedes quedártela.

—¿Ah, sí? —Mi exmarido hizo una pausa y estudió mi rostro con una extraña intensidad—. ¿Estás segura de...?

—Sí, por supuesto. —Sabía que Matt estaría de fiesta toda la noche con su nueva esposa y ya lo había apartado de ella demasiado tiempo. Pero me miraba de un modo muy extraño—. ¿Me he perdido algo?

No respondió, solo arqueó una ceja con una especie de gesto de satisfacción. Luego sacó su llavero, deslizó la llave y volvió a coger el transportín.

—¡Espera!

—¡Otra vez no!

—¡La caja de zapatos!

La caja con caca estaba encajada en su propia tapa. Recogí el apestoso cuadrado de cartón, desencajé la tapa de debajo y la cerré.

Matt la mantuvo a distancia (cosa lógica).

—Dame cinco minutos antes de llamar a la policía —pidió, y se escabulló del piso por el pasillo del edificio, con el tintineo de la almohada de Papá Noel de Espumita cada vez más lejano.

Esperaba que nadie viera a Matt mientras se marchaba, pero me di cuenta de que un tipo apuesto vestido de esmoquin con un transportín de gato tintineante en una mano y una caja de cacas apestosa en la otra sería demasiado difícil de ignorar, incluso para los hastiados neoyorquinos.

Como tenía cinco minutos de margen antes de llamar, decidí dejarme los guantes puestos y husmear en el apartamento. El asesino había revuelto las habitaciones, pero no había tenido tiempo de registrar el salón.

¿Habrá alguna pista por aquí?

Comprobé el contestador automático. Se habían borrado todos los mensajes. Busqué un ordenador, pero solo encontré una impresora y un cable adaptador. Sospeché que tal vez el asesino se hubiera llevado un ordenador portátil.

Transcurridos cinco minutos no había encontrado nada, así que saqué el móvil para llamar a la policía. Al ver el icono del buzón en la pantalla, me di cuenta de que alguien había llamado y dejado un mensaje. No me había acordado de activar el sonido del teléfono. Preocupada por si era Matt y necesitaba más tiempo, oí el mensaje, pero no era de mi exmarido, sino de mi exsuegra.

—Hola, cariño, no quería contarlo (ruido) mientras Ben Tower (ruido), así que he esperado hasta que...

El sonido era pésimo, así que me acerqué a la ventana para mejorar la señal. Al hacerlo, rocé la bolsa de plástico de la tintorería que contenía el disfraz de Papá Noel. El plástico se resbaló hasta el suelo y arrastró consigo el abrigo que había al lado. Fue entonces cuando me fijé en un sobre blanco que asomaba de uno de los bolsillos, cuyo sello de Papá Noel me resultó familiar.

Olvidé el mensaje de Madame, me agaché y saqué el sobre con cuidado. Al ver el nombre escrito a máquina, Omar Linford, se me pusieron los pelos de punta. Abrí el sobre y saqué la carta.

> Querido Omar:
>
> Tengo una nueva propuesta para ti. Si te importa el futuro de tu hijo, harás lo que te pido tras leer esta nota. Estoy muy al tanto de las pequeñas aficiones del joven Linford...

Dios santo. Acababa de encontrar la nota que chantajeaba a Omar Linford, la misma que alguien me había quitado antes de lanzarme desde el transbordador. Y ya sabía quién era ese alguien.

—Karl Kovic, hijo de...

Sacudí la cabeza y terminé de atar cabos. Cuando me marché de la casa de Shelly Glockner, ella debió de salir corriendo hacia la bañera de hidromasaje de la parte de atrás, donde Esther vio que se dirigía Kovic, para avisarlo. Entonces Kovic me vigiló y esperó hasta que salí de la casa de Linford, me siguió hasta el transbordador, me quitó el bolso y me lanzó al agua, que estaba un poquito más fría que la de la bañera de Shelly.

Apretando los dientes con furia, saqué un bolígrafo y un trozo de papel de mi bolso y garabateé los números de la cuenta bancaria que había al final de la nota. Habría apostado a que se trataba de una cuenta conjunta a nombre de Alf y Shelly Glockner que les habría dado acceso al dinero en cuanto Omar lo ingresara.

Estoy segura de que ella y Karl actuaron a espaldas de Alf. Pero ¿también lo mataron?

Esa parte no parecía tener mucho sentido. *Matar a Alf arruinaría su plan, ¿no? Alf era el chivo expiatorio en caso de que Omar acudiera al FBI. ¿Para qué matarlo?*

Me acordé del dinero del seguro de vida, pero eso tampoco parecía encajar. Podrían haber esperado a recibir el dinero del soborno antes de matarlo, a menos que Omar le hubiera dicho a Alf que no pensaba pagarle y se hubieran desesperado...

La combinación de las distintas posibilidades me provocaba dolor de cabeza y no resolvía la cuestión de quién había matado a Karl. ¿Habría hecho Shelly algo así? Y, en tal caso, ¿para qué necesitaba saquear el apartamento? ¿No habría sido mejor engatusar a Karl para que le diera lo que buscaba antes de matarlo?

Intenté convertir a Omar Linford en el villano, pero esa tampoco parecía una versión coherente. Si el objetivo era matar a Karl por haber amenazado con contarle a la policía lo de Linford hijo, el asunto ya estaba zanjado. ¿Para qué saquear el apartamento? ¿Por la nota, quizá? Era una prueba incriminatoria, pues demostraba un motivo por el que Linford podría haber asesinado a Karl y a Alf. Pero, entonces, ¿para qué me había confesado Omar que le estaban chantajeando?

Sacudí la cabeza, incapaz de encajar las piezas. Sin embargo, los números de la cuenta bancaria serían una buena pista, así que doblé con cuidado la carta y volví a guardarla en el abrigo de Karl.

Respirando hondo, llamé por fin a urgencias e informé del asesinato. Le dije a la operadora que esperaría a la policía y colgué. Mientras escuchaba las sirenas, recordé que Madame me había dejado un mensaje en el buzón de voz y volví a reproducirlo.

—Hola, querida. No quería contarte esto con Ben Tower al lado, así que he esperado hasta meterlo en el taxi para llamarte. Dios mío, cuando no es él quien paga la cuenta, ese hombre bebe como un cosaco. —*No me sorprende,* pensé—. ¡En fin! Tower me dio un detalle más sobre el hombre que mencionaste, ese tal Karl..., lo siento, querida, no recuerdo el apellido. No sé si te ayudará en algo, pero durante el último rato que hemos estado juntos, Tower no ha parado de repetir que Karl tenía preparado algo muy gordo. La recompensa que iba a recibir le iba a colocar en otro tramo fiscal; así lo dijo Tower, con esas palabras. Dijo que Dickie Celebratorio tenía algo que ver, aunque no me dio la impresión de que Dickie fuera el centro del escándalo, sino una parte de él. —*¿Dickie?*—. Te acuerdas de quién era Dickie, ¿verdad, querida? Ese gran organizador de fiestas, un auténtico rey de las relaciones públicas. El señor Dewberry dice que Dickie conoce a todos los famosos y políticos. Les ayuda, les hace favores y ellos, a cambio, asisten a sus galas, fiestas benéficas e inauguraciones. Un hombre influyente. Tower no quiso decirme qué tipo de escándalo había descubierto Karl ni a quién afectaba. La verdad, no parecía que conociera los detalles, pero dijo que Karl estaba seguro de que uno de los periódicos para los que el propio Tower trabaja pagaría un dineral por la noticia y las fotos...

Fruncí el ceño al recibir aquella nueva revelación y me arrepentí de haber llamado tan pronto a urgencias. Con las sirenas en la distancia, me quedaba poco tiempo para buscar nuevas pistas relacionadas con la llamada de Madame. ¿Qué podría encontrar en tan solo unos minutos? Miré a mi alrededor, me fijé en el disfraz de Papá Noel y entonces me di cuenta...

El abrigo. ¡Claro!

Había encontrado la carta de chantaje en el bolsillo izquierdo del abrigo de Karl. ¿Por qué no había seguido buscando? Revisé con frenesí el resto de los bolsillos. Encontré algunas monedas, una tarjeta del metro, unas pastillas para la garganta y... un papel doblado.

Las sirenas ya sonaban mucho más fuerte, estaban a solo unas manzanas de distancia. Desdoblé el papel a toda prisa y leí los garabatos apenas legibles:

18:00 h $$$ Dickie. Vigilar a CC.

La nota también tenía una fecha: la de ese mismo día. Consulté mi reloj de pulsera. Eran casi las seis y media. Sonreí triunfante, a pesar de las trágicas circunstancias. Si alguien leía esa nota, era poco probable que entendiera su significado. Pero yo llevaba muchos días inmersa en ese caso y lo entendía a la perfección.

Karl estaba chantajeando a alguien y Dickie Celebratorio estaba implicado en el escándalo o actuaba como una especie de intermediario. Ese mismo día, a las seis de la tarde, presumiblemente en su propio apartamento, Karl debía reunirse con alguien para entregarle algo (a buen seguro archivos digitales de fotos o vídeo) a cambio de dinero. Pero el intercambio no llegó a producirse. Algo salió mal y asesinaron a Karl. O...

A Karl simplemente le tendieron una trampa para ejecutarlo a sangre fría. Y, según la nota que llevaba en el bolsillo, la persona que le tendió la trampa habría sido «Dickie».

Fuera, las sirenas dejaron por fin de sonar. Se oyeron unas voces fuertes en la calle de abajo.

No me queda tiempo.

Volví a guardar todo en los bolsillos del abrigo de Karl y leí la nota por última vez. Fue entonces cuando me di cuenta. Esas palabras: «Vigilar a CC».

—CC —susurré, con la carne helada—. Clare Cosi.

CAPÍTULO VEINTISÉIS

Media hora después, salí a la acera de los apartamentos Wiseman y me abrí paso entre una multitud ansiosa por saber qué hacían tres coches de policía y una furgoneta del equipo forense aparcados frente al edificio de Karl Kovic. Muchos ojos curiosos me siguieron mientras corría por la calle para llegar lo antes posible a Broadway, la opción más rápida de conseguir un taxi en dirección al centro.

Cuando los detectives de la comisaría veinte llegaron al escenario del crimen, no tenía tiempo de explicarles la odisea de Alf Glockner, Karl Kovic, Ben Tower y su conexión con Dickie Celebratorio, así que les vendí una versión resumida de lo ocurrido:

—Vine a buscar al señor Kovic porque no apareció por el funeral de su compañero de piso y quería saber cómo estaba... —Lo cual era cierto—. Fue entonces cuando encontré su cadáver.

Por suerte, los detectives aceptaron mi declaración y me dejaron marchar. En ese momento, supe que los únicos policías que entenderían toda aquella historia serían Mike Quinn, Charlie Hong y (qué remedio) Emmanuel Franco.

Pero en ese momento, esa misma noche, se me presentaba la posibilidad de dialogar con el elitista Dickie Celebratorio acerca de su papel en aquel sórdido embrollo antes de que se largara a Río, Dubái, Cap d'Antibes o Dios sabía dónde para pasar las Navidades, y yo no iba a desperdiciar esa oportunidad.

Mientras avanzaba aprisa, rebusqué en mi bolso, saqué el móvil y pulsé el botón de marcación rápida.

—Contesta, contesta, contesta —entoné como un mantra.

—Hooola —respondió Tucker en un ejercicio vocal de tres notas. También se oía de fondo a otros actores que estaban calentando la voz.

—¡Tucker! Menos mal.

—¡Clare! —dijo, alarmado—. Por favor, no me digas que hay una emergencia en el Blend. Me estoy preparando para el espectáculo.

—Todo va bien en el Blend. Necesito que me cueles de algún modo en la gran fiesta de Dickie Celebratorio, ¡lo antes posible! *(Porque en cuanto lleguen mis amigos de las placas doradas, vamos a tener una reunioncita con el turbio organizador de la fiesta).*

—Puedo conseguir que entres —respondió Tucker—. Pero tienes que hacerme un gran favor a cambio.

—¿Qué necesitas?

—El ferrocarril de Long Island va con un retraso tremendo y mis dos chicas bastón de caramelo no van a llegar a tiempo, pero estoy seguro de que podría embutirte en uno de sus disfraces.

—¿Has dicho embutir?

—Sí. Asúmelo, cariño, eres pechugona, y he contratado a dos actrices profesionales jóvenes para la actuación de esta noche. Ya sabes, anoréxicas veganas que se purgan después de un chai con limón.

—No sé, Tuck...

—¡Por favor te lo pido!

Al bajar la vista y ver mis vaqueros viejos, las zapatillas usadas y el anorak desgastado, me di cuenta de que no iba vestida para mezclarme con las celebridades. Exhalé con resignación, pues me costaba admitir que disfrazarme para participar en el espectáculo sería lo más inteligente para pasar desapercibida dentro de la fiesta.

—De acuerdo. Lo haré.

—¡Eres un regalo del cielo, Clare! No te preocupes, ¿vale? No vas a cantar ni a bailar. Lo único que tienes que hacer es ponerte ese adorable atavío de pequeña ayudante de Papá Noel y repartir bastones de caramelo a los niños.

Una vez más, me estremecí, aunque no por la actividad, ya que me encantaban los niños. Fue el adjetivo «pequeña» aplicado a la palabra «atavío» lo que me hizo desconfiar.

—¿Dónde nos vemos?

—Dirígete a la primera puerta lateral de la Biblioteca Pública, en la calle Cuarenta y Dos. Habrá dos empleados en un mostrador justo al entrar. Ahora mismo llamo para que añadan tu nombre a la lista del reparto. Alguien te acompañará a la sala del sótano que utilizamos como camerino.

Me despedí y tomé un taxi. De camino al centro, hice más llamadas, la primera a Mike Quinn. Por desgracia, me saltó el buzón de voz. Le pedí a Quinn que nos llamara a mí o al detective Hong y a continuación marqué el número de Hong.

El detective Charlie Hong fue el segundo intento fallido. Esa vez dejé un mensaje largo y detallado en el buzón de voz informándole de que había encontrado al compañero de piso de Alf Glockner muerto en su apartamento y también que había descubierto que vendía fotos y vídeos de famosos.

—Creo que los asesinatos de Alf y Karl están relacionados. Según mi fuente, Karl Kovic estaba chantajeando a alguien, y he encontrado una nota en su abrigo que estoy convencida que significa que Dickie Celebratorio ayudó a preparar el asesinato de Karl...

Fue entonces cuando me di cuenta de otro detalle. Matt había mencionado que había dejado a Breanne en el cóctel de Dickie previo al evento para reunirse conmigo en el Upper West Side.

—Dickie no pudo hacerlo en persona —añadí en el mensaje de voz para Hong— porque tenía la coartada perfecta. ¡Cientos de personas lo estaban viendo en un cóctel anterior a la fiesta mientras alguien disparaba a Karl! Aún no sé quién lo hizo, pero estoy casi segura que Dickie sí lo sabrá.

Le di a Hong detalles sobre dónde encontrar a Dickie para interrogarle.

—Venga a la sede principal de la Biblioteca Pública en cuanto pueda, detective. Yo estaré dentro, en la fiesta, vigilando los movimientos de Dickie hasta que usted llegue. Voy a participar en el espectáculo, búsqueme. Llevaré un disfraz de pequeña ayudante de Papá Noel.

Terminé la llamada a Hong y me quedé mirando el número de móvil de Emmanuel Franco, escrito en la tarjeta que Hong me había dado. Marqué los tres primeros dígitos y me detuve.

No. —Apreté los ojos—. *No puedo.*

A decir verdad, pensé que estaría mejor sola que con el fantoche del pañuelito como refuerzo.

Guardé el teléfono en el bolso y me di cuenta de que el taxi se había detenido entre las calles Cuarenta y Uno y Cuarenta y Dos. Eché un vistazo a la Quinta Avenida. La amplia sede principal de la Biblioteca Pública de Nueva York estaba bañada por una suave luz dorada. Las lámparas de araña centelleaban a través de los enormes ventanales y una pancarta burdeos de *Pasaje al Polo Norte* ondeaba de un extremo a otro de la fachada llena de esculturas.

Había una fila de limusinas a lo largo de toda la esquina con la Cuarenta y Dos. En un desfile caleidoscópico, las mujeres vestidas de alta costura multicolor, los hombres con esmoquin negro y los hijos de todos ellos igualmente arreglados pasaban entre los célebres leones de piedra que custodiaban la entrada de la biblioteca para ascender por la alfombra roja, que fluía como un riachuelo de cerezas por las amplias escalinatas de piedra. A pie de calle, unos policías uniformados vigilaban las barricadas, donde una turba de jóvenes sostenía pancartas y lanzaba gritos a los actores y artistas famosos.

Crucé la avenida a toda velocidad, esquivando el tráfico, y me dirigí a la entrada lateral, tal y como me había aconsejado Tucker. Los empleados de la fiesta ya tenían mi nombre y me acompañaron a la zona del sótano que hacía las veces de camerino. Tucker vino hacia mí en cuanto entré por la puerta.

—¡Colócate esto, rápido! —Me puso una prenda en la mano: un trozo de terciopelo rojo ribeteado de piel blanca—. Los demás elfos y ayudantes de Papá Noel ya están arriba, en el escenario.

El trozo de tela se me quedó colgando entre el índice y el pulgar.

—¿Dónde está la parte de abajo?

—Allí. —Señaló unas bragas blancas con volantes colgadas de una percha. Se llevó un dedo a la barbilla y me evaluó—. No te molestes en ponerte el sujetador. Tienes pecho de sobra y no queremos que te asome por arriba...

—¿Que me asome por arriba? ¡Tuck!

—Lo siento. —Se encogió de hombros—. Hay que ser práctico. También encontrarás medias color carne y botas negras altas en el camerino.

—¿Y ya está? ¿Esa es toda la ropa que voy a llevar? ¿Estás de broma?

Tucker levantó las manos.

—¡Imagina que eres una bailarina de Las Rockettes!

Me acerqué el microvestido al cuerpo.

—Más bien una bailarina de *pole dance* en el Bada-Bing.

Esa fue mi última protesta oficial. Tucker me llevó medio a rastras hasta una zona común de vestuario creada con biombos de plástico. Dentro, había una fila de sillas plegables distribuidas alrededor de una larga mesa con kits de maquillaje y espejos iluminados.

—Utiliza las taquillas de allí para guardar la ropa y el bolso —dijo Tuck—. Y no olvides sujetarte bien el gorro de Papá Noel. —Señaló las horquillas de la mesa–. Se te puede caer al agacharte para repartir los caramelos.

—¿Agacharme? ¿Con esto puesto? —Me estremecí al pensarlo.

Cinco minutos después, salí del camerino con la cara más roja que el traje ceñido en el que, efectivamente, me acababa de embutir.

—Estás fabulosa, Clare —proclamó Tucker y se llevó las manos a las caderas—. Pero no puedes pasarte todo el espectáculo tirándote del vestido con una mano y tapándote el escote con la otra.

—¿Por qué no?

—Bueno, para empezar, necesitarás la mano libre para repartir los caramelos.

Miré mi reflejo en el espejo. El vestido (a falta de un término más apropiado) era de manga larga con un ribete de pelo blanco sintético a la altura de la muñeca, de modo que los brazos eran la única parte del cuerpo cubierta. Aunque llevaba medias, eran de un color que me hacían parecer desnuda hasta el..., en fin, ya me entiendes. Y el escote, también con pelo, dejaba poco a la imaginación. Además, el ribete me hacía cosquillas.

—No te preocupes por nada. Estás espectacular —insistió Tuck mientras tiraba de mí hacia la mesa de maquillaje—. Ahora quédate quieta.

En tres minutos me había maquillado la cara y el pecho con una esponja, los ojos con (demasiada) máscara de pestañas, delineador y sombra blanca como la nieve, los labios con brillo y las mejillas con colorete. A continuación cubrió cada centímetro de mi piel desnuda con una especie de purpurina en polvo.

—Tuck, ¡te has pasado de maquillaje!

—Es el maquillaje que llevan las ayudantes de Papá Noel, cariño.

—¿Las ayudantes de Papá Noel? Lo que parezco es la fulana de Papá Noel.

—¡Aquí tienes tu bolsa, Chica Bastón de Caramelo! Me pasó un gran saco de terciopelo rojo con asa larga lleno de bastones de caramelo rojos y blancos bañados en chocolate *gourmet* y palitos de menta verde en cuyos envoltorios de celofán rezaba impresa la inscripción *Pasaje al Polo Norte*.

—Vaya, sí que pesa.

—Lo siento, pero tendrás que hacer el trabajo de dos repartidoras de caramelos.

—¡Buf! ¿Los elfos no tienen sindicato o qué?

—¡Venga, cariño! ¡Sube las escaleras, sonríe y enséñale a esa gente el verdadero significado de la Navidad en Hollywood!

Subí la escalinata de mármol hasta la enorme Sala Principal de Lectura Rose. En un día normal, aquel imponente espacio, con sus enormes ventanales y sus majestuosas arañas en los techos altos, era una biblioteca silenciosa provista de lámparas de bronce sobre las recias mesas de madera oscura. Sin embargo, esa noche, las risas estridentes y los villancicos infantiles *(Frosty, Rudolph, Jingle Bells)* retumbaban por toda la sala.

Las arañas estaban encendidas, pero habían sustituido las mesas de lectura por bastones de caramelo de más de tres metros de alto, enormes soldaditos de juguete, muñecas de trapo y un trineo de Papá Noel tan grande como mi Honda. En un extremo habían instalado una barra cuyo fondo era la portada de un libro infantil que ocupaba toda la pared, el libro ilustrado en el que se basaba la película de Hollywood. En el otro extremo había un escenario provisional flanqueado por dos montañas de nieve falsa.

—Hola, pequeña elfa. ¿Tienes algo dulce para mí? —me llamó una voz masculina.

Me volví para encontrarme con un tipo extremadamente bronceado vestido de esmoquin que me disparaba con el dedo.

Apretando los dientes, me recordé a mí misma que ese llamativo acto de relaciones públicas era también un acto benéfico para recaudar fondos. Pero al cabo de quince minutos de repartir dulces a los más pequeños, me di cuenta de que también había atraído la atención de una vergonzosa cantidad de niños grandes y busqué un lugar donde esconderme.

Fue entonces cuando vi a Breanne. Estaba despampanante, como siempre, con un vestido de tafetán color pino acampanado y una chaqueta bolero repleta de piedras preciosas cosidas a mano. Llevaba el pelo, largo y rubio, recogido para lucir su irritante cuello de cisne y, por suerte, en ese momento se encontraba de espaldas a mí.

Cuando fui a esconderme detrás de un soldado de juguete gigante para que no me viera, me di cuenta de que un elegante moreno vestido de Armani me estaba mirando el escote. Unos segundos después, por fin se fijó en el rostro que había más arriba.

—¡Clare!

—¡Matt!

—¿Qué haces aquí? —susurró—. ¿Y por qué vas así vestida?

—He venido a hablar con Dickie —respondí.

—¿Dickie? ¿Por qué? Espera, no me lo digas... —Matt tomó un largo trago del vaso que llevaba en la mano—. No quiero saberlo.

—Deberías volver con tu mujer.

—Lo sé —se quejó Matt—. Está muy cabreada conmigo por haber ido a recoger tu gatita, que, por cierto, está sana y salva en el dúplex. He llenado el comedero de Cafelito y he comprado comida para cachorros en una tienda. La caja está en el armario.

—Muchísimas gracias.

—De nada. —Suspiró—. De todas formas, tienes razón, será mejor que vuelva con Bree. Si me ve hablando contigo ahora mismo, con ese vestido que llevas... —Se tomó un rato en pasarme revista y resopló—. Seguro que se fabricaría unos pendientes con mis partes íntimas para ponérselos en Navidad.

—¡Hola, buenas noches!

Sobre el escenario, un hombre diminuto vestido con un impecable esmoquin blanco se acababa de acercar al micrófono.

—Me llamo Dickie. Bienvenidos a mi fiesta —dijo con lo que parecía un ligero acento del Bronx.

El público lo recibió con un fuerte aplauso. Estudié al famoso organizador de fiestas. Con el pelo oscuro peinado hacia atrás, una tez bronceada artificialmente que rozaba el color del café con leche y sirope de naranja y el rostro entumecido por el bótox, Celebratorio, del tamaño de Napoleón (aunque en sus fotografías de juventud se pareciera a Dean Martin), se me antojó un cruce entre George Hamilton, el Mini Yo de Austin Powers y una figura de cera de Madame Tussaud.

Me acerqué un poco más al escenario. Si Dickie decidía desaparecer de repente, quería estar en disposición de seguirle. Pero mis movimientos se detuvieron cuando unos dedos fuertes me agarraron con ímpetu la parte superior del brazo y el aliento caliente de un hombre me hizo cosquillas en la oreja.

—Ven conmigo, cariño.

¡Dios mío de mi vida! ¿Qué tienen los disfraces de ayudante de Papá Noel que excitan tanto la libido masculina?

Me giré, dispuesta a apartar de un empujón a quienquiera que me hubiera agarrado, y me encontré con un elfo de pelo dorado que me miraba el escote.

¡Oh, no! Shane Holliway. ¡Ahora no!

CAPÍTULO VEINTISIETE

—Tenemos que hablar —me susurró Shane al oído.

—Suéltame.

—Venga, cielo. —Me tiró de nuevo del brazo.

Varias personas nos miraron. *¡Mierda!* En un esfuerzo por evitar montar un numerito, dejé que Shane me cogiera de la mano y me llevara a un rincón. Me arrastró detrás de un enorme adorno de bolas de Navidad y se inclinó rápidamente sobre mí. Le di una bofetada.

Gritó.

—¿A qué viene eso?

—¡No me interesas, Shane! ¿Te enteras?

—¡Espera, Clare! Te has hecho una idea equivocada...

Me di la vuelta para huir, pero él se puso delante de mí.

—Escúchame. Por favor, es importante.

—Tienes diez segundos.

—Tu vida está en peligro.

El repiqueteo de mi bota alta se detuvo en el suelo.

—Vale. Te escucho.

Shane volvió a acercarse y me susurró al oído.

—Oye, estoy hasta el cuello y esta es mi única oportunidad para hablar contigo.

—Pues habla.

—Tienes que creerme, Clare, nunca quise que nadie resultara herido y, desde luego, no sabía en lo que me estaba metiendo...

—Cuéntamelo ya.

—Justo después de Acción de Gracias, Dickie Celebratorio me llamó y me pidió que ayudara a una persona famosa amiga suya...

—¿Qué persona?

—Dickie no me lo dijo. Ni siquiera dejó caer si era hombre o mujer. Solo sé que estaban molestando a esa persona y que quería poner fin a ese acoso. Dickie había accedido a ayudarla y yo accedí a ayudar a Dickie...

—¿Ayudarle a qué exactamente?

—A seguir al tipo que estaba acosando a esa celebridad y averiguar sus movimientos.

—¿Qué quieres decir con sus movimientos?

—Era como un trabajo de actor. O sea, yo ya había estudiado el método para interpretar a un detective privado en la tele. No era tan difícil. Y Dickie sabía cosas sobre este tipo: tenía toda la información sobre su nombre y dirección. Pero esta celebridad amiga de Dickie también quería conocer su rutina diaria. Así que, durante dos días seguidos, esperé fuera del edificio de apartamentos donde el tipo vivía. Cuando salía vestido para ir a trabajar, lo seguía y tomaba nota de adónde iba y a qué hora. Pero pensé que todo era inocente, que me encontraba en el lado de los buenos.

—¿Qué quieres decir?

—Clare, el tipo al que seguí acabó asesinado.

—Oh, no. —Me sentí mal y cerré los ojos—. Seguías a Alfred Glockner.

—Sí. Seguí a un Papá Noel Itinerante desde su edificio del Upper West Side hasta Union Square y luego hasta el Village. Ese era el itinerario que le entregué a Dickie. No sabía que hubiera dos Papás Noel Itinerantes, con dos itinerarios de trabajo distintos, ¡y que ambos vivían en la misma dirección! ¿Qué querían que hiciera? No soy un detective de verdad. Solo hago de detective en la tele.

Dios santo.

—Eres cómplice, Shane, ¿te das cuenta? ¿Qué hiciste después de que asesinaran a Alf? ¿Te enfrentaste a Dickie? ¿Le preguntaste si tenía algo que ver con el asesinato de Papá Noel?

—Dios, claro que no. ¿Estás de broma? Me hice el tonto, el actor de telenovelas que no se entera de nada. Para entonces ya me había pagado por el trabajo de vigilancia e incluso me había enviado al Blend para visitar a Tucker. Me dijo que Tuck podría darme un trabajo de actor bien pagado y así fue. Necesitaba el dinero y no quería disgustarlo, así que me puse el traje de elfo.

—Te pagaba para que te callaras.

—¡Pues claro! Ahora lo sé. Pero entonces Tucker mencionó de pasada que la hija de Glockner te había pedido que investigaras el asesinato de su padre. —Sacudió la cabeza con gorro de elfo—. Me asusté, Clare. Quería saber hasta dónde habías averiguado. Por eso me insinué hoy. Y también iba a intentarlo esta noche. Pero todo ha cambiado.

—¿Qué quieres decir?

—Hace media hora, Dickie me llevó a un lado y me pidió que lo hiciera otra vez.

—Que hicieras qué.

—Vigilar a alguien. Informar sobre sus movimientos.

—¿A Kovic? —pregunté—. ¿Karl Kovic?

Shane parpadeó.

—¿Quién?

—El compañero de piso de Alf. Encontré el cuerpo de Karl Kovic en su apartamento esta tarde. Alguien le había disparado por la espalda.

La piel de Shane, cubierta de purpurina, se quedó blanca como el papel.

—Ya está bien. No voy a esperar hasta mañana. Después del espectáculo, cogeré el próximo vuelo a Los Ángeles.

—¡Espera! ¡No puedes irte! —Ahora era yo quien agarraba a Shane para arrastrarlo detrás del adorno gigante—. Primero tienes que hablar con la policía. Llegarán en cualquier momento. Eso espero.

—¿Para decirles qué? ¿Que he seguido a Papá Noel y he tomado notas? Eso no es delito. No pueden detenernos ni a mí ni a Dickie por eso.

—No, pero...

—Escúchame, Clare, ¿vale? Si encuentras la forma de pillar a Dickie y a esa misteriosa celebridad a la que está encubriendo, apoyaré tu testimonio. Pero hasta entonces, me voy a Hollywood.

—Shane, ¡no te vayas!

—Bomboncito, ¿sabes cuál es el verdadero nombre de ese tío? —Señaló hacia el escenario, donde Dickie estaba terminando su presentación—. Richard Torio. No es ningún mindundi de Fire Island. Creció en el Bronx, un barrio tan peligroso que para rodar la nueva versión de *Pelham uno dos tres* tuvieron que irse a Woodside, en Queens. Los socios de ese tío tienen tanta pinta de matones que los productores de *Los Soprano* podrían contratarlos como extras.

—¡Lo pillo, lo pillo! Pero dime una cosa. ¿Quién es esa nueva persona a quien Dickie te ha pedido que sigas?

Me puso la mano en el hombro.

—A ti, Clare. Te juro que no he contado que sabías cosas, pero de algún modo se enteró de que estabas investigando el asesinato de Alf y que ayudabas a la policía. Saben cómo eres físicamente. Saben dónde trabajas y dónde vives. —Shane me miró a los ojos—. Yo me largaría de aquí antes de que Dickie o cualquier empleado suyo te localice. Ten cuidado, Cosi.

El elfo de pelo dorado me dio un beso en la mejilla y se marchó. Estaba atónita. *¿Y ahora qué?* Desde mi escondite, traté de divisar al detective Hong, pero había tanta gente que ¡a saber! Probablemente estaba intentando llamarme en ese mismo instante, pero mi móvil estaba abajo, en la taquilla del vestuario.

Tengo que salir de aquí...

Por suerte, las luces de la sala de lectura se atenuaron. El espectáculo de Tucker estaba a punto de comenzar. Serpenteé entre la multitud y me dirigí a toda prisa hacia la salida con los ojos bien abiertos por si veía a Matt. Pero él y Breanne, la tiburón de las fiestas, no aparecieron. Era probable que se hubieran marchado a la siguiente celebración.

Me topé con otro grupo de gente y lo rodeé, pero la sincronización no pudo ser peor, porque se trataba del mismísimo Dickie, que hablaba con un hombre en cuyo traje de diseño no cabía un alfiler y que tenía el rostro picado de viruela, el típico personaje que podría haber aparecido en un libro de crímenes reales con la descripción de «socio conocido».

Ambos me siguieron con la mirada a través de la multitud.

¡Me cago en el puñetero vestido de fulana de Papá Noel!

Otra turba de invitados me frenó cuando intentaban acercar a sus hijos al espectáculo de Tucker. Los esquivé por la derecha, luego por la izquierda y alcancé al fin la escalera de mármol, que estaba desierta. Los tacones de mis botas negras altas repiquetearon con rapidez sobre la piedra. No había llegado muy lejos cuando oí unos pasos que me seguían. Miré atrás y vi lo que tanto temía.

El Socio Conocido me pisaba los talones.

—¡Espere, señorita! —gritó—. El señor Celebratorio desea hablar con usted.

Llegué al camerino del sótano, pero no entré. No sabía si esa sala tenía otra salida y no quería quedarme atrapada. Preferí avanzar por un pasillo largo y vacío. Los pasos del hombre seguían sonando por detrás de mí.

Cuando doblé la primera esquina, me vi en un pasillo sin salida con un montón de puertas cerradas. Me di la vuelta, dispuesta a echar a correr de nuevo hacia el pasillo principal. Pero Socio Conocido ya estaba casi encima.

—¿Quiere dejar de correr? —Se abalanzó sobre mí y trató de agarrarme con sus manazas.

La única arma que tenía era el enorme saco de caramelos. Recordando el ladrillo de Esther, lo blandí con todas mis fuerzas y ¡le golpeé con él en toda la cara! La bolsa se abrió y los caramelos envueltos en celofán se desperdigaron por todas partes. Algunos me cayeron encima. *¡Una ametralladora de menta!*

El hombre se tambaleó y yo aproveché para pasar por su lado. Aulló y se dio la vuelta para perseguirme, pero se resbaló con la capa de papeles de celofán que cubrían el suelo pulido. Mientras la gravedad lo derribaba, doblé de nuevo la esquina y continué por el pasillo hasta que vi una señal de salida de incendios sobre un par de puertas de madera.

Para entonces, Socio Conocido ya estaba de pie y venía hacia mí. Empujé las puertas dobles y, con el saco de terciopelo vacío, até rápidamente los tiradores. Luego recorrí los pocos metros que me separaban de la otra puerta cortafuegos de acero. Detrás de mí, Socio Conocido sacudió con violencia la doble puerta atada.

¡No puede pasar!

Cuando presioné la barra de la puerta de seguridad, saltó la alarma y salí tambaleante a la gélida noche de diciembre. La pesada puerta se cerró tras de mí y me di cuenta de que estaba atrapada en la calle. Pero no me preocupó, ya que la única forma de volver a entrar en aquella fiesta navideña desquiciante sería acompañada de un equipo especial armado de la policía.

CAPÍTULO VEINTIOCHO

—¡Hola, elfita! ¡Me gusta tu traje!

—¿Vienes de una fiesta de Navidad?

—A lo mejor viene del Polo Norte.

—¿Quieres que te lleve, cielo?

—Yo le daría un paseo. Un buen paseo.

Los cuatro hombres se rieron. Iban en un todoterreno que seguía mi ritmo a lo largo de un tramo oscuro y desierto de la calle Cuarenta. Al menos tres de ellos estaban borrachos, seguramente tras alguna fiesta de oficina. Temblando bajo el ligero disfraz rojo, apreté los brazos envueltos en terciopelo y aceleré el paso de mis botas negras altas.

Como el local del Bryant Park Grill estaba a oscuras y no había ningún restaurante o tienda abiertos en aquella manzana, me dirigía hacia la comisaría de Times Square. Con suerte, me encontraría con algún policía o coche patrulla por el camino.

Hasta entonces no había tenido suerte.

Mi móvil, mi cartera e incluso el poco dinero que llevaba encima estaban en el sótano de la Biblioteca Pública. No había peatones por aquella calle paralela al rectángulo nevado de Bryant Park y el único coche que había pasado por la Cuarenta en los últimos tres minutos era el todoterreno ocupado por cuatro oficinistas de casi treinta años, casi todos borrachos, que se habían hecho una idea equivocada sobre mi profesión.

—Pregúntale cuánto cobra —le pidió uno de ellos al otro.

—¿Qué te pasa, elfita? ¿No te caemos bien?

Sin mirarlos, negué con la cabeza.

—¡No me interesa!

—¡Vamos!

Empezaron a hablar más bajo entre ellos.

—Llevas efectivo, ¿verdad?

—¿Cuánto cobrará?

Apreté el paso por la acera para alcanzar la Sexta Avenida, mucho más iluminada, pero el todoterreno seguía a mi lado.

—Te trataremos bien —gritó uno de ellos—. ¡Sube!

Cuando por fin doblé la esquina, pensé que me los había quitado de encima, pero el coche giró con brusquedad y me cortó el paso en la acera. El tipo borracho del asiento del copiloto abrió la puerta de golpe y se abalanzó sobre mí.

—¡Aparta las manos, gilipollas! —grité echándome hacia atrás.

¡NII-NOO!

El estallido ensordecedor de una sirena de policía atravesó la noche. Un turismo azul oscuro se saltó el semáforo y giró a la velocidad de un coche de carreras. En cuestión de segundos, el hábil conductor, con un chirrido, le cortó el paso al todoterreno.

Me fijé en la luz roja que giraba en el salpicadero y me derrumbé de alivio. El sargento Emmanuel Franco salió del vehículo, se acercó a los hombres del todoterreno y les mostró la placa dorada. Nunca en mi vida me había alegrado tanto de ver un *durag* rojo, blanco y azul.

—Una pregunta, caballeros: ¿os parece que esta es forma de tratar a la pequeña ayudante de Papá Noel? —Clavó sus oscuros ojos en los cuatro individuos—. Debería daros vergüenza. Tendría que empuraros bien empurados. O pasarle un alcoholímetro a vuestro supuesto «conductor sobrio».

Los lobos se achantaron de repente.

—No teníamos mala intención, agente.

—Nos ha malinterpretado.

—Solo pensábamos que necesitaba que la llevaran en coche.

—Sí, nada más...

—Oídme, Jersey Boys —replicó Franco—. Guardáosla bien dentro de los pantalones y marchaos a casa, a menos que prefiráis pasar la noche en una celda antes de cruzar el túnel Lincoln.

Mientras Franco los miraba, el todoterreno dio marcha atrás, maniobró para esquivar el coche de paisano y se alejó a toda velocidad. Entonces el sargento se volvió hacia mí, le echó un largo y lento vistazo a mi atuendo, sin decir ni pío, para mi exasperación, se cruzó de brazos y dijo:

—Bueno, señora Café, ¿quieres que te lleve o qué?

—¡Sí!

Helada, me metí en el asiento del copiloto. Él se colocó al volante, cerró la puerta y me miró. Sin decir nada, subió la calefacción.

—Gracias.

—De nada.

—Escucha, sargento, dentro de la biblioteca me estaba persiguiendo un hombre...

Franco levantó la palma de la mano.

—Perdona un segundo. —Agarró el auricular de la radio—. Central, posible conductor ebrio circulando hacia el norte por la

Sexta Avenida. Emitan orden de búsqueda de un Ford Explorer negro, último modelo, cuatro ocupantes, matrícula de Nueva Jersey número...

Franco terminó la llamada de radio y se volvió hacia mí.

—¿Qué decías?

—¿Dónde está Hong? Llamé al detective Hong.

—Lo sé. Me puso tu mensaje telefónico varias veces. —Franco sonrió satisfecho—. Cuando oí la parte de tu disfraz de ayudante de Papá Noel, le dije a Hong: Charlie, esta llamada tengo que atenderla yo.

—Vestirme así era la única forma de entrar en la fiesta de *Pasaje al Polo Norte*...

—Lo sé, señora Café. Bueno, entonces... —Volvió a mirarme y arqueó una ceja—. ¿Te vienes a mi casa?

—No.

—Es broma. ¿Dónde te llevo?

—Llévame al East Village. Te lo contaré todo por el camino...

En honor a Franco, diré que me dejó contar toda la historia, desde el hallazgo del cadáver de Karl Kovic, pasando por la confesión del elfo como posible cómplice de asesinato, hasta el golpetazo al Socio Conocido de Dickie Celebratorio con un saco de bastones de caramelo bañados en chocolate *gourmet*. De hecho, él y su pañuelito escucharon sin partirse de risa. Un milagro navideño en toda regla.

Cuando llegamos al edificio de apartamentos de Mike Quinn, aún no había terminado el relato, así que nos quedamos un momento junto a la acera con el motor en marcha para que el coche no se enfriara.

—... y entonces fue cuando me encontraste —concluí.

—Ya veo —dijo Franco—. ¿Eso es todo?

—¿Qué más quieres?

Sonrió. Esta vez no con una mueca desdeñosa, sino con una sonrisa de verdad.

—Tienes agallas, señora Café, hay que reconocerlo.

—Solo trato de averiguar quién mató a mi amigo.

—Lo sé. Y tengo buenas noticias. Hemos encontrado el arma homicida.

Me senté más erguida.

—¿El arma con la que dispararon a Alf?

Franco asintió.

—La encontraron en un contenedor de ropa usada. Alguien la tiró allí, según nuestros cálculos, la misma noche del asesinato. Hemos comprobado los números de serie. Un hombre que murió hace dos años la compró en Carolina del Norte. —Como lo miré sin decir nada, Franco añadió—: Ese es el *modus operandi* habitual para comprar y vender armas de forma ilegal en la calle.

—¿Había huellas dactilares?

Franco negó con la cabeza.

—Las habían limpiado.

Me desplomé en el asiento.

—Supongo que eso te alegra.

—¿Por qué?

—Porque, incluso a pesar de todo lo que he descubierto, todavía puedes atribuirle el asesinato a un delincuente callejero cualquiera.

—Ya no pienso eso.

—¿Ah, no?

Franco sc volvió para mirarme de frente.

—Ningún atracador callejero tiraría algo tan valioso como una pistola. La revendería en el barrio o la escondería en su casa hasta que el crimen se olvidara, pero ¿tirarla en un contenedor de ropa usada? Eso es tirar cientos de dólares, algo que solo haría un aficionado para que pareciera un crimen callejero al azar.

Me puse más erguida.

—¿Ahora estás de mi parte?

Franco asintió.

—Interrogué a Shelly Glockner.

—Lo sé. Es un buen elemento, ¿verdad?

Franco se rio.

—Yo diría que es lo bastante fría para haber cometido el asesinato o para haber contratado a alguien que lo hiciera, pero me da la sensación de que hay otras personas con motivos. Has descubierto un nido de sospechosos bastante chungo.

Franco tenía razón. Dickie me perseguía, pero yo sabía que él no había disparado a Karl porque tenía una coartada sólida (aquel cóctel exclusivo que había celebrado antes de la gran fiesta en la Biblioteca Pública). También dudaba que Dickie hubiera apretado el gatillo para disparar a Alf. Teniendo en cuenta lo que Franco acababa de contarme sobre el arma del crimen, dudaba incluso que el asesino fuera un profesional contratado por Dickie. Un asesino a sueldo no habría cometido el error de deshacerse del arma de esa manera tan sospechosa para la policía. No, según Shane Holliway, Dickie no era más que un intermediario, alguien que ayudaba a algún famoso a quien Karl chantajeaba (o eso decía Ben Tower). Eso quería decir que había alguien más, alguien que no era un profesional que estaba dispuesto a apretar el gatillo —dos veces— para conseguir lo que Karl tenía escondido en su apartamento, fuera lo que fuese.

—Creo que la persona que mató a Alf fue la misma que mató a Karl —dije—. ¿Estás de acuerdo?

—Según tu investigación, sí, diría que es la misma persona. Pero ten en cuenta que, quienquiera que fuese, no utilizó la misma pistola.

—¡Ojalá hubiera alguna forma de conseguir huellas dactilares después de que las limpien!

—En realidad, sí que la hay.

—¿Qué?

—¿Has oído hablar de John Bond?

—¿Quieres decir James Bond?

Franco negó con la cabeza.

—John Bond es director de apoyo científico de la Policía de Northamptonshire e investigador honorario de la Universidad de Leicester.

—¿Leicester en Inglaterra?

—Exacto. Ha trabajado con la policía de nuestro país para resolver varios casos pendientes.

—¿Cómo?

—Bond ha desarrollado un nuevo procedimiento para detectar huellas dactilares. Recubre una superficie metálica con un polvo conductor muy fino, parecido a lo que verías en una fotocopiadora, y le aplica una carga eléctrica. ¿Y sabes qué? Que, aunque la hayan borrado o lavado, la huella deja una ligera corrosión en el metal que atrae el polvo cuando se aplica la carga. Y aparece una huella residual.

—¿Me estás diciendo que el tal Bond puede encontrar una huella borrada? ¿Que puede averiguar quién manipuló el arma con la que asesinaron a Alf?

Franco asintió.

—La técnica funciona con todo, desde casquillos de bala hasta ametralladoras. Y mejor aún si al asesino le gusta la comida basura.

—¿Cómo dices? ¿Estás de broma?

Sonrió, pero insistió:

—No es broma. Los alimentos procesados y envasados aumentan la sal en el sudor humano. El sudor salado favorece ese proceso de corrosión microscópica.

Fruncí el ceño al recordar el almuerzo favorito de Omar, a base de akí con pescado salado, y el sucio todoterreno de su hijo lleno de bolsas vacías de patatas fritas y aperitivos que tiró sobre la acera junto a la casa de su padre.

—Aunque el calor acaba con las pistas normales, Bond puede leer las huellas dactilares de quien manipuló el metal. He oído que van a intentar usar esa técnica en fragmentos de bombas de carretera en Afganistán.

—Entiendo. Es cierto que parece... increíble.

Franco sonrió.

—Y tú que pensabas que yo no era más que otra cara bonita.

—No, sargento. Lo que pensé fue... Lo siento, pero creí que podrías haber sido tú quien disparó, una especie de justiciero callejero.

—No me sorprende demasiado. —Se encogió de hombros—. Sé que le pediste a tu novio que preguntara sobre mí, que se enterara de si yo era buen policía.

—¿Y?

—Mike Quinn tiene la respuesta. Pregúntale a él.

—No lo necesito, sargento. Ya no.

Franco asintió, con cara de satisfacción.

—Entonces... —Miró hacia el edificio de Mike—. ¿Está tu hombre ahí arriba?

—No creo. ¿Puedo usar tu móvil para llamarlo?

Rebuscó en el bolsillo y sonrió con satisfacción.

—Mientras sea una llamada local...

Quinn se sintió muy aliviado al oírme.

—Te he dejado cinco mensajes en el buzón de voz, cariño.

—Lo siento, Mike, no llevo el móvil encima...

—Como no podía localizarte, al final me puse en contacto con el detective Hong. Él me puso al corriente de todo. Deberías estar contenta, Cosi. —Se le notaba el orgullo en la voz—. En función de tus pesquisas, Hong está buscando pruebas que relacionen el asesinato de Alf con el de Karl. Habrían llegado a esa conclusión con el tiempo, pero tú has acelerado el proceso. Y los crímenes tienen muchas más posibilidades de resolverse cuando son...

—Recientes, lo sé. ¿Y Dickie? —pregunté después de haberle contado mis aventuras en la Biblioteca Pública de Nueva York, incluido mi enredo de bastones de caramelo con el Socio Conocido.

—Hong ya se ha puesto en contacto con los de la dos cero...

—¿Te refieres a la comisaría veinte?

—Sí, perdona. Son ellos quienes se ocuparon del asesinato de Kovic. Ahora mismo estarán deteniendo a Dickie para interrogarle. Llamaré a Hong para informarle sobre el hombre que intentó asaltarte en el sótano de la Biblioteca Pública. Si Dickie no da su nombre, te pasaremos las fichas policiales para que lo identifiques. La comisaría veinte está en la calle Ochenta y Dos. Mañana iré contigo, ¿vale?

—De acuerdo. —Suspiré aliviada y le expliqué mi dilema—. Lo siento, Mike, pero no llevo llaves y no puedo entrar ni en mi casa ni en la tuya.

Me dio instrucciones sobre lo que debía hacer y me pidió que le pasara con Franco.

Volví a darle las gracias al sargento por su ayuda y me bajé de su coche, marqué el código de la puerta principal del edificio de Quinn y subí en ascensor hasta el apartamento del doctor Mel Billings (un vecino y compañero de trabajo de Quinn que tenía llave de su casa).

Mel me acompañó hasta el estudio de Quinn y cerré la puerta al entrar. Luego llamé a Tucker, le dejé un mensaje en el móvil para que se llevara mi bolso y mi ropa cuando saliera de la biblioteca, y me fui directa al baño para darme una ducha caliente.

Al secarme, oí cómo se abría la puerta. Sonreí aliviada y empecé a sentirme mejor: Mike por fin estaba en casa. Con un pequeño secador de mano, me tomé unos minutos para ahuecarme el pelo. Me rocié un poco de perfume, me puse brillo en los labios, me envolví en un albornoz y empecé a abrir la puerta del baño, que daba al dormitorio.

—¡Eh, grandullón! ¿Sabes quién soy?

Me quedé helada al oír una extraña voz cantarina de mujer y empujé la puerta para abrirla del todo.

Sentada en la cama de matrimonio de Mike había una mujer alta, delgada, de treinta y tantos años. Su rasgo más llamativo —una sedosa cascada de rizos rojos— enmarcaba un rostro esculpido con delicadeza en una impecable tez de porcelana. Llevaba un picardías de Mamá Noel que apenas le cubría el torso largo y esbelto; tenía las piernas de bailarina cruzadas y unos bonitos pies con esmalte rojo navideño. La expresión de sus grandes ojos azules, como los de una muñeca, era de puro asombro.

Vale, ya éramos dos las asombradas.

—¿Quién eres? —pregunté, y entonces me acordé de ella. Era la clienta del Blend que me había mirado mal la semana anterior. Había supuesto que me guardaba rencor por nuestra discusión de la noche del asesinato de Alf, pero estaba claro que me había equivocado.

—¡Soy Leila! —me informó—. ¡Leila Quinn!

—¡La exmujer de Mike!

Cerré los ojos. Mike nunca quería hablar de Leila. No me había enseñado fotos suyas y yo nunca le había presionado para que me diera detalles. Pensé que así le ayudaba a curarse, a olvidar los malos recuerdos. Pero entonces me di cuenta de las consecuencias de mi confianza ingenua.

Abrí los ojos y la fulminé con la mirada.

—¿Qué haces aquí?

—Perdona —espetó ella—, ¿qué haces tú aquí?

—¡Mike me ha invitado!

—Pues a mí también me ha invitado —dijo Leila con una mueca de disgusto—. ¿Y sabes qué? ¡Que tres son multitud! —Se señaló una de las muñecas y, en mi propia cara, ¡se esposó al poste de la cama!

Madre mía. Matt tenía razón. Me advirtió de que Quinn se veía con una pelirroja...

—¿Sabes qué, Leila? —le dije—. Tienes razón, tres son multitud.

Dolida, humillada y tan enfadada que se me nubló la vista, me acerqué al cajón que Quinn había reservado para mí y saqué unos vaqueros, un jersey y unos calcetines. No tenía zapatos, pero las botas negras altas me servirían. Volví al baño, me vestí y salí hecha una furia.

Cuando llegué a la puerta principal, Mike entraba.

—Apártate de mi camino, hijo de...

—¡Clare! —Quinn me agarró por los hombros y me detuvo—. ¿Qué pasa?

—¿Qué pasa? —A través de una nebulosa de lágrimas de frustración, le lancé una mirada asesina a aquel pedazo de imbécil mentiroso y traicionero—. Acabo de ver a tu exmujer con un camisón de Mamá Noel esposándose a tu cama, ¡y me preguntas qué pasa!

Durante tres segundos, la expresión confusa de Quinn se transformó en un gesto de horror. Luego, se puso rojo de rabia.

—Espérame aquí —mascullló.

—¡No! Me voy.

—Por favor, Clare, espera. ¡Tienes que ver esto!

Me enjugué las lágrimas de rabia y me quedé rígida junto a la puerta abierta del apartamento mientras juraba no concederle más de treinta segundos, fuera cual fuera su artimaña.

CAPÍTULO VEINTINUEVE

Quinn abrió la puerta del dormitorio de una patada.

—Fuera de aquí.

—Jo, cálmate —contestó Leila con voz de niña pequeña—. Tú quieres que esté aquí, Mike. Reconócelo...

—No tienes derecho, ningún derecho, a invadir mi intimidad.

—¡Si me diste una llave!

—Te di una llave porque resulta imposible que traigas a los niños a la hora acordada. Te di una llave por Molly y Jeremy, no para que te esposes a la puñetera cama.

Quinn soltó una retahíla de blasfemias. Oí que manipulaba las esposas para abrirlas.

—Vístete...

—Cambiarás de opinión. Ya lo verás...

—Escúchame, Leila. Te lo he repetido mil veces durante la última semana. No te quiero en mi cama nunca más. ¿Lo entiendes ya?

—Actúas así porque ella está ahí al lado escuchando.

—Fuera. Ahora mismo. O juro por Dios que haré que te detengan por allanamiento de morada.

Leila se echó a reír.

—Adelante. ¿Por qué crees que he traído las esposas de juguete? ¿Recuerdas cuando nos casamos? Eran tus favoritas...

Quinn volvió a maldecir.

—¡Fuera!

Apreté los dientes mientras escuchaba la escena y recordé lo feas que se pusieron las cosas entre Matt y yo al final de nuestro matrimonio. Cuando oí que Leila le daba una patada a la puerta del dormitorio, me puse rígida. Un segundo después, su figura escultural apareció contoneándose por el salón. Ya estaba vestida: un jersey de cachemira, una minifalda y un delicado bolso de mano bajo el delgado brazo.

—¡Toma! —Mike cogió su abrigo del sofá y se lo lanzó.

Nunca lo había visto tan enfadado. No era una actuación. Estaba furioso.

Leila recogió el abrigo del suelo y se lo puso con calma. Sus grandes ojos azules se cruzaron con los míos y luego se convirtieron en rendijas.

—Cambiará de opinión sobre ti. —Su voz ya no era dulzona ni infantil, sino amarga, gutural, amenazadora—. Y cuando lo haga, allí estaré yo.

No dije nada. Esa guerra no era mía.

—Largo, Leila. Vete ya.

—Me voy —le dijo dulcemente a Quinn y, con una última mirada amenazadora hacia donde yo estaba, añadió—: De momento —y cerró la puerta.

El apartamento se quedó en silencio. Me sentía bloqueada. Mike seguía furioso; oía su respiración agitada. Por fin tuve el valor de mirarle a los ojos.

—Lo siento, Clare —dijo—. Se acaba de enterar de lo tuyo.

—¿Qué? Después de todo este tiempo, ¿nunca le has hablado de mí?

—Siéntate, cariño. Deja que te lo explique.

A decir verdad, estuve tentada de no hacerlo. La noche me había dejado completamente molida y lo único que quería era un *latte* de jengibre caliente y un colchón mullido. También me habría gustado que Mike me abrazara, pero eso no iba a ocurrir, esa noche no, tal vez nunca más.

—Por favor, escúchame. —Su rostro ya no estaba lleno de rabia. Al estudiarme, su expresión era de una impotencia casi dolorosa—. Cariño, por favor...

Finalmente hice lo que me pedía, me acerqué al sofá y me senté rígida en el borde.

—Habla.

Mike tomó aire y se pasó la mano por el pelo.

—¿Recuerdas cuando Leila me cambió los planes hace dos semanas y me dejó a los niños durante Acción de Gracias? Tú también cambiaste tus planes para llevar a los niños al desfile de Macy's, preparar aquella cena con pavo tan increíble y quedarte con ellos cuando me llamaron para que me ocupara del caso de sobredosis de la hija de Pilgrim.

—Claro que me acuerdo.

Empezó a caminar de un lado a otro.

—A Molly y Jeremy les encantaste, Clare. Cuando Leila volvió a verlos la noche siguiente, no pararon de hablar de la comida que nos habías preparado y de los juegos a los que habíais jugado. Por fin Leila se dio cuenta de que había una mujer en mi vida... —Dejó de pasearse y me miró a los ojos—. Una mujer increíblemente buena e increíblemente hermosa...

—Mike...

—Leila se volvió loca, cariño. Quería saberlo todo sobre ti.

Cerré los ojos, recordando todas las veces que la había visto en la cafetería desde el fin de semana de Acción de Gracias. ¿Me estaba espiando? ¿O esperaba a que Mike entrara en la cafetería para montar una escena? *Es probable que las dos cosas,* pensé.

—Empezó a presentarse en mi apartamento —continuó Mike—, me llamaba a todas horas y se me echaba encima, literalmente.

—¿Por qué?

—¡Porque es una niña malcriada!

Para mí eso no significa nada.

Mike sacudió la cabeza y siguió deambulando.

—Clare, cuando Leila y yo nos conocimos, fue en el ámbito profesional. Ella llegó a la ciudad con el dinero de su padre. Era fiestera, modelo y tenía un montón de hombres a sus pies...

—No hace falta que lo jures. Matt me contó que te vio dos veces en distintos restaurantes con una pelirroja guapísima; no sabía su nombre, pero la recordaba de una portada de Victoria's Secret de hace quince años.

—Bueno, toda esa belleza física atraía un tipo de atención masculina poco deseable. Empezó a perseguirla un auténtico acosador. Un asqueroso. Por entonces yo aún llevaba uniforme y me asignaron su caso en un turno de vigilancia. Atrapé al tipo, lo metí en la cárcel y entonces ella me llamó para una cita.

—Vale, entiendo. La placa de policía sirve como escudo de caballero...

—Era un juego para los dos. A mí me gustaba el papel de héroe, de protector. Y ella se había vuelto reacia a la atención masculina después de que aquella sabandija casi la violara. Se aferró a mí, salimos un tiempo, nos casamos. Todo fue de maravilla durante unos años. Luego me ascendieron, me dieron la insignia dorada de detective y compramos una casita de piedra roja en Brooklyn. Pero un día se despertó y se dio cuenta de que cambiaba pañales en un barrio que no era Manhattan y estaba casada con un funcionario que tenía una profesión exigente. No era una mujer fuerte, Clare, y estaba acostumbrada a otro tipo de vida: fiestas, viajes, compras, atención masculina. Lo que tenía en ese momento eran bebés llorones y un marido estresado que vivía para su trabajo. Así que empezó a engañarme. Eso duró años. Yo lo soportaba y me decía a mí mismo que ella merecía algo mejor. Esperaba que me dejara en algún momento y al final lo hizo.

—¿Y ahora quiere que vuelvas?

—No para casarse.

—No lo entiendo. Creía que era feliz, que tenía lo que quería. ¿No está prometida con un genio de Wall Street, un tipo joven y rico?

—Sí, y pésimo en la cama porque es tan egoísta como ella. Los tíos con tarjetas de crédito ilimitado esperan que las mujeres a quienes agasajan cumplan con su parte del trato. Leila empieza a estar harta de complacerle y de recibir poca cosa a cambio: un armario lleno de zapatos y bolsos, un viaje a un balneario o una comida en un restaurante carísimo. Por fin ha crecido lo suficiente como para comprender qué es lo importante en esta vida y empieza a darse cuenta de lo que perdió cuando me dejó. Quiere recuperar mi amor, Clare.

—Madre mía.

—Entiéndelo, ella se acostumbró a esa dinámica. Me engañaba con algún ricachón, lo utilizaba para irse de fiesta por Manhattan, para llevar la misma vida despreocupada que tuvo a los diecinueve años y luego volvía a mi cama. Me engañaba y volvía. Yo siempre estaba allí, siempre la perdonaba. Esta semana fue la primera vez que me oyó decirle que se largara. No puede tenerme y aún no se lo cree. Pero ya no quiero estar con ella. Quiero estar contigo, Clare. Ya lo ves, por fin me he dado cuenta de que a lo mejor soy yo quien se merece algo mejor.

Sacudí la cabeza.

—Todas esas llamadas misteriosas que te transformaban en un zombi...

—Eran de ella.

—¿Por qué no me lo contaste?

—Por el veneno de Leila, Clare. No quería que ella nos envenenara...

—Buf, Mike. Eso es solo una excusa.

—¡No! No tengo más remedio que tratar con ella si quiero ver a mis hijos. Pero sus llamadas, sus exigencias y sus quejas son mi problema, no el tuyo. No quería que el tiempo que pasábamos juntos se contaminara con discusiones sobre Leila y sus dramas.

—Pero si ella es tu problema, también es el mío. Creía que estábamos juntos en esto. Hasta esta noche, creía que confiabas en mí...

Quinn me contempló durante un largo rato en silencio. Al ver el dolor en mi rostro, por fin pareció comprenderlo.

—Lo siento, Clare. Lo último que quería era hacerte daño. Pensé que así te protegía.

—No, Mike, lo que hacías era excluirme. Es tu solución instintiva ante las crisis. Te cierras emocionalmente, levantas un muro...

—Soy policía —dijo en voz baja—. Eso es lo que hacemos los polis. Nosotros no... —Sacudió la cabeza.

—No lo soltáis todo. Sí, eso lo entiendo. Es necesario para sobrevivir al trabajo. Pero si quieres que nuestra relación también sobreviva...

—Claro que quiero que sobreviva. No lo dudes ni un momento, por favor.

—Entonces tienes que dejarme formar parte de tu vida, compartir lo que te pase, lo bueno, lo desagradable y también lo tóxico. Es todo o nada.

—Todo, Clare —dijo sin tomar aire—. Te quiero en mi vida. ¿No lo entiendes? Sin ti, no tengo vida.

—Eso es muy bonito, pero claro que tienes vida, Mike. Tienes tu trabajo, al cual estás absolutamente entregado, y tienes a tus hijos. Molly te adora y Jeremy te admira muchísimo. Tienes a tu madre, que te dio la receta de los bombones de cereza con licor...

—Tienes que conocerla.

—Me gustaría. Es decir, ahora que ya he descubierto el pastel... Acabo de conocer a tu primo el capitán de bomberos, el otro Mike Quinn.

Mike frunció el ceño.

—Ya hablaremos de él en otro momento.

—Vale, siempre que entiendas lo que te estoy pidiendo.

—Lo entiendo, Clare. ¿Podemos pasar página? —Hizo una pausa, exhaló, se pasó la mano por el pelo—. ¿Has comido?

—No. Me muero de hambre, pero no quiero quedarme aquí esta noche.

A Mike se le desencajó la cara.

—Clare, por favor...

—Llévame a casa, ¿vale? Necesito procesar todo esto. —Me dirigí hacia la puerta—. Necesito algo de tiempo, Mike. Dámelo, por favor.

Quinn no dijo ni una palabra, se limitó a mover la mandíbula, frotarse la nuca y asentir. Luego salimos juntos del apartamento.

CAPÍTULO TREINTA

Cuando nos montamos en el coche, vi que Quinn saludaba rápidamente a alguien que se encontraba en la acera de enfrente. La respuesta fue una sirena breve y sonora y entonces me di cuenta de que el sargento Franco aguardaba a que Mike le diera la señal para partir. Su vehículo azul se alejó a toda velocidad en dirección a la parte alta de la ciudad.

—Va al interrogatorio de Dickie, ¿verdad? —pregunté.

Quinn asintió.

—Es probable que ya lo hayan detenido.

—Ojalá yo también pudiera estar allí.

Quinn arrancó el coche.

—Dudo mucho que un hombre como él confiese algo. Tiene mucho dinero. No hablará sin un abogado.

Me eché hacia atrás en el asiento y ambos nos sumimos en un silencio triste durante los diez minutos de trayecto. Cuando llegamos al Blend, las luces seguían encendidas. Esther y Vicki, que de nuevo formaban un equipo, se disponían a cerrar. (Vicki Glockner quería ganar algo de dinero extra durante las vacaciones y yo necesitaba con urgencia otra barista cualificada. Por eso acordamos darle otra oportunidad a nuestra relación laboral).

Boris Bokunin también estaba dentro, esperando a que su chica terminara el turno.

Cuando Mike se detuvo junto a la acera, busqué por inercia el bolso que no tenía. Fue entonces cuando recordé...

—¡Las llaves!

—¿No las tienes? —preguntó Quinn—. Ah, es verdad. Te dejaste el bolso en la taquilla. ¿Nos acercamos a la Biblioteca Pública?

—No... —El bolso no me iba a servir de nada, porque le había dado a Matt la llave del dúplex—. Pensaba coger la llave de repuesto que hay en tu casa, pero entonces me encontré a Leila...

Quinn me puso la mano en la pierna.

—Volvamos a mi casa, cariño. Venga...

—Tú llevas encima una llave de mi apartamento, ¿verdad? Te di una.

Quinn se puso rígido.

—Sí.

—¿Me la devuelves, por favor?

Quinn no respondió de inmediato. Durante un rato se limitó a sostenerme la mirada en silencio. Luego se metió la mano en el bolsillo para coger el llavero. Sin decir nada, sacó la llave y me la tendió.

—Gracias.

Cuando la cogí, se inclinó hacia mí.

—Clare...

—¡Buenas noches! —Salí del coche, cerré la puerta y no miré atrás.

Mientras me dirigía con paso rápido hacia la entrada principal de la cafetería, oí que el coche seguía en punto muerto.

Tilín, tilín...

—¡Eh, jefa!

—Clare Cosi, Cosi Clare, tu cafetería es como un vergel...

Saludé rápidamente a Boris, luego a Esther y a Vicki, y me dirigí hacia la escalera de servicio trasera. Estaba agotada emocionalmente, a punto de echarme a llorar, y no quería que me vieran de ese modo.

Nada de aquello resultaba fácil. Estaba cansada y hambrienta, muy disgustada con Mike por no confiar en mí, asustada por el comportamiento desquiciado de su engreída exmujer y frustradísima por no haber podido llevar ante la justicia al asesino de Alf después tanto esfuerzo.

Mientras arrastraba el pellejo escaleras arriba, me invadió una profunda sensación de que alguien cocinaba algo que me resultaba familiar: un plato intenso y sabroso con un toque de ajo y hierbas aromáticas. Me recordó a los aromas navideños de la casa de mi Nonna y, por un momento, imaginé que su fantasma rondaba mi cocina para prepararme el tentempié que tanto necesitaba en ese momento.

—No seas tonta, Clare...

Es una alucinación provocada por el hambre, decidí. Tenía el estómago tan vacío que una especie de *flashback* gastronómico se acababa de apoderar de mis sentidos. Metí la llave de Mike en la cerradura, la giré y me pareció oír unos ruidos procedentes del interior: ollas y sartenes, risas y voces.

—¡Has puesto demasiadas en la sartén!

—De eso nada.

—¡Tienes que tener paciencia, papá! Hay que freírlas en tandas pequeñas. Si el aceite se enfría, las gambas lo absorben y salen grasientas.

—Ya sé cómo hay que freír las gambas, pequeña.

—Yo soy la profesional. Deberías dejarme cocinar a mí...

—Ah, pues claro que te dejaré cocinar, pastelito. ¡Espero un menú francés completo este mismo domingo!

Corrí hacia la cocina iluminada. ¡Era verdad! Era real. ¡Mi hija había vuelto de París!

—¡Joy!

—¡Mamá!

Estaba tan guapa, tan mayor, allí de pie con la gatita blanca de Alf en brazos... Llevaba el pelo castaño mucho más largo que antes y suelto sobre los hombros. Le brillaban los ojos verdes y sonreía con la boca amplia y el rostro fresco en forma de corazón.

Su padre estaba a pocos pasos de ella, en los fogones, y freía algo con mucho ajo y aceite.

—¿Estoy soñando? —murmuré.

Matt sonrió.

—¡Qué bien que ya estés aquí! —Aún llevaba los pantalones de esmoquin. Había dejado la chaqueta de Armani colgada sobre una silla, pero aún tenía la corbata negra suelta alrededor del cuello y la camisa blanca medio desabrochada.

Abrí los brazos.

—¡La alegría de mi vida!

Se acercó y me abrazó fuerte.

—Quería darte una sorpresa, mamá. Te llamé al móvil y no te localicé, así que llamé a papá.

—Como tenía tu llave —dijo Matt—, vine para abrirle la puerta.

—¡Papá ha traído un kilo de gambas frescas!

—Estoy tan harto del *sushi,* de la comida cruda y de la vegana que, cuando Joy me llamó, lo primero que pensé fue en cocinarle a mi niña un buen plato de gambas fritas italianas.

Sacudí la cabeza, sin terminar de creerme que Joy estuviera en casa.

—¿De dónde has sacado gambas frescas a estas horas?

—Muy fácil, estaba en una fiesta privada en un restaurante. Me colé en la cocina y le di cincuenta pavos a un empleado para que me diera un kilo de la cámara frigorífica.

Joy y yo nos reímos mientras nos sentábamos. Matt terminó de cocinar aquellas colosales gambas rebozadas en pan rallado y nos las llevamos a la boca, crujientes y deliciosas. Luego preparé una gran cafetera de nuestra mezcla navideña, abrí el tarro de galletas caseras y, durante las dos horas siguientes, volvimos a ser una familia. ¡Nuestra hija nos puso al día a Matt y a mí de tantas cosas...!

Por fin, Matt empezó a bostezar.

—Será mejor que me vaya. Le dije a Bree que me reuniría con ella en casa. —Consultó el reloj—. Os veo mañana, ¿vale, chicas?

Joy le dio un beso. Yo, un abrazo.

Luego, agarradas del brazo, subimos juntas la escalera. Mientras preparaba la cama en la habitación secundaria, intuí que mi hija tenía algo en la cabeza y recordé lo que Madame había supuesto sobre el cambio de planes inicial de Joy. ¿Se habría equivocado la gran dama? (Casi nunca se equivocaba).

—Así que tus jefes, al final, decidieron darte vacaciones —indagué.

—¿Por qué me lo preguntas así?

—Ah, es que tu abuela, por la forma en que cambiaste de planes la semana pasada, creía que había algún chico de por medio.

Joy vaciló.

—No quería contar nada.

¡Ajá!

—¿Qué pasó?

—Conocí a un chico. Francés.

Sorpresón.

—Trabajamos codo con codo en la brigada, así que hemos pasado mucho tiempo juntos...

Segundo punto para la abuela. Joder, no falla una.

—Es muy guay, mamá. Y nos llevamos muy bien...

—¿Entonces?

—Pues que me dejó. Se suponía que vendría conmigo en este viaje para que todo el mundo lo conociera. Pero en el último momento dijo que no quería venir. Y que, si me hacía ilusiones sobre su traslado a Estados Unidos, teníamos que dejar de vernos. —A Joy se le saltaron las lágrimas—. Creo que se asustó. Y entonces se me quitaron las ganas de venir. Sentí que me había estropeado las Navidades.

—Siéntate —le dije y me acerqué para abrazarla—. Me alegro de que me lo hayas contado. Y también de que decidieras venir de todos modos.

—¿Por qué son tan imbéciles los hombres?

—Las mujeres también son imbéciles. Todos somos imbéciles cuando se trata de relaciones. En un momento u otro, todos metemos la pata. Lo milagroso es encontrar la manera de seguir queriéndonos a pesar de todo.

Joy apoyó la cabeza en mi hombro.

—Me alegro de haber vuelto a casa, mamá.

—Yo también, cariño.

A la mañana siguiente, aún temprano, Joy me encontró delante del lavabo del cuarto de baño. Ella ya estaba vestida, con unos vaqueros gastados y un jersey recién sacado de la maleta, con arrugas y todo.

—¿Mamá? ¿Ya te has levantado?

—No quería despertarte, cariño. No son ni las seis. Vuelve a dormirte, tienes que estar agotada.

Joy se sacudió su reciente melena larga y se metió la mano en un bolsillo para buscar una goma y hacerse una coleta tirante.

—Aún tengo el horario francés —dijo— y mi reloj interno se ha ido a la *merde*. Como ya estoy levantada, he pensado que podría echarte una mano hoy en la cafetería ¿Te parece?

Aún seguía en una nube después de la reunión de la noche anterior y las palabras de Joy me hicieron elevarme aún más. Estaba encantada de que hubiera vuelto a casa para las fiestas, ¿y encima me proponía pasar todo el día conmigo? Era el mejor regalo de Navidad que podía recibir.

Señaló el lavabo.

—¿Qué haces con la almohada de cascabeles de Espumita?

—Ah, Cafelito se ha puesto territorial y ha hecho pipí encima. Es una lástima. Hasta ahora se llevaban muy bien...

Aunque la noche anterior Espumita se había acurrucado entre ronroneos al lado de Cafelito, más grande y más vieja que ella, a los pies de mi cama, esa mañana Cafelito se había meado en el trineo bordado de Papá Noel.

—Creo que a Cafelito no le gusta demasiado el olor del cojín —dije—, al fin y al cabo procede de un apartamento desconocido. —Con un muerto dentro, aunque preferí omitir ese detalle—. Le voy a dar un buen lavado con jabón fuerte, a ver si con eso es suficiente.

—¿Qué hago? ¿Preparo café?

—Aquí no. Puedes empezar a abrir abajo. El repartidor de los pasteles llegará en una media hora.

—No hay problema, mamá. Yo me encargo. —Sonriendo, Joy cogió las llaves de la cafetería de la mesa del vestíbulo—. ¡Nos vemos abajo!

Busqué la cremallera del cojín con la idea de lavar el interior por un lado y la funda por otro. Pero no había cremallera, solo un desgarrón cerrado con un imperdible. Cuando lo abrí, una cápsula plana, verde y ovalada cayó ruidosamente sobre el suelo de baldosas.

¿Qué demonios es eso?

Recogí la pequeña cápsula verde y comprobé que era un lápiz de memoria, un dispositivo portátil de almacenamiento informático. Era igual que el que yo utilizaba para hacer las copias de seguridad de mi portátil.

Dejé el dispositivo junto al lavabo y registré el cojín hasta estar segura de que no escondía más secretos. Luego me lavé las manos y me apresuré a bajar al ordenador de mi pequeño despacho en la segunda planta del Blend.

Conecté la unidad externa al ordenador. Contenía una única carpeta etiquetada como CC.

—¿Otra vez CC? —susurré—. ¿Yo? ¿Clare Cosi?

Con bastante incertidumbre, abrí la carpeta y aparecieron una serie de imágenes en miniatura, fechadas y ordenadas.

—¿El desfile de Acción de Gracias de Macy's? —murmuré confusa.

Pulsé una serie de fotos del desfile tomadas junto a un edificio de apartamentos del Upper West Side. Entonces me detuve y me quedé mirando el primer plano de un hombre. Su cara me resultaba familiar..., a mí y a millones de mujeres estadounidenses.

Dios mío. La CC de la nota que encontré en el abrigo de Karl Kovic ¡no significaba Clare Cosi! Hacía referencia al apuesto famoso de la televisión que aparecía en aquellas fotos acompañado de una atractiva joven que, a todas luces, no era su esposa.

La siguiente imagen era un primer plano de la joven. La reconocí como Waverly «Billie» Billington, la famosa heredera, hija de Pilgrim, que murió de una sobredosis de medicamentos recetados la noche de Acción de Gracias. Era la víctima del caso en el que trabajaba Mike.

Justo entonces oí que alguien llamaba a la puerta cerrada del piso de abajo. *Será la entrega de la pastelería...*

—¡Yo me encargo, mamá! —gritó Joy.

—Vale, gracias —respondí. Mientras sonaba el tintineo de la puerta principal, hice una llamada al móvil de Mike Quinn.

—¿Clare? —dijo Quinn, con voz somnolienta—. ¿Estás bien?

—Mike, acabo de resolver el caso de la hija de Pilgrim. Y también los asesinatos de Alf y Kovic. Puede que incluso el caso sin resolver de Acción de Gracias de hace dos años.

—Clare, cariño, ¿has bebido?

—¡No! ¡Escucha! ¡Encontré el *pendrive* del ordenador de Karl Kovic! ¡Lo había escondido dentro de un cojín con cascabeles de Papá Noel! El nexo que necesitabas está aquí, Mike.

—¿Qué nexo? No entiendo...

—Estoy viendo una serie de imágenes en la pantalla de mi ordenador. En ellas aparece una gran celebridad de la televisión riéndose con Billie Billington el Día de Acción de Gracias. Debieron de conocerse en la fiesta a la que Billie asistió horas antes de morir de sobredosis. Y apostaría a que esa fiesta la organizó Dickie Celebratorio. Es probable que incluso fuera él quien les proporcionara las drogas.

—Guau, Clare, más despacio. ¿Dónde tuvo lugar todo eso?

—Karl Kovic tomó estas imágenes en el Upper West Side, supongo que con un *zoom* potente. Estaba usando esas imágenes para chantajear. Por eso lo asesinaron. Las imágenes muestran los movimientos de la estrella de televisión a la que chantajeaba.

—¿Y quién es el tipo? ¿Cómo se llama?

Le di su nombre, pero Mike no veía mucho la televisión.

—Créeme —insistí—, ¡el tipo es muy famoso! En cualquier caso, en las imágenes aparece hablando con Billie Billington en la calle, pero luego se marcha solo en otra dirección. Otras fotos muestran al hombre comprando comida basura en una tienda y entrando en un callejón. Hace una llamada al móvil y entonces, mira tú por dónde, Billie Billington aparece en ese callejón en la puerta de servicio trasera del edificio. El famoso se cuela dentro, ¡sin pasar por el vestíbulo!

—¿Billie lo coló en su edificio?

—¡Sí! ¡Por eso el portero no vio entrar a nadie! ¡Ella coló al famoso por la entrada de servicio! ¡Eso es! Puedes utilizar estas pruebas para pedir el ADN y las huellas dactilares de este hombre. ¡Ningún abogado podrá protegerlo! Y luego demostrarás su culpabilidad cuando cotejes ese ADN con el de los escenarios del crimen. Quizá incluso sus huellas dactilares coincidan con las del arma que Franco recuperó en el asesinato de Alf.

Quinn por fin se enteró de todo.

—Voy para allá, Clare. Llamaré a Hong y a Franco. Diles que se reúnan conmigo en el Blend. Y quédate donde estás.

Calculé que Mike tardaría al menos diez minutos en llegar desde su apartamento en el East Village hasta mi cafetería del West Village. Con una sensación a medio camino entre el triunfo y el alivio, decidí que por fin me había ganado mi primera taza de café de la mañana.

Ya lo sabía todo. A Shane el Elfo lo había contratado Dickie Celebratorio para seguir el rastro de Karl, el Papá Noel Itinerante. Pero Shane había cometido un error. No sabía que en esa dirección vivían dos Papás Noel distintos. Así que cuando Alf Glockner salió de casa, Shane lo siguió por error. Luego le pasó un informe sobre el recorrido diario de Alf a Dickie, quien a su vez se lo dio al asesino, que siguió a Alf y le disparó.

¡Por supuesto, Alf no estaba chantajeando a nadie! Matar a Alf fue un error del que el asesino se dio cuenta enseguida, porque una semana más tarde acabó con la vida del Papá Noel correcto, Karl Kovic. Pero el asesino no tuvo tiempo suficiente para registrar el apartamento de Karl y encontrar las pruebas. ¡Yo sí!

—¡Mamá! —me llamó Joy. Su voz sonaba un poco extraña—. ¿Puedes bajar?

Ya había bajado la mitad de la escalera de caracol cuando lo vi...

—Lo siento, mamá —susurró Joy—. Pensé que era el repartidor.

Chaz Chatsworth, coprotagonista de *Como los Chatsworth* y figura principal de la pequeña muestra fotográfica de Karl Kovic, estaba detrás de mi hija. Con el brazo izquierdo la sujetaba por el cuello con una llave de estrangulamiento y con la mano derecha empuñaba una pistola con la que le apuntaba a la cabeza. Joy tenía las muñecas atadas a la espalda.

—Dios...

—Quiero lo que cogiste del apartamento de Kovic —me dijo Chatsworth en tono neutro.

Chaz llevaba su característico pelo níveo oculto bajo una gorra de béisbol. Se había puesto una barba y un bigote falsos de color castaño y unas gafas tintadas. Sus pantalones de chándal baratos y sus zapatillas deportivas eran del color de la noche. Me quedé mirándolo estupefacta.

Mike tarda diez minutos en llegar hasta aquí. Puede que hayan pasado cuarenta segundos desde que he colgado. Faltan por lo menos nueve minutos. Una eternidad...

—¿Me ha oído, señora Cosi? —Chatsworth presionó la sien de Joy con tanta fuerza que la hizo chillar.

—¡Hijo de puta! ¡Déjala!

—¿Quieres que muera?

—¡No!

—Te vi allí anoche —dijo Chatsworth—. ¿Me oyes? Te vi en el apartamento de Kovic.

Tragué saliva. Ese desgraciado había disparado a sangre fría a dos personas. Daba igual lo que yo dijera o hiciera, sabía que mataría a Joy y me mataría a mí. Tenía que entretenerlo —hacer tiempo hasta que Mike llegara— y la única baza con la que podía negociar era el lápiz de memoria que llevaba en el bolsillo. En cuanto Chatsworth lo consiguiera, ya no le quedarían motivos para mantenernos con vida a Joy y a mí.

—Sí, de acuerdo, estuve allí anoche —admití despacio. Miré el reloj de pared; otro minuto había pasado, un minuto menos para que Mike llegara—. Y encontré el cadáver de Kovic..., pero solo llamé a la policía. Nada más.

—No me mientas —espetó Chaz—. Esperé fuera hasta que llegó la policía. Al ver que tardaban en llegar, supuse que tú y ese tipo del esmoquin estaríais buscando las fotos.

Me acordé de Shane Holliway y de su absurda actuación como estrella de telenovelas.

—¿Qué fotos? No sé a qué te refieres.

El brazo de Chatsworth apretó la garganta de Joy.

—Por favor, no le hagas daño —rogué—. Ella no tiene nada que ver con esto. No sabe nada. Solo yo puedo ayudarte. Deja que se vaya...

—Tal vez lo haga, si me dices algo. Vamos, Clare. Dime algo que me haga feliz.

—¡Fue por la gatita! El hombre que viste se llevó la gata del apartamento de Kovic.

Chaz frunció el ceño.

—El hombre del esmoquin llevaba un transportín y una caja de cartón. Oí que le decía al taxista que lo trajera al Village Blend. Quiero recuperar el contenido de esa caja o mato a tu hija.

Claro que voy a darte el contenido de la caja, cabronazo.

—¡La caja estaba llena de caca de gato!

Las fosas nasales de Chatsworth se hincharon mientras asfixiaba más a Joy.

—¿No sabes que seis de cada diez hombres estadounidenses experimentan ira cuando una mujer les miente?

¡Se está volviendo loco! ¡La está estrangulando!

—¡Vale, tú ganas! —grité—. ¡Aquí está lo que has venido a buscar! —Tan despacio como pude, me saqué del bolsillo el lápiz secreto de Karl y lo levanté.

—También quiero tu ordenador —dijo Chaz—. Y estoy bastante seguro de que, con la ayuda de tu hija, lo encontraré arriba. Hora de despedirse, Clare. Ya no te necesito.

—¿Qué vas a hacer? —gritó Joy.

—Un robo a primera hora de la mañana, preciosa —respondió Chaz—. Madre e hija muertas. Una tragedia.

Joy forcejeó, pero Chatsworth volvió a apretarla hasta que apenas pudo respirar y mucho menos luchar.

Apreté los puños. No quedaba tiempo. Ni había tiempo para que Mike llegara. Tenía que hacer algo.

—Mamá primero —dijo Chatsworth—. Así podré divertirme un poco con la hija antes de despedirme de ella también.

Desplazó lentamente la pistola hasta que me quedé mirando el cañón. *Voy a morir* —decidí—, *eso es lo que va a pasar. Correré hacia él, recibiré yo las balas, pero le daré a Joy la oportunidad de escapar...*

Estaba a punto de embestir cuando oí un fuerte ¡pum!

Era el disparo de un arma, estaba segura, pero yo no estaba herida... Entonces me di cuenta de que Chatsworth se tambaleaba con un chorro de sangre en el hombro.

¡¿Quién le ha disparado?!

Me llamó la atención un ruido de cristales. Levanté la vista y vi una silueta conocida a través del ventanal roto. *¡Mike!* Agarré a Joy y la empujé hacia el suelo para apartarla de la línea de fuego.

El cristal estalló hacia dentro cuando Mike Quinn entró por el ventanal y disparó dos veces más a Chaz Chatsworth, que aún se movía. Las balas lo hirieron y lo retorcieron hasta que su cuerpo inerte se estrelló contra una de las mesas.

Quinn se quedó de pie junto al muerto con el arma humeante pero firme en las manos. Tenía la ropa arrugada y una barba incipiente en las mejillas y la barbilla. Con la ayuda del pie, apartó el arma de Chatsworth y me miró.

—¿Estáis bien? —preguntó con la voz tensa por la emoción.

Ayudé a Joy a levantarse y asentí.

—Estamos las dos bien. ¿Cómo has llegado tan rápido?

—Porque no me fui —contestó—. Estaba durmiendo en el coche aquí fuera cuando me despertó tu llamada. Habría disparado antes, pero no conseguí tenerlo a tiro hasta que apartó el arma de la cabeza de Joy.

Al cabo de cinco minutos, Emmanuel Franco entró por el ventanal destrozado, seguido de su compañero, Charlie Hong. Durante unos segundos de silencio, todos miramos a la celebridad muerta. Entonces Franco se volvió hacia mí y me preguntó:

—¿Quién puñetas es este?

—Es una larga historia, detective —dije con un suspiro—. Y estaré encantada de contárosla desde el principio. Pero antes necesito un café bien cargado.

EPÍLOGO

—Mira hacia arriba.

El susurro de Mike Quinn me hizo cosquillas en la oreja mientras preparaba otros dos expresos detrás de la barra. Levanté la vista hacia el techo y vi un pequeño manojo de hierbas verdes que colgaba sobre mi cabeza.

—¿Qué es eso?

—Muérdago.

Me eché a reír.

—Mike, eso no es muérdago.

—¿Ah, no?

Olfateé el ramillete de hojas planas.

—¡Es perejil!

—¿En serio? —Quinn señaló hacia la otra punta de la cafetería—. Tu antigua suegra me aseguró que era muérdago.

Madame, esa noche deslumbrante con un conjunto jade y burdeos, nos saludó con la mano. Sacudí el dedo como señal reprobatoria. Ella se echó a reír y se dio la vuelta para continuar charlando con Otto, Matt y Breanne.

—¿Y eso qué significa? —se quejó Quinn—. ¿Que no voy a recibir un beso navideño con esto?

—Un beso bajo el muérdago, no. Ahora lárguese, detective, y déjeme trabajar...

Era Nochebuena y el Village Blend estaba abarrotado de Papás Noel Itinerantes. Después de limpiar el escenario del crimen, llamé al hermano Dom para proponerle algo que limpiaría el karma del Blend: una fiesta para todos los hombres y mujeres que habían trabajado con ahínco para llevar el espíritu navideño a los necesitados de la ciudad.

Una vez que el hermano Dom y su equipo terminaron sus rondas de Nochebuena por los refugios, las iglesias y los comedores sociales, les invité a cafés fun fun fun y a una montaña de galletas horneadas por mis baristas.

El hermano Dom aceptó encantado la oferta, así como el cheque que Madame le ofreció para su obra benéfica. Pero su donativo no fue el más generoso. Tras enterarme del pequeño plan de Dexter Beatty y Omar Linford para engañar a las administraciones locales, telefoneé a Omar y le propuse con determinación que devolviera algo del dinero recibido. O, mejor dicho, un buen pellizco.

Linford extendió con rapidez —incluso con alegría— un cheque para el hermano Dom. Ni siquiera le importó volver a tener noticias mías (un milagro, ya que yo era la responsable de que hubieran detenido a su hijo). Pero parecía que, a consecuencia de la detención, Dwayne Linford por fin había empezado a temer a la Administración de Control de Drogas. Dejó de pelearse con su padre y accedió a matricularse en la universidad para licenciarse en Música. De una vez por todas, las noches de juerga habían terminado para Dwayne (al menos por un tiempo) y Omar se sentía agradecido.

Con la muerte de Chatsworth —y con su ADN y sus huellas dactilares no solo en los asesinatos de Alf y Karl, sino también en los casos de la hija de Pilgrim y la sobredosis de Cora Arnold—, cabría pensar que el amigo de Madame, el señor Dewberry, también había sufrido un duro golpe. Pero Phyllis Chatsworth acababa de recibir la oportunidad de su vida.

A los pocos días de la muerte de su marido, apareció llorosa en todos los programas de entrevistas importantes del país. Su programa especial en horario de máxima audiencia *Phyllis: Cómo sobrevivir a lo impensable* acababa de recibir luz verde para convertirse en un nuevo programa de entrevistas entre semana. ¿Su productor ejecutivo? James Young.

Dickie Celebratorio (antes conocido como Richard Torio) se enfrentaba a una serie de cargos también impensables (para él). Pero la fiscalía disponía de sólidos testimonios que respaldaban las acusaciones, entre otras, de cómplice de asesinato.

Con la promesa de inmunidad, Shane Holliway reconoció que Dickie lo había contratado para vigilar a Alf Glockner durante dos días seguidos antes de que Chaz Chatsworth lo matara a tiros (las huellas dactilares recuperadas en el arma confirmaron que Chaz era el asesino). El presentador de televisión había utilizado el pésimo informe de Shane para seguir al Papá Noel equivocado.

Y luego estaba Heidi Gilcrest, la guapa y joven ayudante de producción de *Como los Chatsworth,* que siempre se aseguraba de que a Chaz no le faltara su comida basura. Declaró entre lágrimas que siempre que ella y Chaz se acostaban, Dickie era quien les suministraba la droga recreativa, la misma droga que acabó matando a Billie Billington y a Cora Arnold.

Dickie era también quien le había proporcionado las armas a Chaz. La recuperación de la segunda pistola lo ratificó. Parecía que, una vez más, Madame tenía razón: Dickie era un tipo que «ayudaba» a los famosos. El hecho de que esa «ayuda» implicara drogas, encubrimientos, chantajes y asesinatos no parecía perturbar demasiado a un hombre que provenía de las calles del Bronx. Pero, claro, como Quinn me había dicho, esa era la temporada de los favores y, en el mundo de Dickie, cuanto mayor fuera el favor debido, mejor.

Por supuesto, los abogados de Dickie estaban trabajando horas extras para llegar a un acuerdo con el fiscal. Pero algo era seguro: por poco tiempo que pasara entre rejas, con la cantidad de ríos de tinta que se estaban vertiendo a costa de sus escándalos, los días como rey de las relaciones públicas habían terminado para siempre.

En cuanto a Shelly Glockner, resultó ser inocente de todos los cargos. La cuenta bancaria que figuraba al final de la carta de chantaje a Linford pertenecía a Karl Kovic y solo a él. Sin duda era el hombre de los mil planes.

Después de mi visita a Shelly aquel día en Staten Island, ella le había contado a Karl todo lo que yo le había dicho, pero no sabía que Karl me tiraría por la borda del transbordador ni tampoco se imaginaba que estaba chantajeando a su vecino haciéndose pasar por su marido. No había razones para creerla, pero al final Shelly le entregó a su hija todo el dinero del seguro de vida de Alf.

—Tu padre y yo siempre pensamos que heredarías el restaurante —le confió a Vicki—. Por eso nunca ahorramos dinero para ti. Nunca hicimos un fondo para la universidad, así que este es ese fondo. Tu padre lo habría querido así.

Vicki estaba encantada, por supuesto. Había planeado matricularse en otoño en la misma escuela de cocina donde había estudiado Joy. Y me alegró saber que se quedaría en el Blend. Incluso puede que algún día volviera a dejarle la llave de la cafetería.

Y hablando de llaves, ya le había devuelto la llave del dúplex al detective Mike Quinn. Por un lado, no creía que mis puertas correderas de cristal soportaran otra entrada a la fuerza. Y por otro, había decidido que quería a Mike en mi vida.

Como le había dicho a mi hija, que esa noche hablaba demasiado con Emmanuel Franco (quien, por cierto, había cambiado el pañuelo rojo, blanco y azul por otro rojo y verde), las relaciones nunca eran fáciles. Pero creía sinceramente que el mejor regalo que podíamos dar o recibir era la oportunidad de amarnos unos a otros.

Lo que me lleva a ese pasaje de *Cuento de Navidad* de Charles Dickens que, según el hermano Dom, había inspirado a Alf. Por fin lo leí y, al pensar en mi amigo, no conseguí mantener los ojos secos. Quinn incluso me preguntó sobre ello en Nochebuena, a última hora...

Cuando por fin terminó la fiesta de los Papás Noel Itinerantes y los últimos invitados se despidieron, Joy subió las escaleras y Mike vino a mi encuentro.

Después de apagar las luces de la cafetería, me llevó a un rincón tranquilo junto a la chimenea. Nuestro precioso abeto blanco titilaba con suavidad. El aroma a sidra caliente y a pino impregnaba el aire y la música de Gardner seguía sonando por los altavoces, uno de los muchos CD que había elaborado para la fiesta: versiones de *jazz* de estándares navideños que incluso Dante y sus compañeros de piso consideraron estupendos.

—Oye, Cosi, ¿no dijiste algo la otra noche sobre *Cuento de Navidad*?

Asentí con la cabeza.

—Tuviste que colgar el teléfono antes de que te lo contara porque había algún asunto pendiente en la comisaría.

—Pero ahora no hay ningún asunto pendiente, cariño. Solo estamos tú y yo.

Le acaricié la mejilla bien afeitada y fingí que era verdad. Pero Leila Quinn dijo que no cejaría hasta conseguir lo que quería. «Quiere recuperar mi amor, Clare». Eso me había dicho Mike. Y después de todo lo que habían compartido juntos —dos hijos, un hogar, una historia—, sabía que aún cabía esa posibilidad, dijera lo que dijera él.

—Entonces, ¿de qué trataba exactamente ese pasaje de Dickens? —preguntó Quinn—. El que le cambió la vida a Alf y le dio una nueva perspectiva.

—Bueno, el pasaje en cuestión está al final del primer capítulo. Scrooge recibe la visita del fantasma de su antiguo socio, Marley, que le pide que mire por la ventana de su habitación. Scrooge lo hace y de repente se da cuenta de que hay fantasmas como Marley por doquier y que todos arrastran largas y pesadas cadenas, unas cadenas constituidas por los eslabones que esas almas forjaron durante su vida de continua avaricia y egoísmo.

—Qué alentador.

—No, escucha. El espíritu más triste de todos tiene una gigantesca caja fuerte de hierro atada al tobillo y llora con amargura, pero no por la pesada carga de la que nunca podrá desprenderse, sino porque es incapaz de ayudar a una desdichada mujer que tiembla en el umbral de una puerta con un bebé en brazos. «La desgracia para todos ellos —escribió Dickens sobre estos espíritus condenados— era que intentaban intervenir, para bien, en los asuntos humanos, pero habían perdido para siempre la capacidad de hacerlo...».

Quinn guardó silencio durante un rato.

—Es conmovedor —dijo por fin—. Pero...

—¿Pero qué?

—¿Eso era lo que Alf intentaba hacer en ese balcón la noche que lo mataron? ¿Intervenir para bien?

—Nadie es perfecto, ¿verdad? Ni siquiera Papá Noel. Pero Alf no era un mal Papá Noel, Mike, era un buen hombre. Hizo algunas fotos más o menos inocentes de famosos para YouTube y para Ben Tower porque quería pagarle a su vecino y evitar que su mujer y su hija tuvieran que hacerse cargo de esa deuda. —Sacudí la cabeza—. Estoy seguro de que Chaz Chatsworth sintió que estaba justificado disparar a Alf a sangre fría por esa misma razón. Puede que Chaz en algún momento dudara si matar o no a Papá Noel, pero es probable que sus dudas desaparecieran al ver que tomaba fotos de su mujer con James Young. Estoy segura de que Chaz justificó el asesinato pensando que era una forma de proteger su trabajo y el de su mujer, de proteger su programa de televisión.

Quinn tensó la mandíbula.

—Pero no hay justificación posible para dejar morir a dos jóvenes con sobredosis ni para amenazar con mataros a ti y a Joy. —Asentí y volví a estremecerme al recordar la imagen de Chatsworth apuntando a la cabeza de mi hija con la pistola—. Pero estoy de acuerdo contigo sobre Alf —añadió Quinn—. No había pruebas de que interviniera en ningún plan de chantaje contra Chatsworth, Dickie o Linford.

—Sé que Alf no era perfecto, pero nunca dudé de que fuera un buen hombre. Fueran cuales fueran sus defectos, siempre pensaré lo mejor de él. Hizo mucho bien antes de morir, hizo mucho por la gente.

—Entiendo que lo admiraras —dijo Quinn, mirándome a los ojos—. Esforzarse en intervenir para bien en los asuntos humanos es una cualidad digna de admiración.

Me miró fijamente durante tanto tiempo que empecé a pensar que se me había quedado un trozo de perejil entre los dientes.

—¿Mike?

—Ahora ya tengo lo que hay que tener, ¿sabes? —dijo por fin.

—¿Perdón? ¿A qué te refieres?

Metió la mano en su abrigo deportivo y sacó un frondoso manojo verde atado con una cinta de terciopelo rojo.

—Muérdago. Muérdago auténtico. Esta vez Joy me lo aseguró. Estaba pensando... Cuando terminen mis horas extras de Navidades y Joy vuelva al trabajo en Francia, tendré a Molly y Jeremy durante dos fines de semana de enero.

—Vale. Lo entiendo. —Asentí, dispuesta a ser paciente—. Te gustaría pasar tiempo con ellos a solas.

—No, Clare. Estaba pensando que esta vez podrías acompañarnos. Podríamos ir a patinar sobre hielo o ver una película o tomar helado de chocolate caliente en Serendipity. ¿Qué te parece? ¿Crees que es un buen plan?

—No, Mike. Creo que es un planazo.

—Quedamos en eso entonces.

—Claro que sí, quedamos en eso. —Me acerqué más a él. Mucho más. Me coloqué sobre su regazo, de hecho—. Entonces, ¿cuándo planeabas usar ese muérdago?

—Estaba esperando.

—¿A qué?

Le dio un golpecito a su reloj.

—A que dieran las doce.

Miré el reloj de la pared. Ambas manecillas acababan de alcanzar la medianoche. Era oficialmente...

—Feliz Navidad, Clare.

—Feliz Navidad, Mike.

En ese momento, el muérdago estaba sobre mi cabeza y el regalo del amor, por fin, enfrente de mí.

Querido editor:

Tengo ocho años. [...] Dígame la verdad, ¿existe Papá Noel?

VIRGINIA O'HANLON
Calle Noventa y Cinco Oeste, 115
Nueva York

[...] Sí, Virginia, Papá Noel existe. Sin duda existe como existen el amor, la generosidad y la devoción, y ya sabes que todo eso abunda y le proporciona a tu vida la mayor de las bellezas y alegrías. ¡Qué triste sería el mundo si no existiera Papá Noel! [...] No habría ingenuidad ni poesía ni romance que hicieran tolerable esta existencia. [...] ¡La vida sin Santa Claus! Gracias a Dios, vive, y vive para siempre. [...]

FRANCIS P. CHURCH
New York Sun, 21 de septiembre de 1897
(Extracto de uno de los editoriales de prensa
más reproducidos de la historia)

COLOFÓN

Los Papás Noel Itinerantes han sido una invención mía para la trama de esta novela, pero hay muchas organizaciones benéficas navideñas que merecen la pena y que existen de verdad. Me gustaría hablarte de dos de ellas:

Operación Papá Noel

Hace más de cien años, los empleados de correos de Nueva York (que por entonces se conocía como División de Giros Postales) se rascaban el bolsillo para responder las cartas de Papá Noel y comprar comida y juguetes para los niños que tenían la desgracia de encontrarse con el calcetín de Navidad vacío. Con los años, a medida que la cantidad de cartas aumentó, la oficina de correos abrió este programa al público.

Ahora, la Operación Papá Noel es un programa anual patrocinado por la Oficina de Correos de Nueva York. Las cartas dirigidas a Papá Noel se entregan en la sección de Operación Papá Noel. Allí, los empleados las abren y las ponen a disposición del público entre el 2 y el 24 de diciembre para que las contesten. En los últimos años, el programa se ha ampliado a las Oficinas de Correos de California, Illinois, Pensilvania y Washington D. C.

Para obtener más información sobre el programa Operación Papá Noel de Correos en Estados Unidos, visita www.usps.com.

Las ollas rojas del Ejército de Salvación

Hasta que escribí este libro no tenía ni idea de cómo ni cuándo los recaudadores del Ejército de Salvación empezaron a hacer sonar sus campanas de Papá Noel y a recoger monedas en sus omnipresentes ollas rojas, un símbolo de la temporada navideña en Nueva York tan característico como el encendido del árbol de Navidad del Rockefeller Center.

Según el Ejército de Salvación, el origen de la olla roja se remonta a 1891, cuando uno de sus miembros, Joseph McFee, apesadumbrado porque en San Francisco había muchos pobres pasando hambre, decidió ofrecerles una cena de Navidad gratuita. Pero ¿de dónde podía sacar dinero suficiente para alimentar el día de Navidad a mil personas de entre las más pobres de la ciudad?

McFee encontró la solución al recordar sus tiempos en Liverpool, Inglaterra. Allí la gente echaba calderilla en una gran olla de hierro para ayudar a los pobres. Como aquel recipiente estaba cerca de un embarcadero, McFee colocó uno igual en el embarcadero del transbordador de Oakland, al pie de Market Street. Enseguida consiguió el dinero que necesitaba.

Seis años más tarde, la idea de la olla se extendió a Boston y a Nueva York, y después a otras ciudades de Estados Unidos, de Europa y más allá. Hoy en día, según el Ejército de Salvación, ayudan a más de cuatro millones y medio de personas durante las fiestas de Acción de Gracias y Navidad.

Los millones de dólares que recaudan sirven para ayudar a las familias necesitadas, a los ancianos y a las personas sin hogar. Las donaciones sufragan cenas de Navidad, ropa y juguetes para los necesitados. Los voluntarios distribuyen regalos a las personas ingresadas en hospitales residencias de mayores, y mantienen los albergues abiertos para las cenas.

Ahora que conoces la historia de la olla roja y su importancia en la ayuda a tantas personas, espero que te conviertas, como yo, en un «amigo invisible» cada vez que pases por delante de una de ellas.

RECETAS Y TRUQUITOS DEL VILLAGE BLEND

Visita el Village Blend virtual de Cleo Coyle en

www.coffeehousemystery.com

para encontrar consejos, charlas y recetas extra de:

- la tarta de café de Clare inspirada en el panetone;
- los tradicionales *struffoli* italianos de la Nonna (con fotos paso a paso);
- las gambas fritas con alioli al estilo italiano de Matteo y mucho más.

Como regalo navideño para mis lectores, he ampliado esta sección para que sirva de pequeño manual —una especie de minilibro— sobre términos y bebidas de cafetería, ¡incluidas las recetas para preparar tus propios siropes de café y *lattes* fun fun fun! En la segunda parte, aparecen otras recetas navideñas cortesía de los personajes del libro.

En la educación italiana que recibí, la comida y la bebida eran esenciales en las celebraciones. Y la Navidad es una época para festejar. ¡Que comas y bebas con alegría! ¡Felices fiestas!

Cleo Coyle

TÉRMINOS CAFETEROS

AMERICANO MEZCLADO: Café americano al que se le añade leche caliente.

ARTE DEL *LATTE*: Diseños o dibujos artísticos, como un corazón o una roseta, creados al verter con destreza la leche batida en la taza. Quizá pienses que se trata de una floritura cursi, pero cualquier barista que domine la creación de microespuma con la varilla espumadora (la textura necesaria para crear esos dibujos) merece un gran reconocimiento. Por lo tanto, si te sirven un café con leche con un diseño artístico en la parte superior, puedes estar seguro de dos cosas: de que la leche está bien preparada ¡y de que tu barista es un crac!

BARISTA: Camarero o camarera con formación en la elaboración de café expreso.

BATIDO CALIENTE (o *steamer*): No lleva expreso. Es simplemente leche caliente, que calienta y aporta el volumen a la bebida, mezclada con cualquier sirope dulce: avellana, caramelo, naranja, vainilla francesa, menta, malvavisco tostado, nuez con caramelo, etc. (Véase la sección sobre siropes).

BREVE: Término utilizado para indicar que deseas el café con «mitad y mitad» (es decir, mitad de leche entera y mitad de nata) en lugar de leche normal; por ejemplo, en un *latte* breve o un capuchino breve.

CAFÉ *AU LAIT*: Versión francesa del café con leche, elaborada con partes iguales de leche caliente y café recién hecho de tueste oscuro, por lo general tueste francés.

CAFÉ CON LECHE ESPAÑOL: La versión española del café con leche, con partes iguales de leche muy caliente y un café fuerte recién hecho. Se le añade azúcar al gusto.

CAFÉ FUN FUN FUN: Café con leche que lleva siropes o aromatizantes para evocar recuerdos navideños, como, por ejemplo, el *latte* de pan de jengibre, el *latte* de ponche de huevo o el *latte* picante navideño. Este término es una invención mía para esta novela.

CAFÉ MOCA: Un café con leche con sirope de chocolate.

CAFFÈ AMERICANO: La variedad italiana del café de goteo de estilo americano. Es un expreso diluido con agua caliente. Su fuerza es similar a la del café de goteo pero el sabor es diferente. Su origen se remonta a la Segunda Guerra Mundial, cuando los soldados estadounidenses destinados en Italia añadían agua caliente al café expreso para que se pareciera más al tipo de café al que estaban acostumbrados.

CAFFÈ FREDDO: Expreso frío en vaso, a veces servido con hielo y endulzante. En Italia, el término *freddo* se utiliza a veces para referirse a un café que ya no está caliente, que se ha enfriado. ¡Ten en cuenta, además, que en Italia es una blasfemia recalentar el café!

CAFFÈ LATTE, LATTE: La bebida de Mike. Una combinación de café expreso solo y leche caliente (aproximadamente un tercio de expreso y dos tercios de leche). En Italia, un *latte* solo lleva leche caliente. En Estados Unidos, los baristas suelen completarlo con un poco de espuma. Lo importante es que el *latte* tiene más leche que un capuchino, por lo que el sabor fuerte del expreso estará más rebajado.

El café con leche es la bebida más popular en las cafeterías estadounidenses y a menudo se aromatiza y endulza con siropes. (Véase la sección sobre siropes).

CAPUCHINO: Bebida elaborada con café expreso solo, leche caliente y espuma añadida con una cuchara. Aunque los baristas pueden variar las proporciones de leche caliente y espuma, la proporción más común es un tercio de expreso, un tercio de leche caliente y un tercio de espuma. La principal característica del capuchino es que tiene más espuma que el *caffè latte* y un sabor más fuerte.

CAPUCHINO HÚMEDO: Un capuchino con más leche caliente y menos espuma.

CAPUCHINO SECO: Dependiendo del barista, un capuchino seco puede ser un capuchino solo con espuma o con espuma y leche caliente.

CREMA: Espuma dorada (o también marrón tostado o rojizo) que se forma en la parte superior de un expreso tirado como es debido.

DE ORIGEN ÚNICO: Un café de origen único es el que procede de una sola región o cafetal, a diferencia del café de mezcla, que es un café creado por un tostador o minorista que combina granos de más de una región. El Yirgacheffe etíope, por ejemplo, es un café de origen único que procede de la región homónima de Etiopía. El tostador puede decidir combinar el Yirgacheffe etíope con un café de Colombia y otro de Sumatra para crear una mezcla.

DEMITAZA: La tacita donde se sirve un expreso solo.

DOPPIO: Expreso doble (dos pulsaciones). También puede ser triple, cuádruple...

EXPRESO: Bebida concentrada de café que se prepara haciendo pasar una pequeña cantidad de agua caliente a alta presión a través de una pastilla de café finamente molido. Los primeros experimentos para crear una máquina de café expreso se remontan al siglo XIX, pero no fue hasta principios del siglo XX cuando el inventor italiano Luigi Bezzera resolvió los primeros problemas de la cafetera y la patentó. La empresa italiana La Pavoni empezó a fabricar una versión ligeramente mejorada y el café empezó a acompañar a los inmigrantes italianos, que la popularizaron en todos los países donde se asentaron. A lo largo del siglo XX, los ingenieros siguieron perfeccionando el diseño del artefacto. La mejora más significativa llegó en la década de 1940 de la mano de Giovanni Achille Gaggia. Su máquina de pistón accionada por una palanca era capaz de producir una presión constante lo bastante alta como para crear la característica crema, esa espuma que los consumidores de café expreso de hoy en día tanto aprecian en la taza. En resumidas cuentas, Gaggia inauguró el expreso tal y como lo conocemos hoy en día.

Mientras tanto, en 1933, Alfonso Bialetti, un ingeniero italiano que tenía un taller de herrería y maquinaria, inventó un método casero para preparar café expreso. Aunque el resultado no se considera un «verdadero» expreso con crema, la cafetera moka de Bialetti prepara un café intenso que los italianos llevan generaciones disfrutando.

EXPRESO PANNA: Un expreso servido con una cucharada de nata montada.

EXPRESO ROMANO: Expreso servido con un toque de limón. Se usa solo la corteza, sin la parte blanca y amarga, pero no hay que añadírsela al expreso, sino frotarla por el borde de la taza para impregnarla del sabor fresco a limón. Paradójicamente, el expreso romano es popular en Norteamérica, no en Italia, y aunque la combinación de sabores del café y el limón pueda resultarle incomprensible a algunas personas, los mejores granos de origen único (el Yirgacheffe etíope, por ejemplo) presentan notas de sabor cítrico. (Para elaborar limón y naranja confitados, un elegante capricho navideño para acompañar el expreso o el café de sobremesa, véase la página 454).

FRAPPÉ: Bebida fría y espumosa a base de café que suele prepararse mezclando café expreso, leche, hielo picado y azúcar o siropes dulces de una gran variedad de sabores.

LUNGO: Es un expreso menos intenso. El término hace referencia a una tirada más larga (*lungo* significa «largo» en italiano). Como se emplea más agua, la cantidad de líquido resultante en la taza será ligeramente superior a la de un expreso normal. En Francia, se denomina *café allongé*. Cuidado: este estilo puede resultar algo amargo. Si lo que buscas es un expreso diluido, te sugiero que pruebes el americano.

MACCHIATO: Un expreso marcado o manchado (eso es lo que significa *macchiato* en italiano) con una pequeña cantidad de espuma. Los estadounidenses, sin embargo, están más familiarizados con el *latte macchiato,* que es justo lo contrario: leche muy caliente manchada con un chorrito de expreso. La mayor diferencia entre un *caffè latte* y un *latte macchiato* es el método de preparación. En el primero, el expreso se vierte en el vaso o taza antes de la leche. En el segundo, en cambio, la leche se añade primero y luego se «tiñe» con el expreso. Un *macchiato* de caramelo, por ejemplo, se prepararía poniendo sirope de vainilla en el fondo de la taza, que se mezclaría con leche caliente para añadir después el expreso (para «manchar» la leche) y, por último, cubrir la mezcla con sirope de caramelo. El calor del expreso justo debajo del sirope de caramelo ayudará a que este se derrita.

MEZCLA PARA EXPRESO: Mezcla de cafés, a menudo de diferentes regiones, especial para su uso en cafeteras expreso. No existe una mezcla para expreso insuperable. La elaboración de estas mezclas es una habilidad culinaria y cada maestro tostador crea las suyas.

MICROESPUMA: El nirvana del *latte*. La microespuma es leche caliente con una textura precisa, una capa espesa y aterciopelada de microburbujas fluidas creada mediante el uso experto de la varilla espumadora de la cafetera expreso. (Véase Arte del *latte*).

MOCACHINO: Un capuchino con sirope de chocolate.

NORMAL: En Nueva York, un café normal es el preparado en máquina de goteo con leche y azúcar añadidos.

PULSACIÓN: Una ración de expreso, de aproximadamente tres centilitros. Los baristas suelen utilizar vasos pequeños, parecidos a los de chupito, cuando preparan los distintos tipos de café. Dejan que el expreso salga de la máquina directamente sobre uno de estos vasos y luego vierten el contenido en una taza o vaso más grande junto con otros ingredientes para crear distintas combinaciones como capuchinos y *lattes*.

RED EYE (ojo rojo): La bebida de Mike cuando está de guardia. Un café de goteo normal con una pulsación de expreso. (¡Para mí es como la versión sin alcohol del cóctel *boilermaker*!).

RISTRETTO: Es un expreso más concentrado y con un sabor más intenso. El término se debe a que, para que pasara menos agua, se tiraba de la palanca de una manera «restringida». En este caso, los granos tienen que estar molidos de forma muy fina. La cantidad de líquido en la taza resultante será ligeramente inferior a la de un expreso normal.

SEMIDESCAFEINADO: Mezcla de café normal y descafeinado a partes iguales.

SIN PLOMO: Término de argot para referirse al café descafeinado.

TIRAR: Se dice que el barista «tira» un expreso porque, en las primeras máquinas de expreso, se tiraba de una palanca para hacer pasar el agua caliente a alta presión a través del café. Aunque en las cafeteras expreso modernas se pulsa un botón para iniciar la extracción, se sigue utilizando el término tradicional «tirar».

TUESTE DEL EXPRESO: Los granos de café pueden tostarse más o menos y cada nivel de tueste recibe un nombre diferente. El tueste vienés, por ejemplo, es un tueste más claro que el tueste francés. El tueste expreso es un estilo de tueste oscuro que suele aplicarse a una mezcla para café expreso. (Véase la «Guía de términos relacionados con el tueste», más adelante en esta sección).

GUÍA DE TÉRMINOS RELACIONADOS CON EL TUESTE

Cuando el tostador recibe los granos de café, estos están «verdes». El tostador decide entonces qué estilo de tueste realzará mejor el sabor de ese grano en particular. He aquí una guía básica de los distintos tuestes y los términos utilizados. Algunos tostadores de café mezclan incluso los granos de tueste medio con los de tueste oscuro para obtener una deliciosa combinación de sabores.

TUESTE CLARO

Canela, Nueva Inglaterra, *half city*

DE CLARO A MEDIO

Americano, *city,* marrón

DE MEDIO A OSCURO

Full city, Viena o vienés, terciopelo

OSCURO

Expreso, francés, italiano, español

CONSEJOS PARA SER TU PROPIO BARISTA

Cómo preparar un expreso sin máquina

En ocasiones, Clare utiliza una pequeña cafetera moka para preparar un café fuerte de estilo expreso. Dado que las cafeteras expreso domésticas asequibles (¡recuerda que he dicho asequibles!) no pueden producir el tipo de presión de una cafetera profesional de calidad de restaurante, yo también utilizo una cafetera moka para preparar el café de estilo expreso en casa. (Nota para los puristas: ¡he dicho de estilo expreso! ¡Me doy perfecta cuenta de que no tiene crema!).

La bonita cafetera moka octogonal que uso es similar a la que mis familiares italianos han utilizado durante generaciones. El sabor que se obtiene con ella es delicioso e intenso, aunque no es igual que el de un expreso de máquina (porque, insisto, no tiene crema). También es una forma excelente de preparar cafés fuertes cuando quieres mezclarlos con leche caliente o espumosa y con siropes para preparar un *latte,* un *café au lait* o un capuchino, o si tienes una receta de cocina que requiera añadir café expreso.

Las cafeteras moka tradicionales vienen en tamaños de 1, 3, 6, 9 y 12 tazas. Ten en cuenta que una taza de expreso no equivale a una taza de café de goteo (que contiene unos 180 ml). Un expreso preparado en una cafetera moka contendrá unos 60 ml.

El grano

Como te dirá cualquier cocinero cuando elabores una receta, el producto final refleja la calidad de los ingredientes utilizados. No puedes preparar un expreso decente con un mal grano. Por eso, compra grano de buena calidad recién tostado y muélelo tú con un molinillo casero.

¿Qué grano? ¿Qué tueste? La palabra «expreso» hace referencia al método de elaboración del café y no al café en sí. Los tuestes oscuros para expreso son, sin duda, la forma tradicional de obtener ese sabor intenso, oscuro y caramelizado con toques de chocolate ligeramente amargo, y los encontrarás en cualquier tienda donde vendan distintas variedades de café. Pero tal vez descubras que un tueste más ligero te resulta más agradable, pues aportará notas cítricas, de bayas o florales, dependiendo del origen del café. ¡Experimenta con distintos tipos de café, mezclas y tuestes para ver qué sabores, cuerpos y aromas les resultan más sugerentes a tus papilas gustativas!

El método de la cafetera moka

El uso de la cafetera expreso de cocina es bastante sencillo. Después de unos cuantos intentos, le cogerás el truco, así que no te estreses si al principio cometes errores.

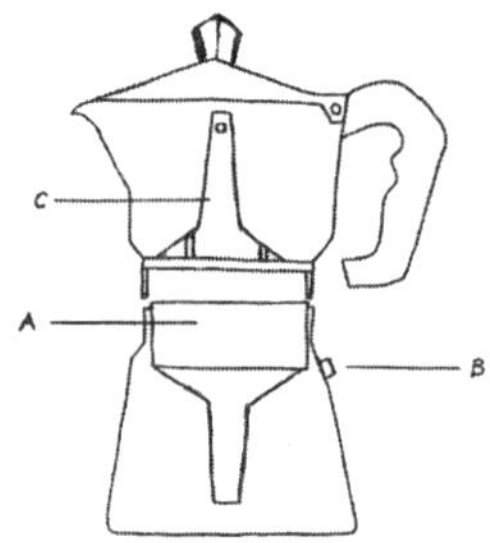

Paso 1: Desenrosca la parte superior. Saca la cestilla (A) de la cámara inferior y llena esta última con agua fría (mejor si es filtrada) hasta la base de la pequeña válvula de vapor (B). El agua no debe sobrepasar la válvula.

Paso 2: Muele el grano. Necesitas que la consistencia resultante sea como de arena fina. No lo muelas demasiado —no queremos que sea polvo— o el resultado será amargo. Del mismo modo, no utilices café premolido para cafetera de goteo, ya que la molienda debe ser más fina. Si no tienes molinillo, busca un café molido especial para expreso.

Paso 3: Añade el café molido, sin apretarlo, en la cestilla (A). La cantidad para cada taza es de 1 a 3 cucharaditas rasas de café molido. Yo utilizo 2 cucharaditas rasas por taza, lo que supone un total de

6 cucharaditas rasas para una cafetera moka de 3 tazas, 12 cucharaditas rasas para una cafetera de 6 tazas, y así sucesivamente. Si te gusta el expreso más suave, añade menos café; si te gusta más fuerte, añade más. No aplastes la molienda en la cestilla, mejor apílala en forma de pirámide. NOTA: no intentes hacer menos café del que cabe en la cafetera. Si tienes una cafetera expreso de 3 tazas, deberás preparar 3 tazas, no 1 ni 5. Si tienes una cafetera de 6 tazas, debes hacer 6 tazas, y así sucesivamente.

Paso 4: Enrosca la parte superior sobre la inferior, asegurándote de que no quedan restos de café en el borde, ya que el cierre debe ser hermético. Pon la cafetera a fuego bajo o medio. (Si preparas el expreso a una temperatura demasiado alta, puedes sobreextraer el café y el resultado será amargo. Como con muchas cosas en la vida, ¡es mejor no tener prisa!).

Paso 5: El ciclo completo de elaboración tarda entre tres y seis minutos, dependiendo del tamaño de la cafetera. El agua se calienta en la cámara inferior y se convierte en vapor. Como el vapor ocupa más espacio que el agua, crea presión y obliga al agua caliente a subir a través de la pastilla de café del filtro. Oirás el gorgoteo del expreso cuando suba por la columna (C) de la cafetera hasta la cámara superior. Cuando el gorgoteo se ralentice, observa si sale vapor por la boquilla de la cafetera y comprueba la cámara superior. Si está llena de café, ¡ya has terminado! Retira la cafetera del fuego y sirve el café en tazas precalentadas. (Para precalentar la taza, utilizo agua caliente del grifo. Lleno la taza, la dejo reposar un minuto, la vacío, la seco con un paño y ¡listo!).

Cómo preparar *lattes* y capuchinos espumosos sin una cafetera expreso provista de espumador de leche

No, no es lo mismo que la espuma profesional de calidad de cafetería y yo no nunca intentaría hacer figuras artísticas con ella. Para alcanzar el verdadero nirvana de la microespuma, ¡tendrás que visitar a tu barista! Sin embargo, mi método del hornillo te permitirá crear una versión rústica del capuchino o el *latte* de cafetería para divertirte un poco en casa.

Si buscas algo más tecnológico, puedes encontrar máquinas diseñadas para calentar y espumar la leche. Solo tienes que teclear «espumador de leche eléctrico» en internet y obtendrás una gran variedad de modelos asequibles para elegir. Mientras tanto, ¡aquí tienes una solución rudimentaria para crear espuma en casa!

Paso 1: Llena un cazo mediano hasta un tercio de su capacidad con agua. Ponlo a fuego fuerte hasta que el agua empiece a hervir. Baja el fuego y deja que el agua siga cociendo a fuego lento.

Paso 2: Toma un cuenco resistente al calor lo bastante grande como para poder encajarlo encima del cazo (lo que estamos creando es un sistema para baño maría). Asegúrate de que el agua que hierve a fuego lento por debajo no toca el cuenco. Vierte leche fresca en el cuenco y deja que se caliente durante un minuto, ¡no más! ¿Cuánta leche? Unos 160 ml por ración.

Paso 3: Sujetando el cuenco caliente con una mano enfundada en un guante de cocina y con la batidora eléctrica en la otra mano, inclina el cuenco para concentrar la leche y, a continuación, bátela. (¡Bátela bien! Utiliza la máxima velocidad de la batidora y mantenla en el centro del charco de leche sin moverla de un lado a otro). En cuestión de segundos, verás que el líquido blanco se convierte en espuma. Bate la leche entre 20 y 90 segundos, dependiendo de la cantidad de espuma que quieras crear y ¡listo! No batas más de la cuenta: con este método no vas a conseguir espumar hasta la última molécula de leche y corres el riesgo de deshacer la espuma que has creado.

Resolución de problemas: Para que este método de espumado rústico resulte infalible, ten en cuenta estas cuatro sugerencias. (1) Nunca intentes volver a espumar la leche que ya has batido si la espuma se ha desintegrado. No funcionará. Tienes que empezar siempre con leche fría y sin remover. Viértela directamente del frigorífico a la taza medidora y al cuenco. Eso es todo. (2) No empieces a batir a una velocidad baja para ir aumentándola. Bate a tope desde el principio, utilizando la velocidad más alta posible de la batidora, ya que, si la fuerza de batido no es inmediata y vigorosa, la leche no se espumará bien. (3) Si deseas añadir especias o aromatizantes en el *latte* o capuchino, incorpóralos al expreso caliente. No añadas siropes, aromatizantes ni especias molidas a la leche antes de espumarla. (4) Por último, no dejes que la leche se caliente más de unos minutos sobre el agua hirviendo. Cocer la leche al vapor realza su dulzor. Sin embargo, si se sobrecalienta, el café con leche tendrá un terrible sabor a quemado en vez de dulce. Por eso mi método rústico de espumado se hace al baño maría en lugar de colocar la leche directamente sobre el quemador. Es la mejor manera de controlar el calor y de evitar que la leche se chamusque.

Preparación de un capuchino rudimentario

Para una ración, comienza con 160 ml de leche fría. Sigue las instrucciones anteriores para espumar la leche. Tras entre 60 y 90 segundos de batido, cuando la mayor parte de la leche del cuenco se haya convertido en una espesa nube lo bastante densa como para recogerla a cucharadas, la espuma estará lista para preparar el capuchino.

Paso 1: Vierte 1 o 2 pulsaciones de café expreso caliente (1 pulsación = 2 cucharadas soperas) en una taza de 240 ml. El número de pulsaciones depende de lo fuerte que desees el sabor del café.

Paso 2: Añade 1 o 2 cucharaditas de azúcar, si lo deseas, y remueve. Si prefieres un capuchino con algún sabor, este es el momento de añadir los siropes y otros aderezos.

Paso 3: Con cuidado, inclina el cuenco y vierte un poco de la leche caliente sobre el expreso (utiliza una cuchara para retener la espuma en el cuenco). Por último, añade la espuma espesa con una cuchara hasta que colme la taza.

Preparación de un *latte* rudimentario

El *latte* es parecido al capuchino. La diferencia reside en la cantidad de espuma, ya que el capuchino contiene mucha más espuma. Para una ración, empieza con 160 ml de leche fría recién sacada del frigorífico. Sigue las instrucciones anteriores para espumar la leche. No batas la leche durante más de 20 o 30 segundos. En ese momento, cuando aproximadamente la mitad de la leche del cuenco siga líquida y la otra mitad se haya espumado, está lista. Solo tienes que seguir las instrucciones de la receta de café con leche básico en la página 381.

Nota sobre el tipo de leche: En Italia, lo normal es utilizar leche entera. Si pides un capuchino con leche desnatada, te mirarán como si hubieras perdido la cabeza. ¿Por qué? La filosofía de los italianos es disfrutar de *la dolce vita,* es decir, saborear la alegría de vivir. Si vas a tomar un capuchino, tómatelo con la leche más sabrosa y disfrútalo. No obstante, si quieres limitar la grasa y las calorías, puedes utilizar leche desnatada en la mayoría de las recetas de este libro.

Recetas de cafés

VARIANTES DEL EXPRESO

En Italia, terminar una comida con una demitaza de expreso recién hecho no solo es habitual, sino que también se considera digestivo. He aquí algunas ideas para servir un expreso como sobremesa en casa.

Expreso romano dulce

Lo de «dulce» es un añadido mío para esta forma de servir el expreso que he visto en algunos hogares italoamericanos. Frota el borde de la taza con una rodaja de limón, hunde en azúcar ese borde humedecido y disfruta del expreso con ese toque dulce y cítrico.

Expreso con piel de naranja confitada

Sencillamente, sirve el expreso con una cáscara confitada en el lateral del platillo. Para preparar cáscaras confitadas de naranja, limón o pomelo, consulta la receta de la página 454.

Expreso americano

Vierte 1 pulsación de café expreso caliente en una taza de 240 ml y llena el resto de la taza con agua caliente.

Expreso con Sambuca

Sirve la tacita de expreso con un chupito de Sambuca al lado. La Sambuca es un licor italiano con sabor a anís y los italianos creen que el anís facilita la digestión después de comer. Tradicionalmente se sirve en un vasito con granos de café tostados flotando. Esos granos pueden ser solo ornamentales o se pueden masticar para aumentar el sabor anisado. Tres granos de café son símbolo de buena suerte, salud, felicidad y prosperidad, así que, si los sirves a tus invitados, ¡cuéntalos!

Café *corretto*

Añade 1/2 cucharadita de *brandy* o de *grappa* (licor italiano) a 1 pulsación de expreso caliente.

Expreso Amaretto

Añade 1 cucharadita de Amaretto a 1 pulsación de expreso caliente. Resulta especialmente delicioso con el bizcocho de frutas navideño de Dante y con los bombones de cereza de Mike Quinn. (Véanse las recetas de estas delicias y algunas otras en la sección siguiente).

Expreso anisado

Añade 1 cucharadita de licor de anís a 1 pulsación de expreso caliente y sírvelo con una rodaja de limón.

Expreso Kahlúa

Añade 1 cucharadita de Kahlúa a 1 pulsación de expreso caliente y cúbrelo con un poco de espuma de leche.

Expreso al *whisky*

Añade 1/2 cucharadita de *whisky* irlandés a 1 pulsación de expreso caliente y cúbrelo con un poco de nata montada.

Expreso al ron

Añade 1 cucharadita de ron añejo a 1 pulsación de expreso caliente y cúbrelo con nata montada y una pizca de canela molida.

Expreso Malibú

Añade 1 cucharadita de ron Malibú a 1 pulsación de expreso caliente. El ron Malibú se elabora en Barbados con extracto natural de coco. Cúbrelo con un poco de nata montada y copos de coco ligeramente tostados. Es un acompañamiento espirituoso para los macarrones barista especiales de Clare. (Véase la receta en la página 416.)

Siropes cafeteros

El empleo de siropes de distintos sabores se remonta a la antigüedad, cuando la miel se utilizaba como conservante para disfrutar de los néctares de la fruta durante todo el año. Con el paso del tiempo, los siropes evolucionaron hacia sabores como la menta, la naranja, el limón y la almendra y se convirtieron en una forma popular de preparar bebidas refrescantes. Hoy en día, en Europa, los siropes aromatizados se añaden al agua con gas para hacer los clásicos «refrescos italianos», mientras que en Norteamérica es más habitual utilizarlos para aromatizar los *lattes* y los capuchinos.

La revolución del café con leche aromatizado es en realidad muy reciente. Según cuenta la historia, un veterano de la industria cafetera llamado «Brandy» Brandenburger se fijó en unas botellas de sirope de la marca Torani que estaban detrás del mostrador del Caffè Trieste de San Francisco. Esas botellas se utilizaban para crear refrescos italianos, pero Brandy decidió llevarse una a casa para experimentar con café expreso y leche caliente, ¡y *voilà*! ¡Nació el primer café con leche aromatizado! En la década de 1990, la idea de añadir siropes a los expresos, los cafés con leche y los capuchinos se extendió por todo Estados Unidos.

Hoy en día, se puede elegir entre una asombrosa variedad de sabores de siropes, no solo vainilla, chocolate, caramelo y avellana, sino también mantequilla al ron, tarta de zanahoria, pepitas de chocolate, especias de arce, ponche de huevo, tofe inglés, pistacho, piña colada, castaña asada, tiramisú, malvavisco tostado ¡y muchísimos más! La enorme cantidad de combinaciones de sabores puede hacer que te estalle la cabeza... y que se te haga la boca agua.

Respecto a qué marca de sirope comprar, los profesionales de las cafeterías suelen aconsejar siropes de calidad que utilicen azúcar de caña puro como edulcorante. Aquí tienes tres grandes marcas para empezar. Visita su página web para saber más sobre los sabores que tienen y dónde comprarlos. Estos sitios son estupendos ¡e incluso ofrecen recetas! (NOTA: si alguna de estas empresas no vende los siropes por internet, busca el enlace donde te informarán de dónde comprarlos en línea).

Torani: Es la marca estadounidense más antigua de sirope *gourmet*, fundada en 1925 por inmigrantes italianos en San Francisco. www.torani.com

Monin: Creada en Francia en 1912. Aunque los europeos llevan disfrutando de esta marca desde entonces, no llegó al mercado estadounidense hasta principios de la década de 1990. www.monin.com

DaVinci Gourmet: Esta prestigiosa marca se estableció en Seattle en 1989. https://apmea.davincigourmet.com/products/

CONSEJOS PARA UTILIZAR SIROPES DE CAFÉ *GOURMET*

No es necesario añadir azúcar: Esto me encanta. Cuando agregas un sirope a una bebida (ya sea un café con leche, un batido caliente o un agua fría con gas), ya la estás endulzando, por lo que no es necesario echar más azúcar. Una cucharada sopera de sirope equivale aproximadamente a una cucharadita y media de azúcar y, además, aporta mucho sabor, no solo dulzor. (También existen siropes sin azúcar).

Refrescos italianos: Igual que hacen algunos europeos, puedes mezclar los siropes con agua con gas para crear tus propios refrescos italianos en casa.

Cremosa: Una cremosa es un refresco italiano al que se le añade un poco de nata, de leche o de ambas cosas.

Batido caliente (o *steamer*): Es como un *latte* sin expreso, estupendo para los niños o para quien quiera una bebida caliente sin cafeína. Basta con calentar un poco de leche en un cazo y añadir el sirope como alternativa al cacao. Un sirope de pan de jengibre y caramelo, de chocolate con castañas o de ponche de huevo y mantequilla al ron, por ejemplo, serían deliciosos durante las Navidades. Solo tienes que buscar esos sabores entre las marcas que existen en el mercado.

Postres y repostería: Puedes rociar siropes *gourmet* sobre helados o fruta (peras cocidas, plátanos caramelizados, melocotones glaseados, fresas frescas). Incluso puedes añadirlos a alguna receta que te guste para darle un sabor diferente. Por ejemplo: añade 1 cucharada de sirope de avellana a tu receta de galletas con pepitas de chocolate, 2 cucharadas de sirope de ron a la mezcla para bizcocho o entre 1 y 2 cucharadas de sirope de tofe inglés a tu receta de *brownie*.

Siropes espirituosos: Los siropes *gourmet* no contienen alcohol, ¡ni siquiera los de sabores como el ron y la crema de menta! Pero si deseas ser tu propio barman y elaborar la versión de un licor, solo tienes que combinar cualquier sirope con vodka en una proporción de 1:1. Por ejemplo, 30 ml de sirope de cereza y 30 ml de vodka te darán 60 ml de licor de cereza. Puedes servirlo en un vaso de chupito decorativo con el café de la sobremesa o añadirle café expreso y leche bien caliente para obtener un *latte* espirituoso.

Dosificadores de sirope: Un bar de siropes puede ser una idea muy divertida, sobre todo en fiestas donde los invitados pueden experimentar con distintos sabores. Si te apetece montar un bar de siropes al estilo de una cafetería (para bebidas de café, bebidas frías o helados italianos), considera la posibilidad de comprar varios dosificadores para dispensar el sirope. Son de plástico, baratos y reutilizables. (Recuerda que cada empresa de siropes vende los dosificadores adaptados a sus botellas; en algunas páginas web los venden con los siropes y en otras en el apartado de accesorios). En cuanto a las medidas, el dosificador dispensará alrededor de media cucharada de sirope, el equivalente a una cucharadita y media. Los baristas de las cafeterías utilizan estos dispensadores con frecuencia y memorizan el número de «pulsaciones» por taza. Los gustos varían y los sabores de algunos siropes son mucho más fuertes que otros, pero una buena regla general es utilizar aproximadamente 1 pulsación de sirope por cada 120 ml de líquido (café, agua con gas, leche, etc.). Así, para una bebida de 240 ml, añadiríamos 2 pulsaciones de sirope (1 cucharada sopera). Para una bebida de 360 ml, añadiríamos 3 pulsaciones de sirope (1 cucharada sopera y media), y así sucesivamente.

Recetas de café con leche

Café con leche básico

Paso 1: Para un servicio, comienza con 160 ml de leche fría recién sacada del frigorífico. Calienta la leche con la varilla espumadora de una cafetera expreso o con el método rústico del hornillo para crear la espuma (página 371).

Paso 2: En una taza de 240 ml, vierte 1 o 2 pulsaciones de café expreso caliente, dependiendo de lo fuerte que desees el sabor. Recuerda que 1 pulsación equivale a 2 cucharadas soperas.

Paso 3: Incorpora el sirope que te apetezca (1 o 2 cucharadas soperas o entre 2 y 4 pulsaciones de una botella de sirope con dosificador), en mayor o menor cantidad dependiendo de la intensidad del sirope y del gusto personal. Remueve el sirope en el expreso caliente para que se disuelva bien. Si deseas un café con leche tradicional, no añadas sirope.

Paso 4: Inclinando con cuidado la jarra o el cuenco de la leche, vierte la leche caliente en la taza de 240 ml llenándola casi hasta arriba (utiliza una cuchara para evitar que caiga la espuma también). Remueve de nuevo la taza para distribuir el sabor.

Paso 5: Sirve el resto de la espuma con una cuchara. Puedes dejar el café tal cual o, dependiendo de los sabores del sirope escogido, adornarlo con distintos aderezos: nata montada, un poco de cacao azucarado en polvo, una pizca de canela o de nuez moscada molida, virutas de chocolate blanco o negro o incluso fideos de chocolate o de colores.

NOTA: Si no tienes cafetera expreso ni cafetera moka, puedes preparar un poco de café de tueste oscuro el doble de fuerte de lo habitual (con una cafetera de goteo u otro método) para utilizarlo en estas recetas de café con leche.

VARIACIONES DE CAFÉS CON LECHE

Café moca

Utiliza la receta básica de café con leche, añadiendo 1 o 2 cucharadas de sirope de chocolate en el paso 2. Si no tienes sirope de chocolate embotellado, prueba con uno de mis siropes de chocolate caseros (página 385).

Café caramelo

Utiliza la receta básica de café con leche, añadiendo 1 o 2 cucharadas de sirope de caramelo en el paso 2. Prueba mi sirope de caramelo casero (página 388).

Latte chocolate-caramelo

Utiliza la receta de café con leche básico, añadiendo 1 o 2 cucharadas de mi salsa casera de chocolate con caramelo en el paso 2 (página 389).

Latte tortuga

Utiliza la receta de café con leche básico. En el paso 2, añade media cucharada sopera (1 cucharadita y media) de la salsa casera de chocolate con caramelo y media cucharada sopera de sirope de avellana o de algún licor de frutos secos (como Frangelico o Amaretto). Cúbrelo con nata montada, un chorrito de salsa de chocolate con caramelo y virutas de chocolate.

Latte de tarta de manzana

Vierte 1 pulsación de café expreso caliente en una taza de 240 ml. Añade 1 o 2 cucharadas del sirope casero de sidra de manzana (página 390). Llena el resto de la taza con leche caliente, preparada con una varilla espumadora de cafetera expreso o con el método rústico del hornillo (página 371). Remueve de nuevo para disolver bien los sabores. Cubre con una nube de espuma y con un chorrito del sirope casero de sidra de manzana.

Latte de trufa y frambuesa

Vierte 1 pulsación de expreso caliente en una taza de 240 ml. Añade media cucharada (1 cucharadita y media) de sirope casero de chocolate negro (receta a continuación) y media cucharada de sirope de frambuesa (puedes elaborar tu propio sirope de frambuesa utilizando la receta fácil de sirope de frutas casero, también a continuación). Llena el resto de la taza con leche caliente, preparada con una varilla espumadora de cafetera expreso o con mi método rústico del hornillo (página 371). Remueve de nuevo para disolver bien los sabores. Cubre con una cucharada de nata montada y con virutas de chocolate. ¡Y prueba a servirlo con frambuesas frescas aparte!

Siropes

Sirope casero de chocolate negro

Para 250 ml

300 g de azúcar granulado
100 g de cacao holandés en polvo sin azúcar (tamizado)
1/8 cucharadita de sal
310 ml de agua
2 cucharaditas de extracto de vainilla

Paso 1: En un cuenco, mezcla el azúcar, el cacao en polvo y la sal (pero no la vainilla). Añade el agua y bate bien hasta que los ingredientes se mezclen por completo. Vierte la mezcla en un cazo y caliéntala a fuego medio. Remuévela con frecuencia hasta que rompa a hervir; sigue removiendo y calentando durante 7 minutos completos. (Vigila que el sirope se reduzca y se espese. También se oscurecerá un poco). Si la mezcla amenaza con desbordarse, baja un poco el fuego y sigue removiendo.

Paso 2: Al cabo de 7 minutos, retira el sirope del fuego. Déjalo enfriar 1 minuto e incorpora la vainilla. Pásalo a un cuenco y mételo en el frigorífico. Cuando esté completamente frío, retira cualquier capa espesa de la parte superior y cuélalo con un colador de malla fina. Recomiendo guardar este sirope en el frigorífico en una botella exprimible de plástico. Una vez frío, puede endurecerse. En ese caso, recalienta la botella en el microondas entre 30 y 60 segundos o sumérgela en agua caliente durante unos minutos.

CONSEJO ÚTIL: Los chefs dicen que remover en círculo no es la mejor manera de mezclar los ingredientes. Es mejor remover en forma de ocho, en forma de ese y, por último, en círculo. En otras palabras, variando la forma de remover para que los ingredientes se mezclan bien.

Sirope casero de chocolate con leche

Para 375 ml

200 g de azúcar granulado
50 g de cacao holandés en polvo sin azúcar (tamizado)
1/8 cucharadita de sal
250 ml de leche entera
125 ml de jarabe de maíz ligero
125 ml de nata para montar
1/2 cucharadita de extracto de vainilla

En un cazo, mezcla el azúcar, el cacao en polvo, la sal, la leche, el jarabe de maíz y la nata. Remueve a fuego medio hasta que el azúcar se disuelva y obtengas una mezcla homogénea. Sigue removiendo hasta que hierva y mantenla hirviendo durante 7 minutos, removiendo con frecuencia. Al cabo de 7 minutos, retira la mezcla del fuego, déjala enfriar durante un minuto e incorpora la vainilla. Antes de guardar el sirope, deja que se ponga a temperatura ambiente. Yo recomiendo meterlo en una botella exprimible de plástico en el frigorífico. Una vez frío, este sirope puede endurecerse. En ese caso, recalienta la botella en el microondas entre 30 y 60 segundos o sumérgela en agua caliente durante unos minutos.

Sirope de caramelo casero

Para 1/2 litro

250 ml de nata para montar
125 ml de leche entera
250 ml de jarabe de maíz ligero
100 g de azúcar granulado
100 g de azúcar moreno claro, bien compacto
1/4 cucharadita de sal
2 cucharadas de mantequilla
1/2 cucharadita de extracto puro de vainilla

En una sartén antiadherente, mezcla la nata, la leche entera, el jarabe de maíz, el azúcar (blanco y moreno) y la sal. Remueve a fuego medio hasta obtener una mezcla homogénea. Llévala a ebullición y déjala en el fuego entre 8 y 10 minutos. Sigue removiendo, ¡que no se te queme! Al cabo de 10 minutos, añade la mantequilla; sigue calentando y removiendo otros 3 minutos más hasta que la mantequilla esté completamente derretida. Retira la mezcla del fuego. Deja reposar un minuto y agrega la vainilla. Sirve este sirope caliente en el café con leche o añade un poco sobre helado, manzanas asadas o tarta. Deja que alcance la temperatura ambiente antes de meterlo en una botella exprimible de plástico y guárdalo en el frigorífico.

Una vez frío, el sirope se endurecerá un poco. Para utilizarlo directamente del frigorífico, recalienta la botella de plástico en el microondas entre 30 y 60 segundos o sumérgela en agua caliente durante unos minutos.

Salsa casera de chocolate con caramelo

Para 1/2 litro

Utiliza los ingredientes del sirope de caramelo casero y:
2 cucharadas adicionales de mantequilla
50 g de cacao en polvo sin azúcar (tamizado)

Paso 1: Sigue las instrucciones de la receta anterior para preparar el sirope de caramelo. Cuando haya terminado de hervir a fuego lento y toque añadir la mantequilla, aumenta la cantidad a 4 cucharadas (en lugar de 2). Remueve hasta que la mantequilla esté derretida y añade el cacao en polvo (asegúrate de que esté tamizado para evitar grumos).

Paso 2: Retira la salsa de chocolate con caramelo del fuego e incorpora 1/4 cucharadita de vainilla, como en la receta anterior de sirope de caramelo. Si la salsa aún tiene grumos, pásala a un cuenco resistente al calor y bate hasta que esté completamente homogénea. Deja que se enfríe a temperatura ambiente antes de verterla en una botella exprimible de plástico y guardarla en el frigorífico.

Una vez fría, la salsa se endurecerá bastante (como una salsa de caramelo caliente). Para usarla recién sacada del frigorífico, recalienta la botella de plástico en el microondas entre 60 y 90 segundos o sumérgela en agua caliente durante unos minutos.

Sirope casero de sidra de manzana

Para 1/2 litro

- 1/2 l de sidra de manzana (en Estados Unidos, se denomina sidra de manzana a una especie de zumo espeso de manzana que no lleva alcohol)
- 400 g de azúcar moreno claro, bien compacto
- 1/2 cucharadita de canela molida
- 1/4 cucharadita de nuez moscada molida
- 2 cucharadas de mantequilla
- 1/4 cucharadita de extracto de vainilla

Mezcla la sidra de manzana, el azúcar moreno, la canela y la nuez moscada en un cazo antiadherente. A fuego medio-alto, lleva la mezcla a ebullición mientras remueves con frecuencia. Cuando rompa a hervir, baja el fuego a medio-bajo y cuece la mezcla durante 20 minutos, removiendo de vez en cuando para evitar que se pegue o se queme. La mezcla se reducirá y se espesará. Añade la mantequilla y remueve continuamente hasta que esté derretida del todo. Retira el cazo del fuego. Al cabo de un minuto, incorpora la vainilla. El sirope se espesará al enfriarse.

Sírvelo en el café con leche o prueba este delicioso sirope sobre helado o incluso sobre tortitas, gofres y tostadas francesas.

La mejor forma de conservar los siropes caseros es en una botella exprimible de plástico. Para recalentarlo rápidamente, mete la botella en el microondas entre 30 y 60 segundos o sumérgela en agua caliente durante unos minutos.

Sirope de frutas casero fácil

Para 1/2 litro

1 l de agua
300 g de azúcar granulado
250 ml de tu mermelada, confitura o conserva de frutas favorita

Sabores sugeridos: frambuesa, fresa, melocotón, albaricoque, naranja, arándano, mango, menta.

En un cazo antiadherente, mezcla el agua y el azúcar con tu mermelada, confitura o conserva de fruta favorita. Llévala a ebullición a fuego medio-alto mientras remueves a menudo para evitar que se queme o se pegue. Reduce el fuego y cuece el sirope a fuego lento durante 20 minutos, removiendo con frecuencia. Al cabo de 20 minutos, la mezcla debe estar ligeramente reducida y más espesa. Retírala del fuego y pásala por un colador de malla fina. (Cuélala una segunda vez si es necesario). Deja que se enfríe a temperatura ambiente en un cuenco y retira cualquier capa sólida que se haya formado en la superficie. Pasa el sirope a una botella exprimible de plástico y guárdalo en el frigorífico. Para recalentarlo, mete la botella de plástico en el microondas entre 30 y 60 segundos o sumérgela en agua caliente.

NOTA: Si utilizas fruta en conserva endulzada con zumos o concentrados de fruta en vez de con jarabe de maíz, añade unos 10 minutos al proceso de cocción a fuego lento. El sirope de maíz de las confituras y mermeladas normales es lo que ayuda a espesar la mezcla. Si no lleva sirope de maíz (comprueba la etiqueta de los ingredientes), hierve la mezcla un poco más de tiempo para obtener el mismo resultado.

Cafés fun fun fun

Salvo que se indique lo contrario, las recetas siguientes son para raciones individuales.

Latte de galleta de jengibre

1 pulsación de expreso caliente o de café fuerte
1 cucharada de sirope de galleta de jengibre casero (receta a continuación)
160 ml de leche fría

Vierte el expreso en una taza de 240 ml. Añade el sirope de galleta de jengibre. Llena el resto de la taza con leche caliente (utiliza una varilla espumadora de una cafetera expreso o el método rústico del hornillo de la página 371). Cubre con una nube de espuma de leche y un chorrito en zigzag de sirope de galleta de jengibre.

Sirope de galleta de jengibre casero

Para 375 ml

1/2 l de agua
300 g de azúcar granulado
2 cucharadas de jengibre molido
1/2 cucharadita de canela molida
1/4 cucharadita de extracto de vainilla

En un cazo antiadherente, mezcla el agua, el azúcar, el jengibre y la canela. A fuego medio-alto, lleva la mezcla a ebullición mientras remueves con frecuencia para evitar que se queme. Cuando rompa a hervir, reduce a fuego medio-bajo y sigue cociendo entre 15 y 20 minutos, removiendo de vez en cuando para evitar que se pegue o se queme. La mezcla se reducirá y se espesará ligeramente. Retira el cazo del fuego. Deja enfriar el sirope durante un minuto y luego añade la vainilla. Sírvelo caliente con café con leche o pruébalo sobre helado. La mejor forma de guardar los siropes caseros es en una botella exprimible de plástico. Para recalentarlo de forma rápida, mete la botella en el microondas entre 30 y 60 segundos o sumérgela en agua caliente durante unos minutos.

Café con leche y especias de tarta de calabaza

2 cucharaditas de calabaza enlatada
1/4 cucharadita de especias para tarta de calabaza (véase nota más adelante)
1 cucharada de sirope de vainilla (o 1/4 cucharadita de extracto de vainilla y 1 1/2 cucharadita de azúcar granulado)
1 pulsación de expreso caliente o de café fuerte
160 ml de leche fría
1 ramita de canela

Paso 1: En una taza de 240 ml, mezcla la calabaza enlatada, las especias para tartas de calabaza y el sirope de vainilla (o el extracto de vainilla y el azúcar).

Paso 2: Vierte el café expreso caliente en la taza. Remueve bien para mezclar los sabores.

Paso 3: Espuma la leche con una varilla espumadora de cafetera expreso o con el método rústico del hornillo (página 371). Con la ayuda de una cuchara para retener la espuma, vierte la leche en el expreso caliente. Añade una ramita de canela y remueve para mezclar los sabores. Cubre después con la espuma.

NOTA: En Estados Unidos, es fácil encontrar especias para tarta de calabaza en la mayoría de los supermercados, en la sección de especias. Si no las encuentras, puedes preparar la mezcla en casa. Solo tienes que combinar las siguientes especias molidas para obtener 1 cucharadita de especias para tarta de calabaza: 1/2 cucharadita de canela, 1/4 cucharadita de jengibre, 1/8 cucharadita de pimienta de Jamaica molida o de clavo molido y 1/8 cucharadita de nuez moscada molida.

Latte de ponche de huevo

125 ml de ponche de huevo frío
60 ml de leche fría
1 pulsación de expreso caliente o de café fuerte
1 pizca de nuez moscada molida

Paso 1: Mezcla el ponche de huevo con la leche. Espuma la mezcla líquida con una varilla espumadora de cafetera expreso o con el método rústico del hornillo (página 371). Ten en cuenta que el ponche de huevo se quema antes que la leche, así que presta mucha atención a esta parte del proceso.

Paso 2: Vierte el café expreso en la taza. Llena la taza con la mezcla de ponche de huevo. Cubre la bebida con un poco de mezcla de ponche de huevo espumoso. Adorna con nuez moscada molida.

Latte «Copo de Nieve» de chocolate blanco

125 ml de leche
50 g de chocolate blanco troceado o de pepitas
de chocolate blanco
1/4 cucharadita de extracto de vainilla
1 o 2 pulsaciones de expreso caliente
o de café fuerte
Nata montada (opcional)

Paso 1: Mezcla la leche y el chocolate blanco en un cuenco resistente al calor y colócalo sobre un cazo con agua hirviendo hasta 1/3 de su capacidad. (El nivel del agua debe estar por debajo del cuenco sin tocarlo). Remueve constantemente hasta que el chocolate se derrita.

Paso 2: Utilizando una batidora de varillas o manual, añade la vainilla. Sigue batiendo durante aproximadamente un minuto hasta que la mezcla caliente esté ligeramente espumosa.

Paso 3: Vierte el café expreso en una taza grande. Añade la leche con chocolate blanco y remueve para mezclar los sabores. Puedes cubrirlo con nata montada, pero yo lo sirvo sin nata. (Esta bebida es el paraíso absoluto. Sabe a una especie sabrosa de batido caliente con café. ¡Disfrútalo!).

Latte de bastón de caramelo

160 ml de leche fría
1 pulsación de expreso caliente o café fuerte
1 bastón de caramelo
1/2 cucharada de Kirsch (licor de cereza) o sirope de cereza
1/2 cucharada de licor de crema de menta o sirope de menta
Nata montada
Bastones de caramelo en trocitos pequeños (opcional)

Paso 1: Espuma la leche con la varilla de vapor de una cafetera expreso o con el método rústico del hornillo (página 371).

Paso 2: Vierte el expreso en una taza de 240 ml, añade el Kirsch y la crema de menta y utiliza el bastón de caramelo para mezclarlos.

Paso 3: Llena el resto de la taza, casi hasta arriba, con la leche caliente y remueve una segunda vez con el bastón de caramelo para mezclar bien los sabores. Cubre la bebida con nata montada y trocitos de bastón de caramelo. ¡Deja el bastón de caramelo entero en la taza para darle un toque navideño!

Latte Yule con especias de naranja

160 ml de leche fría
1/2 cucharada de sirope de naranja o Grand Marnier
1/2 cucharada de sirope de Amaretto
o de licor Amaretto
Una pizca de pimienta de Jamaica
1 pulsación de expreso caliente o café fuerte
1 ramita de canela
Nata montada

Paso 1: Espuma la leche con la varilla espumadora de una cafetera expreso o con el método rústico del hornillo (página 371).

Paso 2: Pon los siropes o licores aromatizados en una taza. Añade la pimienta de Jamaica, el expreso caliente y remueve con la rama de canela.

Paso 3: Llena el resto de la taza con leche caliente y vuelve a remover con la canela para mezclar los sabores. Deja la canela en la taza para darle sabor especiado. Cubre con nata montada.

NOTA: Puedes utilizar sirope de naranja embotellado o seguir la receta del sirope de frutas casero fácil (véase página 391), utilizando mermelada de naranja. También puedes usar el sirope de naranja para bebidas resultante de elaborar las cáscaras de naranja confitadas caseras (página 454).

Latte de Janucá con rosquillas de Esther

160 ml de leche fría
1 cucharada de sirope de caramelo casero (véase nota)
1 cucharada de sirope de frambuesa casero (véase nota)
2 pulsaciones de expreso caliente o café fuerte
Azúcar glas para decorar

Paso 1: Espuma la leche al vapor con la varilla espumadora de una cafetera expreso o con el método del hornillo (página 371).

Paso 2: Pon los siropes caseros de frambuesa y caramelo en una taza de 240 ml, añade el expreso caliente y remueve.

Paso 3: Llena el resto de la taza con leche caliente (utilizando una cuchara para retener la espuma en la jarra o el cuenco) y remueve una segunda vez para mezclar los sabores. Cubre con una nube de espuma de leche; adorna con zigzags de sirope casero de frambuesa y caramelo y una ligera capa de azúcar glas. (¡Sabe a rosquilla de mermelada!).

NOTA: Para preparar tus propios siropes de frambuesa y caramelo, consulta las recetas de sirope de frutas casero fácil y sirope de caramelo casero (páginas 391 y 388).

Recetas navideñas

Galletas de azúcar a la antigua de Clare

Al principio de las fiestas, Clare Cosi prepara una buena cantidad de esta masa de galletas de azúcar y la guarda en el frigorífico envuelta en plástico. Cuando quiere preparar galletas, toma un trozo de masa del tamaño de una naranja, lo extiende y hornea una bandeja de galletas para servírselas recién hechas a sus invitados con el café de la sobremesa.

Para entre 48 y 60 galletas, dependiendo del tamaño de los moldes y de lo fina o gruesa que extiendas la masa.

800 g de harina común
4 cucharaditas de levadura
2 cucharaditas de sal
4 barras (400 g) de mantequilla sin sal
400 g de azúcar granulado
4 huevos ¡a temperatura ambiente!
3 cucharaditas de extracto de vainilla

Paso 1: Prepara la masa. Para ello, tamiza la harina, la levadura y la sal. En un cuenco aparte, mezcla la mantequilla y el azúcar. Bate los huevos y la vainilla. Añade poco a poco los ingredientes secos hasta que se forme una masa homogénea. (No amases demasiado o las galletas quedarán duras). Con unos golpecitos suaves, forma una bola grande, envuélvela bien en plástico y ponla a enfriar durante al menos 3 horas o toda la noche.

Paso 2: Extiende la masa. Para ello, primero precalienta el horno a 180 °C. Toma una bola de masa del tamaño de una naranja, colócala sobre una superficie plana enharinada y (ya sabes) ¡a darle al rodillo! Si quieres que las galletas queden finas y crujientes —como recomienda Clare—, extiende la masa con un grosor de entre 3 y 6 mm. Si prefieres una galleta más gruesa, extiende la masa con un grosor de 12 mm.

ADVERTENCIA: Si no has enfriado la masa como se sugiere en el paso 1, puede que esté demasiado caliente para trabajar con ella y que resulte demasiado pegajosa. Métela en el frigorífico un rato. Cuando la saques, estará más sólida. Si está demasiado dura, déjala templar hasta que se vuelva flexible. Si tienes problemas para extender la masa, lee las siguientes sugerencias para evitar que se pegue o se rompa, o que se endurezcan las galletas por añadir demasiada harina.

Truco del papel de horno: Una buena forma de evitar que la masa se pegue es extenderla entre dos hojas de papel de horno espolvoreadas con harina. El mejor método para extender la masa, por cierto, es hacerlo en una dirección, luego girarla (con papel y todo) hacia la derecha, en el sentido de las agujas del reloj, y extenderla de nuevo. Sigue girando y extendiendo la masa hasta que quede bien fina. Antes de retirar el papel, desliza la masa estirada (con papel y todo) sobre una bandeja plana y métela en el frigorífico para que se enfríe durante diez o quince minutos. De este modo, la mantequilla se endurecerá y la masa resultará menos pegajosa a la hora de despegar la hoja de papel superior.

Paso 3: Corta la masa. Una vez que la tengas toda extendida, córtala con moldes para galletas. Coloca las galletas con cuidado en una bandeja cubierta con papel de horno o láminas de silicona. (Si no tienes, utiliza un poco de aceite para evitar que las galletas se peguen). Haz una bola con los trozos de masa restantes y únela a la masa guardada en el frigorífico o extiéndela de nuevo para cortar más galletas.

Paso 4: Hornea entre 10 y 15 minutos. La temperatura de los hornos varía, así que vigila las galletas para que no se hagan demasiado ¡o quedarán duras! Determina cuál es el mejor tiempo de horneado en función de tu horno y del tamaño y grosor de tus galletas.

Paso 5: Llega el momento de decorarlas. Con las galletas recién horneadas aún en la bandeja, píntalas con glaseado para galletas de azúcar y espolvoréalas con azúcar de colores.

Glaseado para galletas de azúcar

75 g de azúcar glas
2 cucharadas de leche
1/4 cucharadita de extracto de vainilla
Unas gotas de colorante alimentario

Mezcla el azúcar, la leche y la vainilla en un cuenco y bate hasta que quede homogéneo. Clare prepara tres cuencos de este glaseado: uno con colorante alimentario rojo, otro con colorante alimentario verde y otro transparente (sin colorante). Después de pintar con creatividad las galletas navideñas, las espolvorea con azúcar de colores.

Minibiscotti navideños rojos y verdes de Clare

Esta es una versión en miniatura de las galletas de estilo italiano que Clare horneó para Mike Quinn la mañana después de encontrar el cadáver de Alf. Cuando le pidió al pastelero que las reprodujera para venderlas en el Village Blend, ¡se agotaron en tiempo récord! Los pistachos picados les otorgan un toque verde y los arándanos secos aportan el alegre acento rojo. Bañar los extremos en chocolate blanco derretido les confiere un estupendo sabor festivo al tiempo que simula un beso de nieve invernal. Clare les pone también canela molida, algo poco convencional en este tipo de galletas, pero las especias navideñas resultan sorprendentes y armoniosas en esta combinación de sabores. La mantequilla derretida también les da un sabor agradable y, aunque al añadir grasa se acorta su fecha de caducidad, estas galletas son tan bonitas y saben tan bien que, de todos modos, ¡desaparecen enseguida!

Para entre 36 y 40 *minibiscotti*

1 taza de arándanos rojos secos
1 taza de pistachos (yo utilizo los pistachos secos tostados con sal de la sección de aperitivos y les quito la cáscara a mano)
2 huevos grandes
1 yema de huevo (reserva la clara para el glaseado)
125 g de azúcar granulado
2 cucharaditas de extracto de vainilla
100 g de mantequilla sin sal (1 barra), derretida y fría
300 g de harina común
1 cucharadita de levadura
1 cucharadita de canela molida
400 g de chocolate blanco, en trocitos o en pepitas

Paso 1: Prepara los ingredientes rojos y verdes. Para ello, pon los arándanos rojos secos en un cuenco y cúbrelos con agua caliente del grifo para que se hinchen. Déjalos reposar durante al menos 15 minutos, pero no más de una hora. Escúrrelos bien antes de añadirlos a la receta. En cuanto a los pistachos, pélalos hasta llenar una taza y pícalos en trozos grandes. Para picarlos, Clare mete los frutos secos en una bolsa de plástico y los golpea con un cucharón o un martillo para carne. (Si utilizas un robot de cocina o un molinillo de especias, ten cuidado, porque hay que picar los pistachos en trozos grandes, no molerlos).

Paso 2: Prepara la masa. Para ello, con una batidora eléctrica, bate los huevos, la yema y el azúcar durante 2 minutos. Añade la vainilla y la mantequilla derretida (y enfriada) y bate durante otro minuto más. En un cuenco aparte, mezcla la harina, la levadura y la canela molida. A continuación, combina los ingredientes húmedos con los secos, removiendo lo suficiente para formar una masa. Incorpora los arándanos rojos secos escurridos y los pistachos picados. (En esta fase, Clare se espolvorea las manos con harina para amasar bien los ingredientes y que se incorporen de manera uniforme. No te excedas amasando).

Paso 3: Forma las barras y glaséalas. Para ello, divide la masa en dos porciones iguales. Sobre una superficie enharinada y con las manos también enharinadas, forma con cada porción una barra redonda de 30 cm de largo y no más de 2,5 cm de diámetro. Coloca ambas barras en una bandeja de horno cubierta con papel de horno o láminas de silicona para evitar que se peguen. Presiónalas ligeramente para aplanarlas un poco. Las barras se extenderán más durante el horneado, así que asegúrate de que estén bien separadas. Con un pincel de repostería, barnízalas con la clara de huevo reservada (bátela un poco con un tenedor antes de barnizar). Después, espolvorea ambas barras con azúcar granulado. El glaseado ayudará a dorar las barras y a que no se deshagan cuando las cortes.

Paso 4: Hornea y corta. Para ello, precalienta el horno y hornea a 180 °C de 25 a 35 minutos (depende del horno). Las barras se habrán terminado de hornear cuando estén ligeramente doradas, firmes al tacto y con la superficie algo agrietada. Retíralas del horno, sácalas de la bandeja caliente y déjalas enfriar por completo. Espera al menos 1 hora (¡mejor si son 3!) y córtalas en rebanadas como si fuera una barra de pan. Lo ideal es que estos *biscotti* tengan un grosor de unos 2 cm. De cada barra obtendrás entre 18 y 20 *minibiscotti,* según lo gruesas o finas que las cortes. Para evitar que se desmoronen, consulta los consejos de Clare para evitar desmenuzamientos al final de esta receta.

Paso 5: Segundo horneado. En italiano, el término *biscotto* significa «horneado dos veces». Por tanto, dales la vuelta a las galletas y hornéalas de nuevo, en el horno a 180 °C, durante 8 minutos por un lado, y luego, con cuidado (¡no te quemes los dedos!), dales la vuelta y hornéalas otros 7 minutos por el otro lado. Las galletas tienen que secarse y tostarse un poco por fuera.

Paso 6: Bañar en chocolate blanco. Para ello, deja enfriar completamente las galletas y luego baña un extremo de cada galleta con chocolate blanco derretido. (Fundir chocolate es fácil pero tiene su truco. Consulta las instrucciones para fundirlo al final de esta receta). Coloca las galletas recién bañadas en chocolate en platos planos cubiertos con papel de horno para facilitar la limpieza posterior. (No utilices servilletas de papel, ¡se pegarán al chocolate!) Espera a que el chocolate se endurezca antes de moverlas. Para acelerar este proceso, yo meto los platos en el congelador durante 5 minutos (asegúrate de utilizar papel de horno o se pegarán al plato). A continuación, enciende la cafetera o la máquina de café expreso y ¡a disfrutar!

CONSEJOS DE CLARE PARA EVITAR DESMENUZAMIENTOS: Aquí tienes cuatro consejos para evitar que los *minibiscotti* se desmenucen. (1) Deja que las barras se enfríen por completo, lo mejor es esperar entre 3 y 4 horas. Puedes dejarlas incluso toda la noche. (2) Utiliza un cuchillo afilado sin sierra. (3) Presiona hacia abajo sin serrar. (4) No intentes cortar las galletas más finas de 1 cm (2 cm es lo ideal). Es inevitable que alguna galleta se rompa. No te preocupes, esto ocurre (y de todas formas hay que probarlas, ¿no?). Por último, recuerda lo que siempre decía Nonna Cosi: «Lo bueno es mejor que lo perfecto».

CÓMO FUNDIR CHOCOLATE

ADVERTENCIA: Asegúrate de que los cuencos, sartenes y demás utensilios estén completamente secos antes de empezar. Incluso unas gotas de agua pueden hacer que el chocolate se corte.

Método fácil para microondas

Pon los trocitos de chocolate o las pepitas en un cuenco seco apto para microondas y caliéntalo a potencia media durante solo 30 segundos. (¿Por qué? ¡Porque no quieres que se queme, ya que eso arruinaría el sabor del chocolate!). Saca el cuenco del microondas y remueve el chocolate con una espátula de goma seca. Vuelve a calentarlo, 30 segundos cada vez, y a removerlo todas las veces que haga falta. Cuando el chocolate esté a punto de derretirse por completo, acorta el tiempo a 15 segundos, sin dejar de remover, hasta que se termine de derretir. El chocolate blanco y el chocolate con leche, al contener leche en polvo, son más sensibles a quemarse que el negro, así que ten cuidado de no sobrecalentarlos.

Método del hornillo

Coloca el chocolate en trozos o en pepitas en una olla doble (en la parte de abajo, el agua caliente; en la de arriba, bien seca, el chocolate). Si no tienes una olla doble, crea tu propio sistema de baño maría utilizando un cuenco de cristal o metal ¡seco! y resistente al calor sobre un cazo con agua caliente. El cuenco, más grande, debe quedar bien encajado en el cazo, más pequeño. ADVERTENCIA: El agua debe estar caliente, pero sin llegar a hervir; tampoco debe tocar el cuenco que contiene el chocolate. Mientras se derrite el chocolate blanco, remueve constantemente con una espátula de goma (seca). Retíralo del fuego en cuanto esté derretido. ¡No dejes que se queme!

Magdalenas doradas de jengibre y arce con glaseado de especias navideñas

Para llevar el sabor del horneado casero con especias navideñas a los clientes de su cafetería, Clare creó estas magdalenas ligeras, jugosas y con jengibre para el Village Blend. Verás que en esta receta no se le añade azúcar a la masa de las magdalenas, porque el dulzor procede del sirope de arce puro, un ingrediente importante para que salgan bien. El sirope de arce puro no es lo mismo que el sirope para tortitas, ya que este último suele ser sirope de maíz con sabor a arce. Utiliza sirope de arce auténtico o la textura de las magdalenas será seca en lugar de esponjosa, y el sabor también resultará menos apetecible. En caso de duda, mira la etiqueta. Como dice Clare, «el sirope de arce puro solo contiene un ingrediente: ¡sirope de arce!».

Para 12 magdalenas

200 g de pasas
2 huevos extragrandes a temperatura ambiente
250 ml de sirope de arce puro (no lo sustituyas por sirope para tortitas)
1 cucharada de miel de caña pura
250 ml de crema agria
80 ml de leche
100 g (1 barrita) de mantequilla derretida
320 g de harina común tamizada
1 1/2 cucharaditas de jengibre molido
1/2 cucharadita de pimienta de Jamaica (véase nota)
1 cucharadita de bicarbonato sódico
3 cucharaditas de levadura
1/2 cucharadita de sal

Paso 1: Prepara la masa. En primer lugar, precalienta el horno a 180 °C. Pon las pasas en un cuenco y cúbrelas con agua caliente del grifo durante 15 minutos para que se hinchen. Escurre el agua y reserva las pasas. Con una batidora de varillas o manual, bate los huevos (a temperatura ambiente) durante 2 minutos, hasta que se duplique su volumen, y luego añádeles el sirope de arce puro, la miel de caña, la crema agria, la leche y la mantequilla derretida. En otro cuenco, mezcla la harina, el jengibre, la pimienta de Jamaica, el bicarbonato, la levadura y la sal. A continuación, junta los ingredientes secos con los húmedos, incorpora las pasas y mezcla la masa hasta que quede homogénea (no mezcles demasiado en esta fase o las magdalenas quedarán duras).

Paso 2: Hornea las magdalenas. Para ello, rocía la parte superior de los moldes para magdalenas con espray antiadherente (o con un poco de aceite) para evitar que se peguen. Pon 12 fundas para magdalenas de papel o de aluminio y rellénalas con la masa. (Quizá te parezca demasiada masa para 12 magdalenas, pero es la cantidad adecuada). No temas que la masa sobrepase el molde, repártela uniformemente entre todas las fundas hasta que se acabe. Si llenas así los moldes, la parte superior de las magdalenas quedará abultada, como las de las cafeterías. Hornea de 25 a 35 minutos a 180 °C. Estarán listas cuando al insertar un pincho de madera o un cuchillo en el centro de la magdalena salga limpio.

Paso 3: Espolvorea o glasea. La parte superior de las magdalenas se hinchará durante el horneado y se fusionarán entre ellas. Utiliza un cuchillo para separarlas con cuidado. A continuación, saca las magdalenas del molde en cuanto estén lo bastante frías como para manipularlas (al cabo de unos 5 minutos). No dejes enfriar las magdalenas sobre la bandeja caliente ¡o las bases se cocerán y se pondrán duras! Puedes adornarlas con azúcar glas espolvoreado (pasa el azúcar por un colador de malla fina) o con el glaseado tibio de especias navideñas que describo a continuación. Deja que se enfríen del todo antes de glasearlas.

Glaseado tibio de especias navideñas

2 cucharadas de sirope de arce puro, no sirope para tortitas
2 cucharadas de mantequilla
2 cucharadas de agua
1/2 cucharadita de pimienta de Jamaica
135 g de azúcar glas

Calienta el sirope de arce puro, la mantequilla, el agua y la pimienta de Jamaica en un cazo a fuego medio, removiendo constantemente hasta que se derrita la mantequilla. Añade poco a poco el azúcar glas. Sigue removiendo y calentando a fuego lento durante unos minutos, hasta que la mezcla quede homogénea. Se trata de un glaseado fino que quedará casi transparente sobre las magdalenas. Con una brocha de pastelería, cubre generosamente la parte superior de las magdalenas, ya frías, mientras el glaseado esté caliente. Si el glaseado se endurece en el cazo, vuelve a calentarlo, removiéndolo. Puedes servir las magdalenas recién glaseadas o dejar que el glaseado se enfríe antes. El glaseado se endurecerá en 20 o 30 minutos.

NOTA: El sabor de la pimienta de Jamaica recuerda a una mezcla de canela, nuez moscada y clavo. Si no encuentras alguna especia, en particular clavo molido, la pimienta de Jamaica no solo es una alternativa deliciosa, sino una forma inteligente de que la repostería navideña no se salga de tu presupuesto. Por cierto, la pimienta de Jamaica, cuya baya es del tamaño de un guisante, procede de un árbol perenne llamado *Pimenta dioica*. Aunque se cultiva en buena parte del Caribe y Sudamérica, en Jamaica, la isla de Dexter, se cultiva casi toda la producción mundial.

Macarrones barista de Clare

Como Clare señaló en una de sus viejas columnas de *En la cocina con Clare:* «El macarrón de coco básico no es más que un dulce elaborado con copos de coco, con los que se forma una pasta que después se hornea. Una manera de hacerlo es con leche condensada y claras de huevo. Otra es mezclar 400 g de copos de coco azucarados con 160 g de azúcar granulado, 6 cucharadas de harina, 1 1/2 cucharaditas de extracto de vainilla y 1/4 cucharadita de sal. Incorpora 4 claras de huevo ligeramente batidas con un tenedor y mezcla bien. Para formar las bolitas, coloca la masa de coco en una cucharada redonda (de un juego de cucharas medidoras) y deposítala sobre una bandeja para galletas forrada con papel de horno o engrasada para evitar que se peguen. Con los dedos, moldea cada bolita en forma de pequeña pirámide. La forma triangular hace que el dulce se dore y quede ligeramente crujiente por fuera, mientras que por dentro sigue blando y masticable. Hornea a 180 °C de 15 a 20 minutos o hasta que los bordes estén dorados. No hornees demasiado o se quedarán demasiado duros por dentro. (Para unos 30 dulces).

La receta de macarrones barista de Clare consiste en un macarrón básico sobre una galleta alargada y se prepara rápida y fácilmente para venderla después en la cafetería.

Para 16 barras o 36 cuadraditos del tamaño de un bocado

Para la base de galleta

- 6 cucharadas de mantequilla sin sal, ablandada a temperatura ambiente
- 100 g de azúcar moreno claro, bien compacto
- 130 g de harina común
- 1/4 cucharadita de bicarbonato sódico
- 1/4 cucharadita de sal
- 2 cucharaditas de extracto de vainilla
- 2 yemas de huevo a temperatura ambiente (reserva las claras para la cobertura)

Para la cobertura de macarrón

- 2 tazas de coco azucarado en copos, no rallado
- 160 ml de leche condensada azucarada
- 2 claras de huevo
- 1 cucharada de azúcar granulado
- 120 g de pepitas de chocolate semidulce

Paso 1: Prepara la base de galleta. Primero, precalienta el horno a 160 °C. Con una batidora eléctrica, mezcla todos los ingredientes de la base. Con los dedos, cubre un molde cuadrado de 20 cm, engrasado o rociado con espray antiadherente para cocinar. Hornea entre 10 y 12 minutos, ¡no más! Queremos que la corteza se haga, pero que no se dore. Deja el horno a 160 °C para el paso 3.

Paso 2: Prepara la cobertura de los macarrones. Para ello, en un cuenco pequeño, mezcla el coco con la leche condensada. Deja reposar para que se empape bien el coco. En un cuenco más grande, bate las claras a punto de nieve. Sigue batiendo mientras añades el azúcar. Cuando empiecen a formarse picos duros, incorpora el coco empapado en leche condensada. Por último, añade las pepitas de chocolate y extiende la cobertura sobre la base de galleta.

Paso 3: Hornea entre 25 y 30 minutos. Deja enfriar y corta 16 barras o 36 cuadraditos del tamaño de un bocado.

Tallarines de la Nonna Cosi con salsa blanca de almejas

Como muchas familias italianas, Clare Cosi creció con la costumbre de comer «siete pescados» en Nochebuena. Los cocineros italianos se toman muy en serio esta tradición e inventan muchos platos de pescado diferentes para las fiestas. La abuela de Clare casi siempre preparaba esta receta. La salsa de almejas es tan fácil que Clare se acostumbró a tener siempre en la despensa varias latas de almejas, paquetes de pasta y harina precocida de la marca Wondra para preparar una comida deliciosa en un periquete, como hizo con Mike Quinn la noche que la detuvieron. Por supuesto, la Nonna de Clare no guardaba «paquetes» de pasta, ya que siempre la preparaba desde cero. ¡Qué tiempos aquellos!

Para 4-6 raciones

Para la salsa blanca de almejas

- 1/2 taza de cebolleta picada
- 4 dientes de ajo picados
- 4 cucharadas de perejil fresco picado
- 600 g de almejas en lata picadas
- 4 cucharadas (1/2 barrita) de mantequilla
- 4 cucharadas de harina Wondra o harina normal (véase nota)
- 375 ml de leche entera
- 1/4 cucharadita de sal
- Pimienta negra o blanca recién molida

Para la pasta

- 5 l de agua
- 1 1/2 cucharadas (5 cucharaditas) de sal
- Un chorrito de aceite de oliva
- 500 g de tallarines (o la pasta que prefieras)

Paso 1: Prepara los ingredientes. Para ello, pon el agua de la pasta a fuego lento y, a continuación, pica las cebolletas, el ajo y el perejil. Escurre las almejas de la lata y reserva el jugo (saldrá aproximadamente medio litro).

Paso 2: Prepara la salsa. Para ello, derrite la mantequilla en una sartén grande a fuego lento. ¡No dejes que la mantequilla se dore ni se queme! Añade la cebolleta picada y el ajo. Sofríe hasta que la cebolleta esté transparente, entre 5 y 7 minutos. Incorpora la harina hasta que absorba todo el líquido. Con el fuego aún bajo, añade la leche, removiendo constantemente para que no se formen grumos (bate si es necesario). Añade las almejas picadas y la mitad del jugo de almejas reservado (250 ml). Incorpora el perejil, la sal y la pimienta.

Paso 3: Espesa la salsa. Para ello, sube a fuego medio y sigue removiendo. En unos 3 o 5 minutos, verás que la salsa empieza a hervir. Sigue removiendo y cocinando a fuego medio otros 5 minutos o hasta que la salsa espese. Cuando esté hecha, retírala del fuego, tápala y déjala reposar unos 10 minutos para que los sabores sigan mezclándose mientras cueces la pasta.

Paso 4: Cuece la pasta. Para ello, pon a fuego fuerte la olla con agua para la pasta que pusiste a hervir en el paso 1. Cuando empiecen a aparecer las burbujas, añade la sal y un chorrito de aceite de oliva para evitar que la pasta se pegue. Cuando el agua rompa a hervir, añade la pasta y remueve de vez en cuando. Cuécela hasta que esté tierna, entre 9 y 10 minutos, dependiendo de la pasta (comprueba las indicaciones del paquete si utilizas pasta ya hecha o la receta si es casera).

Paso 5: Finaliza y sirve. Escurre la pasta y vuélvela a poner en la olla original (ya sin agua). Añade la salsa y remueve hasta que esté bien mezclada. Sirve inmediatamente con los condimentos sugeridos (véase nota).

NOTA SOBRE LA HARINA: Puedes utilizar harina normal en esta receta, pero Wondra es un producto estupendo. Esta harina superfina ayuda a espesar las salsas y apenas hace grumos. (En su etiqueta también encontrarás una receta práctica e infalible para preparar una salsa blanca básica).

NOTA SOBRE LOS CONDIMENTOS: Este plato se puede condimentar de muchas maneras. Prueba con pimienta negra o blanca recién molida, ralladura de limón y sal marina. En lugar de sal —y en contra de los que dicen que el marisco no debe acompañarse con queso—, creo que un queso fuerte y curado como el pecorino romano aporta un toque delicioso y aromático cuando se ralla fresco sobre este plato.

Bolas de ron con moca sin hornear de Gardner

Como sus recuerdos de las fiestas siempre incluían ron caribeño (gracias a su tía), Gardner aportó esta receta deliciosa y elegante. Sofisticadas pero fáciles (y divertidas) de hacer, estas delicias mezclan los sabores del chocolate y el ron añejo con otro ingrediente de cuya exportación Jamaica se enorgullece desde hace mucho tiempo: el café.

Para unos 48 dulces

- 100 g de chocolate semidulce cortado en trozos pequeños o 120 g de pepitas de chocolate semidulce
- 100 g de chocolate con leche cortado en trozos pequeños o 120 g de pepitas de chocolate con leche
- 100 g (1 barrita) de mantequilla, ablandada a temperatura ambiente y cortada en trozos pequeños
- 440 g de azúcar glas
- 1 cucharada de cristales de café instantáneo
- 1 cucharada de ron añejo o 1 1/2 cucharaditas de extracto de ron
- 1 cucharada de café expreso o café fuerte
- 1/4 cucharadita de sal
- Uno o varios de los siguientes aderezos: fideos de chocolate, coco tostado, almendras tostadas, pecanas, avellanas u otro fruto seco (véase nota sobre el tostado de frutos secos).

Paso 1: Funde el chocolate. Fundir chocolate es muy fácil, pero tiene su truco. Si lo haces mal, el chocolate puede cortarse y volverse correoso y granulado. Por otro lado, si se quema, se notará en el sabor. Evita ambos desastres siguiendo las instrucciones de Clare para fundir el chocolate correctamente (página 409).

Paso 2: Prepara la masa. Para evitar problemas al mezclar los ingredientes, deberás mantener caliente el cuenco de chocolate derretido. Si has utilizado el microondas para derretir el chocolate, coloca el cuenco sobre un cazo con agua caliente. (El agua no debe tocar el cuenco). El cazo con agua puede estar sobre el hornillo de la cocina a fuego muy bajo. No dejes que el agua hierva o correrás el riesgo de quemar el chocolate y estropear el sabor. Para preparar la masa, trabaja deprisa: incorpora los trozos de mantequilla ablandados. Cuando estén completamente derretidos, añade 260 g de azúcar glas. Disuelve los cristales de café instantáneo en el ron negro y el expreso e incorpóralos a la mezcla de chocolate. Por último, añade la sal y el resto del azúcar glas (los 180 g restantes). Si tienes problemas para que la última pizca de azúcar se funda con la masa, es probable que hayas dejado enfriar demasiado el cuenco. Sube un poco el fuego bajo el cazo de agua y sigue removiendo hasta que se haya disuelto todo el azúcar.

Paso 3: Forma las bolas. Para ello, la masa debe estar homogénea y todos los ingredientes bien incorporados. Esta masa flexible estará caliente, pero no tanto como para no poder tocarla. (Si está demasiado caliente, baja el fuego del cazo del agua y sigue removiendo con una espátula hasta que esté lo bastante fría como para trabajar con ella). Forma las bolitas con las manos. Estos dulces son muy sabrosos, así que hazlos pequeños, de no más de 2,5 cm de diámetro. Entre una bola y otra, vuelve a remover la masa con la espátula para subir la parte más caliente desde el fondo del cuenco hasta la capa superior.

SOLUCIÓN DE PROBLEMAS: Mientras trabajas, si ves que se forma líquido en la superficie, es que la masa se está separando. Baja el fuego del cazo y remueve la masa con la espátula de goma hasta que vuelva a estar homogénea, seca y flexible. Por otra parte, si tienes problemas para que los aderezos (véase más abajo) se peguen a las bolas, ¡es que la masa está demasiado fría! Sube el fuego y asegúrate de que la masa esté lo bastante caliente y pegajosa como para que los aderezos se adhieran a la superficie.

Paso 4: Adorna. Las bolas marrones no tendrán un aspecto demasiado llamativo hasta que las decores. Inmediatamente después de formar cada bola, pásala a un cuenco poco profundo y cúbrela con uno de los siguientes acabados: fideos de chocolate, almendras tostadas bien molidas en un robot de cocina o en un molinillo de especias o coco tostado. Gardner sugiere dividir los dulces según estos aderezos para ofrecer a los invitados sabores variados.

Paso 5: Sirve o guarda. Coloca las bolas terminadas sobre una superficie plana y déjalas reposar. Tardarán entre 1 y 2 horas. Sírvelas o guárdalas en un recipiente hermético.

ADVERTENCIA: No metas las bolas en el frigorífico ni en el congelador antes de que reposen o adquirirán una textura granulada en lugar de suave. Para obtener mejores resultados, deja que las bolas permanezcan en una zona fresca y seca de la cocina hasta que se hayan endurecido lo suficiente como para poder manipularlas sin que se deformen. Para una presentación atractiva, en bandejas de postre o mesas festivas, coloca cada bola en una funda de papel estriado. (Yo utilizo las funditas para magdalenas que venden en el pasillo de artículos de repostería del supermercado).

NOTA: Para tostar los frutos secos o el coco, precalienta el horno a 180°C, esparce los frutos secos o el coco rallado o en copos (azucarado o sin azucarar) en una capa sobre una bandeja del horno y calienta durante 10 minutos. Remueve varias veces durante este proceso para que el tostado sea uniforme.

Pastel de ron jamaicano y chocolate sin harina con salsa tibia de café y ron de Dexter

Un dulce de azúcar con toques de ron y café. Igual de bueno, si no mejor, si se sirve al día siguiente. Por supuesto, Dexter quiere que el ron añejo que compres sea jamaicano, pero cualquier buen ron añejo servirá. Y (que no se entere de que te lo he dicho yo, pero...) hay una regla que debes recordar: si prefieres no utilizar la bebida alcohólica, siempre puedes sustituirla por extracto de ron siguiendo esta proporción:

1 cucharada de ron añejo = 1 1/2 cucharaditas de extracto de ron
1 cucharada de ron blanco = 1/2 cucharadita de extracto de ron

Para 1 bandeja de una única y pecaminosa capa dulce (8 personas)

Mantequilla
Azúcar granulado
5 huevos extragrandes, ¡a temperatura ambiente!
1 cucharadita de extracto de vainilla
2 cucharaditas de levadura
1/4 cucharadita de sal
1 cucharada de cristales de café instantáneo
2 cucharadas soperas de café expreso o café fuerte
2 cucharadas de ron añejo o 3 cucharaditas de extracto de ron
4 cucharaditas de maicena
260 g de azúcar glas

230 g de chocolate semidulce cortado en trozos pequeños o 235 g de pepitas de chocolate semidulce
250 ml de nata para montar
Salsa de café y ron, opcional

Paso 1: Prepara un molde de 20 cm. En primer lugar, precalienta el horno a 180 °C. Este dulce es una maravilla, pero se te romperá el corazón si se pega al molde. Para evitar que esto suceda, te explico mi método infalible: (1) Cubre con mantequilla las paredes del molde y espolvorea después un poco de azúcar granulado (sacude el exceso); el azúcar hará que la corteza quede caramelizada. (2) Corta una hoja de papel de horno que encaje en el fondo del molde (si nunca has usado papel de horno, búscalo donde venden el papel de plástico en el supermercado).

Paso 2: Prepara la masa. Para ello, bate los huevos a temperatura ambiente con una batidora eléctrica. Sigue batiendo de 2 a 3 minutos hasta que los huevos dupliquen su volumen. Añade la vainilla, la levadura en polvo y la sal. Disuelve los cristales de café instantáneo en el expreso (o en el café cargado) y el ron añejo, y añade estos ingredientes a los huevos. Para que la maicena se integre bien y no se apelmace, mézclala primero con el azúcar glas y luego añádela a la mezcla. Sigue batiendo durante 1 o 2 minutos más, hasta que la mezcla quede ligera y espumosa. Resérvala mientras fundes el chocolate.

Paso 3: Añade el chocolate fundido. Para ello, derrite el chocolate. Es muy fácil de hacer, pero igual de fácil de estropear. Por eso, sigue las instrucciones y advertencias de Clare de la página 409 (Cómo fundir chocolate). A continuación, vierte despacio el chocolate fundido en la mezcla de huevos sin dejar de batir con la batidora (¡no queremos que el calor del chocolate cueza los huevos!). Reserva mientras montas la nata.

Paso 4: Monta la nata. En otro cuenco frío, bate la nata fría con una batidora eléctrica hasta que quede firme. Con una cuchara o espátula, incorpora la nata recién montada a la masa del chocolate.

Paso 5: Hornea. Vierte la masa en el molde preparado con anterioridad. Durante el proceso de cocción, el pastel puede rebosar un poco por los lados del molde. Para evitar que se derrame en el horno, coloca el molde sobre una bandeja. Hornea durante una hora. Saca el pastel del horno y deja que se enfríe por completo. Lo digo en serio. Deja enfriar el pastel sobre una rejilla al menos 40 minutos antes de sacarlo ¡o correrás el riesgo de que se desmenuce!

Paso 6: Enfría y emplata. A medida que se enfríe, verás que se reduce su altura; es normal. El pastel terminado debe ser denso y consistente y medir unos 2,5 cm de alto. No te preocupes por las grietas de la parte superior porque no se verán. Después de dejarlo enfriar durante al menos 40 minutos, pasa un cuchillo por los bordes del molde. Coloca la bandeja de servir sobre el pastel y dale la vuelta con cuidado (como con una tarta de piña invertida). A continuación, retira con cuidado el papel de horno para dejar al descubierto la superficie perfecta y nivelada (¡lo ves, te lo dije!). Deja el pastel invertido sobre la bandeja. Espolvoréalo ligeramente con azúcar glas para conseguir una presentación rústica maravillosa.

Paso 7: Sirve o guarda. Para servir, corta el pastel en porciones. La nata montada y el helado de vainilla son unos acompañamientos deliciosos. Para un acabado rico y elegante, prepara la salsa de café y ron (receta a continuación). Vierte una buena cantidad de salsa en el plato de postre y coloca encima la porción de pastel de chocolate y ron, o pon un poco de helado al lado o encima del dulce y rocíalos con la salsa caliente. ¡Está aún mejor un día o dos después! Para guardarlo, asegúrate de que se haya enfriado por completo, envuélvelo en plástico y guárdalo en un lugar fresco y seco de la cocina.

Salsa de café y ron

Para 250 ml de salsa

60 ml de café recién hecho
3 cucharadas de mantequilla
2 cucharadas de ron añejo o 3 cucharaditas de extracto de ron
200 g de azúcar glas

En un cazo pequeño, calienta el café recién hecho a fuego lento (sin que llegue a hervir). Añade la mantequilla y remueve hasta que se derrita por completo. Por último, agrega el ron y el azúcar glas. Esta mezcla no debe hervir en ningún momento. Cuando el azúcar esté completamente disuelto, la salsa estará lista. Vierte la salsa caliente en los platos de postre y coloca una porción de pastel de ron justo encima. ¡Esta salsa también está deliciosa sobre helado! Si no tienes tiempo de preparar el pastel de ron y chocolate sin harina de Dexter, puedes comprar un bizcocho en la panadería, colocar una bola de helado de vainilla sobre cada porción y verter con generosidad la salsa de ron y café caliente por encima.

Latkes (tortitas de patata) de ajo asado y hierbas de Esther

Los *latkes* o tortitas de patata son la comida de Janucá favorita de Esther. La costumbre judía de comer alimentos fritos u horneados en aceite tiene su origen en el milagro de la menorá original de Janucá, cuando un pequeño frasco de aceite mantuvo encendida la lámpara muchos más días de los previstos, razón por la cual la Fiesta de las Luces dura ocho días y cada noche se enciende una vela nueva. Esther le da un giro a la receta tradicional de *latkes* de su madre y les añade el sabor intenso del ajo asado, así como las notas aromáticas del romero y la cebolleta. También puedes experimentar con esta receta sustituyendo el romero fresco por otra hierba aromática. Sirve las tortitas solas o con crema agria aparte. ¡Buenísimas!

Para 2 raciones (unos 9 *latkes* de entre 8 y 10 cm). Para comidas familiares, ¡deberás duplicar, triplicar o cuadruplicar esta receta y utilizar dos sartenes al mismo tiempo!

10 dientes de ajo, asados y machacados
(véase nota)
2 o 3 cebollas medianas ralladas
2 cucharadas de cebolletas picadas
1 cucharada de romero fresco picado (opcional)
o 1/2 cucharadita de romero seco
2 cucharaditas de sal
500 g de patatas para asar (unas 3 patatas
russet medianas)
1 huevo grande batido con un tenedor
Aceite de oliva suave o de colza
Crema agria (opcional)

Paso 1: Prepara los condimentos. Primero, precalienta el horno a 120 °C. En un cuenco grande, mezcla el ajo con las cebollas, las cebolletas, el romero y la sal.

Paso 2: Ralla las patatas. No las peles. Rállalas a mano con un simple rallador o utiliza un robot de cocina. Añade las patatas ralladas al cuenco de los condimentos y remueve bien.

Paso 3: Elimina la humedad. Coloca la ralladura de patata con las especias en un colador grande y presiona para escurrir la humedad. Esther dice que esto ayudará a que los *latkes* queden crujientes y dorados. A continuación, vuelve a poner la ralladura en el cuenco e incorpora el huevo para terminar la mezcla. Cocina los *latkes* inmediatamente.

Paso 4: Fríe las tortitas. Pon una sartén a fuego medio y añade una capa de aceite de por lo menos 1 1/2 cm. Como dice Esther: «No te preocupes por la cantidad de aceite. Es la temperatura lo que hace que los *latkes* queden grasientos, no la cantidad de aceite. Además, ¡el *mitzvah* es el aceite!». Cuando el aceite esté lo bastante caliente, empieza a freír. (Véase la nota al final de la receta sobre cómo saber si el aceite está lo bastante caliente). Con una cuchara medidora de 60 ml, forma cuatro montoncitos de masa de patata sobre un plato. Coloca los cuatro montoncitos seguidos en el aceite caliente y aplana inmediatamente cada uno hasta formar una tortita de entre 8 y 10 cm. (Es importante aplanarlos, de lo contrario los *latkes* quedarán fritos por los bordes pero crudos por el centro). Fríe cada tortita durante unos 3 minutos por una cara, hasta que la parte de abajo esté dorada. Luego dale la vuelta y cocina el otro lado de 1 a 3 minutos hasta que también se dore. No les des la vuelta más de una vez, aunque Esther sugiere presionar ligeramente las tortitas unas cuantas veces con la espátula durante el proceso para que los centros se frían bien. Escúrrelos sobre papel absorbente sin amontonarlos. Una vez fritos, mantén los *latkes* calientes en el horno a 120 °C mientras cocinas el resto de la masa. ¡Sírvelos calientes con crema agria!

NOTA: Si el aceite está demasiado caliente, quemarás los *latkes*. Si el aceite está demasiado frío, quedarán grasientos. Comprueba la temperatura del aceite con una gota de agua. Si baila o rebota sobre el aceite, está listo. Si el aceite empieza a humear, ¡está demasiado caliente! Ten en cuenta también que si llenas la sartén con muchos *latkes*, la temperatura del aceite bajará de golpe, así que no frías demasiados a la vez. Para lotes grandes, utiliza dos sartenes al mismo tiempo.

CÓMO ASAR EL AJO

Con una cabeza entera: Corta la parte superior de la cabeza (el extremo puntiagudo), envuélvela en papel de aluminio y hornéala a 180 °C durante 30 o 40 minutos hasta que el ajo esté blando. Retírala del horno. Deja que la cabeza de ajo envuelta en papel de aluminio se enfríe lo suficiente para poder manipularla. Separa los dientes de ajo asado calientes de la piel y listo. El ajo asado es delicioso y saludable. Prueba a untarlo en rebanadas de *baguette* o pan italiano, o machácalo y mézclalo con el puré de patatas.

Con dientes pelados: Pon los dientes de ajo pelados en una fuente de horno pequeña, rocíalos con un poco de aceite (mejor de oliva) y añade una pizca de agua. Cúbrelos con papel de aluminio, mételos en el horno y cuécelos como se describe para una cabeza entera.

Bizcocho de frutas navideño de Dante con nevada de glaseado blanco

Como pintor de bellas artes, Dante aprecia los colores del tradicional bizcocho de frutas navideño, parecidos a los de las piedras preciosas, pero nunca encontró uno que le gustara de verdad. Esta es su solución: unas deliciosas galletas mantecosas con fruta confitada picada que asoma entre la masa como las vidrieras de una iglesia de ladrillo marrón. Como en los panecillos de Pascua, una sencilla cruz de glaseado blanco como la nieve remata cada galleta para recordarnos el verdadero motivo de las fiestas.

Para 2 o 3 docenas de galletas, según el corte

100 g (1 barrita) de mantequilla reblandecida a temperatura ambiente
65 g de azúcar moreno claro bien compacto
50 g de azúcar granulado
1 huevo batido con un tenedor
60 ml de crema agria
1/2 cucharadita de extracto de naranja o 1 1/2 cucharaditas de Grand Marnier
1/2 cucharadita de extracto de vainilla
1/2 cucharadita de ralladura fresca de limón
260 g de harina común
1 cucharadita de levadura
1/4 cucharadita de bicarbonato sódico
1/2 cucharadita de sal
1/4 cucharadita de pimienta de Jamaica
1/4 cucharadita de nuez moscada

1 1/2 tazas de fruta confitada, muy picada y escurrida (véase nota)
1/4 taza de pecanas picadas (opcional)

Paso 1: Prepara la masa. Para ello, con una batidora eléctrica, mezcla la mantequilla y los dos tipos de azúcar. Añade los huevos, la crema agria, el extracto de naranja, la vainilla y la ralladura de limón y sigue batiendo. Añade la harina, la levadura, el bicarbonato, la sal, la pimienta de Jamaica y la nuez moscada.

Paso 2: Añade los trocitos. Con una cuchara grande o una espátula, incorpora la fruta picada y las nueces (opcional).

Paso 3: Forma el tronco y enfríalo. Para ello, espolvoréate harina en las manos. Vuelca la masa sobre una hoja grande de papel encerado y forma un tronco de unos 30 cm de longitud y 5 cm de diámetro. Envuelve bien el tronco en el papel encerado y enfríalo en el frigorífico durante al menos 3 horas. (Si es de un día para otro, mejor. Incluso puedes preparar la masa y guardarla en el frigorífico uno o dos días).

Paso 4: Hornea, enfría y glasea. Primero, precalienta el horno a 190 °C. Cuando esté listo, desenvuelve el tronco bien enfriado y corta rodajas uniformes de entre 6 mm y 1,25 cm de grosor. Consejo para cortar: utiliza un cuchillo afilado y liso (no de sierra) y presiona hacia abajo sin serrar. Coloca las galletas en una bandeja forrada o engrasada y hornéalas entre 9 y 13 minutos. Déjalas enfriar por completo y sírvelas solas o espolvorea el glaseado blanco como la nieve (receta a continuación) en forma de cruz sobre cada galleta.

NOTA SOBRE LA FRUTA CONFITADA: Durante las fiestas, es fácil encontrar fruta y cáscaras confitadas y envasadas. (Escúrrelas siempre bien antes de usarlas en caso de que sean en almíbar). No obstante, como ocurre con cualquier dulce casero, la calidad del producto final dependerá de la calidad de los ingredientes. Por eso, al igual que Dante, prefiero elaborar yo misma la mezcla de fruta confitada. Empiezo por las guindas en almíbar (escúrrelas y pícalas antes). También añado pasas golden troceadas y piña confitada del supermercado. Por último, añado las cáscaras de naranja confitada que preparo yo misma en casa. Tú también puedes hacerlo, solo tienes que seguir mi receta (página 454). Es fácil crear esta mezcla en función de tus gustos. Te dejo más sugerencias: limón o papaya confitados; arándanos, higos, dátiles, grosellas, arándanos rojos o ciruelas secos; o cualquier fruta o cáscara, seca o confitada, que te apetezca. Si tienes que hornear para un público muy exigente o para niños quisquillosos y no crees que esta mezcla de frutas vaya a funcionar, escurre y pica 1 1/2 tazas de guindas en almíbar. A la mayoría de la gente les encantan en los helados y disfrutarán al encontrar el mismo sabor en estas galletas dulces y mantecosas.

Glaseado blanco como la nieve

130 g de azúcar glas tamizado
2 cucharadas de leche

Mezcla ambos ingredientes y rocía el glaseado en forma de cruz (como en los panecillos de Pascua) sobre las galletas navideñas ya enfriadas. Déjalas secar durante 20 minutos y luego sírvelas o guárdalas en un recipiente hermético.

Galletas de jengibre con glaseado de *whisky* y limón de Tucker

A la madre de Tucker, exactriz de Hollywood, le encantaba el *bourbon*. Según Tuck, en su familia sureña se preparó durante años esta receta de galletas de jengibre para Navidad. El glaseado de *whisky* y limón, sin embargo, era una versión «espirituosa» de su madre.

Para 36-48 galletas

400 g de harina de repostería (véase nota)
1/2 cucharadita de sal
1/4 cucharadita de bicarbonato sódico
2 cucharaditas de jengibre molido
100 g (1 barrita) de mantequilla sin sal, reblandecida a temperatura ambiente
125 g de azúcar moreno claro, bien compacto
60 ml de miel de caña pura
80 ml de leche

Paso 1: Mezcla los ingredientes secos. Pero primero, precalienta el horno a 180 °C. Tamiza en un cuenco la harina, la sal, el bicarbonato y el jengibre. Reserva.

Paso 2: Prepara la masa. Para ello, con una batidora eléctrica, bate la mantequilla y el azúcar y añade a continuación la melaza y la leche. Sin dejar de batir a baja velocidad, añade poco a poco los ingredientes secos hasta obtener una masa homogénea. No batas demasiado en esta fase o las galletas quedarán duras.

Paso 3: Envuelve y enfría. La masa estará muy pegajosa. Envuélvela en plástico y refrigérala durante al menos 1 hora o toda la noche. (También puedes preparar la masa con uno o dos días de antelación y guardarla en el frigorífico).

Paso 4: Extiende la masa. Para ello, utiliza un rodillo y una tabla espolvoreada con harina o extiéndela entre dos hojas de papel de horno espolvoreadas con harina. Si quieres consejos sobre cómo extender la masa, consulta la receta de galletas de azúcar a la antigua de Clare (página 401). El principal problema será la textura pegajosa de la masa. Añadir harina a la tabla y al rodillo te ayudará. Si utilizas el método del papel de horno, mete la masa extendida entre las hojas de papel en el congelador durante 10 minutos. Cuando la masa esté bien fría, se endurecerá y se separará más fácilmente del papel. Cuanto más finas sean las galletas de jengibre, más crujientes quedarán. Tucker sugiere unos 3 mm de grosor, pero tal vez prefieras hacerlas de 6 mm o más para obtener una galleta más blanda. Experimenta con lo que más te guste.

Paso 5: Corta las galletas. Para ello, utiliza tu molde de galletas favorito, un cortador de galletas pequeño o incluso el borde redondo de un vaso. Cuando pongas las galletas en la bandeja del horno, ten cuidado, ya que son finas y blandas (desliza una espátula metálica o una paleta de tartas por debajo de la masa recortada). Otra opción es hornear las galletas directamente sobre el papel de horno donde has extendido la masa.

Paso 6: Hornea y glasea. La bandeja del horno debe estar engrasada, rociada con espray antiadherente para cocinar o forrada con papel de horno o con láminas de silicona para evitar que las galletas se peguen. Hornea entre 8 y 10 minutos. Deja enfriar sobre una rejilla y úntalas con el glaseado de *whisky* y limón (receta a continuación).

NOTA SOBRE LA HARINA DE REPOSTERÍA: Siempre recomiendo utilizar harina de repostería para obtener los mejores resultados en esta receta. La harina de repostería es más fina y ligera que la harina común y te dará una galleta más tierna. Si nunca has comprado harina de repostería, búscala en el pasillo del supermercado donde venden la harina común. Si aún no te he convencido y prefieres usar harina común para esta receta, reduce la cantidad de harina y sustituye los 400 g de harina de repostería por 350 g de harina común.

Glaseado de *whisky* y limón

130 g de azúcar glas
2 cucharadas de zumo de limón fresco
1 cucharada de *whisky*

Facilísimo. Pon el azúcar en un cuenco y bate con el zumo de limón y el *whisky* hasta que quede homogéneo. Glasea las galletas de jengibre recién horneadas, pero ¡deja que se enfríen antes!

Brownies de bastón de caramelo superfáciles de Tucker

1 paquete de tu mezcla favorita para *brownies*
1 taza de pecanas picadas
200 g de pepitas de chocolate

Prepara la masa de *brownie* siguiendo las instrucciones del paquete. Incorpora las pecanas y las pepitas de chocolate. Hornea según las instrucciones del paquete. Deja enfriar, cubre con el glaseado de bastón de caramelo (receta a continuación) y corta.

Glaseado de bastón de caramelo

Para 435 ml de glaseado, suficiente para cubrir un molde de *brownies* de 20 × 30 cm (también puedes usarlo en tartas de cumpleaños y magdalenas)

4 cucharadas (1/2 barrita) de mantequilla ablandada a temperatura ambiente
1 o 2 cucharadas de leche
200 g de azúcar glas
1/4 cucharadita de extracto de menta o 1 cucharada de licor de menta
1/4 taza de bastones de caramelo triturados (véase nota)

Con una batidora eléctrica, bate la mantequilla hasta que esté ligera y espumosa. ¡Detén la batidora! Añade la leche, el azúcar y el extracto de menta. Vuelve a encender la batidora (ahora a baja velocidad) y bate hasta que el azúcar se haya disuelto por completo (aproximadamente 1 minuto). Añade los bastones de caramelo triturados y sube la velocidad de la batidora hasta que el glaseado esté ligero y esponjoso (alrededor de 1 minuto más). Si el glaseado está demasiado duro, añade 1 cucharada de leche. Glasea los *brownies*, córtalos y ¡a disfrutar!

NOTA: Para triturar los bastones de caramelo solo tienes que meterlos en una bolsa de plástico y golpearlos con el dorso de un cucharón o un martillo de carne. También es un alivio instantáneo del estrés navideño.

Bombones de cereza de Mike Quinn

Sí, esta es la receta que Mike preparó para Clare. La madre de Mike se la dio escrita a mano acompañada de notas muy útiles. Ella preparaba estos bombones casi todos los años en Navidad para la familia y los amigos.

30 guindas con el rabito (un tarro de 300 ml contiene unas 30 guindas)
60 ml de Amaretto u otro licor (opcional)
4 cucharadas de mantequilla
4 cucharadas de jarabe de maíz ligero
175 g de azúcar glas
600 g de pepitas de chocolate (véase nota)

NOTA: Si prefieres utilizar chocolate en tableta en lugar de en pepitas, necesitarás 500 g cortado en trozos pequeños y uniformes para que se derritan por igual. Para esta receta puedes utilizar chocolate con leche, negro o blanco, según prefieras. Otra opción es preparar bombones variados y dividir el total del chocolate en tres partes (negro, blanco y con leche). Con 200 g de pepitas de chocolate fundido podrás cubrir entre 10 y 12 guindas.

Consejo útil sobre la conversión del chocolate: 180 g de chocolate en tableta = 200 g de pepitas de chocolate.

NOTAS DE LA MADRE DE MIKE: Para elaborar este dulce hay que seguir cuatro sencillos pasos. El primero es macerar las guindas en el licor, cosa que debes hacer el día antes de preparar los bombones. Si no quieres que las guindas lleven alcohol, puedes saltarte este paso. El segundo paso es crear la capa de azúcar de alrededor de la guinda. El tercer paso es sumergir la guinda recubierta de azúcar en el chocolate. El cuarto paso consiste en dejar que el bombón se asiente en el frigorífico durante un par de semanas para que la capa de azúcar que rodea la guinda se licue dentro de la cobertura de chocolate y se convierta en líquido dulce. Así que ten en cuenta estos tiempos si piensas elaborar los bombones para una ocasión especial. En otras palabras, ¡debes empezar con mucha antelación!

Paso 1 (opcional): Macera las guindas. Para ello, escurre el líquido de un tarro de 300 g de guindas y reserva el almíbar. Si el almíbar reservado es inferior a 190 ml, añade agua hasta obtener esa cantidad. En un cazo, lleva el almíbar a ebullición. Retíralo del fuego y déjalo enfriar durante 2 minutos antes de añadir 60 ml de cualquiera de los siguientes licores: Amaretto (licor con sabor a almendra), Frangelico (licor con sabor a avellana), crema de cacao blanco (licor con sabor a chocolate blanco) o Kirsch (licor con sabor a cereza). Añade las guindas y remueve. Cuando la mezcla esté a temperatura ambiente, pasa las guindas en licor a un cuenco, tápalas bien y guárdalas en el frigorífico toda la noche o más tiempo si no tienes prisa. Puedes dejarlas reposar varios días o incluso una semana. (NOTA: Los licores funcionan bien en esta receta por su alto contenido en azúcar. Los vinos dulces y espumosos también funcionan, pero no uses bebidas fuertes como el ron, el *whisky,* la ginebra y el vodka, ya que no aportarán un sabor agradable).

Paso 2: Crea la cobertura de azúcar. Para ello, en un cazo a fuego lento, derrite la mantequilla e incorpora el jarabe de maíz. Añade el azúcar y sigue removiendo hasta que se disuelva por completo. Retira el cazo del fuego y pasa la mezcla blanca y espesa a un cuenco. Deja enfriar durante 15 minutos, removiendo de vez en cuando para que se mantenga homogénea. Con las manos, cubre cada guinda con aproximadamente una cucharadita de la mezcla blanca y pastosa. Asegúrate de cubrir toda la guinda con generosidad hasta el rabito. Coloca las guindas (con el rabito hacia arriba) en platos forrados con papel encerado o papel de horno. Enfríalas en el frigorífico hasta que estén sólidas, al menos durante 3 horas.

Paso 3: Congela las guindas. Para evitar que la capa de azúcar blanco de las guindas se derrita en el siguiente proceso, pásalas al congelador y mantenlas allí durante al menos 10 minutos antes de empezar a bañarlas en chocolate caliente.

Paso 4: Funde el chocolate. Para ello necesitarás un cuenco resistente al calor y una espátula de goma. Asegúrate de que ambos estén completamente secos (unas pocas gotas de agua pueden estropear la textura.) Coloca las pepitas o los trozos de chocolate en el cuenco y ponlo encima de un cazo con agua. A fuego bajo, remueve el chocolate con la espátula de goma seca hasta que esté completamente derretido y homogéneo. Asegúrate de que el chocolate sigue derretido durante el proceso de cobertura o te costará trabajar con él. Mantén el cazo a fuego lento y, de vez en cuando, remueve el chocolate derretido. (No dejes que el agua hierva ni que toque el cuenco o correrás el riesgo de quemar el chocolate y estropear el sabor).

Para obtener consejos sobre cómo fundir correctamente el chocolate, consulta las instrucciones en la página 409.

Paso 5: Cubre las guindas con el chocolate. Trabaja en pequeñas tandas, sacando las guindas del congelador de cinco en cinco mientras las demás se mantienen frías hasta que les llega el turno. No mojes las guindas en el chocolate. Si lo haces, ¡la capa de azúcar puede derretirse en el cuenco del chocolate caliente! En lugar de eso, sujeta cada guinda por el rabito sobre el chocolate derretido y, con una espátula de goma (las cucharas no sirven, porque el chocolate se pega demasiado), vierte el chocolate derretido sobre la guinda, girando la guinda por el rabito hasta que quede cubierta por completo. A medida que gotee el chocolate, dale golpecitos por la parte inferior para que se cubra también por abajo. Para que los bombones salgan bien, tienes que sellar toda la guinda con chocolate, desde el fondo hasta el rabito. Deja que el chocolate sobrante gotee de cada guinda y luego colócalas en una bandeja para hornear forrada con papel encerado o papel de horno. Cuando la capa de chocolate se haya enfriado y endurecido, pasa las guindas a un recipiente bien tapado y guárdalas en el frigorífico durante 1 semana.

Paso 6: Prueba de sabor. Al cabo de 1 semana en el frigorífico, la capa de azúcar de alrededor de la guinda se habrá licuado. Haz una prueba para saber si están listas. Cuando muerdas la cubierta crujiente de chocolate, deberías encontrar un relleno dulce semilíquido alrededor de la guinda. Si no es así, dale otros 2 días y vuelve a probar hasta que los bombones estén listos. (Pueden tardar hasta 2 semanas).

Dulce de azúcar con guindas de Mike Quinn

Como tradición navideña, la madre de Mike Quinn siempre maceraba guindas en licor para preparar bombones de cereza (véase la receta anterior). Con las guindas sobrantes, elaboraba este dulce navideño fácil y rápido.

Para alrededor de 1 kg de dulce de azúcar

6 cucharadas de mantequilla sin sal
500 g de azúcar granulado
1/2 cucharadita de sal
150 ml de leche evaporada
1 bote de 213 g de crema de malvavisco
400 g de pepitas de chocolate semidulce
o de chocolate en trozos
1 1/2 cucharadita de extracto puro de vainilla
2/3 taza de guindas en almíbar, escurridas,
secas y troceadas (véase nota)

NOTA SOBRE LAS GUINDAS: Para 150 ml, necesitarás unas 25 guindas. Para macerarlas en licor, solo tienes que seguir el paso 1 de la receta anterior de bombones de cereza de Mike Quinn. Asegúrate de escurrir bien las guindas y secarlas completamente sobre papel de cocina. ¡El exceso de líquido puede estropear este postre!

Paso 1: Mezcla los ingredientes. En una cacerola antiadherente, derrite la mantequilla (no dejes que se dore ni se queme). Añade el azúcar, la sal, la leche evaporada y la crema de malvavisco. Calienta a fuego lento, removiendo hasta que se mezcle bien.

Paso 2: Prepara el dulce. Para ello, lleva la mezcla a ebullición a fuego medio. En esto tardarás de 5 a 7 minutos. No confundas el hervor con las burbujas que produce la crema de malvavisco. Sigue calentando lentamente, removiendo sin parar, durante 5 minutos (en total, este paso te llevará unos 10 minutos).

Paso 3: Añade el sabor. Incorpora las pepitas o los trocitos de chocolate hasta que se derritan por completo. Retira del fuego e incorpora la vainilla. Por último, añade las guindas, asegurándote (tanto si están maceradas en licor como si no) de que estén bien escurridas y secas sobre papel absorbente. A continuación, vuelve a remover durante 2 minutos hasta que la mezcla esté completamente homogénea. Esta última parte es importante: remueve durante 2 minutos completos.

Paso 4: Vierte y deja cuajar. Pásalo a un molde de 20 x 20 cm untado con mantequilla o forrado con papel de horno para evitar que se pegue. Nivela la mezcla con una espátula seca y deja enfriar el dulce, destapado, durante al menos 2 1/2 o 3 horas antes de cortarlo. NO metas el molde en el frigorífico o en el congelador para acelerar el proceso de endurecimiento, porque el azúcar podría cristalizarse y la textura final sería granulosa en lugar de suave. Mejor deja reposar a temperatura ambiente hasta que esté completamente sólido. (Además, mantenlo destapado. Si pones plástico o papel de aluminio sobre el molde, el calor condensará el líquido y estropeará el dulce). Al cabo de 6 u 8 horas (o toda la noche), el dulce estará lo bastante duro como para guardarlo en el frigorífico sin miedo a que cristalice. También puedes guardarlo en un recipiente hermético en un lugar fresco y seco de la cocina.

CONSEJO ÚTIL: La madre de Mike nunca consiguió que sus hijos esperaran más de 2 1/2 horas para empezar a devorar el dulce. Si vives en un clima frío y seco, eso no debería ser un problema. Pero si vives en un clima cálido o húmedo, el centro del molde puede estar aún un poco blando después de tan poco tiempo, así que ten cuidado al sacar los cuadraditos del dulce de azúcar. Una forma inteligente de servirlo —o de regalarlo— cuando aún está un poco blando es colocar cada cuadradito de dulce en una funda de papel estriado. La madre de Mike recomienda utilizar los moldes para magdalenas que se venden en la mayoría de los supermercados.

Cómo elaborar cáscaras de naranja confitadas

Estas tiras dulces de cítricos confitados pueden ser un complemento festivo estupendo en las bandejas del café de la sobremesa, sobre todo durante las Navidades. También son buenos potenciadores del sabor en muchas recetas. Solo tienes que trocear las tiras y añadir 1/4 taza de ellas a tu receta favorita de galletas, pasteles o magdalenas. Elaborar estas cáscaras confitadas también genera un subproducto fantástico: 500 ml de un increíble sirope de cítricos que sirve para endulzar el té helado o distintas bebidas navideñas. La fruta que no se utilice puede guardarse en el congelador en bolsitas de plástico y usarse para hacer batidos. Los cítricos confitados también están deliciosos con chocolate. Prueba a ofrecer a tus invitados distintas opciones, bañando unas tiras en chocolate con leche y otras en chocolate negro o blanco. Incluso puedes ofrecerlas con diferentes grados de baño en chocolate: solo una punta de la tira confitada, la mitad de la tira o toda la tira.

Para 70-90 tiras de piel de cítricos confitadas

7 naranjas de tamaño mediano
o 5 muy grandes,
las navel son las que mejor funcionan
(véase nota)
1300 g de azúcar granulado
Ideas de condimentos navideños opcionales:
2 ramas de canela, 2 vainas de vainilla
o 2 clavos enteros

Variación de la receta: Esta receta también funcionará con 10 limones o 5 pomelos. Elige siempre cítricos con la piel gruesa.

Paso 1: Corta y pela. Para ello, enjuaga y seca la fruta, y córtala en cuartos u octavos. A continuación separa con suavidad la piel de los cítricos con cuidado de no romperla. La forma más fácil es con los dedos, como si pelaras la fruta para comerla. Deja la parte blanca adherida a la piel. Las cáscaras finales de los cítricos deben incluir ese albedo. (Consulta mis sugerencias al final de esta receta para saber qué hacer con la fruta no utilizada).

Paso 2: Elimina el amargor. Pon las cáscaras de cítricos en una cacerola grande y cúbrelas con agua fría. Llévalas a ebullición, baja el fuego y cuécelas a fuego lento durante 20 minutos. Escúrrelas y repite la operación. (Hervir dos veces elimina el sabor amargo).

Paso 3: Cocina en un almíbar sencillo. En un cazo (mejor si es antiadherente), mezcla 900 g de azúcar con 750 ml de agua fría. (Si vas a utilizar algún condimento, como canela en rama, vainas de vainilla o clavos, este es el momento de añadirlo).

Llévalo a ebullición. Añade las cáscaras de cítricos y baja a fuego medio. Cocina a fuego lento las cáscaras sin tapar durante 1 hora. Cuando termine la cocción, retira con cuidado las tiras de cítricos y escúrrelas. Conserva el líquido. (Véase más abajo la nota sobre el sirope con sabor a cítricos para bebidas). En esta fase, manipula las cáscaras con cuidado: aún están húmedas y blandas, por lo que pueden romperse con facilidad (se endurecerán a medida que se sequen).

Paso 4: Corta en tiras y pásalas por azúcar. Cuando las cáscaras estén lo bastante frías como para manipularlas, córtalas con unas tijeras de cocina en tiras de unos 5 mm de grosor. Pasa las tiras por los 400 g de azúcar restantes. Utiliza más azúcar si lo necesitas.

Paso 5: Seca las tiras. Precalienta el horno a 80 °C. Extiende las tiras recubiertas de azúcar en una sola capa sobre la bandeja para hornear galletas. Hornéalas durante 60-90 minutos (¡no intentes acelerar el proceso de secado subiendo la temperatura! Mantén la temperatura del horno baja o se derretirá el azúcar. Por el mismo motivo, tampoco las dejes en el horno más de 90 minutos). Sácalas del horno y pásalas a una rejilla o a papel de cocina para que se enfríen a temperatura ambiente (durante otra hora como mínimo, pero puedes dejarlas secar toda la noche si lo deseas). Una vez frías y completamente secas, guárdalas en un recipiente hermético. (Si las guardas cuando aún están húmedas, se ablandarán y el azúcar empezará a derretirse. Si eso ocurre, vuelve a pasarlas por azúcar y déjalas secar a temperatura ambiente toda la noche antes de volver a guardarlas).

Baño en chocolate: Si vas a bañar en chocolate una parte o todas las tiras de cítricos, asegúrate de que estén completamente secas. Para obtener consejos sobre cómo fundir chocolate correctamente, consulta las instrucciones en la página 409.

Sirope de cítricos para bebidas: Un subproducto fantástico de esta receta es el líquido sobrante de hervir las cáscaras. No lo tires. Se trata de un sirope simple con sabor a cítricos que se puede utilizar para endulzar el té helado o para preparar bebidas. Solo tienes que dejar que el líquido se enfríe a temperatura ambiente, pasarlo a un recipiente hermético y guardarlo en el frigorífico. Para preparar bebidas, aquí tienes una sugerencia: 1 parte de sirope de cítricos por 4 partes de agua con gas o soda. Sírvelo con hielo para preparar una bebida sin alcohol o añádele tu licor favorito: a mí me gusta el Amaretto, pero siempre puedes ponerle algo más fuerte, como vodka, ginebra o (el favorito de Gardner) ron caribeño.

Cítricos no utilizados: El otro subproducto de esta receta son los trozos de cítricos no utilizados. No los desperdicies. Puedes ponerlos en una licuadora para obtener un rápido y delicioso zumo de fruta fresca o meterlos en una bolsa de plástico y guárdalos en el congelador. Cuando te apetezca un batido de frutas, saca algunos trozos congelados y ponlos en la licuadora con un plátano cortado en rodajas, un poco de leche y unos cubitos de hielo (las fresas o los arándanos también son un complemento estupendo y saludable). Bate a velocidad alta hasta que quede homogéneo, viértelo en un vaso frío y ¡a disfrutar!

TABLA DE EQUIVALENCIAS

PESO

Mantequilla	225 g	1 taza
Azúcar blanco	200 g	1 taza
Azúcar moreno	200 g	1 taza
Harina	130 g	1 taza
Pepitas de chocolate	170 g	1 taza
Azúcar glas	125 g	1 taza
Cacao en polvo	115 g	1 taza
Leche condensada	306 g	1 taza

VOLUMEN

2 ml	½ cucharadita de café
5 ml	1 cucharadita de café
15 ml	1 cucharada sopera
50 ml	¼ de taza
75 ml	⅓ de taza
125 ml	½ taza
175 ml	¾ de taza
250 ml	1 taza

TEMPERATURA DEL HORNO

165 °C	325 grados Fahrenheit
175 °C	350 grados Fahrenheit
190 °C	375 grados Fahrenheit

© Berkley Prime Crime (MM)

CLEO COYLE

Es un seudónimo de Alice Alfonsi, quien escribe en colaboración con su marido, Marc Cerasini. Ambos son los autores de *Coffee Lovers Club,* una serie que se publica desde hace más de diez años y cuya presencia en la lista de éxitos de ventas del *New York Times* es habitual. Alice y Marc también han escrito para grandes productoras y cadenas de televisión, como Lucasfilm, NBC, Fox, Disney, Imagine y MGM. La pareja vive en Nueva York, donde trabaja de forma independiente en distintos proyectos, incluida la serie *Haunted Bookshop Mysteries.*

Descubre más títulos de la serie en:
www.almacozymystery.com

Serie
COFFEE LOVERS CLUB